DIE VERRATENE NACHT

TAGEBÜCHER DER DUNKELHEIT, BAND 4

COLLEEN GLEASON

AVID PRESS

Sie nannten sie Kind des Wunders.

Vielleicht hatte es weitere Kinder gegeben, die zur Welt kamen während der schrecklichen Ereignisse, die im Juni 2010 den größten Teil der Erde restlos zerstört hatten, aber um sie rankten sich die Legenden.

Sie kam in einer Garage mit groben Betonwänden zur Welt, inmitten nie dagewesener Vulkanausbrüche und entsetzlicher Stürme. Drei Tage später starb ihre Mutter ganz einfach so, wie es bei fast allen von den übrigen Überlebenden geschah. Sie hatten geglaubt das Schlimmste durchgestanden zu haben. Aber als die Sonne dann schließlich über einer verstummten Welt aufging und diese mit einem hoffnungsvollen, goldenen Schimmer wie mit Frost überzog, fanden sie heraus, dass die Zerstörung noch nicht vorbei war.

Leute fielen zu Boden, tot. Zu Hunderten. Tausenden. Ohne ersichtliche Ursache.

Aber das hübsche kleine Baby, sie überlebte stur einfach alles.

Und dieses zweifache Wunder von Geburt und Überleben brachte Bürde und Segen mit sich.

PROLOG

Als sie ihn zu Selena brachten, atmete er schon das Todesrasseln.

„Pigment hat ihn in einem Gestrüpp gefunden", sagte Sam zu ihr. „Hat ihn sofort gerochen, als ob er ein kleines Kaninchen wäre. Es sieht nicht gut aus für ihn, aber … ich dachte, du könntest es ihm vielleicht ein bisschen erleichtern. Ihn auf seinem letzten Weg begleiten."

Sie schaute Sam an, schaute ihm in diese jungen, traurigen Augen und seufzte innerlich. Sie war es vielleicht gewohnt, das allgegenwärtige Antlitz des Todes, an all die „letzten Wege", aber er sollte es eigentlich nicht sein. Die Zerbrechlichkeit, die sich in letzter Zeit über sie zu legen schien, machte sich verstärkt spürbar. Was für eine Art Leben bot sie ihrem Sohn hier nur?

„Nun, sag Pigment Danke", sprach sie zu ihm und verlegte sich auf ein zärtliches Lächeln. „Ich hoffe, du hast ihn dafür belohnt."

„Ich werde ihm gleich einen Rippenknochen geben, aber wir wollten ihn erst zu dir bringen."

„War er alleine?", fragte sie, während sie an die Familie des Mannes dachte. Sicherlich würden sie vorbeikommen und ihn hier finden. Sie würden sicher bei ihm sein wollen.

Sam nickte. „Da war sonst niemand. Es sah so aus, als ob jemand ihn entweder begraben hat, weil er ihn für tot hielt, oder ihn versteckt hat. Wir haben uns umgeguckt", fügte er mit einem ernsten Blick hinzu.

„Also gut, alles klar. Danke Jungs", sagte sie und ihr Dank schloss nun auch die beiden anderen sechzehnjährigen Jungs mit ein. „Ich werde tun, was ich kann, um es ihm zu erleichtern."

Selena wandte sich dem Mann zu, der nun auf einem der Betten lag, wo man ihn zwar möglichst sanft, aber doch etwas ungelenk abgelegt hatte – mit all dem Übereifer von Teenagern. Der vertraute graue Nebel des Todes schimmerte um ihn herum, aber die Nachmittagssonne, die sich durch die Fenster ergoss, wob dort auch Wellen von zartem Violett hinein. Was eigentlich nur stumpf glänzende Staubpartikel hätten sein sollen, funkelten silbrig und lila in dem Licht.

Sie runzelte die Stirn und starrte darauf, trat näher heran, schob sich mit ihren Händen sachte durch den Nebel, wobei sie den funkelnden Staub durcheinanderwirbelte. Selena hatte dergleichen nie zuvor gesehen ... und sie hatte dieses Phänomen der Todeswolke, wie sie es für sich selbst nannte, schon so lange sehen können, wie ihre Erinnerungen zurückreichten.

Aber sie empfand niemals Angst vor dem grauen Miasma; es war wie eine zarte Wolke, die den Körper einhüllte, ihn wie einen Umhang umgab, als wolle es ihm den Übergang in die nächste Welt sanfter gestalten. Weder funkelte es je, noch hatte sie es je in anderen Farbtönen als Grau oder Blau auftreten sehen.

Ein rascher Blick durch das gesamte Zimmer sagte ihr, dass alles andere wie immer war: Jules lag in der anderen Ecke, sein Atem kam flach und stoßweise. Rasselte leicht, aber nicht so arg wie der von diesem Neuankömmling. Der Nebel um den achtundvierzigjährigen Mann war jetzt von einem Grau in ein Blau übergegangen, was anzeigte, dass er bald entschwunden sein würde. Sehr wahrscheinlich innerhalb weniger Stunden. Seine himmlischen Begleiter, die aber natürlich nur für sie und Jules sichtbar waren, standen neben ihm Wache und warteten darauf, dass er von sich das Leben entgleiten ließ. Einer von ihnen war seine Tochter, die vor drei Jahren in genau demselben Bett verstorben war. Seine Frau, die immer noch lebte, war vor einer Stunde gegangen, um sich um ihre Kühe zu kümmern, und sollte bald wieder zurück sein.

Auf der anderen Seite das Zimmers, abgetrennt durch einen schützenden Vorhang, war Maryannas Atem fast verstummt. Der graue Nebel um die junge Frau herum waberte zwar, aber stieg hoch und unbeirrt auf, bereitete sich darauf vor, sie während der Veränderung gut zu schützen. Ihr Mann ruhte sich neben ihr aus, erschöpft und die Haut ganz grau, während er auf das Unabänderliche wartete. Sie sah friedvoller aus als er, wie er da ihre kleine, blau-geäderte Hand in seiner großen fest hielt.

Es drückte Selena da etwas das Herz ab und diese scharfe Leere stach sie wieder. Sie schob es beiseite – fürs Erste. Sie hatte Sam. Und Vonnie. Und sogar Frank.

Später, da würde sie um alle hier trauern. Aber jetzt hatte sie zu tun.

Sie drehte sich um, um die kleine Clara zu erblicken, die einzige Überlebende von einem Ganga-Angriff auf ihre Siedlung vor zwei Jahren. Sie hatte jenes Grauen überlebt, nur um dann einem anderen anheim zu fallen. Aufgrund des Tumors, der sich in ihrem Bauch spannte, sah es so aus, als hätte sie ein extra Kissen unter dem Laken auf ihrem Bett. Sie war in den gleichen sanften, grauen Dunst getaucht wie Maryanna und Jules. Obwohl ihre Todeswolke auch schon blaute, war sie bei Bewusstsein, die Augen offen, und sie beobachtete Selena quer durchs Zimmer.

„Hast du Schmerzen?", fragte Selena. „Soll ich dir ein Glas Wasser holen? Oder einen kleinen Zug?"

Wo zum Teufel steckt Jen? Sie sollte schon längst zurück sein. Ich muss schauen, ob es irgendwelche Hoffnung für diesen Menschen hier gibt.

Aber sie wusste bereits, dass es keine Hoffnung gab. Wenn der graue Nebel einmal da war, war das der Anfang vom Unabwendbaren. Vielleicht hätte es vor fünfzig Jahren, vor dem Wechsel, als alles noch anders war, noch Hoffnung gegeben.

„Nein", erwiderte Clara. „Ich schaue ihn an. Seine Wolke ist so hübsch. Dieses Funkeln überall."

Selena lächelte bei der schlichten und auch treffenden Beobachtung der Achtjährigen. Es überraschte sie nicht, dass das Mädchen die Todeswolke sehen konnte. Nach unzähligen

Jahren der Erfahrung mit derlei, überraschte sie gar nichts mehr, was Sterbende anbetraf. Sie waren die einzigen, die wirklich verstanden.

Und ja, in der Tat, der Neuankömmling war hübsch, so komplett bedeckt von schwach funkelndem, zartem Lila und silbrigem Grau. Aber was bedeutete das hier?

Sie betrachtete ihn nun aufmerksam. Sam und seine Freunde hatten versucht sanft zu sein, aber sie waren es nicht gewohnt, das schwere Gewicht von einem ausgewachsenen Mann herumzutragen, ganz besonders nicht das von einem, der so kräftig gebaut und muskulös wie dieser hier war, und so hatte man ihn etwas ungeschickt abgelegt, halb auf der Seite.

Sein Hemd war von Blut durchtränkt, vertrocknete Krusten davon an verschiedenen Stellen, aber an seiner Brust trat es nass aus. Es verfärbte bereits das Laken unter ihm, machte dort einen unförmigen Fleck. Ein Arm, komplett nackt wegen des ärmellosen Hemds sowie blutverschmiert und mit schmutzigen Streifen, wies ein lange Tätowierung von einem roten Drachen auf.

Selena blickte kurz darauf, aber sie hatte keine Zeit es sich genau anzuschauen, denn wenn man irgendetwas für ihn tun konnte, würde sie nach Cath rufen lassen müssen, drüben in Yellow Mountain. Normalerweise, wenn sie zu Selena kamen, hatte Cath die Kranken bereits gesehen und alles getan, was sie konnte.

Sein Atem veränderte sich, das Rasseln wurde tiefer, als würden die Lungen sich mit Flüssigkeit füllen. Diese Flüssigkeit war wahrscheinlich Blut und das verhieß nichts Gutes. Selena betrachtete sich sein Gesicht, das jetzt verzerrt schien, vor Schmerz und Erschöpfung. Er konnte nicht älter als dreißig sein.

So ein junger Kerl.

Und ein gutaussehender obendrein, mit kurz geschnittenem, schwarz glänzendem Haar, das scharf gezackt in alle Himmelsrichtungen abstand. Lange Koteletten rahmten ein Gesicht mit hohen Wangenknochen und mit einem deutlichen asiatischen Einschlag im Ton seiner Haut und um die Augen ein. Volle Lippen, fast zu einem Schmollen zerquetscht, weil er auf der

Seite lag. Schöne, gut geformte Muskeln an den Armen und auch unter dem nach oben verrutschten Hosenbein seiner Jeans.

Wenn ich zwanzig Jahre jünger wäre... Ach ja, und wenn er nicht gerade sterben würde...

Selena lächelte trocken zu sich selbst – denn schließlich ... wenn sie hier bei dieser Art von Leben nicht einen Sinn für Humor hätte, wäre sie noch verkorkster, als sie es ohnehin schon war – und wusch sich die Hände mit der nach Zitrone duftenden Seife und streckte die Hand nach derjenigen seiner Hüften, die zuoberst lag, und schickte sich an, ihn auf den Rücken zu drehen. Im letzten Moment beschloss sie ihm zuerst das Hemd auszuziehen. Zumindest konnte sie ihn säubern, die Wunde sehen und ihm eine frische Tunika überstreifen.

Etwas Frisches, in dem er dann sterben könnte.

Sie runzelte die Stirn. Humor war ja schön und gut, aber in letzter Zeit waren ihre Gedanken immer öfter ins Unangenehme abgeschweift. Sie brauchte eine Veränderung. Oder zumindest einen Weg, um sich etwas Erleichterung und Erholung von der Traurigkeit ihrer Arbeit zu verschaffen.

Als sie ihm das verdreckte, durchnässte Kleidungsstück abstreifte, sah sie, dass er ein weiteres Drachen-Tattoo hatte, das sich seinen muskulösen Rücken entlang wand. Dieser hier war blau und das eine Auge von ihm, das man sehen konnte, funkelte dort unten an seiner Hüfte.

Funkelte?

Selena kniete sich neben ihm nieder, um sich das genauer anzuschauen, und konnte nicht umhin zu bemerken, wie sich unter der verrutschten Hose da schon die Kurve seines Hintern wölbte. Hmm. Es war mehr ein Glitzern als ein Funkeln. Was um alles in dieser verrückten Welt war *das*?

Ein schmerzhafter Stoß, wie Feuer, schoss durch sie hindurch und sie riss die Hand weg. „Was zum Teufel!"

Selena starrte auf ihn runter, lauschte dem rasselnden, gutturalen Atmen, das kein gutes Omen war, aber unaufhörlich weiterging und weiterging. Sie konnte das Aufblitzen von etwas

Metallischem dort genau sehen, als ob es in seine Haut eingebettet wäre.

Oder als ob seine Haut lediglich etwas Metallisches verdeckte.

War er eine Art Klingon? Ein Roboter?

Ein Elite?

Mit hämmerndem Herzen hockte sie sich wieder nach hinten auf die Fersen, wobei sie immer noch neben dem Bett hockte. Konnte das vielleicht das seltsam gefärbte Funkeln in seiner Todeswolke erklären?

Man hatte ihr noch nie zuvor einen Elite hierher gebracht – was nicht überraschend war, denn – *dadaa!* – die Elite waren unsterblich wegen der Kristalle, die man ihnen in die Haut eingepflanzt hatte. Sie starben nicht, also brauchten sie die Todeslady auch nicht.

Aber dieser Mann hier hatte Metall unter seiner Haut. Vielleicht war er letzten Endes überhaupt kein Mann.

Aber warum hatte er dann die Todeswolke? Den Nebel?

Er fühlte sich warm an, er fühlte sich menschlich an. Er atmete. Er blutete offensichtlich auch. Sein Herz versuchte weiterhin zu pumpen, aber es war schwach und kam unregelmäßig. Er war ganz eindeutig ein Mann.

„Nimm den Kristall."

Selena erstarrte so plötzlich, dass sie fast das Gleichgewicht verloren hätte und sich gerade noch mit einer Hand auf dem Teppich aufrecht halten konnte. Sie drehte sich um. „Was hast du gesagt?"

Clara war es irgendwie gelungen, sich in ihrem Bett aufzusetzen. Ihre Augen in dem Kindergesicht waren jetzt voller Weisheit und Klarheit. „Ich soll dir von ihnen sagen lassen, dass du den Kristall nehmen sollst."

Das Herz hämmerte ihr, als Selena sich langsam erhob. Von dem Kristall wusste niemand, außer Vonnie. „Wer?"

Clara lächelte und machte eine abrupte, abgehackte Geste zu der Ecke nahe bei ihrem Bett. Wo ihre Begleiter – oder Engel, wie sie es vorzog, sie zu nennen – normalerweise erschienen. Dort waren sie nicht oder zumindest waren sie für Selena im Moment nicht sichtbar. „Du weißt es doch schon", sagte das Mädchen zu ihr. Ihr Lächeln wurde intensiver, fast glückselig. Die blaue Wolke bauschte sich.

Dann, auf einmal, erlosch das Licht in ihren Augen, als hätte sich eine Wolke vor die Sonne geschoben. Jähe Furcht packte Selena da ganz tief drinnen und sie rannte los.

Sie langte noch rechtzeitig an Claras Seite an, um ihre Hand zu berühren. „Clara." *Nein, oh nein.*

Es war schon schwer genug zuzusehen, wie das Licht in den Augen einer Person erlosch, aber am schwierigsten war es mit Kindern. Und doch waren gerade die so tapfer, sahen die Dinge so klar vor sich. Der Todesnebel wurde dichter und als sie da neben dem kleinen Mädchen saß, spürte Selena, wie sie selbst von der blauen Wolke eingehüllt wurde. Claras Eltern waren in dem Nebel, warteten darauf, ihr zu helfen, und ihre Tante ebenso, sie waberten schemenhaft in der Ferne. Selena umschloss die kleineren Hände mit den eigenen und fühlte wie die Wärme aus den Fingern des Mädchens entwich, ihr Hals war ganz trocken.

Wenigstens würde sie jetzt bei ihren Eltern sein.

Als das Leben versickerte und Claras Muskeln weich wurden, kam ihre Welle aus Erinnerungen. Bilder, Erscheinungen, Gefühle, in kurzen, abgehackten Vignetten und traumähnlichen Augenblicken, und strömten gleich einer Flut in Selenas Kopf hinein, stachen sie wie mit Millionen Nadeln, als sie alles in sich aufnahm. Dieser Teil ihrer Berufung war der intimste, der schwierigste ... und doch auch der schönste.

Endlich wurden auch die Hände des Mädchens weich und schlaff. Ihr Atem stockte. Ihr kleines Herz kam zur Ruhe.

Der blaue Nebel löste sich auf.

Und Selena schloss die jungen, weisen Augen mit zwei zärtlichen Fingern und strich sich dann über die eigenen.

Sie wusste nicht, wie lange sie da saß und auf das heitere, kleine Gesicht mit dem feinen Haar, das von den Schläfen nach hinten fiel, runterblickte und ihrer persönlichen Trauer dort nachhing, ihre Gebete und Gedensprüche sprach. Es war erst, als ein plötzliches Keuchen aus der Ecke, dass sie aus ihrem Moment der Stille gerissen wurde.

Wie der Blitz war Selena schon auf den Beinen und weg von dem kleinen Körper, aber da war es schon zu spät. Der Drachenmann gab ein heftiges Zittern von sich, seine Augen schlossen sich wie vor Schmerz und er tat einen letzten verzweifelten Atemzug. Und dann ... nichts.

Sie beugte sich herab, legte das Ohr an seine Brust. Stille. Kein Herzschlag. Kein schwaches Heben der Lungen. Der Neben löste sich auf und ließ nichts zurück außer einen paar letzten, funkelnden Staubflocken in der Luft.

Er war tot.

Und sie wusste nicht, wer er war und woher er stammte.

1

„Was zum Teufel meinst du damit, du hast Theo *verloren*?" Lou Waxnicki hörte, wie seine eigene Stimme anstieg und dann kippte, nicht wegen seines Alters, sondern aus Furcht und Ungläubigkeit. Er schaute hoch zu dem riesigen Kerl, der weit über ihm ragte. Ausnahmsweise hatte Fence mal nicht den Nach-mir-die-Sintflut-Blick in den Augen.

Der Kerl sah eigentlich geradezu niedergeschlagen aus und sein elender Gesichtsausdruck hatte nichts mit dem verschmierten Blut auf seinem kaffeebraunen Gesicht oder mit der Art und Weise zu tun, wie er seinen Arm halten musste. Lou sah die rote und angeschwollene Haut an seinem Kinn und seinen Armen und wusste, das würde sich bis zum nächsten Tag grün und blau verfärben wegen der Prellungen. Er war sicher in einen beinharten Kampf verwickelt gewesen, aber das wahre Elend war in seinen Augen zu sehen, die blutunterlaufen und ganz stumpf vor Schmerz waren.

„Und Quent? Wo zum Teufel ist der?", fragte Lou – jetzt aber mit einer etwas leiseren Stimme. „Hat er seinen Vater gefunden?"

Theo war Lous Zwillingsbruder, und er und Fence hatten darauf bestanden, auf diese Kamikaze-Mission von Quent mitzugehen – seinen Vater zu finden, der einer der Anführer der unsterblichen Elite war.

Sage war aus ihrem Computersessel aufgestanden und hatte ihm ihre kühlen Hände auf die Schultern gelegt, ein Daumen streifte das Ende von seinem grauen Pferdeschwanz. „Was ist passiert?", fragte sie, wobei sie ganz sacht drückte, um ihn zur Geduld anzuhalten. Ihre Finger, kräftig geworden durch die tagtägliche Arbeit an den Tastaturen, waren fest und sicher.

Und wie schwach er sich fühlte, sogar sich selbst gegenüber, unter diesen schmalen Fingern. Wie alt und wie schwach. Lou und Theo waren beide achtundsiebzig Jahre alt, aber durch eine verrückte Wendung des Schicksals war Theo irgendwie physisch verändert worden, so dass er in den letzten fünfzig Jahren fast gar nicht gealtert war. Er sah immer noch genauso aus, wie er vor fünfzig Jahren ausgesehen hatte, als die verheerenden Ereignisse des sogenannten Wechsels passiert waren – was Lou jetzt eher wie seinen Großvater aussehen ließ und nicht wie sein Zwilling.

„Einer der Kopfgeldjäger hatte uns gefangen genommen und Theo wurde angeschossen. In die Brust", sagte Fence, während er Lou die ganze Zeit direkt in die Augen schaute. „Unsere einzige Hoffnung war, ihn wieder hierher zurückzubringen und zu sehen, ob Elliott ihn retten–uhm, wieder hinkriegen könnte, weil da war nichts anderes möglich. Quent ist weiter gezogen, um Fielding zu finden, während ich Theo hierher wieder nach Envy gebracht habe. Er war übel dran und ich bin so schnell geritten, und dann, als ich–"

Ein leiser Ton von dem Computer in der Ecke veranlassten Lou und Sage rasch dorthin zu blicken. Die Melodie spielte die ersten paar Takte vom *Mission Impossible* Song – einer von Theos kleinen Insider-Scherzen, denn er wusste wie sehr sein Zwilling den Tom Cruise Film hasste – aber sogar von hier, wo er saß, konnte Lou sehen, dass die E-Mail nicht von Theo war. Es war ein automatisches Update von einem der dreißig Netzwerkzugangspunkten, die man heimlich innerhalb eines fünfzig Meilen Radius von Envy eingerichtet hatte.

Das kurze Aufflackern von Hoffnung erlosch wieder.

„Die Geschichte kurz und knapp gefasst: ich musste Theo kurz ablegen und verstecken." Fence fuhr fort, als hätte nichts ihre Unterhaltung unterbrochen. Aber dann wiederum: er war im Gegensatz zu Lou und Sage wahrscheinlich nicht so darauf gedrillt, auf jeden einzelnen Ton von einem guten Dutzend PCs und Macs, wie hier aufgestellt, zu achten. „Ich hatte vor, sofort wieder zu ihm zurückzukommen, aber dann hat es mich schlicht durch den Boden eines Hauses geschlagen. Hab' mir die Birne richtig gut angeschlagen. Als ich wieder zu mir kam, musste ich erst einmal meinen Arsch da rausbekommen, und als ich dann wieder dort ankam, wo ich ihn gelassen hatte, war Theo weg."

„Keinen Hinweis darauf, wo er hingegangen ist?"

„Er ist ganz scheiße nochmal sicher nicht aufgestanden und davonspaziert, Lou. Und es war kein Tier, das ihn sich geholt hat, oder ein Zombie, denn die hätten irgendwas wie 'ne Spur hinterlassen." Fences Wut, die ehrlich gesagt mehr gegen sich selbst als gegen Theo gerichtet zu sein schien, legte sich anscheinend wieder etwas, als er sich mit einer Hand über den kahlen Schädel fuhr. „Ich habe überall gesucht, aber ich konnte nicht eine Spur von ihm finden. Niente. Er war wie vom Erdboden verschluckt."

„Aber er war angeschossen", sagte Lou und war jetzt vorsichtig bei seiner Wortwahl. Denn die Realität dämmerte ihm jetzt. „Er würde nicht lange überleben ohne medizinische Versorgung."

„Nein." Die Stimme von Fence war kaum mehr als ein Flüstern. „Ich sehe da echt nicht, wie er es ohne Elliotts Hilfe schaffen kann."

Was bei dem großen Kerl seine Art war zu sagen, dass er tot war. Theo war tot.

Nein.

Theo war unzerstörbar. Er hatte mehr Leben als eine Katze.

Nein.

Lou stand jetzt auf und fühlte wie jedes Gelenk seiner achtundsiebzig Jahre protestierend ächzte. An manchen Tagen fühlte er sich jünger, als sein Bruder aussah – was so um die dreißig heißen sollte. Aber an einem Tag wie dem heutigen, da fühlte er sich noch älter als Gott selbst.

„Ich gehe Jade und Elliott holen", sagte Sage, die schon zum Ausgang ihres geheimen, unterirdischen Computerraums ging. „Simon wird auch mitgehen wollen, und Wyatt. Um nach ihm zu suchen." Sie schaute kurz zu Fence.

Er nickte, sein dunkles Gesicht erschöpft, aber seine Augen wach. „Jep. Es ist eine Tagesreise von hier."

„Diesmal komme ich mit", sprach Lou, seine Stimme ausdruckslos. „Diesmal werde ich nicht hier zurückbleiben."

Sage öffnete den Mund, um dagegen zu halten, aber Lou war nicht in der Stimmung auf sie zu hören. „Ich werde Scheiße nochmal mitgehen. Ende der Diskussion."

Und dann schloss er für einen Augenblick die Augen und fühlte. Streckte sich nach jenem fühlbaren Faden, der ihn mit Theo verband – eben jener Faden, der ihm gesagt hatte, dass sein Bruder den Wechsel auch überlebt hatte. Der Faden, der ihn damals näher und näher in die Richtung von seinem Zwilling gezogen hatte, bis er ihn schließlich fand.

Zum ersten Mal überhaupt fühlte er gar nichts. Der Faden war zerrissen.

Lou öffnete die Augen und ihm wurde klar, dass er alleine war.

Nimm den Kristall.

Selena starrte auf den Mann herab, der selbst im Tode noch schön war. Mit seiner glatten, ein bisschen schimmernden, olivfarbenen Haut und den dichten, schwarzen Wimpern.

Es war zu spät.

Und doch: irgendetwas veranlasste sie zu der kleinen Truhe in der Ecke zu gehen, wo sie immer döste, während sie hier nachts Wache hielt. Sie hatte den Kristall heute Morgen dort hinein getan, was ungewöhnlich war, da sie ihn meist sicher in ihrem Zimmer verstaute.

Sie öffnete den Riegel und holte das kleine, gezackte Stück rosafarbenen Steins heraus. Er fühlte sich unter ihren Händen warm an und für einen kurzen Moment lang gab Selena der Wut und den Schuldgefühlen nach. Wenn sie schneller gewesen wäre, sich nicht um Clara gekümmert hätte, hätte das einen Unterschied gemacht? Für ihn?

Nimm den Kristall.

Aber wie? Selbst wenn es nicht zu spät war, was hätte sie damit denn tun können? Er wurde nicht für die Heilung von Menschen benutzt.

Der durchsichtige Stein, der etwa so groß wie ihr Daumen war, hatte tief innen drin dunkelrote Adern. Selena schaute ihn an und der Edelstein schien wärmer zu werden, während sie da auf ihn herabstarrte. Weil ihre Hand sich um ihn schloss, logisch.

Oder nicht.

Sie besaß ihn, schon so lange sie zurückdenken konnte. Laut Vonnie hatte der Kristall zwischen ihren Wickeltüchern gesteckt, unter ihrem Arm, als sie Selena gefunden hatte. Ob absichtlich oder aus Versehen wusste niemand. Jahrelang hatte Selena ihn irgendwo zwischen ihren persönlichen Sachen aufgehoben, weil sie sicher gewesen war, dass er Lena gehörte, der Name, den sie der Frau gegeben hatte, die sie während des Wechsels geboren hatte. Ob es sich nun wirklich so verhielt oder nicht, wusste sie nicht. Aber sie wusste, dass es unter ihrem Arm schon immer ein kleines rosa Geburtsmal, so etwa von der Größe des Steins hier, gegeben hatte.

Im Alter von Achtzehn hatte sie seine Kraft entdeckt und seinen Zweck. Es gab Tage, da wünschte sie sich, dass sie es nicht getan hätte, immer wenn sie sich fragte *Warum ich?* Und jetzt blickte sie automatisch zum Fenster hin, um nach der Position der Sonne zu schauen. Ein Schaudern machte sie prickeln. Die Nacht würde bald anbrechen.

Sie zwang sich vom Fenster wegzublicken und strich mit dem Daumen über den Kristall. Trotz der Macht des Steins sah sie nicht, wie er in dieser Situation helfen könnte. Er war ein Mann, kein Zombie.

Selena packte den rot geäderten Stein fester und ging zu dem Bett von dem Drachenmann zurück. Er lag immer noch halb auf der Seite, da er sich in seinen letzten Momenten noch bewegt hatte. Ein Bein, das stark und kräftig aussah, lag halb über dem anderen ausgestreckt, nackt, dort wo seine Jeans nach oben verrutscht war.

Wie zuvor auch wurden Selenas Augen unweigerlich von dem wilden blauen Drachen angezogen, der sich an dem glatten Rücken entlangschlängelte und mit dem Funkeln in seinem einen Auge endete.

Ein kleines Prickeln schoss ihr den Arm hoch, ausgehend von der Hand, die den rosa Stein hielt. Fast wie ein Funke. Oder ein wirklich kräftiger Knuff.

Sie keuchte auf, nicht vor Schmerz oder Überraschung, sondern weil sie begriff. Jetzt alles verstand. *Oh.*

Ha! *Wirklich?*

Sie fuhr sich mit der Zunge über die Lippen, kaute nervös auf der unteren, während sie ihren Griff um den Stein etwas lockerte und ihn jetzt an das Auge des Drachens brachte. Ihre Augen schloss. Und betete.

Bei dem heftigen Schock riss sie die Augen gerade noch rechtzeitig auf, um zu sehen, wie der Mann sich durchbog, zurückzuckte und fast wie eine Peitsche einmal ausholte. Und dann wieder auf dem Bett zusammensackte. Sie starrte runter: auf den Kristall, den sie immer noch hielt, auf die glatte Haut seiner nun sichtbaren Brust, die sich hob und senkte, und entlang seinem angespannten Hals mit den hervortretenden Sehnen, über die geöffneten Lippen hinweg und höher.

Er öffnete die Augen.

„Peng", sagte Selena. „Und heiliger Bimbam."

❧

Theos Gehirn war wie Brei, wie der graue, klebrige Haferbrei, den seine Mutter im Winter früher immer für ihn und Lou zum Frühstück gemacht hatte. Die einzige Möglichkeit, wie er genießbar wurde, war, indem sie ihn mit braunem Zucker, getrockneten Kirschen und literweise Milch ertränkten.

Er schaute sich in dem Zimmer um und versuchte sich daran zu erinnern, wie er hierhergekommen war. Oder auch nur, wo er war. Der Ort kam ihm nicht bekannt vor, mit diesen Laken aus hellem Tuch, die von der Decke herabhingen, als sollte dadurch ein kleiner, abgetrennter Raum für sein Bett geschaffen werden. Das Fenster neben ihm zeigte an, dass es früh am Morgen war oder allmählich dunkel wurde. Der leichte Durchzug brachte Duft von Blumen mit sich.

Das leise Murmeln von Stimmen verriet ihm, dass er nicht alleine war, aber wegen der Trennwände, konnte er niemanden sehen. War das hier eine Art Krankenhaus? Ein altes Haus, das man zu einem Krankenhaus umfunktioniert hatte? Ein ziemlich verdammt großes Haus, von dem, was er hier erkennen konnte. Die Decken waren sehr hoch und das Fenster neben ihm war hoch und breit. Er versuchte sich aufzusetzen, um aus dem Fenster zu schauen und nachzusehen, ob das da draußen ihm etwas bekannter vorkam, aber er war zu schwach und der Kopf drehte sich ihm.

Also konzentrierte Theo sich auf das, was er wusste, und schloss die Augen, um besser nachzudenken. Erinnerungsfetzen blitzten ihm durch den Kopf: er ritt mit Quent und Fence durch den kühlen, grünen Wald ... das Aufeinandertreffen mit dem Kopfgeldjäger Seattle und das unerwartete Feuer, das sich durch seine Brust und noch weiter fraß. Er war angeschossen worden. Dann ... Schwerfälligkeit und graue Strudel vor den Augen. Eine sanfte Stimme, sachte Hände, ineinander verschwimmende Eindrücke von Tageslicht und Nacht, von etwas Warmem und Flüssigem, das ihm zwischen die Lippen tröpfelte.

Sage.

Er zog ihr Gesicht, ihr feuerrotes, leuchtendes Haar und die klaren blauen Augen in sein Gedächtnis hinein, wie eine tröstende Bettdecke über sich. Er hatte in seinem Rucksack Bücher für sie, nicht wahr?

Theo öffnete die Augen und starrte auf einen kleinen Riss in der Decke, während er sich konzentrierte ... und dann stürzte diese Welle der Erinnerung über ihn herein, gefolgt von einer Breitseite aus Schmerz. Stumpf und schwer legte es sich in seinen Magen.

Sage hatte sich für Simon entschieden.

Genau.

Theo presste die Augen fest zu, drehte den Kopf zur Seite, als wolle er das Wissen darum beiseite schieben. Das war der Grund, warum er so scharf darauf gewesen war, mit Quent und Fence auf diese Mission zu gehen. Um aus Envy wegzukommen, weg von Sage und Simon und den vertrauten Blicken, die sie miteinander austauschten. Und den Berührungen im Vorübergehen, so nebenbei und ganz wie von selbst. Und vor allem anderen dann: dieses Leuchten vom Glücklichsein, das irgendwie in ihrem Gesicht durchschimmerte.

Plötzlich wurde ihm bewusst, dass er nicht alleine war. Etwas Neues lag in der Luft und hatte einen blumigen Duft mit sich gebracht. Theo öffnete die Augen und entdeckte eine Frau, die nahe am Bett stand und auf ihn herunter blickte.

Er konnte sie nicht wirklich alt nennen, denn sie war wahrscheinlich jünger als er, obwohl er nicht älter als dreißig aussah. Er schätzte sie so auf sechzig, aufgrund der zarten Linien, die ein feines Muster auf ihre Wangen zeichneten und weil ihre Kieferpartie nicht mehr ganz so straff war. Eine jung aussehende Sechzigerin, aber dann doch immerhin noch zwölf Jahre jünger als er – in echten Lebensjahren.

Und was waren das für lange Lebensjahre gewesen, die letzten fünfzig davon. In einer Welt durchlebt, die quasi dem Erdboden gleich gemacht und dann langsam wieder aufgebaut worden war.

Die Frau, die mit dem Alter weich und rund geworden war, hatte schweres, dunkles Haar, mit viel Weiß darin, das sich wie ein wild gewordener Mop um ihr Gesicht und Kinn legte. Ihre graubraunen Augen funkelten vor Energie und ihr Mund schien bereit sich zu einem ständigen Lächeln zu kräuseln. Sie hielt ein Büschel silbrig-grüner Blätter in der einen Hand und eine Tasse, in der ein Löffel steckte, in der anderen. „Du bist wach", sagte sie und wiederholte damit das Offensichtliche, drehte sich dann wieder weg, um jemand anderen irgendwo weiter weg herbeizurufen, „er ist wieder wach!" Der Löffel schepperte.

Und als ob sie ihm nicht gerade das Trommelfell zerrissen hätte, zog sie einen Stuhl zu sich heran und nahm mit Gusto darauf Platz. Der Löffel schepperte erneut in der Tasse, als sie sich noch näher her beugte. „Du warst die letzten drei Tage mal bei Bewusstsein und dann wieder nicht. Aber das jetzt hier, so klar habe ich deine Augen noch nicht gesehen, also bleibst du diesmal vielleicht etwas länger bei uns, hm?"

Theo war noch nicht so weit, um seine Stimme zu testen, also nickte er einmal. Der Geruch, der von was auch immer da in der Tasse war, machte, dass sich ihm der Magen zusammenzog. Er war verflucht hungrig und er hoffte, es war für ihn bestimmt.

Zu seiner Enttäuschung setzte sie die Tasse auf dem Tisch neben ihm ab und wedelte mit dem Büschel von würzig riechenden Blättern. Sie waren länglich und schmal, mit einer kieselartigen Oberfläche und rochen etwas muffelig, fast ranzig. „Wir waren uns nicht sicher, was du mit denen hier machen wolltest", sagte sie, während sie damit vor ihm wedelte. „Willst du, dass wir dir einen Tee machen oder sie da rein tun – das ist Brühe", sagte sie, während sie mit dem Daumen kurz auf die Tasse zeigte. „Oder isst du sie so? Wie einen Salat?"

Theo starrte sie an, versuchte ihre Worte zu begreifen. Aber es gelang ihm nicht, also musste er es mit der Stimme probieren. Was, wie sich herausstellte, recht gut funktionierte. „Was ist es?"

Die Frau lehnte sich überrascht auf ihrem Stuhl zurück. „Na, das ist Salbei. Du hast immer danach, nach Sage, gefragt, oder etwa nicht? Wir haben ein paar Tage gebraucht, bis wir etwas davon fanden, aber..."

Theo hatte sich schon weggedreht und wenn es möglich war, dass ein kranker Mann rot wurde, dann tat er das gerade. *Ach du lieber Himmel.* „Könnte ich nur die Brühe haben", war alles, was er sagte. „Ich bin hungrig."

„Natürlich", sagte sie zu ihm und zu seiner großen Erleichterung legte sie das Bündel Kräuter auf dem Tisch ab.

Er hatte schon drei Esslöffel von der köstlichsten Brühe intus, die er je gegessen hatte, als eine andere Frau hinter den Vorhang-ähnlichen Mauern erschien. Obwohl er mehr an der Suppe interessiert war als an diesem Neuankömmling, war Theos erste Eindruck einer von friedvoller Energie.

Was wie ein Oxymoron klang, aber er verließ sich hier gerade auf die ersten Eindrücke eines immer noch grau-klebrigen Hirns. Andere Dinge drangen ebenfalls durch diesen Brei durch: die Tatsache, dass sie jünger war als die erste Frau, mit langem, dichtem, dunkelbraunem Haar, einem etwas schlankeren Körper, kein ganz so lautes Energiebündel ... aber fachkundig. Fachkundig, friedvoll, heiter.

Sie trat an das Bett und blieb daneben stehen, starrte herab, als hätte sie ihn nie zuvor gesehen. Und vielleicht hatte sie das auch nicht; wie zum Teufel sollte er das schon wissen? „Du bist wirklich am Leben", sagte sie. Verwunderung in der Stimme. „Wie fühlst du dich?"

„Hungrig", sagte er und öffnete den Mund weit genug, damit der Löffel reingleiten konnte. Auf einmal kam er sich ein bisschen komisch vor, mit zwei Frauen, die hier auf ihn runterblickten, und dass er wie ein Baby mit dem Löffel gefüttert wurde.

„Ich übernehme das", sagte sie, während sie sich zur älteren Frau umdrehte. „Danke, Vonnie."

Vonnie stand mit der gleichen Munterkeit wieder auf, mit der sie sich gesetzt hatte, wobei sie gegen das Bett stieß, als sie sich beiseite schob, um der neu hinzugekommenen Frau Platz zu machen. „Ich geh dann mal und schaue nach Maryanna."

„Sie scheint Schmerzen zu haben. Vielleicht kannst du ihr einen Bong anwerfen? Sie ist noch nicht bereit zu gehen." Ihre Stimme klang ein klein wenig angespannt, aber wie sollte Theo denn wissen, wie ihre Stimme normalerweise klang? „Und Sam hat sich beschwert, dass er Hunger hat."

„Was wäre daran denn neu?", sagte Vonnie, während sie sich geräuschvoll einen Weg aus dem kleinen Tuch-umsäumten Abteil hier bahnte. Sie warf die Hände in die Luft und lachte einmal kurz auf, als sie den Raum dort draußen durchquerte, was die Tücher dazu brachte sich etwas zu blähen. „Ich kümmere mich darum. Lass dir Zeit, Selena."

Selena hielt einen Löffelvoll von der Brühe hoch, aber Theo, der sich lächerlich vorkam und auch ein bisschen wie ein Insekt, das man an eine Korkwand gepinnt hatte, wegen der Art und

Weise, wie sie ihn anschaute, schob sich mühsam in eine etwas aufrechtere Position. „Ich kann selbst essen. Danke."

Ohne ein weiteres Wort gab sie ihm die Tasse und den Löffel und schaute schweigend zu, wie er den Löffel ignorierte und aus der Tasse schlürfte.

„Du bist vor drei Tagen gestorben", sagte sie dann.

Theo tat der Kopf weh und – ganz plötzlich – auch die Brust. Alles tat weh. Surreal. Das war alles, was er denken konnte. Das war surreal. An einem Ort zu sitzen, wo er niemanden kannte, keine Ahnung hatte, wie er hierher gekommen war, von einer Frau namens Selena gepflegt wurde, gerade gesagt bekam, dass er gestorben sei. Vor drei Tagen.

Mit einem verdammten Bündel Salbei hier auf dem Tisch neben ihm.

Er war sich nicht sicher, ob er weinen oder lachen sollte.

„Bin ich jetzt tot?", was das Einzige, was ihm zu sagen einfiel. Er könnte im Himmel sein. Oder wo auch immer man hinging, bevor man dort hinkam, denn der liebe Gott wusste nur zu gut, dass er nicht perfekt war. Er war ganz sicher nicht in der Hölle. Denn die hatte er in Envy schon gehabt, wo er Sage und Simon zusehen musste.

Selens schüttelte den Kopf. „Nein, ich habe dich wieder zurückgeholt."

Theo kippte die Tasse mit etwas zu viel Schwung nach hinten und verschluckte sich an einem großen Schluck Brühe. Wieder von dort zurück geholt zu werden, lag in dieser Welt außerhalb des Möglichen. Vor dem Wechsel war es vielleicht noch möglich gewesen, vor dem Juni 2010, als es noch Defibrillatoren und so was wie eine Notaufnahme gab ... aber nicht hier.

Obwohl ... hatte Lou nicht behauptet, dass er ihn wiederauferstehen hatte lassen, nachdem er ihn während des Wechsels in der unterirdischen Kammer aufgefunden hatte? Er riss immer noch Witze darüber, Theo wieder zum Leben erweckt zu haben, aus einem Koma-ähnlichen Schlaf.

Theo schluckte. „Wie hast du das gemacht?", fragte er und hielt dabei seine Stimme im gleichen Plauderton wie sie ihre.

„Ich bin mir nicht sicher", erwiderte sie und um ihre Augen tauchten nachdenkliche kleine Falten auf. Ein kleines Lächeln, vielleicht ein wenig reumütig und sogar verwirrt, machte, dass weitere kleine Falten um ihre Mundwinkel da auftauchten. Keine Grübchen, keine Falten ... sondern Lebenslinien. Ihm ging plötzlich auf, dass sie vielleicht sogar schon über vierzig war.

„Es war eine Art Wunder", fuhr sie fort. „Ganz eindeutig ein Wunder. Es ist noch zuvor passiert. Aber du warst ganz eindeutig tot. Über ... fünf, zehn Minuten."

Theo fand, dass ihm diese Idee letztendlich doch nicht zusagte. Er war das letzte Mal ja auch nicht richtig gestorben, nicht wahr? Er schloss die Augen und öffnete sie dann wieder.

Ihre Augen, so fiel ihm auf, waren von einem hellen, satten Braun. Die Farbe von Karamell oder Brandy und sie waren direkt auf ihn gerichtet. „Vielleicht würdest du mir deinen Namen verraten, damit ich dich nicht mehr Wonderman nennen muss? Oder Drachenmann?"

„Theo."

„Nun, willkommen zurück unter den Lebenden, Theo", sagte Selena. Sie setzte sich auf ihrem Stuhl zurecht und er revidierte seine vorherige Einschätzung. Ganz sicher nicht älter als vierzig. Nicht mit einem goldenen Körper, der so fit und kurvenreich war. Vielleicht sogar Anfang Dreißig. Schau dir nur die Arme an. „Wie fühlst du dich? Außer hungrig?"

Müde und wund", erwiderte er und zog sich noch etwas höher rauf. „Nicht ganz klar im Kopf. Wo bin ich denn übrigens?"

Sie hatte das verdammte Bündel Salbei in die Hand genommen und strich mit ihren Fingern über die langen, ovalen Blätter. „In der Nähe von Yellow Mountain."

Yellow Mountain. Irgendwo tief unten klingelte etwas, aber die Klebrigkeit hinderte ihn daran, sich zu fokussieren. „Ich bin aus Envy. Weißt du, wo das ist?"

Selena zuckte mit den Schultern und winkte vage mit einer Hand. „In die Richtung? Ich habe Leute, die von überall her kommen, darunter auch aus Envy. Ich frage nicht nach Einzelheiten; es reicht, dass sie hier sind."

Theo roch etwas und einen Augenblick lang lenkte es ihn ab. Ein vertrauter Geruch, süß und unverwechselbar, stieg da auf. Er roch noch einmal kurz, nur um sicher zu gehen. „Ist das Marihuana?"

Sie nickte und nahm ihm die leere Tasse ab. „Ja. Möchtest du etwas davon?" Sie lächelte, fügte dann hinzu. „Ich meine, möchtest du noch etwas Suppe? Außer du hast Schmerzen, und in dem Fall lasse ich Vonnie den Bong herbringen, wenn sie bei Maryanna durch ist. Es scheint ihr zu helfen und wenn es irgendetwas gibt, was ich tun kann, um die Dinge leichter zu machen, dann tue ich das."

Na alles klar. Und es war ja nicht so, als wäre Gras jetzt noch illegal. Gesetze gab es in dieser Welt so gut wie gar keine, ganz besonders außerhalb von Envy nicht, welches die größte, bekannte Siedlung von Menschen war.

„Ich habe keine Schmerzen. Aber mein Magen könnte noch was vertragen."

Und dann auf einmal fiel diese Trübheit weit genug von ihm ab, so dass ihm aufging, wer sie war. „Du bist die Todeslady."

Ein kleines, wenig humorvolles Lächeln zuckte ihr um die Lippen und sie nickte. „Ja, so nennt man mich."

Er hatte von ihr gehört, von dieser Frau, die ihr Leben damit zubrachte, bei den Leuten zu sitzen, während diese starben, für sie sorgte und ihnen half. Wie ein Post-Wechsel Hospiz, so stellte er es sich vor. Und da es keine echten Ärzte und ganz gewiss keine Krankenhäuser gab, wusste Theo ganz genau, wie viel sie zu tun hatte. Und wie wichtig ihre Rolle war. Er hatte schon in Envy von ihr gehört, und auch auf seinen Missionen, die ihn jenseits jener sicheren Stadtmauern führten, auf denen er versuchte neue Mitglieder für die geheime Widerstandsbewegung zu gewinnen und neue Netzwerkstützpunkte einzurichten, um ihre Art von Post-Wechsel Internet allmählich aufzubauen.

„Wie zum Teufel hast du damit–", setzte er an und merkte dann, dass sein Ton ihn wie einen totalen Vollidioten klingen ließ, also setzte er noch einmal an, und diesmal mäßigte er seinen Ton, „wie bist du denn dazu gekommen, das hier zu tun?"

Selena setzte die Tasse ab und lehnte sich auf ihrem Stuhl zurück, wobei sie die Arme unter Brüsten verschränkte, die ihr T-Shirt recht hübsch ausfüllten. „Die meisten meiner Patienten – so nehme ich an, kann man sie nennen – reden nicht viel und stellen mir ganz sicher keine so direkten Fragen. Aber na ja, jeder andere, der bislang zu mir gekommen ist, hat diese Welt schon verlassen und ist in die andere hinüber gegangen. Also nehme ich an, dass du schlicht grundsätzlich anders bist."

„Nun, jep. Da du mich schon zum Leben erweckt hast, musst du die Schuld ganz allein bei dir suchen. Du hättest es auch einfach sein lassen können, weißt du." Er lächelte etwas reumütig.

Sie betrachtete ihn nachdenklich. „Das hätte ich tun können", entgegnete sie und nickte, als wäre da ein großes Geheimnis aus ihren Augen abzulesen. „Aber man hat mir gesagt, wie ich dich retten kann, also habe ich es getan."

„Man hat dir gesagt, wie du mich retten kannst? Darf ich fragen wer? Und wie?"

Selena erhob sich und griff auch zur Tasse, der Löffel schepperte wieder. „Du kannst fragen, aber ich denke, das behalte ich erst einmal für mich. Ich werde dir noch etwas Suppe besorgen und wenn du richtig nett bist, erzähle ich dir, wie es kam, dass man mir den Namen eines weiblichen Zauberers gab."

Und damit drehte sie sich um und verließ den Raum, bevor er eine Chance bekam, sie sich einmal genauer anzusehen.

Nichts überraschte ihn mehr, als die vage Enttäuschung darüber, dass ihm das verwehrt blieb.

Bin wohl noch nicht ganz hinüber.

Selena löffelte mit einem Schopflöffel die Brühe, die man aus Paprika, Karotten und Zwiebeln gemacht hatte, zuerst angeröstet und dann sanft in Wein geköchelt, der mit Sellerie, Petersilie und Knoblauch gewürzt war. Sie roch köstlich und ließ ihr das Wasser im Mund zusammen laufen. Und Theo hatte die Suppe ganz gewiss genossen, wenn man sich betrachtete, wie er sie runtergeschlürft hatte.

Weniger gefallen hatte ihm wohl, dass man ihn wieder zum Leben erweckt hatte.

Kein bisschen Dankbarkeit dafür.

Er hatte es nicht deutlich gesagt oder *in Worten* ausgesprochen, aber sie spürte es. Da war ein gewisser Widerwille, in diese Welt zurückzukehren, in diese Ebene.

Es gab einige, die gegen den Tod ankämpften, und einige, die einfach hinüberglitten – es hing davon ab, ob sie hier noch etwas zu erledigen hatten oder nicht. Aber der hier ... dieser Drachenmann ... er hatte weder das eine noch das andere getan. Er schien einfach bereit. Müde.

Warum hast du mir gesagt, ich soll ihn retten? Sie sah sich um, ganz automatisch nach oben zur Decke hin, auch wenn die Begleiter normalerweise auf Augenhöhe saßen oder standen. Als würde es darauf eine Antwort geben. Seit vierzig Jahren schon fragte sie nach dem *Warum* und noch nie hatte sie eine klare Antwort erhalten.

Aber gelegentlich erschien der Begleiter, den sie mittlerweile als ihren persönlichen Schutzengel betrachtete. Gab natürlich keine Antworten auf das Warum ... nur Hinweise. Genau wie sie es getan hatte, als Selena zum ersten Mal die Erfahrung der Todeswolke gemacht hatte – oder zumindest das erste Mal, dass sie sich daran erinnerte.

Sie war fünf Jahre alt und saß neben einer alten Frau draußen auf einer Wiese und machte eine Halskette aus Gänseblümchen, während Vonnie mit der Tochter der alten Frau Himbeeren pflückte. Die alte Frau schein so trocken und verdorrt wie ein alter Stock, den ein Luftzug jeden Moment wegblasen könnte, und schrumpelte ganz einfach in friedlicher Stille in sich zusammen. Ihre Augen waren wässrig, leuchteten aber, und sie sprach wenig, meistens gar nichts. Ihre Haare waren weiß, mit einem bisschen Grau darin.

Selena erinnerte sich daran, weiter gebabbelt zu haben, immer weiter zu der alten Frau, als die Frau mit den blonden Haaren, die oft vorbeikam, um ihr und Vonnie zu helfen, erschien, plötzlich auf dem Gras da saß. Zu der Zeit dachte sie wenig über die Tatsache nach, dass die geheimnisvolle Wayren oft aus dem Nichts auftauchte, wie ein Luftzug; es war einfach die Art, wie sie auftauchte und wieder verschwand. Wie Selena in der Zeit danach gelernt hatte, waren Kinder oft viel empfänglicher dafür, die Gegenwart von Begleitern und Engeln zu akzeptieren, als ihre älteren Mitmenschen es waren.

„Schau", hatte Wayren zu ihr gesagt, ihr blondes Haar schimmerte in der Sonne. Es schien sie immer ein glückliches Schimmern zu umgeben, aber an dem Tag schien es größer und größer zu werden ... und schließlich umfing es die gebrechliche alte Frau.

Im Sonnenlicht sah Selena das Glitzern, die kleinen Funken um die Frau herum. Silbern und grau, und dann bläulich, die kreisten, durcheinander wirbelten, in einer Spirale nach oben tanzten.

„Das ist hübsch", sagte sie.

Wayren nickte. „Niemand außer dir kann es sehen. Es ist eine Gabe. Aber auch mehr als das. Es ist eine Verantwortung. Nun. Nimm ihre Hand, denn sie wird deine Hilfe brauchen. Sie ist gerade dabei, von uns zu gehen."

Selena begriff nicht, wie die Frau weggehen würde, wenn sie ihre Hand hielt, aber sie tat, was ihr Begleiter ihr sagte. Während sie die zerbrechlichen, mageren Hände ergriff, schaute sie in die graubraunen Augen der alten Frau.

Der Wirbel aus funkelndem grauen und blauen Nebel wurde stärker und sie wusste, etwas würde jetzt gleich passieren. „Halt meine Hand", sagte sie und wusste gar nicht, woher die Worte kamen. „Ich werde hier sein."

Und so war es geschehen. Selena hatte keine Angst gehabt, war nicht einmal besonders traurig gewesen. Diese Gefühle hatte sie erst entwickelt, als sie älter wurde und anfing zu verstehen, was es für die Leute bedeutete, die zurück blieben.

Sie brauchte noch länger, um zu verstehen, was Wayren damit gemeint hatte: es wäre eine Verantwortung. Dass es etwas war, was sie benutzen musste, einsetzen musste, um den Leuten zu helfen, den Weg zwischen Leben und Tod zu finden. Sie half ihren Schmerz zu mindern – den körperlichen und, noch wichtiger, den emotionalen und spirituellen.

Aber den wichtigsten Teil ihrer Berufung erfuhr sie erst, als sie viel älter war, als sie die Kraft des Kristalls entdeckte, und was sie damit tun musste.

Sie gab sich einen kleinen innerlichen Ruck und, nachdem sie wieder in der Gegenwart angelangt war, griff Selena sich Theos frisch aufgefüllte Tasse und den Löffel. Nach einem kurzen Nachdenken, fügte sie dem kleinen Teller eine dicke Scheibe Brot mit Sonnenblumenkernkruste hinzu. Er sah recht hungrig aus. Als sie an dem Fenster vorbeiging, konnte sie nicht ignorieren, dass die Sonne sich tief gesenkt hatte und nun auf dem Horizont zu ruhen gekommen war, eine endlose Entfernung weit weg.

In ein paar Stunden die Dunkelheit. Die Nacht schien in letzter Zeit so viel schneller zu kommen. Zu schnell. Und dann würde sie dort hinaus gehen müssen, in die Nacht hinein. So viele Zombies finden, wie sie konnte – oder sich von ihnen finden lassen. Selena blickte in die Ferne, hin zu dem lila-grauen, gezackten Umriss der Berge und dem matten Grün der Wälder, den schachtelartigen Umrissen von zerstörten Gebäuden, welche da und dort im Raum dazwischen verstreut waren. So friedlich. Jetzt.

Aber schon bald...

Ich könnte heute Nacht hier bleiben.

Die Versuchung packte sie, wickelte sich um sie wie ein Schraubstock an ihrem Hals. Nur eine Nacht.

Sie könnte bei ihren Patienten sitzen, sie könnte sogar einen bissig-witzigen Schlagabtausch mit dem erstaunlich-wundersamen Theo veranstalten, ihm zusehen, wie er noch mehr Suppe verschlang. Vielleicht sogar sehen, ob er ihr ein ebenbürtiger Schachgegner wäre, da niemand anders hier das sonst konnte. Versuchen herauszufinden, wie man den alten DVD-Player reparieren könnte, der letztendlich den Geist aufgegeben hatte.

Während sie in die langen Schatten starrte und ganz automatisch nach den schwerfälligen Bewegungen der Zombies Ausschau hielt, fühlten sich Selenas Schultern verspannt an, als könnten sie bei der kleinsten Bewegung einfach auseinanderbrechen.

Sie wusste, sie konnte sie nicht alle retten. Natürlich konnte sie nicht alle retten. Genauso wie sie auch nicht jeder sterbenden Person den Weg auf die nächste Ebene leicht machen konnte.

Sie könnte hier bleiben.

Aber das würde sie nicht, verdammt. Sie würde es nicht.

Weil es ihre Gabe war. Und ihre Verantwortung.

2
〰

Als Theo sich durch die Träume hindurch kämpfte und seine Augen mühsam aufbekam, war es dunkel. Aber diesmal brauchte er keine Sekunde, um sich zu erinnern, wo er war.

Ruuu-uuuthhhh. Ruthhhhhh.

Die klagenden Schreie der Zombie-ähnlichen Ganga in der Ferne drangen durch die Stille und zuerst dachte er, sie wären ihm aus seinen Träumen nachgejagt. Das Fenster stand offen, was eine frische, nächtliche Brise über seine verschwitzte Haut gleiten ließ. Feucht und klebrig war er wegen der Erinnerungen an Tod und Zerstörung, jetzt genau so eindringlich und grauenerregend wie sie es in seiner Wirklichkeit vor fünfzig Jahren gewesen waren ... und in den Jahren seither. Er schloss die Augen, versuchte die Überbleibsel der Alpträume zu bannen, die sich festklammerten wie hartnäckiges Moos. Sie wollten nicht von ihm lassen.

Sie kamen nicht jede Nacht, nicht mehr. Aber oft genug, so dass er sich wie aus einem Loch freischaufeln musste. Und in den Nächten, in denen er das nicht tun musste, wachte er auf – dankbar für eine ganze Nacht Schlaf.

Ruuuuuuuthhhh.

Die Haare an seinem Körper stellten sich auf, als ihm aufging, dass diese stöhnenden Monster da die echten waren, irgendwo dort draußen in der Nacht.

Immer noch im Bett starrte er zum Fenster raus, nur in der Lage dort den schwarzen, mit unzähligen Sternen bestückten Himmel zu sehen. In der Ferne konnte er ein paar ungelenke Schatten mit orangenen Augen erkennen, die verloren herumtorkelten, auf der anderen Seite der sicheren Mauer, mit der das Areal hier umgeben war. Zombie-ähnliche Ganga auf der Suche nach einem Mann namens Remington Truth.

Und irgendwo da draußen, jenseits davon, meilenweit weg, war Envy. Und Sage.

Mit Simon.

Theos Mund verzog sich bitter, wurde zu einem Strich, hier im Dunkeln, wo es keine Zeugen für seine Schwäche gab. Das Herz tat ihm weh. War leer. *Warum nicht ich?*

Und was jetzt? Es würde noch lange dauern, bis er es ertragen könnte, sie mit jemand anderem zusammen zu sehen.

Von jenseits der sanft wehenden Tuch-Wände hörte Theo das leise Murmeln von einem seiner Mitpatienten, gefolgt vom leisen Rascheln von Bettdecken. Jemand murmelte zur Erwiderung, leise und besänftigend, und er fragte sich, ob das wohl die Todeslady war, die etwas zu einem ihrer Schützlinge summte. Was genau tat sie denn, außer ihnen die Hand zu halten und ihnen einen Joint anzubieten?

Was für ein deprimierender Job. Leuten beim Sterben zuzusehen. Sein Mund wurde noch schmäler.

Er hatte in seinem Leben schon genug Leid und Tod gesehen. Mehr als die meisten Leute aus seiner Generation je erwartet hätten zu sehen. Und er hatte es oft genug in seinen Träumen und Erinnerungen wieder durchleben müssen, so dass er sich nicht vorstellen konnte, dem jeden Tag aufs Neue entgegenzutreten.

Und doch ... hatte jene Frau, jene Todeslady, eine friedvolle Aura um sich, schien sich nicht gegen Unabänderliches aufzulehnen.

Außer dass sie ihm noch einmal die Tasse mit Brühe nachgefüllt und angeboten hatte, zusammen mit einer Scheibe von dickem Schwarzbrot, war Selena nicht mehr aufgetaucht – zumindest nicht in Theos abgetrenntem Raum. Aber ihre Freundin, die ältere, etwas rundliche Frau, die Vonnie hieß, war mehrmals bei ihm vorbeigekommen, bevor es dunkel geworden war und die

Lichter abgedreht wurden. Sie hatte ihm dabei geholfen, sich zu waschen und es sich gemütlich zu machen, während sie die ganze Zeit drauflos redete, über ... nun, so schlicht alles. In seiner Sicht der Dinge schien sie ihm viel zu munter und tatkräftig, um die ganze Zeit bei sterbenden Leuten abzuhängen. Wohlwissend, dass es nichts mehr gab, was man für sie tun konnte, außer ihrem Schmerz und ihrer Gebrechlichkeit zuzusehen.

Irgendwo in dem endlosen Geplauder machte Vonnie mehrmals darauf aufmerksam, dass noch nie zuvor einer von Selenas Patienten sich wieder erholt hatte, so wie Theo, was ihn zu seinen eigenen miesepetrigen, mürrischen Gedanken führte: *Warum hatte sie denn dann ausgerechnet jetzt ihrer Erfolgsbilanz einen Knick verpasst?*

Und wer zum Teufel hatte es eingerichtet, dass man ihn ein zweites Mal von den Toten wieder auferstehen ließ? Reichte einmal denn nicht?

Theo seufzte und starrte an die Decke. Okay, er war also wieder an dem Punkt. Hätte tot sein sollen, wieder ins Leben zurückgeholt. Aber wozu? Warum ich?

Hölle nochmal, diese Frage hatte er sich die letzten fünfzig Jahre gefragt und er hatte noch keine Antwort drauf bekommen. Er hatte nach dem Warum gesucht, nach dem Grund, warum er verändert worden war – oder nicht – und dem Zweck. Und er war durchs Leben gegangen, hatte geschaut und darauf gewartet, dass irgendein großes Ereignis ihm die Frage beantwortete.

Nichts. Nur Tage um Tage und Jahre um Jahre, in denen er versucht hatte das Grauen zu überwinden, alles zu verlieren, was er je gekannt hatte, bis auf Lou.

Lou.

Verdammt.

Sein Zwilling war wahrscheinlich schon mehr als krank vor Sorge. Und Theo hatte kaum einen Gedanken an ihn verschwendet, wegen dem Totsein und so.

Aber es war ja nicht, als wäre er dem Tod nicht schon einmal von der Schippe gesprungen. Lou sagte, Theo hätte mehr Leben als eine Katze, und das war sogar schon vor dem Wechsel gewesen. Und seither ... nun, es lag gerade mal einen Monat zurück, da war er mit Elliott zusammen in einer alten Shopping Mall in einen Ganga Hinterhalt geraten. Und das war nur der jüngste Zusammenprall mit dem Sensenmann – den hier jetzt mal ausgenommen.

Er hatte wirklich versucht seine draufgängerische Ader etwas im Zaum zu halten, seinen Hang zum Abenteuer, in der Hoffnung, dass er und Sage ein Paar würden. Sie war ruhig und wissbegierig und schüchtern, und er hatte sie nicht einschüchtern oder beunruhigen wollen. Aber das hatte wohl keinen Unterschied gemacht, denn Simon war ein Mann mit einer Vergangenheit, in der Gewalt und Tod dazu gehörten.

Jetzt, in der Dunkelheit hier, die nur von einem verirrten Mondstrahl etwas aufgehellt wurde sowie einem entfernten Schimmern jenseits der Tuch-Trennwände, schob Theo sich mit abrupten, frustrierten Bewegungen in die Aufrechte. Es wäre sowieso leichter es jetzt zu tun, wenn er nicht allzu klar sehen konnte, wie der Raum um ihn kreiselte. Sein Kopf hämmerte. Argh.

Er musste seinen Bruder kontaktieren. Seine Füße berührten jetzt den Boden, wo sie auf einer Art unebenem, weichem Belag landeten. Er schwang sich von der Bettkante weg ... und musste sofort den Tisch packen, um sich davon abzuhalten, zu Boden zu gehen, als seine Knie nachgaben.

Schätze ich war nur ein bisschen tot.

Dieses Zitat aus dem alten Film zwang ihm wider Willen ein Lächeln ab und er stellte sich vor, wie Lou mit *Viel Spaß bei der Erstürmung der Burg!* antwortete.

Als er auf der Bettkante saß, endlich wieder etwas im Gleichgewicht, schloss Theo die Augen und ließ ganz sachte einen Gedanken wie ein Ballon hochsteigen, der in seinem Unterbewusstsein – oder was auch immer es war, das sie beide zu eng miteinander verknüpfte – nach Lou suchte.

Das war, warum Lou nach dem Wechsel nie aufgehört hatte, nach Theo zu suchen. Sie waren beide in Vegas gewesen, hatten an diesem Top-Level Computer-Sicherheitsprojekt für das

Venuto Casino gearbeitet. Sie erzählten den Leuten gerne, dass sie so etwas machten wie in *Ocean's Eleven* oder *Ocean's Thirteen* (niemals *Ocean's Twelve* – denn der Film war Murks).

Nachdem die Hölle losgebrochen war, hatte Lou behauptet, er wüsste, dass Theo noch am Leben wäre, aber drei Stockwerke unter der Erde begraben, in einem Computer Sicherheitsraum unter dem Venuto. Und im Gegensatz zu Lou hatte Theo den Wechsel nicht nur überlebt, es hatte ihn auch physisch verändert.

Seit dem Wechsel war die Zeit an Theos Körper fast spurlos vorüber gegangen, er war seit Jahrzehnten nicht mehr gealtert ... oder war zumindest sehr, sehr langsam gealtert. Seine Nägel und seine Bartstoppeln wuchsen in den ersten dreißig Jahren danach fast gar nicht. Der Tag, an dem er sein erstes graues Haar fand – lange nachdem Lou schon fast weiß war –, war für Theo ein Anlass zum Feiern. Aber das war nicht das gesamte Ausmaß der Veränderungen an seinem Körper, die dort, tief unter der Erdoberfläche, in dem Computer Sicherheitsraum passiert waren, während der verheerenden Ereignisse, als alles in dem Zimmer der Großrechner, Computer und Kabel explodiert war und sich wilde Funken sprühend in Bewegung gesetzt hatte...

Als Theo aufwachte, hatte er seinen Körper zerschunden, zerschrammt und blutend vorgefunden. Und unten an seinem Rücken eine Wunde, die viel zu lange brauchte, um auszuheilen. Erst Wochen später, nachdem Lou ihn von unten aus der Erde nach oben gezerrt hatte, realisierte Theo, dass sich dort ein kleiner integrierter Schaltkreis im weichen Gewebe seiner Muskeln hinten an seiner Hüfte eingenistet hatte. Und es war erst Wochen später, wie Theo aufging, dass der kleine Schaltkreis, wenn Theo das wollte, seinen Körper unter Strom setzen konnte.

Er war, um es kurz zu sagen, ein verdammter Versetz-mir-einen-Stromstoß-Batman, ein *Light my fire, baby* Superheld! Theo, die Ladestation.

Und jetzt, meilenweit entfernt von dem Platz, den er fünfzig Jahre lang sein Zuhause genannt hatte, bestand diese Verbindung zu Lou weiterhin. Theo streckte seine Fühler aus, spürte diesen kleinen Funken in seinem Bewusstsein ... und genau als die

Verbindung klar wurde, holte er einmal tief Luft ... fühlte seinen Bruder ... diese Welle aus Vertrautheit. *Hey.*

Theo! Die Antwort kam auf der Stelle retour und Theo verspürte gleich schlimmste Gewissensbisse, dass er nicht daran gedacht hatte, früher Kontakt zu ihm aufzunehmen.

Mich gibt's noch. Mir geht es gut. Müde. Sicher. Seine Antwort war weniger in Worte gefasst, denn in Gefühle und Emotionen. Es war die Art und Weise, wie sie sich untereinander verständigten und sich Dinge mitteilten.

Gott sei Dank! In Sorge, du verdammter Blödmann!

Theo nickte zu sich selbst. *Tut mir Leid. Später mehr.*

Mit den Händen, die sich um seine Knie klammerten, starrte er hinaus in die Dunkelheit und ließ zu, dass die Verbindung abbrach. Er war noch nicht bereit für mehr, noch nicht. Nur dieses eine kurze *Hey, es gibt mich noch und ich bin in Sicherheit.* Das würde seinen Bruder zumindest davon abhalten, sich auf die Suche nach ihm zu begeben. Und Simon mitzubringen.

Er brauchte ... Zeit. Zeit, um herauszufinden, was er war. Wer er war.

Und warum er Teufel nochmal wieder auferstanden war, sozusagen ein zweites Mal.

Ruuuuuthhhhhhh.

Das Stöhnen ließ ihn wieder auf die Welt da draußen achten,

Er hielt sich am Bett fest und dann am Tisch, und beugte sich dann zu dem Fenster hin, dort schob er dann mit einer großen Kraftanstrengung seinen Kopf durch die Öffnung. Die kühle Brise, vermischt mit dem üblen Geruch von faulendem Ganga-Fleisch, wehte über ihn hinweg.

Das Flackern von orangenen Lichtern, immer paarweise, erregte seine Aufmerksamkeit. Sie kamen vielleicht näher, aber die Zombies waren hinter der Mauer, die man um dieses ... Gebäude errichtet hatte. Ein großes Haus, vielleicht eine Art von Apartmenthaus. Er hatte nicht genug gesehen, um sagen zu können, was es genau war, und jetzt war es zu dunkel.

Aber was auch immer es nun war, er und die anderen Bewohner des Gebäudes waren vor den Ganga sicher. Sie konnten nicht klettern, also war es für sie unmöglich, über die Mauern zu gelangen. Und selbst wenn sie clever genug wären einen Eingang zu finden, würden sie nie im Leben imstande sein auszubaldovern, wie man eine Tür öffnete.

Blöde, langsam und unfähig mehr als eine Sache im Kopf zu behalten, waren die starken, großen Zombies nichtsdestotrotz eine Bedrohung für jedermann. Sie ernährten sich von Menschenfleisch, zerfleischten ihre Opfer ganz und gar, ließen nichts zurück außer einem Haufen von Knochen und Sehnen. Der einzige Weg einen Zombie zu zerstören, war ihm das Hirn zu Brei zu schlagen. Obwohl sie sich vor Feuer und Licht fürchteten, machte es sie nicht verwundbar, noch konnten ein Sturz oder eine Gewehrkugel oder ein Messer ihnen etwas anhaben.

Die Dunkelheit drehte sich nicht mehr um ihn und Theo rappelte sich mühsam und vorsichtig auf. Während er sich da immer noch an der Tischkante festhielt, streiften seine Hände die verwelkenden Salbei-Blätter, und er hielt kurz inne, um sich richtig zu orientieren.

Angetrieben sowohl von Neugier als auch von dem hundsgewöhnlichen Bedürfnis zu pinkeln, bewegte Theo sich langsam auf den Eingang von seiner Ecke im Hospiz hier zu. Die Tatsache, dass er es dabei schaffte in der Senkrechten zu bleiben, machte ihn wagemutiger und er passierte diese Trennwände noch zuversichtlicher. Jenseits davon fand er sich in einer Art Korridor wieder, der aus noch mehr von diesen Laken bestand. Dunkle Abschnitte zwischen den farblosen Wänden aus Tuch zeigten, dass es hier weitere „Zimmer" oder Räume für Patienten gab, und Theo hielt kurz an, um herauszufinden, welcher Weg ihn wohl zu einer Toilette bringen würde. Oder zumindest zu etwas Interessanterem als sachte wehende Betttücher, die von der hohen Decke hingen.

Ein Geräusch in der Ferne ließ ihn aufhorchen. Es war nicht die gedämpfte Stimme, die er zuvor gehört hatte, noch klang es wie jemand, der versuchte, jemand anderem die Schmerzen zu erleichtern.

Es klang wie ... Bedrängnis. Das war das Einzige, was ihm als Beschreibung zu dem dumpfen, kurzen und unvermittelten

Geräusch einfiel, dem dann rasch der leise, ärgerliche Klang einer Stimme folgte. Und eine andere, die genauso ungehalten klang.

Trotz seiner schlechten Verfassung bewegte sich Theo ziemlich schnell den Flur runter, hin zu den Geräuschen. Ein Klopfen und ein Schlag drang ihm an die Ohren, als er auf den Eingang zu einem Zimmer ging – ein wirklicher Eingang hier in dem Gebäude, nicht aus Bettlaken oder Tüchern – und fand sich in einem anderen Raum wieder. Jenseits davon sah er das Glänzen von Arbeitsflächen aus Metall und ein Spülbecken, in einem weiteren Bereich. Eine Küche. Also war er vielleicht in einem Esszimmer und dort drüben war die Küche.

Eine riesige Küche, das konnte er sehen, als er näher dran war, mit einem großen Arbeitsblock in der Mitte und blitzblanken Arbeitsflächen, die sich kilometerlang erstreckten. Die drängenden Stimmen, leise und abgehackt, kamen aus einer dunklen Ecke von irgendwo da drin. Er blieb stehen, als er eine davon sagen hörte, „ssch-ssssch. Du weckst sonst–"

„Das ist mir egal", erwiderte die andere leise Stimme, die mit einer kräftigen Prise Wut gewürzt war. „Du musst aufhören das hier zu tun. Bei allen *Heiligen*. Sieh dich nur an." Die Lautstärke stieg an, vor Angst schrill, und Theo erkannte Vonnies Stimme. Nicht mehr fröhlich und gut aufgelegt.

„Ich bin nicht fertig geworden. Ich muss–"

Er spähte um die Ecke und sah zwei Gestalten, die dort in der Ecke kämpften. Nicht miteinander; das war sofort klar in dem trüben Licht, das dort über dem Spülbecken hing. Nein, die größere, fülligere hatte den Arm um die schmalere gelegt und ging langsam und etwas unbeholfen auf den großen Arbeitsblock zu. Der Vorhang aus glatten, dunklen Haaren war ein weiteres Indiz, dass es sich bei der stolpernden Gestalt, die da festgehalten wurde, um Selena handelte.

Etwas schimmerte da vorne an ihrer Kleidung. Etwas Dunkles und Glänzendes. Etwas Nasses.

„Was ist passiert?", sagte Theo. Er konnte das, was er tat, nicht als ein Hereinstürzen bezeichnen, aber er bewegte sich ziemlich schnell voran, wenn man bedachte, dass er vor drei Tagen tot gewesen war.

Beide Gesichter schauten nach oben zu ihm, ein bleicher Kreis und ein schattiges Oval, das von weiteren dunklen Schlieren verschmiert war, der Schock ließ beide Augenpaare weit werden. Ein Lichtstreifen prallte an offenem Haar ab, und an einem Gesicht, ganz angespannt vor Schmerz. „Warum bist du nicht im Bett?", sagte Vonnie und sah aus, als hätte man sie auf frischer Tat mit der Hand in der Keksdose ertappt. „Geh jetzt wieder."

Theo nahm an, dass Selena total wütend ausgesehen hätte, wenn sie sich nicht so langsam bewegt hätte, wegen dem vielen *Blut*, das auf ihrem Hemd und ihrem Gesicht glänzte und schimmerte. Sie öffnete den Mund, um etwas zu sagen, aber was auch immer das war, wurde nur ein Aufkeuchen, als ihre Freundin sie etwas tapsig gegen den Rand des Arbeitsblocks stieß.

Theo war auf der Stelle an ihrer Seite, schob Vonnie aus dem Weg und legte einen ihrer Arme um seine Schulter. Trotz ihrer schmerzvollen Protestrufe – die auch einen schwachen Schubser in seine Richtung mit einschlossen, sowie ein gemurmeltes „geh wieder ins Bett", – war es ihm ein Leichtes sie in der Ecke der Küche auf einen Stuhl zu schieben. Erst da fiel ihm auf, dass der Raum leicht zur Seite kippte und dass seine Knie drohten nachzugeben, er würde ihnen ums Verrecken nicht erlauben, das gerade jetzt zu tun.

„Was zum Teufel ist dir denn passiert?", fragte er, während er sich unauffällig an dem Tresen da festklammerte, als eine Deckenlampe ansprang.

„Mir geht es gut", sagte Selena mit einem ganz eindeutig wütenden Blick, als sie auf dem Stuhl zusammensank. „Du solltest nicht–auf den–Beinen sein." Das Stocken in ihrer Stimme verriet ihm, dass sie darum kämpfen musste, ihre Stimme ruhig klingen zu lassen.

Jetzt, da sie ihre etwas sperrige Last nicht mehr schleppte und nachdem sie das Licht angemacht hatte, war Vonnie ein Ausbund an unruhiger Tüchtigkeit. Wasser lief laut in das Spülbecken und Küchenschranktüren klapperten und schepperten, wo sie vermutlich nach Erste-Hilfe-Verbandszeug suchte.

Aber von dem, was Theo dort sehen konnte. Brauchte Selena mehr als nur Erste Hilfe. „Wo bist du verletzt?", fragte er, während er mit einer Hand an ihrem Hemd zog, wobei er sich mit der anderen gegen den Arbeitstisch lehnte.

Ihm ging auf, wie viel es über ihre derzeitige Schwäche aussagte, dass sie ihm gestattete an ihrem Hemd herumzuzerren, nachdem sie nur kurz davor versucht hatte, ihn mit aller Kraft wegzuschubsen. Und jetzt legte sie tatsächlich den Kopf in den Nacken, lehnte sich gegen die Wand hinter ihr, die Augenlider flatterten, und ließ ihn mit ihr machen, was er wollte.

Theo hatte schon über ein Jahr keine Frau ausgezogen, aber da war nichts an diesem Moment, in dem er ihr (buchstäblich) das blutgetränkte Hemd vom Leib riss, das er erotisch fand. Unter den Fetzen von dünner Baumwolle fand er tiefe, klaffende Wunden an ihrer linken Schulter, fast bis runter zu dem Punkt, wo ihr Busen begann. Ihm fiel auch auf, ganz automatisch, dass sie überraschend interessante Spitzenunterwäsche trug – einen zartrosa Schalen-BH, der jetzt zur Hälfte ganz dunkel war. Wegen dem Blut.

Ganga-Wunden. Tief und bösartig.

„Aus dem Weg", sagte Vonnie, die herangeprescht kam. Theo gehorchte und sie hielt mit einem entsetzten Keuchen die Luft an, als sie die vier blutigen Risse sah. „Mein Gott", hauchte sie. „Selena. Du musst aufhören. *Du musst aufhören.*"

Die andere Frau zischte etwas zur Warnung, oder nur vor Schmerz, und ihr Kopf rollte sich rasch von einer Seite zur anderen. Eine Geste der Ablehnung. Aber das hielt Theo nicht davon ab zu fragen, „mit was denn?"

Was zum Teufel war so wichtig, dass sie nachts diese sicheren Mauern hinter sich ließ? Allein? Selbst Theo, der sich im Laufe der Jahre schon so einiges Riskantes und Verrücktes geleistet hatte, ging selten so ein Risiko ein.

„Diesmal werde ich Cath kommen lassen müssen", sagte Vonnie, ihre Stimme klang zittrig, als sie auf die Wunden starrte, und keine Anstalten machte, diese zu berühren. Ein Tuch, an dem dampfendes Wasser runtertropfte, hing in ihrer schlaffen Hand.

„Nein."

„Wer ist Cath?", fragte Theo, während er Vonnie aus dem Weg manövrierte, damit er die Wunde anschauen konnte. Er hatte mehr als nur ein paar Ganga-Verletzungen in den letzten fünfzig Jahren gesehen und behandelt – und die Leute zählten zu den glücklichen.

Die Wunden waren tief, aber nicht lebensbedrohlich, so weit er das erkennen konnte. Außer sie entzündeten sich, was durchaus möglich war, wenn man bedachte, wo jene dreckigen. Fleischerhände gewesen waren. Das hier muss wahrscheinlich genäht werden. „Was hast du da, das man hier drauf tun kann?", fragte er und nahm das warme Tuch aus Vonnies Hand. „Irgendwelchen Alkohol?"

„Cath kommt dem, was ein Doktor ist, am nächsten. Und ist alles, was wir haben", erklärte Vonnie ihm, die gerade wieder aufwachte, als Theo begann, sanft an den Schnitten da zu tupfen. „Hier. Wir haben diese Salbe, um da drauf zu tun. Ich hole Verbandszeug." Sie setzte einen Glasbehälter ohne Deckel auf die Arbeitsoberfläche neben ihnen und eilte geschäftig davon.

„Jep," sagte Selena, die Stimme angespannt, ihr Gesicht nach hinten mit dem Blick zur Decke gekippt, nach ihrem heftigen Widerspruch eine Sekunde früher. Aber bis auf das, schien sie unbeeindruckt, als Theo einen rosa BH-Träger aus dem Weg schob. „Cath darf die retten, die gerettet werden können. Ich darf den übrigen beim Sterben zusehen."

Der BH-Träger hing nutzlos, halb an einem sehr durchtrainierten Arm herab, wo sich glatte, weibliche Muskeln wölbten. Theo fiel das auf ... und dann wanderte er weiter zu der Tatsache, dass eine der mit Spitzen besetzten Rosa BH-Schalen nun abstand. Von einer netten Handvoll Brust. „Ganga-Nägel werden wahrscheinlich zu einer Infektion führen", sagte er und wünschte sich nun, dass Elliott hier wäre. „Das muss genäht werden. Hast du irgendwas, womit man das reinigen kann, Vonnie?"

Seine Stimme war ruhig, wenn auch nahe am Befehlston, aber das, was ihm eine Scheißangst einjagte, war, dass sie einem Ganga so nahe gekommen war. Nahe genug, so dass der sie auch ebenso gut in Stücke hätte reißen und verspeisen können. „Was zum Teufel hast du da draußen gemacht?"

Selena presste die Lippen zusammen, aber wenn es ihre Absicht gewesen war, ihn böse anzustarren, dann gelang ihr das nicht. Ihr Gesicht, verdreckt und blutverschmiert, schien einen fahlen, grauen Ton anzunehmen, obwohl es bei dem schlechten Licht hier schwer war das eindeutig festzustellen. Sie hatte lange, dichte Wimpern, die sich fächerförmig über ihren Wangen ausbreiteten, und ihr dichtes, glattes Haar klebte ihr an den Schläfen und am Kinn. Als er es zur Seite wischte und dabei schmale Schultern und einen eleganten Hals freilegte, fiel ihm eine lange, dünne Kordel um ihren Hals auf, die in einem tiefen V unter ihrem Arm verschwand, als ob ein Gewicht daran es schwer zur Seite fallen lassen würde.

Sie musste bemerkt haben, dass es ihm aufgefallen war – vielleicht zogen seine Finger an der Kordel und die spannte sich an ihrer Haut – und sie richtete sich plötzlich auf, bedeckte ihre halb entblößten Brüste urplötzlich mit den Händen und glitt mit ihren Fingern an der Kordel entlang runter. „Du solltest im Bett sein", sagte Selena zu ihm.

Eine Wildheit brannte in ihren Augen, als sie ihn niederstarrte. Wildheit und Entschlossenheit.

„Ich bin deutlich fitter als du", sagte er. So gerne er es auch täte, er ließ seinen Blick nicht da runterwandern, entlang dieser Kordel, um zu sehen, was sie dort verbarg. Das wäre zu viel der Genugtuung für sie.

„*Ich* war vor drei Tagen nicht tot."

„Nein, aber heute Nacht hättest du es sein können. Wie zum Teufel bist du ihnen denn entkommen?" Er schaute sie an. Das Friedvolle und die Heiterkeit, die er zuvor an ihr so bewundert hatte, waren jetzt verschwunden. Sie war verdreckt und ganz offensichtlich erschöpft, hatte Schmerzen und war dennoch in Kampfstimmung. Einen Moment lang erinnerte ihn dieser

Blick an Sarah Michelle Gellar in *Buffy* – kämpferisch und doch erschöpft, der Welt überdrüssig.

Aber Selena war keine Vampirjägerin. Oder eine Zombie-Jägerin, was das anbetraf.

Und doch, es blieb die Tatsache bestehen … sie war offensichtlich ganz nahe dran gewesen. Und war mit nichts als ein paar Kratzern davongekommen. Wie?

Genau in dem Augenblick stürzte Vonnie wieder übereifrig ins Zimmer (er hatte nicht einmal bemerkt, dass sie fortgegangen war). „Hier", sagte sie und stellte eine schwere Flasche auf die Arbeitsoberfläche. „Wodka."

Bevor Theo den Wodka zu packen bekam und das Desinfizierungsmittel über die blutenden Schnitte gießen konnte, sagte Selena, „kannst du hier jetzt übernehmen, Vonnie? Er muss wieder ins Bett." Sie holte tief Luft und fuhr mit Mühe fort, „ich weiß gar nicht, was er überhaupt hier zu suchen hat."

„Ich habe das Klo gesucht", sagte er kurz angebunden. Der Schmerz hatte ihr wieder die Gesichtszüge verzerrt und das kleine, leise Grunzen am Ende von ihrem Satz verriet ihm, dass es ihr nicht besser ging.

Es lohnte sich auch nicht, weiter zu streiten. Ganz offensichtlich hatte Vonnie ihre sonstige Tüchtigkeit wiedergefunden und Theo sah keinen Anlass, hier weiter seine Zeit zu verschwenden. Je eher er ging, desto schneller würde Selena gewaschen und desto eher würden auch ihre Wunden versorgt werden.

Er wurde nicht gebraucht, noch war das hier sein Bier. In ein oder zwei Tagen, vielleicht schon früher, würde er diesen Ort verlassen.

„Nähen", sagte er nachdrücklich, drehte sich um und stellte da fest, dass seine Knie in den letzten dreißig Minuten beträchtlich mehr Kraft hatten. Zur gleichen Zeit schwebte da jedoch noch diese Warnung, wie eine Art Schatten am Rand seines Blickfelds. Ins Bett zu gehen war wahrscheinlich keine schlechte Idee.

„Darum kümmere ich mich", sagte Vonnie, ihre Stimme genauso entschlossen wie die von Selena. „Und jetzt Marsch ins

Bett. Das Badezimmer liegt auf dem Weg. Die Eingangshalle auf der rechten Seite."

Theo warf Selena einen letzten Blick zu. Ihr Blick traf den seinen, Entschlossenheit und Kampfgeist lagen darin, trotziger als eine Festungsmauer.

Das Ding, das da aber weiter an ihm nagte, war, was zum Teufel sie hinter dieser Mauer verbarg?

Als Theo die Augen wieder öffnete, strömte Sonnenlicht durch das Fenster. Diesmal setzte er sich ohne Schwierigkeiten auf und schüttelte dann die Überbleibsel eines Traums ab – ein Traum mit seiner Sage mit ihren kupferfarbenen Haaren und Ganga mit orangenen Augen und einer blutüberströmten, verwundeten Schulter.

Er war sich nicht sicher, welches Bild ihn am meisten beunruhigte.

Ein Getöse etwas weiter entfernt, gefolgt von einem verärgerten Gebrüll, lenkte Theos Aufmerksamkeit in andere Bahnen, in Richtung von einem Bereich außerhalb von dem Raum, den er mittlerweile als sein eigenes Krankenzimmer betrachtete.

„Gottverdammte Zombies", kam da ein barscher Ausruf. Wer auch immer das war, knallte mit einer Tür ins Schloss und polterte über einen Fußboden hier in der Nähe mit etwas, was wie schwere Stiefel klang. „Weiß zum Teufel nicht, was ich tun soll…" Seine Stimme verlor sich, wurde unverständlich, aber war eindeutig immer noch verärgert, als er schepperte und knallte und polterte. „Verdammte Dinger!"

Fasziniert, in etwa wie er es von einem Berglöwen wäre, der mit seinem Futter Katz und Maus spielte, ließ Theo seine Füße auf den Boden gleiten und spitzte die Ohren, um zu lauschen. Aus dem Bett und aus dem Zimmer, folgte er auf leisen – nackten – Sohlen den Geräuschen bis nach hinten zur Küche, wo er einen älteren Mann vorfand, der gerade wild in den Vorräten einer Vorratskammer wühlte.

Der Mann mochte ein älteres Semester sein, aber er schien noch ein ausgezeichnetes Gehör zu haben – oder er hatte einen sechsten Sinn dafür, wenn man sich an ihn ran schlich – denn er drehte sich genau in dem Moment um, als Theo ins Zimmer kam – auf ganz leisen Sohlen. Zumindest hatte er das angenommen.

„Wer zum Teufel bist du?", fragte der Mann, während er sich von der Speisekammer abwandte und Theo mit scharfen, grauen Augen aufspießte. Er trug olivgrüne Arbeitshosen und ein passendes Hemd, das sich über einem runden Bauch spannte, auch wenn er keinesfalls fett zu nennen war. Kurzes, weißes Haar stand stachelig überall an seinem Kopf ab, als wolle es zu seiner Persönlichkeit passen, und die aufgekrempelten Ärmel gaben überraschend muskulöse Unterarme frei. „Bist du einer von Selenas Freunden?"

„Ich bin Theo", antwortete er und stellte da überrascht fest, dass dieser Mann wahrscheinlich mindestens zehn oder sogar zwanzig Jahre älter war als er oder Lou. Er könnte neunzig sein, oder ging vielleicht auf die neunzig zu. Es gab nicht viele Menschen, die das von sich behaupten konnten.

Der Mann hatte ihm schon wieder den Rücken zugedreht und sich der Vorratskammer zugewandt, und murmelte jetzt in einem barschen, meckernden Ton, „niemand hier erzählt mir irgendwas. Verdammt gut, dass mir so was Schnurz ist."

Etwas sprang aus der Kammer und fiel auf den Boden, was bei dem Mann eine weiterer Schwall von Flüchen provozierte. Bevor Theo seine Hilfe anbieten konnte, stapfte Vonnie ins Zimmer.

„Was suchst du denn da, Frank?", fragte sie und baute sich mit den Händen an den Hüften auf, wie Frauen es schon seit Anbeginn der Zeit tun, um ihren Missmut auszudrücken.

„Hä?"

„Was suchst du denn?", wiederholte Vonnie mit einer etwas lauteren Stimme.

„Eine gottverdammte Kneifzange", erwiderte er. „Es gibt keinen Grund zu schreien, verdammt. Muss den verdammten Zaun reparieren, da hinten, um die–"

„Die ist doch hier", sagte Vonnie, die ihn unterbrach und dabei eine Schublade aufriss.

Der vielsagende Blick, den sie Frank zuwarf, entging Theo nicht: dieses schmallippige Starren, das ihm sagen sollte, hier den Mund zu halten.

Er bemerkte es entweder nicht oder es war ihm egal, denn er fuhr mit seiner Tirade fort. „Gottverdammte Zombies – trampeln immer durch mein–"

Die Kneifzange fiel scheppernd auf die Arbeitsplatte. „Frank", sagte Vonnie laut. „Hast du gefrühstückt?"

„Hab nich' gefrühstückt, nur meinen verdammten Kaffee, wie immer", knurrte er, während er sich rasch das Werkzeug griff. „Hier war niemand zum Kochen da, als ich aufgestanden bin. Jeder hier verpennt den ganzen Vormittag. Der verdammte Tag ist schon halb rum."

Theo hatte sich zwischenzeitlich schon vorsichtig in die Küche reingeschoben, sowohl fasziniert von dem Energiebündel in langweiligem Olivgrün als auch neugierig, was Vonnie vor ihm zu verbergen versuchte. Sie schaute ihn misstrauisch an, aber bevor sie etwas sagen konnte, fragte Theo, „wie geht es Selena?"

„Was zum Teufel fehlt Selena denn?", fragte Frank laut, und hörte da zum ersten Mal auf weiterzureden. War der Typ taub oder was? Theo konnte das nicht erraten.

„Es geht ihr gut", antwortete Vonnie, die aussah, als würde sie gerade auf einem Hochseil balancieren.

„Ich weiß zum Teufel nochmal nicht, warum sie sich mit diesen gottverdammten Zombies herumschlagen muss", sagte der alte Mann. Aber anstatt wie eine Beschwerde zu klingen, hörte es sich eher wie liebevolle Besorgnis an. „Sollte die Finger von lassen."

Theo versuchte nicht allzu interessiert auszusehen, denn er war sich sicher, wenn er das tat, dann würde Vonnie sofort den Deckel auf jegliche weitere Info von Frank draufhauen. Und ihm ging da auf einmal auf, dass er mehr als nur ein bisschen interessiert war zu erfahren, was zum Teufel hier genau vor sich ging.

Er schaute zu, als sich Frank schwungvoll eine alte Baseballmütze aufsetzte und sich ein Gewehr schnappte, das dort in der Ecke an der Wand gelehnt hatte. Mit der Kneifzange in der Hand stapfte er mit einem ganz leichten Hinken zur Küche raus, aber in einem Tempo, bei dem die meisten Leute, die nur halb so alt waren wie er, wohl keuchend im Straßengraben geendet wären. Theo musste den Drang, ihm zu folgen, unterdrücken.

„Du hast sie also wieder zusammengeflickt?", fragte Theo, während er auf einen Hocker an der Küchentheke glitt, und während Vonnie sich an der Spüle zu schaffen machte.

Einen Augenblick lang überfiel ihn da die Vergangenheit und er spürte eine lang unterdrückte Nostalgiewelle. Es schleuderte ihn geradezu in die sonnige Zitronen-Limetten-Küche seiner Mom.

Er und Lou saßen an der Theke und Mom machte ihnen vor der Schule Haferbrei oder was auch immer zum Frühstück. Dad käme dann hereingeschossen, um sich eine Tasse Kaffee zu krallen, schon auf dem Weg zur Tür raus zum Krankenhaus, wo er das Labor leitete. Er würde sie beide liebevoll am Kopf knuffen, wenn er vorüberging. Ihre ältere Schwester war schon bei der Arbeit, also mussten sie sich nicht mit ihr um das Badezimmer prügeln.

Als sie älter wurden und vom College auf Besuch nach Hause kamen, zwang ihre Mutter sie dazu, dort zu sitzen und mit ihr zu reden, während sie das Abendessen kochte, und erlaubte nicht, dass sie ihre Laptops oder iPhones einschalteten. Wer es wagen würde auch nur daran zu denken, Finger an eine Tastatur zu legen, bekäme kalte Leber und Zwiebeln vorgesetzt, drohte sie. Oder Limabohnen mit so einem grässlich gesunden Getreide namens Quinoa – eine Drohung, die sie einmal auch wirklich in die Tat umgesetzt hatte. Und als sie beide dann das gesetzliche Mindestalter erreicht hatten, bot sie ihnen sogar Bier oder Wein als Ansporn an, um an Informationen zu den Neuigkeiten in ihrem Leben zu kommen.

„Ich finde nur heraus, was los ist, wenn ich eure Facebook Seiten anschaue", würde sie sich gutmütig beschweren. „Könnt eure Mutter nicht einmal anrufen, um mir zu sagen, dass ihr einen neuen Job habt, aber ihr könnt es posten, so dass Krethi und Plethi es lesen kann?"

Die Erinnerung an seine Mutter – eine promovierte Literaturwissenschaftlerin –, die solche Redewendungen benutzte, während sie einen Holzlöffel schwang, von dem die Spaghetti-Soße tropfte, überwältigte ihn auf einmal mit einem Riesenschmerz, der ihm kurz die Luft raubte.

Mom und Dad und ihre ältere Schwester aus Dads erster Ehe waren während des Wechsels umgekommen. Zumindest soweit er und Lou wussten. Seit die katastrophenartigen Ereignisse achtundneunzig Prozent der menschlichen Bevölkerung ausgelöscht hatten – und nebenbei auch noch die kontinentale Struktur der Erde verändert hatten –, gab es keinen Anlass etwas anderes anzunehmen.

„Hast du Hunger?"

Die Wirklichkeit brach wieder über ihn herein und riss Theo in die Gegenwart zurück. Für das Jahr 2060 sah er vielleicht aus, als wäre er nur dreißig Jahre alt. Aber sein Leben reichte schon fast achtzig Jahre zurück.

„Ich könnte was essen", sagte Theo, wobei er Vonnie anschaute. Ihm fiel plötzlich auf, wie ausgehungert er war. Vielleicht kam das leere Gefühl in seinem Magen daher, weil er hungrig war. Vielleicht nicht. „Etwas mehr als Suppe, wenn das in Ordnung geht."

Vonnie strahlte ihn an. „Eier und Würstchen, klingt das gut?"

Theo gefiel, wie sich das anhörte, und als er zuschaute, wie sie Eier auf einen Teller häufte, ging ihm auf, dass sie auf seine vorherige Frage zu Selena noch nicht geantwortet hatte. Aber anstatt da jetzt bei ihr nachzuhaken, entschied er sich für eine andere Vorgehensweise.

Die Eier waren himmlisch: leicht und luftig, genau richtig gesalzen. Und die Würstchen waren nicht in Haut, sondern wurden wie Hackfleisch gebraten. Er meinte noch nie etwas so Gutes gegessen zu haben. Vonnie schenkte ihm eine heiße Tasse Tee ein – wovon Theo in der Vergangenheit nie ein besonderer Fan gewesen war, aber er fand, dass wenn man ein bisschen Honig reintat, konnte man es fast genießen, trotz des leicht holzigen Nachgeschmacks.

„Das ist wirklich gut. Kochst du hier ganz alleine?", fragte er, weil er sich dachte, wenn der Weg zu seinem Herzen vielleicht durch den Magen ging, so war die Bewunderung von mütterlichen Talenten oft der Schlüssel zum Herz einer Frau. Ganz besonders einer Frau wie Vonnie.

„So viel ich kann", sagte sie und stieß mit ihrer wohlgerundeten Hüfte gegen den Tresen, während sie sich nach etwas streckte.

Wenn sie da war, würde die Küche nie leise sein. Pötte schepperten, Besteck klapperte, Dinge fielen auf den Boden und sprangen fast wieder aus der Spüle – sie war das warnende Lehrbeispiel von ‚Gut Ding will Weile haben' … aber auf eine ganz entzückende Art.

Theo sah ihr zu, wie sie ein Geschirrtuch zweimal fallen ließ, sich dann zu schnell nach unten bückte, um eilig einen Apfel in der Schüssel auf der anderen Seite der Arbeitsoberfläche zu packen, wobei sie dann das Salz umkippte. „Oopsala", sagte sie und nahm rasch eine Prise Salz, warf diese abergläubisch ihre Schulter und fuhr dann mit ihrer Arbeit fort.

Er war mehr als amüsiert; er fühlte sich hier derart zu Hause, dass es wehtat. Genau in der Mitte seiner Eingeweide. „Für wie viele Leute musst du denn kochen?", fragte er und blickte sehnsüchtig zu der Schüssel mit den ganzen Eiern.

Sie musste seinen Blick gesehen haben, denn Vonnie griff sich ein Trio und schlug sie in einer weiteren Schüssel auf, dann wirbelte sie herum, um eine Kanne Milch zu holen. „Das hängt davon ab. Da bin ich und dann Selena natürlich und Frank – den du gerade getroffen hast; er isst wie ein Scheunendrescher – und Selenas Sohn Sam sowie seine Freunde Tim und Tyler und Andrew, wenn die in der Gegend sind. Und manchmal sind da auch Familienmitglieder von den Leuten, um die Selena sich kümmert. Sie essen normalerweise nicht sehr viel, nur manchmal."

Selena hatte also einen Sohn. Hatte sie auch einen Mr. Selena? Und wie fühlte der sich dabei, mit der Todeslady verheiratet zu sein? Und wenn es ihn gab, warum zum Teufel las er ihr nicht die Leviten, was den Ringelpiez mit den Ganga betraf?

„Baut ihr euer gesamtes Essen selbst an oder gibt es einen Ort hier in der Nähe, wo man tauschen kann? Ich bin von Envy", fügte er hinzu. „Und wir haben dort fast alles." Außer Schokolade. Auch wenn er für seine Arbeit für den Widerstand schon recht viel herumgereist war, war Theo noch nie hier in der Nähe von Yellow Mountain gewesen.

Er war sich nicht sicher, wo es lag. „Frank hält Hühner, Kühe und eine Ziege. Und er hat da hinten einen großen Garten. Sam, Tyler und Tim helfen ihm dabei. Und Selena sagte schon, du wärst aus Envy. Mmm, das ist ziemlich weit weg", sagte Vonnie. „Wie hat es dich denn so weit nach hier raus verschlagen?"

„Teufel, wenn ich das selber wüsste", sagte Theo. „Das Letzte, an das ich mich erinnere, da war ich etwa anderthalb Tage von Envy entfernt, nahe beim Ozean, und als Nächstes wache ich hier auf. Wo ist hier denn?"

„Hier", sagte sie und klatschte ihm zwei Schöpfkellen Eier auf den Teller, „ist etwa zehn Meilen vom Ozean entfernt. Und dort oben, da hinten, da gibt es eine Siedlung zwischen dem Isabelle See und der Küste. Das ist, wo Jennifer und Tyler und die anderen Jugendlichen wohnen. Nur fünf Meilen entfernt."

Theo war sich nicht sicher, wo Lake Isabelle war, oder ob der schon vor dem Wechsel existiert hatte. Es kam ihm aber vage bekannt vor, wenn er also nach Envy zurückkam, würde er versuchen ihn in der Version vom Internet zu finden, die er und Lou durch Flickschusterei zusammengebastelt hatten. Sie hatten den Cache-Speicher von so vielen Computern, Großrechnern und Servern verwendet, wie sie im Laufe der Jahrzehnte nur finden konnten, um eine halbwegs funktionierende Arbeitsfassung vom Internet auf ihrem eigenen kleinen Netzwerk zu erschaffen. Da waren zahllose Lücken und 404 Seitenfehler, aber es war besser als nichts.

Die Satelliten, in die er und Lou – meistens Theo, ein Punkt den er nicht müde wurde bei seinem Zwilling zu wiederholen – sich nach dem der Wechsel erfolgreich reingehackt hatten,

hatten vor etwa zwei Jahrzehnten den Geist aufgegeben, Die Daten zum Zustand der Erde nach den verheerenden (und wenig hübschen) Ereignissen, wo es ihnen gelungen war, diese zu zusammenzutragen, waren über zwanzig Jahre alt und vieles hatte sich seither sicher verändert. Aber es gab ganz eindeutig bedeutende Veränderungen: Der Großteil von Kalifornien war verschwunden und die Küste des Ozeans fraß sich jetzt in das ein, was mal Las Vegas gewesen war. Die Umrisse der gesamten Westküste waren auf brutale Art ganz anders als die Landkarte, mit der sie aufgewachsen waren.

Und die Ostküste? Noch schlimmer. Europa, Afrika, Asien ... das war alles ein einziges Desaster.

Und dann gab es da einen neuen Kontinent, der scheinbar wie ein Vulkan ausgebrochen war oder sich im Pazifischen Ozean gebildet hatte.

Genau da spazierte Selena herein. Ihre Augen schauten sich im Zimmer um, hakten sich an ihm fest, wanderten dann weiter zu Vonnie, selbst noch, als sie sich ihren Weg dort hinüber bahnte, um sich eine Orange zu schnappen. „Du siehst aus, als ginge es dir ok", sagte sie und beobachtete ihn weiterhin, während sie ihren Daumen in die dicke Haut rammte und die Frucht schälte.

Der Geruch der Orange füllte die Luft, wie Zitrus und frisch, während Theo sie sich einmal genauer anschaute. Ihr glänzendes, braunes Haar war hinten an ihrem Kopf zu einer Art wirrem Knoten geschlungen, ein paar dicke Locken schlängelten sich an ihrem Nacken entlang nach unten. Ihre Augen schienen eine bisschen weicher, als wäre sie müde oder bekümmert, aber der Rest von ihrem Gesicht war nicht angespannt oder verkniffen vor Angst. Sie schien sich ganz ok zu bewegen, wenn man die Wunden bedachte, die er letzte Nacht gesehen hatte. Ob es dem Zufall geschuldet oder Absicht war: Sie trug ein Hemd, das jeden Teil ihres Oberkörpers bedeckte, so dass er nicht erkennen konnte, wie die Wunden nun aussahen. Aber Theo vertraute darauf, dass Vonnie einen guten Job gemacht hatte, wenn es darum ging, sich um eine Frau zu kümmern, die sie offensichtlich sehr gern hatte.

„Du ebenfalls", erwiderte er und riss seine Augen von den etwa apfelgroßen Brüsten los, die in dem V-Ausschnitt ihrer schlichten Tunika angedeutet waren. Sein Blick flüchtete sich nach unten und über die schmalen Kurven von Oberschenkeln in einer Jeans, die schon bessere Tage gesehen hatte – Teufel, die musste fünfzig Jahre alt sein, weil niemand stellte mehr Levi's her – und weiter runter zu der Überraschung von nackten Füßen.

Sie hatte schmale, goldene Füße, die zum Rest ihrer Haut – von einer Farbe wie Honig – passten, mit schlanken Zehen und elegantem Spann und roten Zehennägeln.

Rote Zehennägel?

Theo schaute noch einmal hin. Er hatte seit fünfzig Jahren keine Frau mehr mit angemalten Zehennägeln gesehen. Er riss sich von diesem Anachronismus los und entdeckte, dass Selena ihn beobachtete. Aber sie ließ keine Bemerkung fallen, über die Tatsache, dass er auf ihre Zehen gestarrt hatte. Vielleicht dachte sie, er hätte den Boden angeschaut.

„Dachte, ich hätte eine Spinne gesehen", sagte Theo und fragte sich dann, warum er sich die Mühe machte. „Da auf dem Boden." Sein Mund schien ganz von selbst zu arbeiten.

Selena quietschte leicht auf und erstarrte, danach führte sie einen kleinen Tanz auf und sagte, „hast du? Töte sie nicht!"

Während er ein Lächeln unterdrückte, erwiderte Theo, „nein, ich habe mich geirrt."

„Gut", sagte sie nur knapp, wieder komplett beherrscht. Er musste sogar noch schwerer darum kämpfen, das Lächeln zu unterdrücken, angesichts ihrer wirklich blitzgeschwinden Stimmungsumschwünge. „Ich mag Spinnen nicht, aber es gibt keinen Grund, sie zu töten. Tu sie einfach nach draußen."

Vonnie meldete sich zu Wort, „das ist doch nicht alles, was du jetzt isst."

„Das ist alles, was ich möchte", sagte Selena und wedelte mit der geschälten Orange, der jetzt schon drei Schnitze fehlten. „Muss nach ein paar Dingen sehen gehen."

Und bevor einer von ihnen noch etwas sagen konnte, flitzte sie schon aus der Küche, in die gleiche Richtung, aus der Theo gekommen war.

„Das Mädchen", sagte Vonnie, während sie den Kopf schüttelte. „Isst nicht mal so viel wie ein Vögelchen."

„Sie sieht nicht aus, als würde sie gleich zusammenklappen", merkte Theo an und wünschte sich wieder einmal, dass er sehen könnte, wie ihr Hintern diese Jeans da ausfüllte. Aber die Tunika war zu lang und sie war schon davongewitscht, bevor er die Gelegenheit bekam, es zu versuchen.

Und es fiel ihm da auf, wie überrascht er war, dass er es überhaupt versuchen *wollte*.

Es war schon eine ganze Weile her, dass er an den Kurven egal welcher Frau Interesse gezeigt hatte, bis auf einen schüchternen, kurvenreichen Rotschopf mit Sommersprossen auf ihren Lippen. Theos Magen zog sich zusammen, als er diesen Gedanken wegschob.

Es war aus. Und vorbei. Sie hatte ihn nicht haben wollen.

„Nein. Selena klappt nicht gleich zusammen", sagte die ältere Frau. „Aber sie ist sehr schleckig. Isst nie viel von irgendwas. Kein Fleisch, kaum Käse oder Milch. Nur Gemüse und Obst. Nüsse und Körner. Wie ein kleiner Vogel. War schon immer so."

Das war vermutlich der Grund für ihren straffen, schlanken Körper. Theo zuckte im Geiste mit den Schultern und fragte sich, wie sie darauf verfallen waren, Selenas Essgewohnheiten zu diskutieren. „Was ist mit Sams Vater?"

Vonnie warf ihm einen scharfen Blick zu, mit dem sie seine Neugier konstatierte. „Der ist da, wo der Pfeffer wächst. Und kann ruhig da bleiben, wenn es nach mir ginge."

Nun, das war doch schon mal was. So nahm er an. „Wie lang kennst du Selena denn schon?"

„Seit sie ein winziges kleines Baby war", entgegnete Vonnie. Ich habe sie gefunden. Als gerade alles...?"

Zum ersten Mal, seit er den Raum betreten hatte, hielt sie doch tatsächlich inne und baute sich dort vor ihm an der Theke auf. „Mitten drin, in dem Wechsel. Sie kann nur ein paar Tage alt gewesen sein. Es war ein Wunder, dass sie überlebt hat. Ein winziges, kleines Würmchen mit einem Schopf schwarzer Haare, kaum größer als ein Kätzchen. Sie war mutterseelenalleine."

Eine Flut von Gedanken stürmte auf ihn ein. Wie eine Welle aus Video-Sprengköpfen, aber einer davon schoss ganz nach vorne in seinem Kopf und blieb dort stehen: *Heiliger Bimbam.* Selena ist *fünfzig*? Nie und *nimmer.*

Vonnie war jetzt wieder ganz die alte: geschäftig und übereifrig zugange, bis Theo wieder einen halbwegs vernünftigen Kommentar zustande brachte. „Du warst selbst noch ein Kind." Es stimmte. Sie konnte nicht älter als sechzig sein, allerhöchstens.

Sie warf ihm ein strahlendes Lächeln zu. „Wie nett von dir das zu sagen, Theo. Ich war elf Jahre alt. Und irgendwie ... nun, irgendwie haben wir uns so durchgewurstelt. Wir haben es geschafft zu überleben. Ich habe Windeln gefunden und habe rausgekriegt, wie man Babymilchflaschen aufbekommt. Wir haben in einem alten Wal–in einem alten Laden gewohnt. Es grenzte in der Tat an ein Wunder, wenn man drüber nachdenkt. Ich bekam ein bisschen Hilfe von einem guten Geist. Ich habe sie meinen Schutzengel genannt."

Genau da kündigte das Knallen der Hintertür, die aufgerissen wurde, gefolgt von einem lauten Schwall Gefluche, das Wiederauftauchen von Frank an.

„Was ist denn jetzt los?", fragte Vonnie im gleichen Ton liebevoller Verärgerung, den Theos Mom auch an sich hatte, wenn sein Vater von der Garage in ähnlicher Laune rein ins Haus kam – oder von egal welchem Heimwerker-Projekt, an dem er gerade saß.

„Verdammter Elektrozaun", grummelte Frank. „Kam rein, um was zu suchen, womit ich ihn reparieren kann."

Bevor er es richtig realisierte, erhob Theo sich schon – das war schon recht oft passiert, seit er von diesem jüngsten Todesereignis zurückgekehrt war: sein Körper, der für ihn handelte, sein Mund, der Dinge sagte, die er nicht vorgehabt hatte zu sagen. Vielleicht war noch etwas anderes passiert, als Selena ihn ins Leben zurück gebracht hatte. „Ich könnte vielleicht helfen", sagte er.

Frank warf ihm von der Seite her einen mit Misstrauen gespickten Blick zu. „Na, dann komm mal", fuhr er ihn an. „Hab' nicht den ganzen Tag Zeit. Lass uns einen Blick drauf werfen."

Aus irgendeinem Grund verspürte Theo da das gleiche Glücksgefühl von Anerkennung, das er gehabt hatte, als er mit fünfzehn zum ersten Mal angeheuert wurde: um Einkaufswägen im Supermarkt herumzuschieben.

Draußen folgte Theo dem älteren Mann, der schneller und mit viel mehr Sicherheit ausschritt als die meisten Menschen, die er kannte. Sie waren zu einer Hintertür der Küche raus und liefen über ein großes Rasenfeld.

Es war der erste Blick, den Theo auf den Ort hier werfen konnte, und er ertappte sich dabei, sich auszumalen, was es wohl vor dem Wechsel gewesen war. Das Gebäude, aus dem sie gerade herausgekommen waren, war ein großes Haus; nicht ganz ein herrschaftlicher Wohnsitz, aber eine geräumiges Einfamilienhaus im Hazienda-Stil.

Das Haus war aus Ziegeln gebaut worden, festaneinandergefügt mit Mörtel. Was wahrscheinlich der Grund war, warum es immer noch stand, und die Architektur passte irgendwie gut in den amerikanischen Südwesten: lang, niedrig, drei oder vier Stockwerke, mit einem großen Dachvorsprung, der half die Hitze der Sonne draußen zu halten.

Theo fiel sofort ein langer Zaun auf, der vor dem Haus verlief und sich in der Ferne verlor. Aus Ziegeln gemacht und der sich so weit nach oben und um den Hof hier draußen herum erstreckte, wie er nur sehen konnte – er war vielleicht drei Meter hoch. Kaputt und an manchen Stellen etwas bröselig, war diese Barriere nichtsdestotrotz gut genug in Schuss gehalten worden, um die Ganga draußen zu halten.

Er fragte sich, wie diejenigen, die Selena angegriffen hatten, hier rein gekommen waren ... oder ob sie nach draußen gegangen war. War da außer Sichtweite eine Schwachstelle auf dem Gelände, zwischen den Bäumen und den Büschen, die auf dem Park-ähnlichen Gelände wuchsen? Ein schmiedeeisernes Gitter hing immer noch an der Stelle, wo früher einmal offensichtlich ein Eingang gewesen war zu ... was auch immer das hier nun war. Eine große Ranch? Ein Landsitz irgendwie?

Und was war das da, was dort über den Baumwipfeln hervorlugte? Ein *Riesenrad*?

Verblüfft hielt Theo inne und starrte dorthin, versuchte zu sehen, ob seine Augen ihm da etwas vorgaukelten. Teufel nochmal, es sah genau wie eins aus.

„Jetzt komm schon", befahl Frank, der ihn damit in seinen Gedanken unterbrach. „Keine Zeit verschwenden!"

„Was ist das hier denn?", fragte Theo, der sich sputen musste, um mit dem älteren Mann Schritt zu halten. Sie liefen ums Haus nach hinten rum und kamen dabei an etwas vorbei, was mal eine Garage mit fünf Stellplätzen gewesen war.

Dahinter sah er eine Scheune, wo ein ganzer Haufen eingezäunter Hühner herumrannte und zwei Kühe am Gras nibbelten. Und dann sah er den Garten.

Garten war eine glatte Untertreibung. „Du hast aber einen verteufelt grünen Daumen", sagte Theo, der gerade auf mindestens zehn Reihen Mais in unterschiedlichen Wachstumsstufen schaute, und eine ganze Auswahl an anderen Pflanzen, von denen er sich nicht sicher war, was es nun war. Ganz sicher Tomaten und Paprika. Das mit dem buschigen Oberwuchs, waren das Karotten? Und das rankenartige Dingsda am Boden, waren vielleicht Gurken. Oder Kürbisse.

Das waren gut und gern ein Quadratkilometer Anbaufläche hier. Und um alles herum verlief ein zusammengeflickter Zaun, der genauso nach Stückwerk aussah wie das neue Internet, das er und Lou gebaut hatten. Drähte unterschiedlicher Dicke und Länge, Pfosten aus Holz oder Plastik und auch ein paar aus Beton. An einer Stelle sogar ein altes, umgekipptes Auto.

„Wow", sagte Theo. „Und du kümmerst dich um all das hier?"

Frank schaute ihn stirnrunzelnd an. „Werd nicht frech, junger Mann. Früher war es größer, aber ich kann mich nicht mehr so gut drum kümmern wie früher. Der verdammte Junge rennt immer nach Yellow Mountain oder rüber zu den Ruinen, wenn ich ihn grad fragen will mitzuhelfen."

Theo überlegte sich, ob er erklären sollte, was er gemeint hatte, aber der alte Mann war schon im Eilschritt weiter geschlurft und grummelte was von Teenagern, die sich nie änderten. Er folgte ihm zu der Ecke vom Zaun, wo der Sicherungskasten installiert worden war.

„Brennt immer wieder durch", sagte Frank und stieß mit einer Riesenpranke dagegen. „Ich kann die Drähte auch nicht mehr so gut erkennen wie früher, verdammt. Die Sonne ist zu hell."

Theo ging neben dem Sicherungskasten in die Hocke und schaute sich die Verkabelung genau an. Auch wenn seine Stärke eher die integrierten Schaltkreise und Hauptplatinen waren, waren Elektroströme wie Muttermilch für ihn, gewissermaßen, von dem elektrischen Garagentoröffner über den Dosenöffner der Familie bis hin zur Nähmaschine seiner Mutter. Das war nicht immer gut angekommen, als er neun war, aber da Mom die wirklich nicht so oft benutzte, kam sie auch darüber hinweg.

Er und Lou hatten früher immer Wettkämpfe veranstaltet, wer etwas schneller – oder sogar besser – wieder zusammenbauen konnte. Mit so etwa zwölf Jahren stiegen sie, zur großen Erleichterung ihrer Eltern, schon in die Computerelektronik ein. Er glaubte aber nicht, dass sie je etwas von den Hacker-Wettkämpfen geahnt hatten, die er und Lou veranstaltet hatten. Oder davon, als Theo den alten Aufsitzmäher neu verkabelt und hochgetunt hatte. Er war mit Karacho im Straßengraben gelandet, als er versucht hatte, damit über einen angezündeten Gas-Grill zu springen.

„Wer hat das gemacht?", fragte Theo, während er die ordentliche, klar angeordnete – was nicht heißen wollte simple – Handarbeit bewunderte, mit integrierten Solarzellen, um den elektrischen Startstrom zu generieren. Jemand hatte sich auf sein Handwerk verstanden, aber so wie es derzeit aussah, waren seit der ursprünglichen Installation Jahre oder Jahrzehnte vergangen.

„Niemand anders wusste, wie das funktioniert, also habe ich es zusammengebastelt", sagte Frank, der ein bisschen klang, als wolle er sich rechtfertigen. „War früher mal Mechaniker."

„Wow", sagte Theo noch einmal. Schien, als könnte dieser Mann so einfach alles richten und machen. „Hast du eine Drahtschere? Ich glaube, ich sehe das Problem." Und er konnte auch verstehen, warum Frank es nicht reparieren konnte, denn der umgeknickte Draht war unten in der Ecke sogar für Theo nur schwer zu erkennen.

Frank reichte ihm das Werkzeug ohne einen weiteren Kommentar und während Theo arbeitete, ging der Mann durch ein Schwing-Gatter und fing an das Reihenbeet einer Pflanze von Unkraut zu befreien, die Theo vage bekannt vorkam. Der Geruch davon wehte durch die warme Luft zu ihm und Theo erkannte den frischen Geruch von Koriander.

„Hab's", sagte er mit einem zufriedenen Grunzen. „Achtung – ich werde es testen." Er legte den Schalter um und hörte das leise Summen von Elektrizität, schaute dann zu, wie Frank den Zaun testete.

Ein heftiges Zischen, gefolgt von einem leichten Geruch von Rauch und der alte Mann verzog doch tatsächlich das Gesicht zu einem Lächeln. „Verdammt gute Ladung da drauf, junger Mann. Mehr als vorher. Weiß nicht, wie du das gemacht hast, aber gute Arbeit."

Theo erwähnte selbstverständlich nicht, dass er – dank dem integrierten Schaltkreis, der ihm im Muskelfleisch steckte – die Fähigkeit besaß, seinen eigenen elektrischen Stromschlag zu erzeugen. Es erschöpfte ihn, den elektrischen Strom zu lenken und zu nutzen, also war es eine Fähigkeit, die man sich besser für echte Notfälle aufhob. Wie in einer Mall von ein paar Dutzend Ganga eingekesselt zu sein und den Strom zu benutzen, um eine Sonnenbank als Barriere anzuschalten. Er lächelte zu sich selbst. Das hatte ihn angetörnt, er war wie unter Strom gewesen, sozusagen.

„Was ist das hier denn?", fragte Theo noch einmal und lief in den Garten hinein und hockte sich Frank gegenüber in die Reihe da. Erdbeeren: rot und saftig und süß, noch warm von der Sonne. Er pflückte eine und steckte sie sich in den Mund.

„Wovon zum Teufel sprichst du?", fragte Frank, der trotz seiner Mütze blinzelte.

„Ich meine das Haus und diesen Hof ... was war das, vor dem Wechsel? Es sieht wie eine Art große Ranch aus. Ist das ein Riesenrad da drüben?" Theo überkam plötzlich der dringende Wunsch, das Gelände zu erkunden. Ein Scheiße-noch-mal echtes Riesenrad, Herrgott noch einmal. Es hatte eine Achterbahn in Envy gegeben – der Teil, der mal zum *New York, New York* in Las Vegas gehört hatte, aber die war im Wechsel zerstört worden.

Frank hatte schon die Hälfte vom Koriander von Unkraut befreit und Theo war immer noch mit den störrischen Pflanzen um die Erdbeerreihe beschäftigt. Teufel, der Mann zeigte ihm, was eine Harke ist. Er war eine verdammte Maschine. „Was?", rief Frank, der kaum hochblickte.

Theo wiederholte seine Frage und bewegte sich näher zu dem Mann hin. Er blickte über seine Schulter nach hinten zum Haus. Das Haupttor schien noch Buchstaben drauf zu haben – spiegelverkehrt aus dieser Perspektive, aber er konnte ein deutliches **B** erkennen, und vielleicht ein **P** oder möglicherweise ein **R**.

„Die ganze verdammte Riesenranch gehörte einem berühmten Kerl, damals noch. So viel Platz, dass er Scheiße nochmal nicht wusste, was er damit anfangen sollte. Musste sich einen Vergnügungspark da rein setzen wie der verdammte Kerl mit dem Handschuh. Jackson."

Theo runzelte die Stirn, etwas nagte ihm ganz tief hinten am Hinterkopf. „Erinnerst du dich an den Namen von dem Kerl?"

Frank schaute zu ihm hoch, das Gesicht etwas verzogen vor Ärger. „Natürlich erinnere ich mich an seinen verdammten Namen. Ich habe früher für ihn gearbeitet. Mich um all die Fahrzeuge hier gekümmert. Was zum Teufel ist das da auf deinem Arm?"

Theo schaute runter und sah, dass Frank wütend auf den roten Drachen an seinem Handgelenk und auf seinem Arm starrte. „Ein Tattoo", antwortete er, nicht sicher, was er sonst noch sagen sollte, da es ziemlich offensichtlich war, was das war. Er erwähnte nicht, dass sie Scarlett hieß.

Noch erwähnte den anderen auf seinem Rücken. Etwa drei Jahre nach dem Wechsel hatte er einen Mit-Überlebenden – eine Frau, deren Körper von Tattoos restlos bedeckt war – den blauen Drachen malen lassen, dessen Auge der kleine Metallchip war. Scarlett, die sich um seinen Arm und sein rechtes Handgelenk schlängelte, hatte man gemacht, als er aufs College ging, und es schien nur passend, dass er auch die entsprechende Tinte hätte, um die Veränderung in seinem Körper und die übersinnlichen Kräfte, die ihm das gab, zu feiern. Lou hatte einen Klugscheißer-Kommentar vom Stapel gelassen, dass er stattdessen ein großes E auf seine Brust hätte tätowieren sollen – und nannte ihn noch Monate danach nur Electric Man.

„Brad Blizek", grunzte Frank und drehte sich dann um, um zu seinen Tomatensetzlingen zu schlurfen.

Theo kippte fast rückwärts aus den Latschen. Brad Blizek? Das hier war Brad Blizeks Haus? Er sprang fast hoch, aber drehte sich dann auf den Fersen um, um das Haus direkt anzuschauen. Und dann noch einmal um sich herum, wobei er einen langsamen Kreis beschrieb.

Brad Blizek war der Steve Jobs aus Theos und Lous Generation gewesen. Und in der Tat: Jobs war dem jungen Mann ein Mentor gewesen, als er noch jünger war und als Praktikant bei Apple gearbeitet hatte. Aber dann war Blizek fortgegangen, um für den Videospiel-Guru John Carmack zu arbeiten, und hatte dann seine eigene Games-Firma gegründet, UniZek, die als erste das Raytracing in Videospiele eingeführt hatte.

Mit dreißig reich und unabhängig, war Blizek ein selbsternannter Nerd, der nicht nur zu jedem Comics oder SciFi Kongress ging, sondern auch seine eigenen abhielt – auf seiner Privatranch, an seinem Rückzugsort im Süden von Utah, die ironischerweise Blizek Beach hieß. Denn natürlich war weit und breit keinen Strand zu sehen. Nur niedrige, grüne und lila Berge.

Was das war, was das sein musste, wo Theo jetzt stand. Und Erdbeerbeete jätete.

Heilige Scheiße.

Er schaute wieder zum Haus hin. War es möglich, dass ein paar von Blizeks Computern und Systemen immer noch hier waren? Vielleicht funktionierten? Er hechelte geradezu vor Begeisterung bei dem Gedanken.

„Aber hallo."

Theo drehte sich um, um eine junge Frau zu erblicken, die hinter ihm stand. Er erhob sich ebenfalls, wobei ihm ihre langen, gebräunten Beine in sehr kurzen Shorts auffielen, und das weiße, vorne mit Knöpfen versehene Hemd, das sich über einem Paar großer Brüste spannte. Hellbraunes Haar ging ihr bis knapp zu den Schultern und kringelte sich in dichten Wellen hinter ihren Ohren.

„Aber selber hallo", erwiderte er, außerstande sich zu verkneifen sie noch einmal von oben bis unten abzuscannen. Wow. Hier am Blizek Beach wuchsen sie wirklich lecker. Wonder Woman oder Xena, wie sie leibt und lebt: Kurven, Kurven und nochmals Kurven.

„Du bist neu hier" sagte sie und sie lachten beide. Ihrs war hell und unbeschwert. „Ich bin Jen."

„Theo", sagte er und schaute runter, um ihre Füße anzuschauen. Sie trug Sandalen und irgendein sexy Kettchen am Knöchel. Jen sah wie etwas Mitte zwanzig aus, was sie streng genommen vierzig Jahre jünger als Theo machte. Aber wer zählte da schon genau? Sie ganz sicher nicht. Nicht bei den Blicken, die sie ihm gerade zuwarf.

„Wo bist du denn her?", fragte Jen, während sie sich bückte, um eine Erdbeere zu pflücken.

Theo war sich nicht sicher, ob es absichtlich war oder nicht, aber sie bückte sich von ihm weg und er bekam eine sehr nette Ansicht von ihrem runden Hintern; vielleicht ein bisschen zu viel, um gerade noch als anständig durchzugehen, denn diese Shorts da, die war echt kurz. Er unterdrückte ein Lächeln. Nicht dass er sich beschwert hätte.

Schließlich...

Und dann erwischte es ihn mit der sprichwörtlichen Breitseite: er *durfte* hinschauen. Er durfte genießen und flirten. Er durfte auch noch einen ganzen Haufen mehr als das tun jetzt, oder etwa nicht? Ohne sich schuldig zu fühlen oder als würde er damit Sage betrügen.

Denn sie hatte ihn nicht erwählt. Und keine Chance, dass sie beide je irgendwann mal miteinander was haben würden.

Nicht dass es je etwas gegeben hätte, was er hätte betrügen können. Zumindest nicht, was sie betraf. Aber er war – Scheiße, er nahm an, er war es immer noch – verliebt in sie gewesen. Und wenn das passierte, dann gab es niemanden anderen für ihn.

Aber jetzt stand es ihm frei andere Gelegenheiten zu erwägen – und zu genießen.

Mit dem Gedanken zuoberst in seinem Kopf, selbst dann noch, als er versuchte das leere Kratzen in seiner Brust zu ignorieren, probierte Theo ein warmes Lächeln an Jen aus. „Ich bin aus Envy und ich bin nicht ganz sicher, wie ich hierher gekommen bin. Ich weiß nur, dass Sam mich zu Selena gebracht hat."

Jens Augen wanderten an ihm runter und wieder hoch. „Nun, du siehst mir nicht allzu krank aus." Sie lächelte und, Scheibenkleister, war das ein kleine Zungenspitze an ihrer Oberlippe? Gerade genug, dass sie ihm auffiel, aber nicht genug um vulgär auszusehen. „Du siehst ganz gut aus. Für mich jedenfalls."

Theo begegnete ihrem Blick gerade lang genug, um sie wissen zu lassen, dass die Message bei ihm angekommen war. Laut und deutlich. Und dann wandte er den Blick rasch wieder ab. Es fühlte sich immer noch komisch an, aber da würde er drüber wegkommen. Vielleicht war das hier tatsächlich genau das, was er brauchte. Eine kleine Ablenkung.

Dann wurden ihre Augen ganz weit vor Entsetzen und sie schlug sich eine Hand vor den Mund. „Oh. Oh, nein. Bist du ... kennst du einen von Selenas Patienten?" Sie sah aus, als wäre sie gerade in etwas sehr Unappetitliches getreten. „Na, wie wenn ... ist jemand, den du kennst, gerade dabei zu sterben?"

„Nein", erwiderte Theo und versuchte ein Lächeln zu verbergen. „Ich kenne hier niemanden."

Sie runzelte die Stirn und er glaubte nicht, dass es nur an der Sonne in ihren Augen lag. „Dann warst du hier, um Selena zu sehen? Oder Cath? Meine ich. Du siehst nicht aus, als wärst du am Sterben. Bist du am Sterben? Ich meine..." sie gab auf und zuckte irgendwie mit den Schultern. „Die Leute kommen nur zu Selena, wenn sie sterben."

Aus irgendeinem Grund wollte Theo nicht sagen, dass er gerade wieder zum Leben erweckt worden war. Das könnte die Stimmung hier etwas dämpfen, wenn das Mädel dachte, er wäre tot gewesen. Außer sie war ein Fan von diesen Vampirbüchern, die im Vorher gerade so mega-in gewesen waren, und das Untot-Sein machte ihr nichts aus. Also solche Untote, wo der Kerl so alt aussah wie sie selbst, aber in Wirklichkeit hundertzwanzig Jahre alt war.

Wie er halt.

„Ich bin absolut gesund", antwortete er.

„Du siehst jedenfalls so aus", sagte sie, merkte vielleicht nicht, dass sie genau dasselbe ein paar Sekunden vorher schon mal gesagt hatte. „Das ist ein Giga Tattoo auf deinem Arm."

Theo lächelte zurück und ließ ein bisschen Hitze in seine Augen wandern. Es fühlte sich gut an. Es war schon lange her, seit er das gemacht hatte. „Sie heißt Scarlett. Ich habe einen blauen am Rücken, den ich Rhett nenne."

Jen schaute ihn verständnislos an.

„Willst du da denn den ganzen Tag rumstehen oder machst du dich auch mal an die Arbeit?"

Theo und Jen drehten sich um, um Frank da stehen zu sehen, der einen Klumpen Unkraut in den Händen hielt, wo die Wurzeln noch Wasser tropften.

„Okay, okay", sagte Jen und zog den Saum von ihrem Hemd glatt, indem sie es noch enger über ihre Brüste zog. „Ich schaue besser mal nach, ob Selena mich heute braucht. Vielleicht sehe ich dich später heute Abend? In Yellow Mountain? Da beim Geschichtenerzählen?"

Das waren drei Fragen zu viel, aber wer zählte schon mit? Obwohl er nicht wusste, wovon sie da gerade sprach, dachte er sich, dass es eh nichts anderes zu tun gab. „Wahrscheinlich schon", erwiderte er. Sie warf Theo ein betörendes Lächeln zu, als sie davon scharwenzelte, in Richtung Haus.

„Verbringt mehr Zeit damit, in den verdammten Spiegel zu schauen oder auf Klamottenjagd zu gehen", grummelte Frank, „oder zu reden, als irgendetwas anderes zu tun."

„Sie wohnt hier in der Gegend?", fragte Theo, während er sich pflichtschuldig zu den Erdbeeren hinunter beugte. Ein Korb erschien auf dem Boden neben ihm, anscheinend von Frank, und er begann die reifsten Beeren zu pflücken.

„In Yellow Mountain. Etwa fünf Meilen den Hügel runter", antwortete der alte Mann. „Sollte Selena Arbeit abnehmen, aber verbringt mehr von ihrer verdammten Zeit damit, mit Sam und Tim zu reden, als mit arbeiten. Und wenn sie da ist, dann tun die auch nichts."

Theo verbarg ein Lächeln. Klang eigentlich normal für junge Menschen, bei denen die Hormone verrückt spielten. Er hatte weder Sam noch Tim getroffen, aber er nahm an, dass er sich die Mühe bald mal machen sollte – und wenn nur aus dem Grunde, dass – hätten sie ihn nicht gefunden – er jetzt immer noch tot wäre.

Er hielt einen Moment lang inne und dachte an Lou. Verdammt. Und als er da saß, in der heißen Sonne, rote Flecken von den Beeren an den Fingern, öffnete er seinen Geist wieder für seinen Bruder.

3

Lou arbeitete gerade in dem unterirdischen Computerlabor, als ein vertrautes Kribbeln ihm über die Schultern huschte. Seine Hände blieben über der Tastatur schweben.

Theo!, dachte er und öffnete seinen Verstand. *Bist du da?*

Jep.

Lous Hände krachten auf die Tasten runter, was einen Buchstabensalat zur Folge hatte. Erleichterung knallte durch ihn weg. *Geht es dir gut?*

Er wusste nicht sicher, ob Theo diese sehr spezifischen Gedanken eigentlich genau *lesen* konnte, aber er versuchte es dennoch. An seinem Ende der Leitung war es eher eine Art von *Gefühl*, das mitteilte, was auch immer sie einander mitzuteilen versuchten. Aber es war schon länger als einen Tag her, dass er diese flüchtige Verbindung mit seinem Bruder gehabt hatte, und Lou war sich nicht sicher, ob er sich das nun eingebildet hatte oder nicht. Dieses *Gefühl* also wieder zu haben, war eine enorme Erleichterung.

Ich bin in Sicherheit.

Diese Mitteilung kam laut und deutlich an. Bombensicher.

Lou öffnete die Augen und war zutiefst beschämt zu entdecken, dass sie brannten und feucht waren. Er war noch nicht bereit seinen Bruder zu verlieren, noch nicht ganz. Gott sei Dank war er immer noch da.

Gut, schickte Lou vehement zurück. Er wartete und fragte sich, ob Theo noch irgendetwas anderes sagen wollte. Seitdem diese Sache mit Sage den Bach runtergegangen war, war Theo ein bisschen zurückhaltender und stiller geworden. Und schnippischer. Aber obwohl da jetzt nur Schweigen von seinem Zwilling kam, war die Verbindung immer noch offen und Lou fand Trost in dem vertrauten Band. Nur zu wissen, dass er da war.

Lou schaute den Computerbildschirm an, wo er gerade ein neues Programm geschrieben hatte, das versuchte die Zahlen-Informationen zu analysieren, die sie aus einem Tagebuch erhalten hatten, das sie den Fremden gestohlen hatten. Die Fremden nannte man auch die Elite. Das Wirrwarr aus Buchstaben und Ziffern beruhigte ihn ironischerweise trotz der Tatsache, dass er die Bedeutung der Sequenzen nicht entschlüsselt hatte.

Jetzt war er wieder in der Lage sich zu konzentrieren. Jetzt war er imstande seinen Kopf wieder auf die Aufgabe zu konzentrieren, die bis dahin er als eine Flucht genutzt hatte, um der Angst zu entgehen, er wäre wieder einmal alleine.

Elsie war etwa ein gutes Jahr nach dem Wechsel gestorben, als sie versuchte ihr gemeinsames Baby in einer Welt ohne Pitocin, ohne Epiduralanästhesie, ohne Notfall-Kaiserschnitt zu bekommen. Ein kleines Flattern ihrer Präsenz strich ihm hinten über den Nacken, unter dem silbergrauen Pferdeschwanz.

Wo bist du?, fragte er Theo.

Das wirst du kaum glauben.

Wo?

Ich bin auf Brad Blizeks Ranch.

Lous Augen wurden groß. *Shit.*

Er konnte Theo förmlich schmunzeln hören. *Ich muss mich mal umsehen. Details später.*

Erwarte Bericht asap. Ich erwarte so was wie Tony Starks Labor, du weißt schon.

Ich auch. Bis dann.

Brad Blizeks Ranch. Nicht übel. Würde da noch irgendwas von seinem Büro übrig sein? Mit diesem verlockenden Gedanken lenkte Lous seine Aufmerksamkeit wieder zum

Computerbildschirm und entschied da sofort und auf der Stelle: wenn es auch nur halb so fantastisch war, wie er es sich ausmalte, dann würde er auch dahin gehen. Egal was Theo sagte.

⚰

„Wer geht ab mit dem neuen Typ, diesem Theo?" fragte Jen, als sie Selena auf dem Flur vor der Küche über den Weg lief.

„Was meinst du?", antwortete Selena. Die Schulter tat ihr vorne weh, wo die Ganga sie zerfetzt hatten, und da war eine tiefe Schürfwunde unten an ihrem Rücken, wo sie aber sicher gestellt hatte, dass Vonnie die nicht zu Gesicht bekommen hatte.

„Na, er ist nicht am Sterben. Und er kennt hier niemanden", entgegnete Jen, der Selenas Ton anscheinend gar nicht bewusst wurde. „Warum ist er hier? Kennst du ihn? Bleibt er?"

Gute Frage. Selena zuckte mit den Schultern und zuckte dann bei dem scharfen Zwacken zusammen. „Ich weiß nicht, ob er bleiben wird, aber er ist kerngesund, so weit ich das beurteilen kann."

„So viel ist klar", sagte Jen mit Gusto. „Hast du den roten Drachen da an seinem Arm gesehen? *Giga.*"

Selena widerstand dem Drang den „Giga Giga" Drachen an Theos Rücken zu erwähnen und zuckte nur noch einmal mit den Schultern – diesmal aber etwas vorsichtiger. Jen führte Sam schon eine gute Weile an der Nase herum – der arme, sechzehn Jahre alte Sam war zu jung für die niedliche, wenn auch etwas flatterhafte, Dreiundzwanzigjährige, aber da sie sehr oft mit Selena zusammen arbeitete, hatte diese räumliche Nähe zu etwas beigetragen, was Vonnie einen großen, fetten Peps-Verknall nannte.

Offensichtlich hatte Jen einen anderen, etwas angemesseneren Adressaten für ihre Schäkerei gefunden, wenn die Art und Weise, wie sie aus dem Fenster und hinein in Franks Garten spähte, irgendein Indiz war. Selena hatte Theo mit dem älteren Mann kurz zuvor hinausgehen sehen und man konnte sicher davon ausgehen, dass Frank ihn jetzt gut rannahm. Jen musste ihm begegnet sein, als sie von zu Hause kommend über das Gelände gelaufen war. Ihr Zuhause war auf halbem Weg zwischen hier und Yellow Mountain.

Selena fragte sich, ob es Theo in der Sonne heiß genug geworden war, so dass er bereits sein Hemd ausgezogen hatte, und der Gedanke ließ sie innehalten. Nicht der Gedanke an sich, aber die Tatsache, dass sie ihn *gehabt* hatte. Ohne Frage bewunderte auch Selena einen knackigen männlichen Körper, wenn einer ihr über den Weg lief, aber normalerweise tauchten solche Gedanken bei ihr nicht aus heiterem Himmel auf. Ach du liebe Oma, sie war über fünfzig Jahre alt und für sie waren die Tage der Leidenschaft schon längst vorbei. Und ganz nebenbei: einen Mann in ihrem Leben zu haben, wäre viel zu gefährlich.

Abgesehen davon gab es noch andere Dinge, um die sie sich kümmern musste. Dinge, die im Allgemeinen allen Dingen wie Leidenschaft oder Sex einen Dämpfer versetzten.

Welcher Typ wollte mit einer Frau schlafen, die auf Hautkontakt mit Zombies ging, um deren Seelen zu retten?

„Was?", fragte Jen.

„Nichts", antwortete sie. „Ich habe nur vergessen, dass ich etwas überprüfen wollte. Wie geht es Maryanna?"

Aber während Jen über die junge Frau weiterplapperte, konnte Selena ihre Augen nicht ganz von dem Fenster wegbringen. Sie fragte sich, wie die Farbe seiner Haut, ein satter Ton wie Oliv, wohl gebräunt aussehen würde. Und sie wusste, wie glatt und muskulös sein Rücken war. Wie er sich elegant in breite Schultern und zu einem runden Bizeps kurvte.

„Denkst du dran?"

Mit einem Aufzucken schaute Selena wieder zu Jen. „Uhmm", setzte sie an.

„Du hast es versprochen", erinnerte das jüngere Mädchen sie. „Vonnie wird stinksauer sein, wenn du es wieder verschiebst. Und Mom und Dad kommen und bleiben hier, also kannst du mitkommen."

Richtig. Heute Abend hielt Vonnie ihr allmonatliches Geschichten-Erzähl-Dings in Yellow Mountain ab. Jeder, absolut jeder, aus der umliegenden Gegend – etwa hundert Leute – nahm an dem Spanferkel-Grill und der gebotenen Unterhaltung teil. Teilweise weil Vonnie unglaubliche Bilder mit Worten malte und teilweise weil es eine soziale Interaktion war, die sie alle zusammenbrachte und ihnen eine Pause von der täglichen Arbeit bescherte.

„Ja, ja, ich werde da sein." Sie lächelte, aber es war ein bisschen gezwungen.

Nicht etwa, weil sie nicht gehen und mit Leuten reden wollte, aber sie musste bei so etwas vorsichtig sein. Sie hatte ihre Lektion damals in Niketown gelernt. Und noch einmal in Crossroads. Sie durfte niemanden allzu nahe an sich ranlassen, denn wenn sie erst einmal herausfanden, was sie tat, konnte es hässlich werden.

Während Selena von sich selbst nie dachte, dass sie alleine wäre – denn sie hatte Sam und Vonnie und Frank –, fühlte sie sich oft einsam. Sie hatte keinen Partner. Jemanden, um den sie sich weder kümmern musste, noch mit ihrem Muttergetue in den Wahnsinn trieb. Nur ... ein Gleichberechtigter. Jemanden zum Zuhören. Um zu reden. Um mit ihm zu lachen. Und ... andere Dinge.

Jemanden, der nichts von ihr *brauchte*.

Aber vielleicht heute Nacht ... vielleicht würde sie einfach nur Spaß haben. Ein bisschen Wein trinken. Ein bisschen entspannen.

Vielleicht würde sie eine Menge Wein trinken. Aus irgendeinem Grund wanderte ihr Blick wieder zum Fenster. Sie wusste, was passieren würde, wenn sie eine Menge Wein trank. Es war schon lange her ... sie durchforstete ihr Gedächtnis ... drei Jahre? Vier?

Nein, Grundgütiger ... *sechs*. Sechs Jahre, denn es war an Sams Party zu seinem zehnten Geburtstag gewesen, das letzte Mal, als sie sich gestattet hatte ein bisschen zu entspannen. Spaß zu haben.

Kein Wunder war sie ein bisschen angespannt.

Und daher ... vielleicht heute Nacht. Eine Nacht, wo sie einfach tun konnte ... was *sie* wollte.

Selena konnte nicht verhindern, dass sie wieder zu dem Fenster blickte. Wäre es dann ganz so fürchterlich, wenn sie mit einem Kerl jünger als sie ein bisschen flirtete? Ganz besonders mit einem, der aussah wie Theo? Außerdem: Er war nicht von hier, sicher würde er auch nicht mehr lange hier sein.

„Ich werde Theo fragen, ob er auch mitgehen will", sagte Jen gerade. „Er kann mit uns dort hingehen."

Selena lenkte ihre Aufmerksamkeit wieder da weg, ihre Gedanken plötzlich wie Scherben um sie. Genau. Er würde perfekt zu der Gruppe passen, mit der Jen sich normalerweise abgab. Jung, lebendig und voller Energie.

Sie wandte sich ab. Es war schon eine Weile her, dass sie sich wo gefühlt hatte.

Jung. Lebendig. Voller Lebensfreude.

Seit man ihm mittgeteilt hatte, dass das hier Brad Blizeks Haus war, waren Theo einige Dinge durch den Kopf geschossen. Abgesehen von der Erkenntnis, dass es hier einige Pläne oder Prototypen von Blizeks noch nicht vermarkteten Geisteskindern geben könnte (und ihm lief beim Gedanken, die in die Finger zu bekommen, fast das Wasser im Mund zusammen), konnte er nicht umhin zu glauben, dass irgendwo hier ein top ausgestattetes, NASA-Level Technik-Center wäre.

Das vielleicht sogar noch funktionierte.

Sobald er damit fertig war, Frank mit einer Reihe unterschiedlicher Aufgaben auf dem Hof zu helfen, fragte er also danach. Und wurde belohnt, als der alte Mann mit ihm zwei Stockwerke Treppen hinaufstieg, hoch in das, was sie die Arkaden nannten.

Theo war sich bewusst, dass er die Luft anhielt, als er in den Raum da eintrat, und es brauchte auch einige lange Sekunden, bis er wieder ausatmete.

Heilige Nerdbirne, Batman und die feuchten Träume dazu.

Es war wie die Batman-Höhle, Tony Starks Iron Man Labor und NASA, alles in einem.

Der Raum war lang und offen und nahm die ganze Länge der Ranch ein. Farbige Oberlichter als Fenster hielten die Hitze der Sonne draußen, damit die Computer oder Großbildschirme hier nicht Schaden nahmen. Die linke Hälfte sah aus wie aus einem alten 80er Jahre Film: Da stand ein altes Spiele-Arkaden Videospiel neben dem anderen – Pac-Man, Centipede, Galaga – zusammen mit einigen Spielen aus Theos Zeiten, und auch noch Flipper-Automaten. Aber zur Rechten war das große Zimmer ein einziger Traum. Riesige Computer-Touchscreens waren in die Wände eingebaut, ein durchsichtiges Elektronik-Whiteboard aus Glas und Projektionsleinwände und Web-Kameras. Theo sah einen Datenhandschuh und das Headset für AI-Arbeit und er konnte kaum die Worte formen, um Frank zu danken – denn er hatte erfahren, dass der Mann den Raum sauber, trocken und am Netz gehalten hatte.

Und dennoch ... die Treppe hoch zu den Arkaden war mit Brettern vernagelt und nicht zugänglich.

„Hält uns die verdammten Snoopies vom Hals", sagte Frank, mit einem warnenden Blick zu Theo.

„Snoopies?"

„Kopfgeldjäger. Die nehmen so was alles mit. Nehmen jeden, der's hat, auch mit. Niemand weiß, dass das hier ist, also halt deine verdammte Klappe, kein Wort davon zu niemandem."

Und das war alles, was Frank zum Thema sagte ... aber Theo war das schnurz. Er wollte einfach nur an die Arbeit gehen. Er verbrachte auch gar nicht viel Zeit damit, sich zu fragen, warum Frank ihm genug vertraute, um ihm Zutritt zu dem geheimen Zimmer hier zu geben.

Das Erste, was er machte, war eine Netzwerkzugangsstelle, kurz NEZS, einzurichten, um sich mit dem neuen Internet zu verbinden, das er und Lou versuchten aufzubauen. Trotz der Tatsache, dass Envy, was natürlich das Zentrum das Netzwerks bildete, gut hundert Meilen weit weg sein konnte, ging Theo dennoch davon aus, hier ausreichend Technik zu haben, um einen Empfänger zu bauen, der stark genug war, um sich da einzuwählen. Abgesehen davon hatten Lou, Sage, Jade und er die letzten zwei oder drei Jahre damit zugebracht, in einem Radius von dreißig bis fünfzig Meilen um Envy herum NEZS einzurichten, und hoffentlich wäre einer davon nahe genug bei ihm hier, um sich einzuwählen.

Er brauchte nur wenige Stunden, um einen NEZS zusammenzubauen, und schon schickte er Lou eine richtige Nachricht zurück, der sicherlich in der Schaltzentrale des Widerstands sein würde – gut versteckt zwei Stockwerke unter dem *New York, New York* Casino. Später könnte er ihm vielleicht sogar Webcam Bilder von dem Zimmer hier zeigen. Lou würde sicher die Wände hochgehen, bis er endlich hier war, um all das Zeug hier selber mit Händen greifen zu können.

Aber bis er damit dann fertig war und eine Nachricht an Lou losschickte, rief Sam schon die Treppe hoch, dass es Zeit war nach Yellow Mountain aufzubrechen. Und weil ihm die Warnung von Frank noch sehr präsent war, dass dieser Raum hier geheim bleiben musste, hatte Theo keine Wahl, als die Batman-Höhle zu verlassen, bevor alle sich auf die Suche nach ihm machten.

„Es war einmal ein magischer Ort mit Schlössern und Prinzessinnen, und einem kleinen, fröhlich rauschenden Fluss. Eine leuchtend gelbrote Eisenbahn tuckerte Gleise entlang, die um das Land herum führten, und hielt an drei verschiedenen Stationen. Eine davon hieß Main Street und war voll von Familien und Pärchen, die da lang spazierten. Zu beiden Seiten gab es Läden, wo die Leute Eis oder Schokolade oder wunderbare Sandwichs kaufen konnten, die man Hot Dogs nannte..."

Während Vonnies sichere, eingängige Stimme das Publikum einlullte, merkte auch Theo, wie er abwechselnd in die Geschichte hineinglitt und dann wieder jeden und alles um ihn herum beobachtete. Und sich ausmalte, wie er seine Finger wieder dort über die glatten, blitzblanken Touchscreens gleiten ließ.

Das Publikum saß auf einer großen Wiese, absolut sicher innerhalb der Mauern von der Yellow Mountain Siedlung, auf der auch mitten in der Menge ein Feuer in einer aus Steinen errichteten Feuerstelle hell brannte. Er schätzte, dass so etwa achtzig Leute aller

Altersstufen sich entweder auf dem Gras oder auf Decken oder auf tragbaren Stühlen niedergelassen hatten. Stühle wie er sie vor fünfzig Jahren zu Picknicks oder Sportereignissen mitgenommen hatte. Aber diese Stühle hatten Sitze aus alten Vorhangresten und Armlehnen aus abgebrochenen Holzstücken oder umgemodelten Plastikteilen. Ein paar Hunde hatten sich neben ihren Herrchen und Frauchen niedergelassen und dort drüben zur Linken hatte ein Mann gerade seine Gitarre weggelegt.

Das Feuer gab etwas zu viel Hitze ab für einen warmen Juli-Abend, also war da ein leerer Graskreis drum rum. Die Sonne war gerade am Horizont angekommen und in ein oder zwei Stunden würde ihr Verschwinden die Welt in gefährliche Dunkelheit tauchen. In der Luft lag noch der Rest vom Grillrauch und hinter der Menschenmenge hing immer noch das Skelett von dem gerösteten Schwein an dem Grillspieß. Ein paar Meter weiter befanden sich die verstreuten Gebäude, aus denen die Siedlung bestand – das größte davon war ein alter McDonalds. Das große gelbe M auf der Säule war meilenweit zu sehen und sah ein bisschen wie zwei Berge aus – woher der Name Yellow Mountain wohl auch stammte.

„Hot Dogs machte man natürlich nicht aus kleinen Welpen! Wer würde schon so ein süßes, kleines Wuschel essen wollen?", sagte Vonnie mit einem kleinen Lachen, nachdem eines der Mädchen entsetzt aufgekreischt und ihren eigenen Hund etwas fester an sich gedrückt hatte. „Es waren Fleischstücke, lang und dünn, diese Hot Dogs", fuhr sie erklärend fort zu einer Gruppe von Kindern, die in der ersten Reihe saßen und mit großen Augen zu ihr hochschauten. „Und du hast sie in ein spezielles, langes Brot gelegt, dass man Brötchen nannte, das dann wie eine Art Mantel dafür war. Die haben sooooooo gut geschmeckt, ganz besonders mit Ketchup drauf. Und die Prinzessinnen liebten es, sie zu essen, und es gab eine Menge kleiner Läden in dieser magischen Welt, wo du die kaufen konntest oder eine andere leckere Sache, die sich Corn Dog nannte."

In Theos Magengrube regte sich plötzlich etwas schmerzhaft. Immer dann, wenn das passierte – eine schmerzhafte Erinnerung daran, was er alles durchlebt hatte, wie es alles *vorher* gewesen war. Wie viele Hot Dogs hatte er schon verspeist, bis er so alt war, wie diese Kinder dort drüben? Wie alt waren sie, acht, vielleicht neun? So um den Dreh? Und in dieser Welt hier würde keiner von ihnen auch nur einen davon in seinem Leben gesehen oder probiert haben.

Nicht dass der Mangel von industriell verarbeitetem Essen etwas wäre, worüber man sich beschweren müsste.

„Und es gab etwas, das nannte sich *Zuckerwatte*", fuhr Vonnie fort, selbst ihre Augen wurden groß und ein breites Lächeln machte ihr die Backen rund. Ihre Stimme sank auf ein verzücktes Flüstern herab, als sie sich zu dem jungen Publikum runterbeugte. Theo lächelte. Hier war ihre sonstiger Überschwang zum ersten Mal etwas gewichen, das mehr geplant war, etwas mehr auf ein Ziel Bedachtes hin ausgerichtet, als wenn sie in der Küche werkelte oder wenn sie sich um Selenas Patienten kümmerte.

Selena.

Theo sah da zu der sogenannten Todeslady hinüber, die auf einer kleinen Erderhebung über und hinter Vonnie saß. So befand sie sich genau in seinem Blickfeld, ohne dass er sich rühren musste, um sie anzuschauen. Er konnte sie heimlich betrachten und musste nicht einmal den Kopf drehen. Ausgezeichnet.

Und interessant, dass es ihm etwas ausmachte.

Er grübelte kurz über diesen Gedanken nach, bewegte den hin und her.

Etwas stieß Theo sanft gegen die Rippen und die Wärme eines Körpers, der neben ihn glitt, brachte ihn wieder zu seinem eigenen Sitzplatz hier im Gras zurück. Jen war, kurz bevor die Geschichte angefangen hatte, von ihrer Gruppe wegspaziert und jetzt war sie zurückgekehrt, um ihren Platz zwischen Theo und einer weiteren jungen Frau wieder einzunehmen.

Jens langes, nacktes Bein rieb gegen seinen Knöchel, als sie sich auf dem Gras neben ihm niederließ. Nackte Zehen, ohne Ringe, aber irgendwie zartrosa angemalt, versanken in den kühlen, grünen Grashalmen. Der Duft einer Blume umgab sie, den er nicht zuordnen konnte, was ihm auch nicht viel ausmachte – er wusste nur, dass es ein netter Mädchenduft war. Dann kicherte sie und flüsterte ihrer Freundin etwas zu, stieß dabei mit ihrem Arm gegen Scarlett.

Vor etwa zwei Stunden waren Theo und Jen, zusammen mit Sam und Frank in einem Pferdewagen in Yellow Mountain eingeritten. Sie waren früh genug für das Abendessen eingetroffen, und um sich zu einer Ansammlung von etwa zwanzig jungen Leuten zu gesellen. Theo nahm an, dass er da gut reinpasste, zumindest vom Äußeren her, mit den Mitt-Zwanzigern, von denen zwei schwanger waren, und die sich alle auf die sozialen Events des Abends freuten. Mehrere Flaschen Wein und Bier hatten, während sie aßen, die Runde gemacht und nun waren so ziemlich alle recht munterer Stimmung.

Das Leben war ziemlich gut, wenn man die Tatsache mit einkalkulierte, dass er vor drei Tagen tot gewesen war.

„Zuckerwatte war wie rosa oder blaue Wolken", sagte Vonnie und breitete die Arme aus, um es zu demonstrieren. „Und sie schmolz im Mund der Prinzessin, so süß und so klebrig! Unter der heißen Sonne verfärbte es ihre Finger , so dass sie rosa und blau wurden, und wenn sie ihrer Mama einen Kuss gab, hinterließ sie einen klebrigen blauen Kussmund auf ihrer Wange."

Jen flüsterte ihrer Freundin neben ihr etwas über ihr Haar zu, wobei sie mit der Hand über die blondbraune Länge ihres eigenen Haars strich. Sie hob es hoch und fasste es zusammen, drehte es sich hoch oben auf dem Kopf zu einem Knäuel und drapierte es sich dann über der Schulter und lachte leise. Dann lehnte sie sich zurück, um zu dem jungen Mann hinter ihr etwas zu sagen, etwas über seine Giga Jeans, die über einem Knie eingerissen waren und in scharfem Kontrast mit dickem, schwarzen Faden am Saum abgenäht waren. Ein paar verknotete Fäden hingen von den zerrissenen Rändern der Jeans herunter.

Wieder stieß sie gegen Theo und ob nun zufällig oder absichtlich, schaffte sie es, auch noch ihren Arm an ihm entlang gleiten zu lassen. Ihr langes Haar, jetzt offen, fiel ihr in sanften Wellen über die Schulter und glänzte im Sonnenlicht, als es kurz über Theos Arm fiel.

Zurückhaltend konnte man sie nicht nennen.

Aber sie war jung, rank und schlank und sie roch gut. Vielleicht würde es ihr gelingen, dass er Sage mal vergaß.

In der Tat, Jen erinnerte ihn in vielem an Sage, obwohl Jen nicht so distanziert und still war wie der Rotschopf. Vielleicht lag es daran, dass sie so jung war. Er hatte diese Jugend und Offenheit in Jens Augen bemerkt, das spontane Lachen und das häufige Lächeln, das hier so leicht fiel. Das Kichern, das Reden über Kleider und Haare ... einfache Dinge.

Während die Dinge, über die er nachdachte, immer so viel größer und weitreichender waren.

„Und so kletterte die Prinzessin in eine große Teetasse", sagte Vonnie und hob eine handtellergroße Porzellantasse mit Untertasse hoch, die irgendwie ganz geblieben war, trotz all der Gewalt, wodurch die Erde verwüstet worden war. „Es sah fast so aus wie das hier, aber es war vieeeel größer. Es war faktisch so groß, dass sechs Leute hineinpassten! Es war rosa mit verschlungenen, roten Mustern außen drauf gemalt."

„War es aus Glas?", piepste da eine winzige Stimme laut. „Oder Plastik?" Vonnie schürzte die Lippen und tat, als würde sie nachdenken, und dann schaute sie auf die Tasse in ihrer Hand und beugte sich vor, um zu antworten. „Es war gemacht aus etwas Magischem", sagte sie. Dann hob sie das Gesicht, um die gesamte Menschenmenge da anzuschauen, und wiederholte: „Etwas *Magisches.*"

„Was hat das Magische denn gemacht?"

„Es hat gemacht, dass die Tasse fliegen konnte, rund herum und rum und rum ... so schnell, dass die Prinzessin kicherte und lachte. Der Wind fuhr ihr über das Gesicht und kitzelte, und wehte ihr durch das Haar. Und in ihrem Bauch spürte sie, wie er sich einrollte und flatterte, wie wenn Tausend Schmetterlinge darin wären!"

Jen zitterte neben Theo – oder zumindest schlang sie ihre Arme fester um sich und rieb sich an den Oberarmen, wobei sie etwas wie *brrr* murmelte. Während er sein Lächeln unterdrückte, setze Theo sich so hin, dass sie sich in seinen Arm kuscheln konnte, und er dachte darüber nach, wie weich ihre Haut war und wie hübsch sie war, wenn sie lächelte.

Und wie jung, so unglaublich jung. So jung, dass Klugheit und Lebenserfahrung noch nicht aus ihrem klaren Blick abzulesen waren und noch keine Spuren auf ihrer Haut hinterlassen hatten. Fröhlich und unbeschwert genoss sie das Leben.

Während er sich alt und verbraucht fühlte.

Theo blickte noch einmal zu Selena rüber. Ganz allein saß sie hoch oben und weit weg von allen, mit ihren Armen locker um die angewinkelten Knie geschlungen. Trotz der Tatsache, dass er mitten unter Menschen saß und sogar eine bezaubernde junge Frau im Arm hielt, fühlte er sich genauso abgetrennt von allen, wie Selena zu sein schien.

Und da ging ihm auf, dass er sich schon eine ganze Weile so gefühlt hatte. Länger, als ihm bewusst gewesen war. Seit Jahrzehnten: abgetrennt, losgelöst, ausgestoßen. Trotz seiner unglaublichen übersinnlichen Fähigkeiten, trotz der Tatsache, dass er aussah wie ein junger, topfitter Athlet auf dem Höhepunkt seiner Karriere, war er alleine. Gerade deswegen.

Abgetrennt von Lou auf vielerlei Art, trotz ihrer Verbindung als Brüder. Denn Lou sah wenigstens aus, wie er war: ein alter Mann. Wenigstens verstanden die Leute, wer Lou war, nur indem sie ihn anschauten.

Das traf nicht auf Theo zu. Er war eine einzige Lüge.

Und obwohl er und Lou sich nahe standen, so eng miteinander verbunden waren, trennte sie etwas dennoch und immer noch ganz scharf voneinander. Allein.

Die Sonne war schon halb hinter dem Horizont untergetaucht, was ihr untere Rundung flach machte und Strahlen von goldenem und rosigem Licht durch die fernen Bäume durchschießen ließ. Er sah, dass der rosig bronzene Nimbus eine Seite von Selenas Haar streifte, denn sie saß senkrecht zum Horizont. Eine Hälfte von ihrem Gesicht würde schon bald im Schatten liegen, während die andere Hälfte ihres Kopfes die letzten Sonnenstrahlen einfangen würde.

Die Frau, die ihm das Leben gerettet hatte.

Nein, die Frau, die ihn wieder ins Leben zurückgeholt hatte. Buchstäblich. Ihm schwirrte immer noch der Kopf davon.

Wie lange lebte sie schon so, während um sie herum Leute starben? Wie lange führte sie schon ein Leben angefüllt mit dem Schmerz und der Verzweiflung von anderen ... und warum sonderte sie sich von den Lebenden ab? Wie schaffte sie es weiterzumachen, wenn sie jeden Tag den Tod sah, und wie schaffte sie es, immer noch frisch und positiv und optimistisch auszusehen? Er wollte mehr wissen. Er wollte die Geheimnisse dieser Frau ergründen, die ganz und gar nicht so aussah, wie sie wirklich war.

Genau wie er selbst.

In ihm entfaltete sich etwas, sacht und langsam. Ein zartes, langsames Verstehen, das sich zu einer Frage verdichtete, die sich nicht verscheuchen ließ: *Wer bin ich?*

Als ob sie seine Aufmerksamkeit auf ihr spüren würde, blickte Selena zu Theo hin. Vielleicht trafen sich ihre Blicke, vielleicht streifte ihr Blick nur über ihn hinweg. Egal was davon nun, sie stand auf, lässig, plötzlich, schaute von ihm und dem Publikum weg.

Nicht sehr groß, aber offensichtlich mit einem Plan und auch recht kurvenreich in diesen schmalen Bluejeans und der losen Tunika. Mit langem, dichtem, braunem Haar, von dem die Spitzen jetzt durch die Sonne in Rosa und Bronze eingetaucht waren. Und selbst von hier aus konnte er die nackten Füße sehen.

„Als die Prinzessin aus der Teetasse kletterte, fand sie sich in einer Welt aus Häusern wieder, die in leuchtenden Farben angemalt waren. Blau und gelb, Häuser mit rosa Fensterläden und grünen Dächern. Alles war ein Farbenmeer, als hätte man es mit einem superfröhlichen Regenbogen angemalt. Und die Häuser waren süße, große und fröhliche Cottages, in deren Fensterläden man kleine Herzformen eingeschnitten hatte und tellergroße Mohnblumen und Gänseblümchen führten neben dem Pfad zur Tür. Alles war drei Nummern größer als normal und so glücklich, dass die Prinzessin einfach lachen musste, während sie die Straße lang lief."

Theo musste jetzt wieder zu Vonnie blicken und irgendetwas kitzelte ihn ganz tief in der Erinnerung. Warum kam ihm das hier bekannt vor? Welche Geschichte erzählte sie gerade?

„Es gab einen Platz, wo sie spielen konnte, mit einem kleinen Flugzeug, das durch die Luft kreiste – aber an einem fixierten Gleis entlang, so dass sie keine Angst zu haben brauchte. Es stieg hoch und dann wieder runter und sauste durch die Luft, durch eine fröhliche rote Scheune und wieder hinaus in den Sonnenschein. Die Prinzessin saß auf dem Vordersitz hinter dem blauen Propeller und schaute hinunter auf lange, leuchtende Reihen von Mais, während sie über ihnen dahinflog."

Jen beugte sich etwas zur Seite weg, um einem Freund etwas zuzuflüstern und Theo sah, wie sie sich untereinander etwas weiterreichten. Ein geflochtenes Armband, gefolgt von einer Flasche Wein. Mit funkelnden, lachenden Augen trank Jen und bot sie dann mit einem zarten Atemhauch gewürzt mit Weinaroma Theo an.

Er trank auch etwas und bis er die Flasche wieder abgesetzt hatte, um sie weiterzureichen, sah er, dass Selena von ihrem Posten auf dem Hügel verschwunden war. Und dass die Sonne schon zur Hälfte untergangen war. Er verspürte mehr als nur ein bisschen scharfes Bedauern, dass er heute Abend nicht mehr zu Blizek Beach zurückkommen würde; er hatte sich ausgemalt die ganze Nacht in den Arkaden zu verbringen und Bruce Wayne zu spielen.

Aber es könnte andere Vorteile mit sich bringen hier heute Abend in Yellow Mountain abzuhängen. Ein rascher Blick über den improvisierten Zuschauerraum verriet ihm, dass Selena auch von dort verschwunden war und sein Interesse war wieder geweckt.

Wieder draußen, um Zombies zu jagen? Hatte sich in die anbrechende Nacht weggeschlichen, während alle anderen beschäftigt waren? Clevere Frau. Verrückte, clevere Frau.

Während ein Teil von ihm die Aufregung und den Kick verstehen konnte, wenn man gefährliche Dinge tat, wusste der größere Teil, dass sie verrückt sein musste.

Theo befreite sich aus Jens Umklammerung und stand auf.

Als die junge Frau zu ihm hochschaute und Anstalten machte aufzustehen, machte er ein kleines „Bleib sitzen" Handzeichen zu ihr. „Bin gleich wieder da", sagte er und lehnte sich hinab, um zu flüstern, um die Geschichte nicht zu unterbrechen.

Vonnies Stimme folgte ihm, als er davonging. „Die Prinzessin lief an den leuchtend angemalten kleinen Häusern vorbei, wo die berühmten Mäuse wohnten, und kam schon bald zu einem anderen Teil des Landes. Es wurde das Magische Königreich genannt. Und dort würde sie auf einem *fliegenden Elefanten* reiten. Und sie würde eine andere Prinzessin treffen – eine Meerjungfrau mit rotem Haar."

Theo hielt an, um über seine Schulter nach hinten zu schauen, und jetzt zeichnete sich auch ein Verstehen auf seinem Gesicht ab. Deswegen kam ihm die Geschichte so bekannt vor. Die Prinzessin besuchte Disney World.

Während die Geschichte weiterging, bahnte Theo sich vorsichtig seinen Weg durch die sitzenden Leute hindurch. Es erinnerte ihn an die Open Air Rockkonzerte, wo er hingegangen war, als er kein armer Student mehr gewesen war, wo die Hälfte vom Publikum sich auf den Grashügeln jenseits der Bühne und im weiten Zuschauerraum niedergelassen hatte. Man hatte Decken ausgebreitet und trank Bier und der süße Duft von Hasch würde sich in der Sommerbrise um Coldplay oder Kings of Leon kräuseln.

Er suchte mit den Augen den Rand der Menge ab, suchte nach einer aufrecht stehenden Silhouette, die sich unauffällig in die zunehmende Dunkelheit hinausschlich. Die Ansammlung von kleinen Häusern um den McDonalds – manche von ihnen waren früher Camping-Wagen gewesen oder eine Tankstelle, und ein paar schien man aus Gebäudeüberresten zusammengebaut zu haben – war umgeben von einem Wall aus alten Autos, Werbetafeln oder Teilen von Dächern und anderen, großen Überresten der Verwüstung.

Theo konzentrierte sich auf den Wall, suchte nach der verrückten Frau, der Todeslady, die anscheinend gerade versuchte sich umbringen zu lassen, indem sie die Sicherheit hier verließ, wenn der Tag endete. Die Ganga würden jetzt schon unterwegs sein, mit ihren glühenden orangenen Augen und mörderischen Krallen, sobald die Sonne schlief.

Vonnies Geschichte war von der Ferne verschluckt worden und von dem Rascheln einer Brise in den Bäumen und Büschen, so dass sie nur noch wenig mehr war als ein aufsteigendes und absteigendes Gemurmel.

Wenn er an die Monster jenseits des Walls dachte, die nur darauf warteten, dass jemand wie Selena ihnen in die Arme lief, wünschte er sich, dass er die Bauteile für eine Flaschenbombe mitgebracht hätte. Aber der Rucksack, den er aus Envy mitgebracht hatte, war schon längst weg und er hatte weder die Zeit noch die Ressourcen gehabt, daran zu denken, ihn zu ersetzen.

Idiot.

Theo ging etwas schneller, weil er eine ungewohnte Dringlichkeit verspürte, die er nicht verstand. Wohin war sie verschwunden?

„Schon wieder auf der Suche nach dem Klo?"

Er hielt an und wirbelte förmlich herum. „Selena", sagte er. Ihr Haar leuchtete auf, dunkel und dicht und verheißungsvoll. Er fragte sich, ob es so weich war, wie es aussah. Er fragte sich, wenn sie schlief, nachdem sie die ganze Nacht auf gewesen war und den ganzen Tag mit ihren Patienten verbracht hatte, wie es da ... und wie sie aussehen würde, noch schlaftrunken und zerzaust.

„Es ist dort drüben", sagte sie und zeigte ... in die Richtung, aus der sie selbst gekommen zu sein schien. „Das Haus der Tendys, mit den blauen Fensterläden." Neben dem überwucherten McDonalds Parkplatz.

„Ich war nicht–", er unterbrach sich und setzte sein Gehirn wieder in Gang. „Wohin gehst du?"

Ach, verdammt noch mal. Das hatte er anders sagen wollen.

Und als sich ihre vollen Lippen schürzten, begriff er, dass auch sie das nicht hören wollte. „Ich denke, ich bin alt genug um auf mich selbst aufzupassen", antwortete sie.

Der schnelle Seitenblick, der den tiefen Tonfall ihrer Stimme begleitete, war fast wie ein Flirt und er lächelte zurück.

Einen Moment lang schaute sie ihn an, ihre Lippen halb nach oben gebogen. Sie hatte einen breiten Mund, der aussah, als würde er sich phänomenal gut küssen lassen – voll und beweglich und dunkelrot.

Wo wir gerade bei rot sind... „Deine Zehen", sagte er, als er die Augen von ihren Lippen losriss. „Sie sind angemalt. Rot." Grundgü-üüü-tiger, Theo, reiß dich zusammen. Könnte er denn noch dämlicher klingen?

„Ich dachte nicht, dass Männern so etwas auffällt", sagte sie, wobei sie immer noch leicht lächelte. Es stand ihr ins Gesicht geschrieben: Faszination, Nachdenklichkeit ... vermischt mit ein wenig Entsetzen.

Er hoffte, dass die Faszination bei ihr das Entsetzen – was auch immer es damit auf sich hatte – besiegen würde, denn ihm ging auf, dass er sie ganz eindeutig zu küssen beabsichtigte. „Nun, sie sind leuchtend rot. Kaum zu übersehen. Wo hast du den Nagellack her?", fragte er.

Die Faszination, die Nachdenklichkeit und das Entsetzen verwandelten sich in Verwirrung und Überraschung. „Nagellack?"

In dem Augenblick dämmerte Theo, dass in den letzten hundertfünfzig Jahren niemand Nagellack gehabt hatte; zumindest nicht die Sorte, die man in kleinen Flaschen bei der Drogerie kaufte. Vielleicht nannten sie es jetzt anders. „Nagelfarbe?"

Ihre Augenbrauen hatte sich zusammengezogen und lösten sich jetzt wieder. „Ich weiß, was Nagellack ist. Ich habe nur niemanden das Wort benutzen hören ... seit langer Zeit."

Yep. *Vergiss den Nagellack doch einfach. Wo waren wir stehengeblieben?* „Was hast du gerade gesagt, wer auf dich aufpassen kann?", fragte er mit einem Grinsen. Dann trat er näher heran und streckte die Hand aus, um die Haarlocke zu berühren, die ihr vorne die Schulter streifte.

Die Faszination war wieder da, in ihren Augen, und er packte die Gelegenheit – gewissermaßen – beim Schopf, glitt mit seiner Hand hinten über ihre Schulter und zog sie näher zu sich. In

Anbetracht ihrer Ganga-Wunden war er mit seinen Bewegungen sehr vorsichtig.

Um ihre Augenwinkel bildeten sich ein paar Fältchen. „Ich denke nicht, dass ich–*oh.*"

Er hatte seinen Mund auf ihren gelegt, diesen bedeckt und fing noch das kleine Aushauchen von Überraschung ein, genau in dem Moment, als ihre Lippen sich trafen. So als Kuss war das hier ein leichter Kuss, ein vorsichtiger Kuss von der Sorte Bin-ich-wirklich-gerade-dabei-das-hier-zu-tun-Kuss. Und als sie gut, *ausgesprochen* gut, schmeckte, nach Hitze und Süße und Wein, trat er noch näher, für eine weitere, eine umfassendere Kostprobe.

Jetzt waren beide Schultern von ihr unter seinen sanften Händen, ihr Haar, seidig und warm, gefangen zwischen seinen Fingern, ihr Mund gerade weit genug geöffnet, so dass ihre Lippen aufeinander passten. Sie gab an seinen Lippen ein kleines, leises Geräusch von sich, ein kleines Mmmm, das eine überraschende Reaktion durch seinen Körper schnellen ließ. *Woww.*

Er versank noch ein wenig mehr in den Kuss, in sie hinein, nahm sich mehr – immer noch ganz der Gentleman, aber jetzt mit eindeutigen Absichten.

Und dann zog sie sich sanft zurück. Ihre Hand war am Ende auf seiner Brust gelandet und er mochte das Gefühl der beständigen Wärme dort, wie sie durch sein T-Shirt sickerte. Das war eigentlich alles, was er gerade wahrnahm – abgesehen von dem Pochen in seinen gut geküssten Lippen und anderen hellwachen Teilen seines Körpers, denen es nach mehr von dem Gleichen verlangte.

„Tja", sagte sie – ein wenig außer Atem. „Nicht schlecht für einen Kerl, der vor drei Tagen noch tot war." Und sie lächelte, ein offenes, sexy Lächeln, das in seiner Magengrube fast dasselbe auslöste wie rot angemalte Zehennägel und Fußkettchen.

„Wenigstens hast du nicht gesagt, dass es ‚nett' war", sagte Theo, als er sich an Sages Reaktion erinnerte beim ersten Mal, als er endlich den Mut gefunden hatte sie zu küssen. Das war der erste Warnschuss gewesen, dass es nicht gut enden würde.

Selena strich mit der Hand über sein Hemd, als wolle sie da etwas glatt streichen und jeder Gedanke an Sage war wie fortgeblasen, als seine Haut hochsprang und unter ihrer Berührung prickelte. *Sage, wer war das noch gleich?*

„Nett?", antwortete Selena. „Das ist nicht das Wort, das mir in den Sinn kommt." Ihre Augen wurden schmal, als ihr Lächeln etwas mechanisch wurde. Dieser Anflug von Entsetzen war wieder auf ihrem Gesicht. „Du küsst verflucht gut – für einen Jungspund", sagte sie. Und bevor er sein Gehirn wieder von dort rausholen konnte, wo es gerade feststeckte, drehte sie sich weg.

Er hätte ihr nachgehen können, aber er stand immer noch ein wenig unter Schock von wegen, was dieser Kuss ausgelöst ... wie er ihn erschüttert hatte. Und nicht nur das, sondern auch... Aber kaum hatte er auch nur einen Schritt nach vorne gemacht, als plötzlich Jen dort um eine Ecke bog, her zu ihnen.

Wenn man vom Jungvolk spricht.

Selena zwang sich dazu, mit betont gelassener Langsamkeit wegzugehen, auch wenn ihr die Knie zitterten und der Kopf ihr schwindelte.

Es lag am Wein. Sie sagte sich selbst, dass es am Wein liegen *musste*, an der halben Flasche, die sie zum Abendessen getrunken hatte und die dazu geführt hatte, dass ihr ein einfacher Kuss komplett die *Sinne* vernebelte. Heiliger Strohsack, sie hatte da an ihm fast gehechelt. Gott sei Dank wurde es dunkel, so dass niemand – und schon gar nicht Theo – die Schamröte auf ihren Wangen sehen konnte.

Aber selbstverständlich hatte sie auch dafür eine Erklärung. Wurden nicht jedem vom Weintrinken die Wangen rosig?

Aber das Wackeln in den Knien und das Flattern in ihrem Bauch, als sie da von ihm wegging ... nicht so leicht zu erklären. Ganz sicher nicht ignorieren ließ sich die Hitze, die über sie geflossen war, als sie sich gegen den festen, *jungen – derart* jungen, derart harten und muskulösen – Körper lehnte.

Was zum Teufel *tat* er da nur, eine Frau zu küssen, die alte genug war, um seine Mutter zu sein?

Dann verschlimmerte der Anflug von Scham sich noch, als ihr aufging, was da vor sich gegangen war. Warum er sich genötigt sah, sie zu küssen. Der Junge dachte, er schulde ihr was.

Es war ein *Kuss aus Mitleid*!

Oh Gott, oh Gott, ich brauch' was zu trinken. Das Gesicht brannte ihr und ihr Magen war vor lauter Scham wie abgeschnürt. Ihr war übel.

Selena sah sich nach Frank um – er wusste wahrscheinlich, wo sie noch ein Glas Wein bekommen konnte. Oder auch noch was Stärkeres.

Sie stand Jen um keinen Deut nach. Nein … sie war schlimmer. Jen war nur sieben Jahre älter als Sam und hoffentlich hatte sie Sam noch nicht geküsst … außerdem musste Theo mindestens zwanzig Jahre jünger sein als Selena.

Oh nein!, schrie es in ihrem Kopf auf.

Sie hatte gesehen, wie kuschelig Theo es bei der jungen Frau gehabt hatte, so eng zusammengerückt auf den Decken da. *Oh mein Gott, ich bin so ein hirnverbrannter Idiot.*

Als ob er Selena eines weiteren Blickes würdigen würde, wenn er eine schlanke, junge, wunderschöne Jen im Arm hatte.

War es überhaupt möglich sich noch schlimmer zu fühlen? Sich noch mehr zu schämen? Jep, für sie schon. Wenn irgendjemand anderes sie dabei beobachtet hatte, wie sie sich an einen jungen Mann ranschmiss. Was, wenn Sam davon hörte? *Oh weiohwei.*

War es möglich, dass jemand sie beobachtet hatte? Sogar ziemlich möglich, dachte sie und konzentrierte sich jetzt stattdessen auf das Problem, was sie sagen würde und wie sie sich verhalten würde, beim nächsten Mal, wenn sie Theo sah. Oh, Gott.

Sie hatten sich abseits von den Zuschauern befunden und ein paar Sträucher hockten da in Grüppchen zwischen ihnen und dem Wiesenstück, wo der Rest der Leute saß. Es wurde allmählich dunkel, es gab mehr Schatten und wahrscheinlich schenkte niemand ihnen Beachtung, denn Vonnie hielt sie all restlos gebannt mit ihrer Geschichte. Und der Winkel, in dem sie zu einem der Häuser gestanden hatten, hätte wahrscheinlich auch einen direkten Blick unmöglich gemacht.

Selena fühlte sich da etwas erleichtert, als ihr das alles einfiel. Sicher: es würde schrecklich werden Theo morgen zu sehen, aber das würde sie überstehen. In ihrem Leben hatte sie schon einen Haufen anderer, viel schlimmerer Dinge bewältigen müssen.

Und abgesehen davon gab es für ihn, jetzt da er sich wieder fit fühlte, sowieso keinen Grund mehr, weiter in Yellow Mountain zu bleiben. Er würde bald gehen. Vielleicht schon morgen.

Hoffentlich morgen.

Ah, da war Frank, der schneller lief, als es einem dreiundneunzigjährigen Mann eigentlich zustand. Er war immer zu den Geschichten-Abenden mitgekommen, aber saß selten länger als fünfzehn Minuten am Stück still. Es gab zu viele andere Dinge zu tun, sagte er – die Fackeln anzünden, wenn es dunkel wurde, das Schwein zu rösten und aufzuräumen, das Feuer am Laufen zu halten, und so weiter. Und er war einer der wenigen – wahrscheinlich die einzige Person –, der nicht unwohl dabei war, Yellow Mountains Schutzmauern hinter sich zu lassen, wenn es bereits dunkel war. *Zum Teufel*, sagte er da immer, *wenn ich mit Abtreten dran bin, bin ich gottverdammt nochmal dran.*

„Frank", sagte sie, als sie auf ihn zuging. „Hast du irgendetwas zu trinken?"

Er hielt in seinem energischen Schritt inne. „Scheißt ein Hund auf die verdammte Wiese?", sagte er kurz angebunden. „Klar habe ich noch Bier." Er betrachtete sie mit seinen scharfen Augen, die auch in dem abklingenden Licht noch deutlich funkelten. „Du siehst aus, als könntest du eins gebrauchen." Er ging wieder los, drehte sich dann um und sagte, „Kommst du jetzt mit? Ich hab' nicht die ganze verdammte Nacht Zeit. Muss diese Fackeln hier alle angezündet bekommen, damit niemand stolpert und sich ein gottverdammtes Bein bricht. Leute hier denken einfach nicht mit, überlassen mir jedes verdammte Detail."

Während Selena ihm folgte, unterdrückte sie ein Lächeln. Als sie das tat, warf sie einen Blick dorthin zurück, wo sie Theo hatte stehen lassen. Er war immer noch da, schaute ihr nicht nach, Gott sei Dank. Aber das war, weil Jen da war, sehr nah da stand, genau neben ihm und hoch in sein Gesicht schaute.

Als Jen die Hand hob, um seine Wange zu berühren, und Theo seinen Kopf zu ihrem hinabsenkte, drehte Selena sich weg.

Nun, Gott sei Dank, das wäre also geklärt. Die beiden geben ein viel besseres Bild ab als wir beide.

Und dieses kleine Aufmucken von Eifersucht, das sich in ihre Eingeweide einfraß? Nun, das würde sie schlicht ignorieren müssen.

Genau da erfüllte ein lauter Schrei die Luft. Voller Panik und Schock durchschnitt die Stimme einer Frau das einlullende Geräusch des Geschichtenerzählens. „Sie ist verschwunden! Ich kann sie nirgends finden!"

Ein leises Prickeln lief Selena an den Schultern entlang und sie hörte das dumpfe Poltern der Antworten von den anderen in Bruchstücken: „Bist du sicher?" „Vielleicht ist sie im Hof." „Oder in der Scheune." „Vielleicht ist sie eingeschlafen."

„Nein, nein, ich habe überall nachgesehen!" Die Unruhe in Myra Tendys Stimme wurde panisch. „Sie hat heute was vom Fluss erzählt. Sie wollte schwimmen gehen."

Das Prickeln an ihrem Rücken hinab wurde stärker und Selena blickte wie automatisch zu den schützenden Mauern. Ihre Finger berührten den daumengroßen Kristall, der tief unten an seiner Kordel unter der Tunika hing. Wenn das kleine Tendy Mädchen ... wie war nochmal ihr Name? Hannah? ... sich irgendwie nach draußen, jenseits der Mauern geschlichen hatte, würde das hier wirklich noch schlimm werden. Mit hämmerndem Herzen und feuchten Handflächen ging Selena näher an die Nordseite des Walls. Sie war sich der Tatsache bewusst, dass die Menschenmenge sich aufgelöst hatte und dass einzelne Menschen anfingen Suchtrupps zusammenzustellen. Vielleicht waren die Zombies heute Nacht noch nicht unterwegs, waren noch nicht nahe genug herangekommen, um das kleine Mädchen zu sehen oder zu riechen. Vielleicht musste sie das dann nicht auf sich nehmen.

Vielleicht hatte sie dieses eine Mal Glück.

Bis jetzt hatte Selena noch keinen Laut des kehligen Gestöhns vernommen, ihre verzweifelten Rufe nach *ruuuu-uuthhh* oder *arreeyyyy-aaaane*.

Sie starrte angestrengt durch die Glasscheibe eines alten Trucks durch, den man als einen Riesenziegel im dem Schutzwall verwendet hatte. Das Glas war schmutzig und ganz verkrustet mit Dreck, aber Selena kratzte es weg und schaute in die trübe Nacht jenseits der Siedlung hinaus.

Die orangenen, glühenden Augen der Zombies waren hell genug, so dass sie in der Lage wäre, sie zu erkennen, selbst durch diesen ganzen Schmutz hindurch, falls sie da draußen wären. Der Fluss lag auf der südlichen Seite – die genau entgegengesetzte Seite von da, wo sie jetzt war. Aber Selena wusste, dass die Ganga aus dem Nordwesten kommen würden. Von dort, wo der Ozean lag.

Die ganze Zeit über hörte sie hinter sich das Geschrei, die ruhigen Stimmen der Organisatoren, die hysterische Stimme von Myra Tendy, die man beruhigte.

Und sie hoffte, dass sie heute Nacht nicht da raus gehen musste – riskieren musste, dass man ihr Geheimnis entdeckte.

Das bildete den zentralen Kern ihres Lebens: der Hass und die Abscheu für die fleischfressenden, alles verstümmelnden Zombies, und als Gegengewicht in der Waagschale das Wissen, dass jeder einzelne von diesen, der durch Gewalt zu Tode kam, ohne ihre Hilfe niemals wahrhaft frei sein würde.

„Hey."

Die Stimme direkt hinter ihr machte, dass Selena herumwirbelte. Es war Theo.

Super. Genau was sie jetzt brauchte.

Und dennoch machte ihr Herz bei seinem Anblick einen kleinen Hüpfer. Er stand nur da, die Fingerspitzen der einen Hand in eine Vordertasche seiner Jeans gesteckt, aber mit einem angespannten Gesichtsausdruck. Sein nachtschwarzes Haar leuchtete in dem Licht hier, als ob es nass wäre, und seine hohen, eleganten Wangenknochen zogen das etwas launische Licht wie ein Magnet an.

„Du bist nicht etwa gerade dabei dort durch das Autofenster da hinauszuschleichen?", fragte er mit einer merkwürdigen, tonlosen Stimme. Es sah genau so peinlich berührt aus, wie sie sich fühlte.

Und schon geht es mit den Peinlichkeiten los. „Nein", sagte sie. *Zumindest jetzt noch nicht.*

„Gut", sagte er. „Denn nach letzter Nacht wäre es ziemlich dumm, das zu tun. Da alleine rauszugehen. Und du bist keine dumme Frau."

Wollen wir drauf wetten? Selena zwang sich die Worte runter, bevor sie ihr aus dem Mund kamen. Sie hatte für heute genug gesagt.

„Ich weiß nicht, für wen du dich hältst – irgendeine Art von Buffy, Eowyn oder sonstigen Blödsinn –, aber da kannst du nicht alleine rausgehen." Seine Augen glitten ganz offensichtlich über sie hinweg, von der Scheitelspitze bis zu den Füßen.

Irgendwie störte sie der Vergleich mit Eowyn nicht. Die Frau war der Wahnsinn und sie hatte nicht einmal übersinnliche Kräfte. Ein bisschen wie Selena selbst. „Da kann ich nur lachen", antwortete sie. „Ein kleiner Junge wie du, der mir sagt, wo's langgeht."

Sein Kiefer bewegte sich und Schatten wanderten im Licht von Franks Fackeln über sein Gesicht. „Ich bin nicht so jung, wie du denkst", sagte er. Seine Stimme war immer noch tonlos und ruhig.

Selena unterdrückte ein Schnauben. „Du siehst keinen Tag älter als dreißig aus", sagte sie. „Und du bist nicht mein Vater."

„Verdammt richtig", sagte er. Ihr Magen überschlug sich und ihr Mund wurde ganz trocken.

Bevor sie etwas erwidern konnte, hörte sie es. Leise, weit entfernt, aber unverwechselbar: *ruuu-uuuthhh.*

Verdammt.

Ihre Hände wurden klamm und ihre Finger ganz kalt. Selena drehte sich von der Schutzmauer weg. Wenn sie eine Chance haben wollte die Zombies rechtzeitig abzufangen, musste sie es jetzt tun. Schnell, bevor der Rest von dem Suchtrupp auf die andere Seite der Schutzmauer gelangte, mit ihren Stöcken und Flaschenbomben und all den anderen Waffen. *Ich muss los.*

„Jennifer sucht nach dir", sagte sie. „Dort drüben." Sie zeigte in Richtung Osten, über und weit hinter Theos Schulter, in Richtung der dort herumschwirrenden Grüppchen von Leuten, und als er automatisch dahin schaute, rannte sie weg. Verschwand in den Schatten.

„Selena!", rief er und sie blickte zurück, um zu sehen, wie er die Wand aus Autos und Garagentüren und alten Dächern anschaute, als ob sie irgendwie einen Weg gefunden hätte, dort hinein zu gleiten.

Gut. Er sollte ruhig ein Weilchen nach ihr suchen, während sie nach einem anderen Weg nach draußen suchte.

Bis Selena einen der kleineren Eingänge gefunden hatte, hatten die Suchtrupps angefangen, den Schutz der Mauern hinter sich zu lassen. Ihr Kristall an seinem langen Lederriemen hatte noch nicht angefangen zu glühen, aber seine Temperatur begann bereits zu steigen. Sie spürte diese Wärme in der kleinen Kuhle an ihrem Brustbein. Nicht gerade ein beruhigendes Gefühl, aber ein vertrautes – trotz allem. Ein kurzer Blick nach unten bestätigte ihr, dass er noch nicht brannte. Gott sei Dank.

Das Stöhnen der Zombies war lauter geworden und indem sie angestrengt lauschte, sah Selena sich darin bestätigt, dass sie exakt aus nördlicher Richtung kamen. Glücklicherweise befand sich das auf der entgegengesetzten Seite von Yellow Mountain, in Bezug auf das Gelände für das Schwimmen im Fluss und wo die Suchtrupps als Erstes hingehen würden, um sich dann in zwei Gruppen aufzuteilen, in Richtung Osten und Westen.

Aber die Tatsache, dass Hannah Tendy dunkles Haar hatte und die Ganga darauf programmiert waren, blonde Menschen zu entführen – und mit ihnen zu tun, was sie wollten, was hieß, sie zu verstümmeln und sich an ihrem Fleisch zu laben –, gab Selena wenig Hoffnung, dass – sollte das kleine Mädchen da draußen sein – die Dinge gut ausgehen würden.

Und sie wollte wirklich nicht diejenige sein, die im Gefolge eines solchen Ereignisses dort hinausrannte, um den Zombies dabei zu helfen, auf sanfte Art ins Jenseits zu gelangen.

Das kleine Tor zur Nordseite öffnete sich leicht zu ein paar kleinen Stufen hin, die einen runter auf Bodenhöhe brachten. Ganga konnten nicht Treppen steigen, also waren bis auf den Haupteingang nach Yellow Mountain alle Zugänge nur so erreichbar.

Selena war gerade dabei, das Gitter aufzuschieben, als aus der Dunkelheit eine vertraute Stimme ertönte. „Selena, tu's nicht."

„Vonnie", sagte sie und drehte sich zu ihrer besten Freundin um, ihrer Mutter, ihrer Retterin. „Du weißt, ich muss."

Der Arm der älteren Frau senkte sich, um ihr den Zugang zum Tor zu blockieren, entschlossen und stark. „Nicht heute Nacht. Nur ... heute Nacht nicht. Es gibt nichts, was du tun kannst."

„Doch, das kann ich. Ich kann nicht zulassen–"

„Hast du Crossroads vergessen? Man könnte dich sehen."

Selenas Stimme wurde lauter und der Hals brannte ihr. „Natürlich habe ich nicht vergessen–"

„Dann lass es sein. Heute Nacht. Lass es auf sich beruhen. Du bist immer noch verletzt von gestern Nacht und wenn irgendjemand dich sieht, Selena – es ist ein kleines Mädchen. Ein Kind. Sie werden es nicht verstehen und es wird ihnen egal sein." Vonnies Stimme überschlug sich jetzt vor lauter Gefühlen.

„Ich weiß, die Zombies sind schrecklich, aber sie wissen nicht, was sie tun", erwiderte sie. Ihre Worte kamen kurz und knapp und der Kristall an ihrer Haut war nun schon viel wärmer, selbst durch die kleine Ledertasche hindurch, der sein Leuchten unter ihrem Hemd verbarg. „Sie sind Gefangene."

„Du kannst sie nicht alle retten", sagte Vonnie zu ihr. „Selena. Du kannst sie nicht alle retten."

„Aber ich kann ein paar von ihnen retten. Und ich muss so viele retten, wie ich kann." Sie schaute Vonnie an und schluckte die Tränen herunter. „Ich bin die Einzige."

Sie liebte Vonnie, sie verdankte ihr *alles*, aber die ältere Frau würde es niemals verstehen. Sie konnte die schreckliche Angst in den Augen der Zombies nicht sehen, sie fühlte deren Verzweiflung nicht. Sie sah nicht zu, wie ihre Leben als Menschen ihnen durch das Gedächtnis zogen und hinein in Selenas, genau in dem Moment, in dem Selena sie erlöste.

Sie wusste nicht, dass eine menschliche Seele und ein menschlicher Verstand in jedem der ungeschlachten, armen gepeinigten Leiber gefangen saß, und das seit Jahrzehnten.

Sie wurde nicht von Alpträumen aus dem Schlaf gerissen.

„Ich bin die Einzige. Das ist der Grund, warum ich gehen muss. Mach es bitte nicht noch schwerer, als es ohnehin ist."

Ihre Augen waren schon etwas verschleiert vor Tränen, ihr Magen wie abgeschnürt, als Selena sich unter Vonnies Arm hindurchduckte und das Tor aufschob. Sie hörte ein letztes, leises Rufen von ihrem Namen und musste es ignorieren, sie blinzelte heftig. Das Gitter schloss sich hinter ihr.

Dunkelheit umgab Selena, als sie die Treppen hinunter eilte. Etwas weiter weg sah sie, wie sich die orangenen Lichter paarweise, abgehackt herumbewegten. Im Stöhnen klang auch die Verzweiflung mit, als die Ganga nach *ruuu-uuuthhhhh* riefen: suchten, immer nach einem Mann namens Remington Truth suchten. Obwohl Selena all ihre menschlichen Erinnerungen in sich aufnahm, von diesen Kreaturen, die einmal genauso lebendig gewesen waren wie sie und Vonnie, bevor man sie in diese schrecklichen Wesen verwandelt hatte, wusste sie nicht ganz so viel über ihren Zweck. Sie wusste nicht, dass die Zombies darauf programmiert waren, durch die Welt zu irren, auf der Suche nach dem Mann mit silbrigem Haar, der einer der Fremden gewesen war; ein Mitglied der Elite. Und wenn sie nicht gerade hellhaarige Menschen als fragliche Kandidaten verschleppten, zerfetzten sie die dunkelhaarigen mit ihren verdreckten Klauen und fauligen Zähnen. Das war, wie sie sich ernährten. Wie sie lebten.

Wenn man das, was sie taten, *leben* nennen konnte.

Selena brannte der Hals. Es war schwierig genug die Seelen zu lenken und den Schmerz von gewöhnlichen Menschen zu lindern, wenn sie aus dem Leben schieden, aber den Schmerz und die Verzweiflung von diesen anderen grauenvollen, kannibalistischen

Menschen auf sich zu nehmen ... oftmals war es zu viel. Der Kampf zwischen ihrem Grauen vor dem, was sie taten, und der Drang sie zu retten, weil sie nicht Herr ihrer eigenen Triebe waren, war ein Alptraum.

Und dennoch konnte Selena nicht aufhören. Sie wusste, dass jeder, den sie rettete, eine Seele weniger war, gefangen im Zwischenreich – oder schlimmer gar – für immer gefangen. Schon eine gerettete Seele wog die Gefahr auf, war es wert, ausgestoßen zu sein, war den ständigen inneren Kampf, den sie ausfocht, wert.

Selena verdrängte die Tränen durch Blinzeln. Jetzt war nicht der Moment sich ablenken zu lassen. Sie waren vielleicht verdammte Kreaturen, von Sinnen und ohne Verstand, aber in ihrer Verzweiflung waren sie auch todbringend.

Das Gelände lag offen und weithin sichtbar vor ihr, und das absichtlich: damit man alles und jeden, der sich näherte von den Mauern aus erkennen konnte. Aber wenige hundert Meter weiter draußen machten Bäume und gewellter, zerstörter Asphalt aus den alten Tagen den Boden uneben und boten Schatten, wo man sich verstecken konnte. Die überwucherten Überreste eines Gebäudes hie und da bildeten niedrige, künstliche kleine Erhebungen auf dem Territorium, Gras schoss hoch und füllte Lücken zwischen den Trümmern.

Selena packte ihren Kristall und zog ihn unter ihrer Tunika hervor, um ihn vorne offen zu tragen. Sie war noch nicht so weit, dass sie die schützende Hülle darum abstreifen würde und dem rosa gefärbten Stein gestatten würde in die Nacht hinaus zu leuchten. Nicht, bis sie nicht näher an die Gruppe der Zombies herangekommen war.

Indem sie die Lichter ihrer orangenen Augen zählte, die von ihrem Aussichtspunkt wie torkelnde Glühwürmchen aussahen, ging sie davon aus, dass heute Nacht nicht einmal ein Dutzend unterwegs war. Sie war schon mit mehr klar gekommen, aber alles über fünf jagte ihr Angst ein und war riskant.

Die altbekannte Furcht schnürte ihr den Hals zu und ihre Hände wurden klamm. Selena war sich auf einmal der Brise sehr bewusst, die kurz zuvor so erfrischend gewesen war, sich jetzt aber wie eine eisige Böe anfühlte. Das letzte bisschen Wärme von dem Wein, was sie zuvor so restlos entspannt hatte, war verschwunden und ließ sie angespannt und nervös zurück und machte, dass ihr das Herz hämmerte.

Egal wie oft sie das hier machte, egal wie wichtig es war, wie unabdingbar ... Selena verspürte immer noch die gleiche Furcht. Als sollte sie an die Gefahren erinnert werden, zogen sich die Wunden an ihrer Brust zusammen und schmerzten. Und der Schnitt an ihrem Rücken, der eine, der vor langer Zeit verheilt war, zwackte.

Aber sie ging weiter.

Jetzt konnte sie ihren Geruch in der Luft wahrnehmen: der muffige Todesgeruch von altem Fleisch und die ekelhaft Fäulnis ihres Atems. Wie Sumpf und Müll, der seit Tagen in der Sonne da lag und vor sich hin schmorte.

Aber das war noch gar nichts. Wenn sie näher kamen, würde sie kaum in der Lage sein zu atmen. Wegen dem Gestank.

Selenas Hände waren kalt und klamm, und sie griff mit einer davon aus Reflex nach dem Kristall. Der war jetzt heiß, wie ein Stein, der unter der Asche von einem Feuer versteckt gelegen hatte und den man dann rausgezogen hatte. Der dicke Beutel schützte sie vor der Hitze, aber bald würde sie diese abnehmen, damit das rosige Glühen durch die Nacht leuchten konnte.

Sie hielt in einem Schatten etwa hundert Meter von der Mauer entfernt an, und sogar noch weiter entfernt von dem Ganga-Trupp. Die Blüten von dem kleinen Grüppchen aus Apfelbäumen hatten schon ihre Blütenblätter fallen lassen und winzige Pfropfen hatten sich schon ausgeformt. Der zerquetschte und rostige Umriss von einem Auto befand sich nur wenige Meter entfernt und etwas, was wie ein altes Schild aussah, lehnte daran. Es war zu dunkel, um die verblichenen Worte da zu lesen, aber sie wusste, da drauf war ein großer weißer Kreis, ein kleinerer roter Kreis darin und schließlich ein fetter roter Punkt in der Mitte. Und irgendwas mit T drunter.

Die Kreaturen waren irgendwie größer als die Menschen, aus denen sie hervorgegangen waren – größer und breiter und dicker, als ob man ihre ursprünglichen Körper gestreckt und irgendwie ausgestopft hatte, um sie größer zu machen, was ihre Haut und ihre Knochen dazu brachte, gegen diese Misshandlungen zu protestieren, und die dann anfingen einzureißen und hervorzubrechen.

Selena zählte acht Ganga. Zu viele.

Sie schauderte und schluckte. Zeit, da näher hinzugehen.

Hinter ihr ertönte in der Nacht dann plötzlich ein lautes, hell erklingendes Geräusch.

Selena erstarrte und drehte sich um, ihr Herz setzte einmal kurz aus. Ein großer heller, gleißender Lichtstrahl schoss hinter den Mauern in die Luft und bildete eine Begleitung zur schlagenden Glocke.

Das war das Signal. Sie hatten das Mädchen gefunden. Hannah.

Selena überkam eine Welle der Erleichterung, so stark, dass sie fast nach hinten weg kippte, ihre Finger streiften die raue Rinde von dem Baum neben ihr. Sie hatten sie gefunden. Sie war in Sicherheit.

Ein Antwortlicht leuchtete im Westen hell in dem dunklen Himmel, und dann noch eins in Richtung Süden. Die Suchtrupps: Sie hatten die Nachricht empfangen und bestätigten ihre Positionen. Weit entfernt von dort, wo Selena im Norden stand.

Die Leute aus den Trupps kehrten zurück und Selena könnte—

Ihre Gedanken wurden unterbrochen, als sie das Geräusch von Hufschlag vernahm.

Er ritt über das weite, offene Feld, sein Umriss im Licht des dünnen Mondes und wegen der Fackel, die er hoch über seinem Kopf schwang, klar zu sehen.

Selena sah zu, wie er wie verrückt auf die Ansammlung der Zombies zu galoppierte, das Feuer nur noch ein heller Streifen in der blauen Nacht über ihm.

Ihr war auf der Stelle klar, was er gleich tun würde, und sie musste eingreifen.

Sie rannte blitzgeschwind unter den Bäumen hervor, hinaus ins freie Feld, der Kristall pendelte hin und her und prallte gegen sie und Selena schrie und wedelte mit den Armen. Sie machte alles auf sich wie auch auf ihn aufmerksam, aber ihre größte Sorge, war ihn zu stoppen, bevor er sich durch die Zombies durchpflügte und das brennende Feuer auf sie warf.

Beim Geräusch ihrer Schreie blickte er herüber. Augenblicklich hatte er das Pferd geschickt gewendet, die Vorderhufe schlugen kurz vor dem Nachthimmel aus. Dann kamen beide auf einmal auf sie zu geprescht.

Sicher und aufrecht im Sattel hielt er die Mähne des Pferdes in einer Hand und die brennende Fackel in der anderen und sah dabei wie eine Art primitiver Krieger aus. Wie ein Körper sprangen sie über einen kleinen Spalt am Boden und dann über einen Haufen von alten Reifen. Er bewegte sich kaum, da auf dem Pferd, sein Haar leuchtete wegen der Flammen darüber.

Es war erst, als sie näher kamen, dass sie dann wirklich seine Gesichtszüge erkennen konnte, aber irgendwie hatte sie bereits gewusst, dass es Theo war, selbst aus der Entfernung. Sie hatte noch nie jemanden ein Pferd so reiten sehen, außer auf einer DVD. Und selbst da war sie von Vonnie und Frank gewarnt worden, dass nichts auf DVDs echt war – oder jemals gewesen war.

Der Mustang raste bis zu ihr, ohne langsamer zu werden, und Selena begriff, dass er nicht anhalten würde. Sie machte Anstalten, ihm aus dem Weg zu springen, aber ehe sie sich's versah, war das große Tier schon donnernd über ihr. Der Boden erbebte und Hufschlag füllte ihre Ohren.

Was zum Teufel–

Sie rasten an ihr vorbei, wurden nicht merklich langsamer. Eine Hand sauste nach unten, bildete einen Bogen um sie und unter ihrem Arm durch, hob sie rasch in einer einzigen, fließenden Bewegung hoch, ohne die Wunden an ihrer Brust schmerzvoll zu reizen. Selena fand sich auf den muskulösen, sich hebenden und senkenden Pferderücken geworfen wieder, in einer instabilen Stellung wie in einem Damensattel. Instinktiv packte sie die dunkle Mähne vor ihr mit beiden Händen, während sie versuchte ihr Herz und ihren Magen – und dann auch noch ihren

Allerwertesten – an die richtige Stelle zu rücken. Außer Atem, überrascht und wütend, vermochte sie zuerst gar nichts zu sagen.

Dann war sie starr vor Schreck.

Als der Schock etwas nachließ, nahm sie das flackernde Licht über ihnen von der Fackel wahr, die er immer noch hielt, und diese starken Klammer von einem Arm, der sich von hinten um sie herum zur Mähne bog und über ihrem zweihändigen Todesgriff ein Stück Mähne packte. Und dieser sehr jungen, sehr harten Schenkel, die *genau* hinter ihr ein heftig ruckelndes V bildeten. Und diesen kraftvollen Oberkörper, gegen den sie rückwärts geprallt war, als sie sich auf dem Pferd sicher hinsetzte.

„Du durchgeknallter Idiot!", schaffte sie noch zu keuchen, als ihr aufging: als er nach unten gegriffen hatte, um sie derart rasant nach oben zu heben, konnte er sich ausschließlich mit den *Beinen* auf dem Pferd gehalten haben. „Du hättest uns beide umbringen können!"

„Was zum Teufel hast du dir denn gedacht, was du da veranstaltest?", schrie er zurück, wobei der Wind seine Worte nach hinten wegriss.

Ihr ging auf, dass sie einen weiten Bogen gezogen hatten und nun wieder auf das Grüppchen Zombies da hinten in der Ferne zudonnerten. „Nein!", schrie sie zu ihm nach hinten, wobei sie sich in dieser Halbumarmung verdrehte und fast rückwärts runterfiel, seitlich von dem galoppierenden Pferd runter.

Der Kristall an der langen Kordel hüpfte und prallte gegen ihren Bauch, schwer und heiß, aber immer noch umhüllt von seinem schweren Beutel. Sie beugte sich nach vorn, um ihn so etwas zur Ruhe zur bringen, denn *auf gar keinen verdammten Fall* würde sie diese Mähne da loslassen. Ganz besonders nicht, weil ihr Arsch sich bewegte und rumsprang, wie ein Maiskorn im Fett einer heißen Popcornpfanne.

„Ich muss erst die da erledigen", erwiderte er mit einer entschlossenen Stimme an ihrem Ohr. „Muss das Mädchen finden."

„Nein", schrie sie und riskierte es noch einmal, sich auf ihrem Platz da umzudrehen. Sie prallte fast gegen sein Kinn mit ihrer

Schläfe und er warf ihr rasch einen Blick nach unten zu. „Sie haben sie gefunden! Kehr um, Theo!"

„Sie haben sie gefunden?" Die Anspannung in seinem Oberkörper ließ ein wenig nach, aber sie schossen immer noch auf die Zombies zu, sein Arm um sie war so unnachgiebig wie zuvor.

Der Kristall wurde wärmer und die Hitze sickerte in ihren Bauch, wo sie sich nach vorne gebeugt hatte, um ihn schützend zu umfangen, und sie machte sich Sorgen, dass die Temperatur das Pferd stören könnte. Und die Zombies, so wenige das auch waren, würden ihn auch bald spüren, wenn sie Theo nicht dazu brachte, umzudrehen. „Bitte! Kehr um! Es ist zu gefährlich!"

Ab da trieb er das Pferd bereits nicht mehr ganz so sehr an und sie spürte, wie er sich etwas von ihr wegsetzte, um auf sie runter blicken zu können. „Bist du verletzt? Ist alles in Ordnung bei dir?"

„Bring mich wieder zurück. Bitte", sagte sie und vermied die Frage, aber ließ ihm ganz offensichtlich in dem Glauben, dass sie verletzt war. „Sie haben sie gefunden. Es ist es nicht wert."

Ihre Zähne klapperten jetzt; irgendwie half ihr der eigene Körper jetzt auch dabei, Theo in die Irre zu führen. Selena packte die Mähne noch fester und fühlte, wie seine Beine sich bewegten, als er das Pferd weniger antrieb. Das Tier reagiert, wurde langsamer und wendete, um wieder in Richtung Siedlung zu gehen. Was nicht heißen wollte, der Mustang ging im Schritt oder auch nur im Trab; sie befanden sich immer noch im Galopp – aber wenigstens war das Tempo nicht ganz so halsbrecherisch.

Was gut war ... und schlecht. Denn jetzt war sie sich noch mehr und ganz schrecklich bewusst, wurde fast verrückt bei den Einzelheiten um sie: die Wärme, die ihr den Rücken entlang sickerte, der nackte, muskulöse Arm neben ihrem, der Schoß, in dem man sie nun positioniert hatte, und der saubere, maskuline Duft von Vonnies Seife vermischt mit Rauch vom Feuer, Wein und Theo.

In dem Moment war sie sich nicht ganz sicher, was eine größere Bedrohung für ihren Verstand darstellte: seine Nähe oder die Zombies mit den orangenen Augen, die in der Ferne davonstolperten.

Sie hatte das ungute Gefühl, dass es nicht die Zombies waren.

4

Theo hatte schon lange nicht mehr so einen Kick verspürt.

Das Streicheln von dichtem, süß duftendem Haar von der Frau vor ihm kombiniert mit der Wut, die in Schockwellen von ihr ausströmte, steigerte den Kick nur noch.

Nicht dass das hier die schlaueste Sache gewesen war, die er je getan hatte – auf sie zuzurasen und sich wie Viggo Mortensen in Hidalgo herabzuschießen und sie nach oben zu sich aufs galoppierende Pferd zu befördern. Aber was für einen Adrenalinschub, als sie genau vor ihm landete. Waghalsig, aber wann war er denn nicht ein bisschen verrückt gewesen?

Aber es war schon eine Weile her, seit er sich derart hatte mitreißen lassen. Scheiße noch mal, hatte er diese Art von Kick vermisst.

Theo grinste in der Dunkelheit, er hielt immer noch die Fackel in der einen Hand und bekam immer wieder eine Mundvoll von dichtem Haar, weil er sich auch etwas nach vorne beugen musste. Sie war stinksauer, aber sie würde drüber wegkommen, wenn er sie daran erinnerte, wie gefährlich es für sie gewesen war, alleine hier draußen zu sein. Aber – Teufel noch mal – wie verdammt verrückt-mutig das war: für sie, das zu tun ... blöd, aber mutig.

Eigentlich wie er selbst auch.

Die Mauer der Siedlung und ihr Hauteingang tauchten groß vor ihnen auf und er merkte, wie sich die Tore langsam weit öffneten, um sie herein zu lassen.

Selena glitt runter auf dem Boden, sofort nachdem er den Mustang zum Schritt verlangsamt hatte, und noch bevor er abgestiegen war, war sie schon wieder verschwunden. Theo konnte ihr nicht gleich folgen, denn ihre Ankunft hatte eine Menschenmenge um sie herum zusammenlaufen lassen – darunter auch Jen.

„Du warst fantastisch", sagte sie, als sie zu ihm hinrannte, ihre Hand klammerte sich schon an seinen Arm, als er noch vom Pferd glitt. „Ich hab' dich da draußen gesehen, ich habe über die Mauer zugeschaut. Total Giga."

Ein ihm unbekanntes Aufflackern von Ungeduld durchfuhr ihn da, aber er widerstand dem Drang, ihre festgeklammerte Hand zu lösen. Stattdessen schaute er Patrick Dilecki an, der die Suchtrupps koordiniert hatte und als Kontaktpunkt in der Siedlung geblieben war. „Ihr habt das Mädchen gefunden?"

„Ja, sie ist in Sicherheit. Sie ist unter ihrem Bett eingeschlafen." Er klang grimmig und müde, als er eine Hand an den Hals des Pferdes legte. Der Mustang gehörte Dilecki und er war es gewesen, der ihn Theo angeboten hatte, als der erklärt hatte, dass Selena alleine dort raus gegangen war.

Theo war sich nicht sicher, ob er erleichtert oder verärgert war. Er nahm an, dass Hannahs Mutter sich genau gleich fühlte, also entschied er sich dafür, lediglich erleichtert zu sein. Aber der Drang, da wieder rauszugehen, jene Zombies dort zu vernichten, bevor sie jemand anderem wehtun konnten, saß ihm noch wie ein Stachel im Fleisch. Diesmal hatten sie Glück gehabt, aber bei vielen anderen Gelegenheiten war er Zeuge gewesen, wo der Ausgang der Sache nicht so glimpflich ausgesehen hatte.

Sein Adrenalinspiegel war immer noch ganz oben. Und die Erinnerungen an all die Gemetzel, die er im Laufe der Jahre gesehen hatte, entfachte in ihm den Wunsch, wieder nach draußen zu gehen und den Job zu Ende zu bringen, den er begonnen hatte. Diese verdammten, schwachköpfigen Zombies, die nur auf ihre nächste Gelegenheit warteten.

„Was hattest du da vor?", fragte Jen. „Mit der Fackel?"

Ihre Augen leuchteten, als sie zu ihm hochschaute, und wieder einmal fiel Theo da auf, wie jung sie war ... und wie sie Selena so gar nicht erwähnt hatte.

Was ihn drauf brachte. Er musste mit dem verrückten Weibsstück ein Wörtchen reden oder zwei. Was zum Teufel dachte sie denn, was sie da veranstaltete, da ganz alleine rauszugehen, ohne Schutz, ohne Waffen, bis auf diesen Anhänger um den Hals, den sie versteckte?

„Ich wollte die nach ihnen werfen", sagte er Jen geistesabwesend, während er die Schatten mit den Augen absuchte. Selena musste doch irgendwo hier stecken; sie würde doch nicht noch einmal da rausschleichen ... oder etwa doch?

„Die Fackel?", fragte sie.

Da er von ihrer gierigen Hand in das Hier und Jetzt zurückgezerrt wurde, schaute Theo zu Jen runter. „Ja", sagte er und versuchte, die Ungeduld aus seiner Stimme rauszuhalten. „Ich wollte die Fackel nach ihnen werfen. Sie haben Angst vor Feuer."

„Wohin gehst du denn?", fragte sie mit einem etwas schmollenden Unterton.

Es war die gleiche Art von Schmollen, die ihn gerade vorhin dazu gebracht hatte, ihr endlich nachzugeben und sie zu küssen, direkt nach dem Intermezzo – jenem Kuss – mit Selena. Weil er immer noch verärgert darüber gewesen war, dass sie ihn in jenem herablassenden Ton einen Jungspund genannt hatte, hatte er Selena – als die Frau obendrein noch davonspazierte, als ob der Kuss nie passiert wäre – mental ad acta gelegt.

Was ihn wahrscheinlich am meisten überraschte und ärgerte, war dann eben die Art und Weise, wie ihm die Knie fast versagt hatten. Und sein Gehirn weich geworden war. Denn wenn sein Gehirn anständig funktioniert hätte, hätte er Selena für mehr vom Selben wieder an sich gezerrt ... anstatt bei einem anderen Paar kussbereiter Lippen schwach zu werden, was auch Streicheleinheiten für sein Ego gewesen waren.

Zum Teufel, nach dem, was mit Sage passiert war – die seinen Kuss als „nett" bezeichnet hatte –, und Selena, die so ziemlich das

Gleiche abgezogen hatte, wenn auch nicht im gleichen Wortlaut, konnte man es Theo nicht verdenken, wenn er auch ein bisschen schmollte. Sein Ego war mehr als nur etwas angeschlagen. „Ich muss mich um etwas kümmern", sagte er jetzt zu Jen. „Ich stoße später wieder zu euch."

Er hörte nicht, was sie sagte, als er ihr entschlüpfte und dann die Menge schlendernder Menschen mit den Augen absuchte. Mit der Partystimmung war es offensichtlich nicht mehr so weit her, seit das Mädchen verschwunden war und trotz des glücklichen Ausgangs der Geschichte, hatte der falsche Alarm alles ein wenig vergiftet.

Theo kam an einer Gruppe von jungen Menschen um die zwanzig vorbei – Jens Freunde –, mit denen er den ganzen Abend verbracht hatte, und ihm ging auf: sie waren nicht alle ganz so jung. Sie *erschienen* ihm nur jung. Herrgott nochmal, mit achtundzwanzig hatten er und Leo dank ihrer Techno-Nerd-Genialität schon Geld wie Heu. Aus Angst vor ihnen wagten CEOs von zwei der Fortune 500 Gesellschaften nicht ihre Blackberrys auszuschalten, ohne sie zuerst zu fragen. Der Eigentümer von einem der größten Casinos in Vegas hatte ihnen und ihrer Beraterfirma eine Generalvollmacht für das gesamte elektronische System ausgestellt, um das Sicherheitssystem auf Stand zu bringen. Sie waren Workaholics gewesen, mit dem Plan mit fünfundvierzig in Rente zu gehen, weil sie sich dachten, dass sie dann die Gelegenheiten haben würden zu leben, zu reisen und vielleicht bis dahin auch zu heiraten.

Das wäre wahrscheinlich auch eingetreten, wenn nicht die Hölle losgebrochen wäre. Wenn die Männer und Frauen in dem Elite Kult von Atlantis nicht entschieden hätten, dass es sich für die Unsterblichkeit lohnte, den Rest der Welt und die gesamte Zivilisation zu zerstören.

Und daher, als Theo an der Gruppe vorbeiging und sie ihm ein Bier anboten, nahm er es. Er nickte und lächelte und wünschte sich verflucht nochmal, dass er sich daran erinnern würde, wie es war, so jung zu sein und ein so ereignisarmes Leben gehabt zu haben. Es wäre, so dachte er, himmlisch nicht diese Alpträume zu haben, die ihn immer noch schweißgebadet und frierend aus dem Schlaf rissen. Ganga waren Scheiße, aber sie waren nichts im Vergleich zu dem, was er und Lou und der Rest der Überlebenden in den ersten zwanzig Jahren nach dem Wechsel durchlebt hatten.

Er hatte die Bierflasche schon halbleer, als er Selena fand.

Oder vielmehr, als sie ihn fand.

Das Treffen verlief nicht ganz so, wie er es geplant hatte.

„Was zum Teufel hast du dir denn gedacht, dabei?", sagte sie als sie schnurstracks auf ihn zulief. Sie war in etwa so stachelig wie das Haar auf Theos Kopf – kerzengerade nach oben und Stacheln nach allen Seiten.

„Ich könnte dir die gleiche Frage stellen", entgegnete er, nachdem er die Bierflasche aus dem Mund genommen hatte. Er hatte gerade einen Schluck nehmen wollen. „Dich ohne Schutz oder ohne irgendwelche Waffen raus zu schleichen, außer dem Ding da um deinen Hals."

Das überraschte sie, denn sie griff an ihren Bauch, wo er vermutete, dass das Objekt hing, unter ihrer Tunika. Aber das hielt sie nicht davon ab, aufzubrausen und ihm Paroli zu bieten. „Was ich tue, geht niemanden etwas an. Du bist nicht mein Vater oder mein Sohn – oder irgendjemand dazwischen. Du hast nichts mit mir zu tun und du könntest das, was ich in diesem Leben schon durchgemacht habe, nicht einmal annähernd begreifen. Deine hirnverbrannte Showeinlage da draußen hätte einen von uns töten können."

„Ich habe versucht dir das Leben zu retten", schoss er ganz trocken zurück. „Wiedergutmachung, du weißt schon?" Theo verlagerte das Gewicht seiner Beine. „Habe ich dir weh getan?", fragte er, wobei er hauptsächlich an die Ganga-Wunden dachte.

„Außer mir einen verdammten Herzanfall zu bescheren, nein. Aber ich brauche von dir keinerlei Hilfe", erwiderte Selena. Ihre Stimme war etwas ruhiger geworden, als ob sie gemerkt hätte, dass ihr Sprechen etwas zu laut geworden war. Aber sie befanden sich gerade am schattigen Rand von einem der kleinen Häuser, unter einem Apfelbaum. „Ich wusste, was ich tat. Ich bin schon eine ganze verdammte Weile kein Kind mehr."

Dem konnte er nicht widersprechen.

Und aus dem Ausdruck in ihren Augen zu schließen, war sie ziemlich verflucht angepisst darüber, wie eins behandelt zu werden. „Ich bin alt genug, um deine Mutter zu sein", sagte Selena gerade. „Also halt dich Teufel nochmal raus und geh mit deinen Freunden abhängen. Jennifer kannst du herumkommandieren, so viel du willst. Ihr wäre das vermutlich recht. Aber reit hier nicht durch die Gegend, um solch eine Show abzuziehen."

Er unterdrückte ein Lächeln. *Die Gardinenpredigt* hatte er ja noch nie gehört. Nicht dass es den geringsten Unterschied gemacht hätte.

Theo spürte, wie etwas von seiner Verärgerung versickerte. Er kapierte es jetzt allmählich. „Das war aber nicht das, was du vor einem Weilchen gesagt hast, da drüben. Ich glaube, der genaue Wortlaut von dir war etwas wie ‚nicht schlecht für einen Kerl, der vor drei Tagen tot war.'"

Das brachte sie nun wirklich teuflisch durcheinander. Ihre Augenlider flatterten und sie machte einen Schritt nach hinten.

Theo nutzte die frisch gewonnene Oberhand und fühlte sich auf einmal ganz Herr der Lage. Die Faszination, die er vorher auf ihrem Gesicht gesehen hatte, und das entsetzte Aufblitzen dann, waren nun einem besorgten Gesichtsausdruck gewichen.

Diese Besorgnis war von der Art, dass er sie in seine Arme nehmen und trösten wollte und ihr erzählen wollte, dass alles gut werden würde – aber da ging ihm auf, dass *er* ja der Auslöser für diese Besorgnis war. Und das – aus seiner Sicht der Dinge – war gar keine so schlechte Sachlage.

„Vielleicht sollten wir es noch einmal probieren und dann kannst du Vergleiche anstellen, wie ich küsse und jemand, der noch *niemals* tot war." Er trat näher heran und plötzlich rauschte ihm das Blut in allen Adern. Seine Haut zitterte und prickelte und er schaute hinunter auf ihren Mund...

...Der irgendwie jetzt geschürzt aussah und zusammengedrückt und dann tauchte die kleine Spitze einer Zunge da nervös auf, und dieses kleine Zucken zwang ihn fast in die Knie.

„Nicht", sagte sie und hielt ein Hand abwehrend vor sich. Sie berührte seine Brust.

Tja, Theo hatte ausgezeichnete Unterweisung darin genossen, dass – wenn eine Frau *nein* oder *nicht* oder *Stopp* sagte – ein Mann dann genau das tat. Selbst wenn ihre Augen *Ja* sagten. Selbst wenn man dieses Peng von purer Anziehungskraft zwischen ihnen quasi greifen konnte. Also, so sehr es ihn auch danach drängte, kam er nicht näher. Aber er schaute auf sie hinunter und fing ihren Blick mit seinem ein – ein bisschen schwierig in dem schummrigen Licht hier, aber es gelang ihm dennoch.

„Ah, komm schon, Selena", sagte er einschmeichelnd. „Ich bin nur ein kleiner Junge. Was hast du denn da schon zu befürchten?" Er grinste, als ihre Lippen zuckten und ihm fiel auf, wie ihr Atem jetzt etwas unregelmäßig klang. Ein bisschen schwach und dann wieder heftig.

„Nichts", schaffte sie.

„Warum bringst du mir nicht das eine oder andere bei? Zeigst mir, wie man's macht?", fragte er, seine Stimme tief und sanft, seine Augen ganz auf ihre gerichtet.

Ihr Finger an seiner Brust verkrampften sich etwas und er hob eine Hand, um sie damit zu bedecken. „Du bist verrückt", schaffte sie noch zu sagen. Er konnte hören, wie schwer es ihr fiel sich diese Worte herauszupressen.

„Was erwartest du von einem Typen, der vor drei Tagen tot war?" Er beugte sich leicht vor, hielt ihre Hand an seiner Brust gefangen und wurde belohnt, als ihre Augen weit wurden und ihr Atem erneut stockte. „Ich mag verrückt sein, aber ich will dich immer noch küssen." Sie öffnete ihren Mund, um zu sprechen, aber er fuhr fort, „...unter anderem."

Ihre Augen flatterten und ihr Körper zitterte. Er nahm das mal als ein gutes Zeichen und beugte sich weiter vor.

Sie begegnete seinem Mund mit ihrem, üppig und warm. Ihre Lippen glitten aneinander entlang, fanden sich, ihre Zungen tanzten und glitten, und er nahm Selena näher zu sich. Sein Körper war wie unter Strom, als er sie schmeckte, die warme Feuchtigkeit ihres Mundes und der kleine Seufzer, den sie an seinen Lippen da ausstieß.

Gut. Wirklich ... scheiß ... gut, war alles, wozu sein Gehirn noch fähig war, denn es war alles heiß und drängend und lebendig. Mehr...

Aber bevor er noch weitergehen konnte, sie ganz an sich pressen und endlich zur Sache kommen konnte, ging sie ein klein wenig auf Abstand. Sie zog ihren Mund von seinem drängenden Mund weg, sie drückte beide Hände flach gegen seine Brust. Er war sich sicher, dass sie fühlen konnte, wie ihm das Herz raste.

„Du hättest uns beide da umbringen können, als du diese *Kate und Leopold* Sache veranstaltet hast." Der Gardinenpredigtton war wieder in ihrer Stimme, auch wenn er etwas wacklig klang.

„Diese was?" Er musste sein Gehirn buchstäblich wieder in On-Modus schalten und schob eine Strähne Haar nach hinten, wobei er sich komplett und total schmerzhaft bewusst war, wie nah die Rundungen ihrer Brüste bei seinem Handrücken war, wo er immer noch ihre Hand sanft an seiner Brust festhielt.

„Die Sache mit dem Pferd", antwortete sie ein bisschen weniger atemlos. „Heranzureiten und mich auf das Pferd hochzureißen, ohne langsamer zu werden."

„Das war kein Hochreißen, das war ein Raufholen. Oder sogar ein Raufschwingen", sagte er und sein Mund verzog sich leicht zu einem Lächeln. Jetzt ging es hier mit ihnen vorwärts. „*Kate und Leopold*?"

Sie stieß ein entnervtes Stöhnen aus. „Das ist auf einer DVD."

„So weit war ich auch schon. Ein Film für Mädels, mit so einem Namen. Aber ich hatte da eher an *Hidalgo* gedacht", erwiderte er. „Als ich es mir in meinem Kopf ausmalte. Diese ganze Raufholen-Schwingen Dingsda Sache."

„In *Hidalgo* erinnere ich mich nicht daran", antwortete sie und sah aus, als würde sie gerade drüber nachdenken. „Aber vielleicht doch."

„Ok, dann eben *Robin Hood*."

Sie schüttelte den Kopf, ein leichtes Zucken um die Mundwinkel. „Ich glaube nicht."

„*König der Diebe*, mit Kevin Costner?", erwiderte er und bewegte sich leicht, um eine Locke von ihrer Schulter nach hinten zu streifen. Die Locke fühlte sich warm und schwer an und sie roch frisch und warm. Sein Herz hämmerte immer noch und es gelang ihm nicht hundertprozentig, von ihrem hübschen, frisch geküssten und etwas geröteten Mund wegzuschauen. „Ich bin mir ziemlich sicher, dass es in dem Film vorkam. Genau so."

Sie zuckte mit den Schultern und sein Handrücken brannte auf einmal, bei der Berührung ihrer Brüste. „Vielleicht, aber ich habe nicht so sehr auf Kevin Soundso geachtet. Ich war eher an Alan Rickman interessiert."

„Alan Rickman? Oje, du und jede andere Frau, die ich je gekannt habe, fanden den Typen einfach klasse." Er schmunzelte jetzt, atmete etwas entspannter und ihre Augen lachten jetzt geradezu. Er war sich ihrer Wärme durchaus bewusst, ihrer Kurven, dieses verlockenden, weiblichen Duftes, der an ihrer Haut und in ihren Haaren hing ... er dachte schon daran, seine Hände unter ihre weite Tunika gleiten zu lassen, um diese Brüste da zu umfassen, die sie gegen ihn gestoßen hatte ... ganz zu schweigen von der satten Rundung ihres Hinterns. Der Mund wurde ihm trocken beim Gedanken, an ihr entlang zu gleiten, Haut an Haut–

Aber dann trat Selena einen Schritt nach hinten, ihre Hände verließen seine Brust und lösten sich aus seiner Umklammerung dort. „Theo", sagte sie, ihre Stimme wieder ganz nüchtern und sachlich, das Lachen aus ihren Augen verschwunden. „Du bist zu jung, um mit jemandem wie mir herumzumachen."

Mann, diese Frau war wie Quecksilber, jede Nanosekunde anders. Er versuchte sich wieder anzupassen, seine schwülen Gedanken wieder unter Kontrolle zu bringen, aber sie fuhr schon mit ihrer mütterlichen Gardinenpredigt fort, bevor er reagieren konnte. „Ich weiß, dass ich dich vorhin in eine etwas peinliche Situation gebracht habe", sagte sie jetzt gerade, während sie eine erhobene Handfläche ausstreckte, als wolle sie ihn auf Abstand halten. „Und ich weiß es durchaus zu schätzen, dass du einfach mitgespielt. Aber ich brauche keine Küsse nur so aus Mitleid. Und wirklich – hier so weiterzumachen würde uns beiden nur noch mehr Peinlichkeiten bescheren. Du schuldest mir gar nichts. Ich hätte jedem das Leben gerettet, wenn es die Situation erfordert hätte, also musst du nicht denken, dass du es irgendwie bei mir wettmachen musst."

Endlich war Theo wieder auf Augenhöhe mit ihr. *Ein Kuss aus Mitleid?* Aber bis dahin war sie schon fertig und mit einem letzten kleinen Schubs ihrer Hand in den leeren Luftraum zwischen ihnen, als wolle sie sagen *Bleib da*, sagte sie, „und ich weiß, dass du bald fortgehen wirst, also Danke. Und Gute Nacht." Und sie drehte sich um und flitzte davon.

Wieder einmal.

Ihre lange Ansprache hakte sich bei ihm fest. *Ein Kuss aus Mitleid?*

Sie war also der Ansicht, dass er dachte, er würde ihr etwas schulden, weil sie ihm das Leben gerettet hatte? Weil sie ihn wieder auferstehen hatte lassen? Und sie machte sich Sorgen, dass es ihm peinlich sein könnte, weil sie zu alt war?

Er fing an zu lachen. Wenn sie nur wüsste.

Theo hätte ihr nachgehen können, aber er tat es nicht. Stattdessen lächelte er da in dem trüben Licht leicht zu sich selbst. Das könnte lustig werden, dieses Geheimnis ein bisschen für sich zu behalten. Denn ganz offensichtlich fühlte sie sich zu ihm hingezogen – es war nur ihre Furcht, dass er sich mit ihr auf eine Stufe unter seinem Niveau begab.

Nichts lag der Wahrheit ferner, stellte er da auf einmal fest. Denn es war nicht Jennifer, zu der er zurückgegangen war, um sich mehr zu holen.

Und ging er denn bald weg?

Mit Brad Blizeks Arbeitszimmer und Selena zur Auswahl? Nie und nimmer.

Theo konnte mit Frank von Yellow Mountain zurückfahren – der war schon bei Tagesanbruch auf den Beinen – und nachdem er auf Befehl des alten Sklaventreibers ein paar Stunden Arbeit abgeleistet hatte, hatte er zumindest so viel Wohlwollen angehäuft, dass Frank ihm gestattete ein paar Stunden frei zu nehmen und in den Arkaden oben arbeiten zu gehen.

„Warum hast du mir das hier denn gezeigt?", fragte Theo, als er sich den Schweiß von der Stirn wischte. „Wenn es so ein großes Geheimnis ist."

Frank schaute ihn mit alten, grauen Augen an und sagte, „ich bin schon eine verdammt lange Zeit hier dabei. Zu verdammt lange. Weiß nicht, wann ich den Abgang machen werde. Jemand muss sich um die gottverdammte Ausrüstung hier kümmern. Jemand muss das hier benutzen."

Theo grinste. „Und du hast dir gedacht, das bin ich?"

Das Gesicht von dem alten Mann wurde grantig. „Ich bin dreiundneunzig Jahre alt. Ich bin nicht dumm. Du bist nicht wie jeder andere."

Theo entschied sich das mal als Kompliment aufzufassen und flüchtete sich in die Arkaden. Er konnte es gar nicht abwarten, tiefer in die Systeme vorzudringen, noch tiefer unter die Schichten der Sicherheitsbarrieren. Oder, zum Teufel, einfach nur ein paar von den Spielen auszuprobieren.

Denn schließlich: Das hier war Brad Blizeks Zuhause. Sein Computer, sein LAN ... all sein Zeug. Er schaute sich um, berührte die Tastatur aus Acryl und warf das System an.

Was würde er da drin wohl finden? Welche Geheimnisse oder Informationen oder – *warte mal.*

Warte mal. Theo erstarrte zu Eis und seine Finger schwebten einfach über der Tastatur. Er schüttelte bereits den Kopf. Nein, absolut gar nicht. Nicht Brad Blizek.

Auf gar keinen Fall würde ein Typ wie er Mitglied im Kult von Atlantis sein.

Aber ... dann wiederum ... er wäre einer der ersten Kandidaten, denen man „Zutritt" zu der höchsten Elite der Elite anbieten würde. Zu der Gruppe, die aus den noch reicheren, den noch mächtigeren, den Über-Menschen bestand, die alles hatten, was sie sich je zu besitzen erträumen könnten ... außer der einen Sache, die sie in dieser Welt nicht kriegen würden.

Unsterblichkeit.

Seine Finger flogen schon über die Tastatur, suchten, gruben tiefer, bohrten unnachgiebig abwärts, durch LINUX hindurch und durch die versteckten Ordner und manipulierten die Passwörter, die er bereits gehackt hatte, um zu finden, was auch immer es dort zu finden gab.

Er wünschte sich, Teufel noch mal, dass Lou hier wäre, um ihm zu helfen.

Vor kurzem hatte Simon Japp von einem alten Bekannten erfahren, der ein Mitglied im Kult von Atlantis gewesen und jetzt einer der kristallierten Elite war, dass der Eintrittspreis in den Club 50 Millionen Dollar gewesen waren. Peanuts für jemanden wie Brad Blizek. Und abgesehen von seinem Geld war da noch seine IT-Expertise. Seine Firma. Seine Fabriken. Sein *Gehirn*.

Genau wie bei Stark Industries wäre es ein Leichtes gewesen UniZek als einen Deckmantel zu benutzen, für Forschung, Entwicklung und die Erschaffung von was auch immer es gewesen war, was der Kult benutzt hatte, um eine Insel dazu zu bringen, in der Mitte des Pazifischen Ozeans eruptionsartig aufzutauchen, was die Tsunamis, Erdbeben und all die anderen Katastrophen mit sich gebracht hatte und wodurch vor fünfzig Jahren die Erdachse verschoben wurde und die Welt zerstört worden war.

Sein Magen wurde ganz schwummrig und gleichzeitig angespannt, während Theo weitergrub. Er fluchte und hämmerte hart auf den Tasten herum, zwang sie dazu, ihm zu gehorchen, startete immer wieder neu und erlegte ein Problem nach dem anderen, bis er endlich die uneinnehmbare Firewall durchbrach.

Theos Hochgefühl, endlich durch Brad Blizeks Sicherheitssysteme durchgekommen zu sein, fiel in sich zusammen, als er das Symbol auf dem Bildschirm vor sich sah: die runde Zeichnung von einem klassischen Labyrinth. Darüber war eine Swastika und um die Ränder waren die gebogenen Linien, welche die Wellen des Ozeans symbolisierten.

Das Symbol des Kult von Atlantis.

Grundgütige Scheiße.

Theo sprang jäh von seinem Stuhl hoch und drehte sich um, um hin und her zu gehen. Brad Blizek. Mit dem Kult im Bunde. Den Menschen, die die Welt zerstört hatten. Ihm war übel.

Teufel nochmal, Lou und er hatten Brad angebetet – nicht nur wegen dem Einfallsreichtum und der Kreativität des Mannes, aber weil er war, wer er war. Sie hatten dem jungen Mann bei seinem Aufstieg zugesehen, hatten entzückt festgestellt, dass er die gleichen Politiker unterstützte wie sie selbst. Er hatte Millionen nach Haiti gespendet, als 2009 das Riesenbeben zuschlug. Er hatte Stipendien gestiftet und in mehreren Innenstädten Schulen mit Computern ausgestattet.

Aber er hatte auch 50 Millionen Dollar bezahlt, um einem Kult beizutreten, der die Welt zerstört hatte, nur damit er einen kleinen Kristall tragen konnte, der einen unsterblich machte. Theo war übel.

Er wandte sich von den großen Bildschirmen an der Wand ab und hockte sich vor einen kleinen Rechner in Laptop-Größe und loggte sich in seine Email ein. Lou würde genau so hart getroffen sein, von diesen Neuigkeiten.

Remy nahm an, dass der beste Platz, um sich vor der Elite und ihren Kopfgeldjägern zu verstecken, ganz offen vor aller Augen wäre. Mitten unter ihnen.

Nicht dass irgendeiner von ihnen wusste, dass sie die Enkelin und Namensvetterin von dem berüchtigten Remington Truth war. Sie bezweifelte sogar, dass irgendeiner von ihnen überhaupt wusste, dass ihr Großvater schon lange tot war … aber sie hatte nicht in vorsichtiger Anonymität gelebt, weil sie sich dabei dumm anstellte. Und, so nahm sie an, selbst wenn man erriet, wer sie war, konnten die nicht wissen, was sich in ihrem Besitz befand.

Ihre Hand ging, wie sie es oft ganz von selbst tat, zu dem kleinen, orangenen Kristall, den sie in ihrem Nabel gut versteckt hatte. *Bewache ihn mit deinem Leben. Du weißt, was du damit tun musst, wenn die Zeit gekommen ist*, hatte ihr Großvater gesagt. Also versteckte sie ihn da, in einer fein gearbeiteten Silberfassung, die den Kristall komplett umgab. Er wurde stabilisiert von vier Piercings in ihrem Nabel, zwei oben und eines an jeder Seite. Manchmal wurde der Stein warm oder sogar heiß. Aber sie entfernte ihn niemals.

Wenn diese Gruppe von Männern und der einen rothaarigen Frau nicht bei ihr zu Hause in Redlo aufgetaucht wären und sie durch Tricks dazu gebracht hätten, ihren Namen zu verraten, würde sie immer noch dort leben und töpfern und mit ihrem geliebten Dantès glücklich miteinander leben.

Als ob er ihre Gedanken erraten hätte, hob Dantès die Schnauze von dort hoch, wo sie auf seinen riesigen Pfoten gelegen hatte, und schaute zu ihr hoch, wobei er seinen Kopf zur Seite neigte. *Was jetzt?*, schien er zu sagen, wie es Hunde so an sich haben. *Was ist los?*

Sie streckte die Hand zu ihm rüber, um ihn zwischen seinen zwei riesigen Dreiecksohren zu streicheln, und war endlos erleichtert, dass er wieder bei ihr war. Nachdem sie aus Redlo geflüchtet war, hatte sie ihn für ein Weilchen verloren und es war erst seit Kurzem, dass sie und ihr Beschützer sowie Freund wieder zusammen waren.

Remy runzelte die Stirn. Das war ein weiteres, unangenehmes Zwischenspiel gewesen, trotz der Tatsache, dass sie dadurch Dantès wieder bei sich hatte. Wer hätte schon voraussagen können, dass der gleiche Penner, der sie derart angepisst hatte, dass sie da noch in Redlo vor Wut eine Kugel in die Wand über seiner Schulter geschossen hatte – nur um die Dinge mal klar zu stellen –, sich da in Envy um Dantès kümmerte? Er hatte versucht, sie davon abzuhalten wegzugehen und Dantès war da keine Hilfe gewesen, weil er gedacht hatte, der Typ wäre ein Freund. Der Penner hatte sich geweigert ihr seinen Namen zu nennen, also hatte sie angefangen ihn Hans zu nennen. So wie in Herr Wurst.

Und um fliehen zu können, hatte sie mit einer Schlange nach ihm geworfen.

„Gibt's was zu lachen?"

Remy, die auf dem Boden auf einem Kissen saß, das irgendwann einmal vielleicht blau gewesen war und sicherlich – irgendwann einmal – das Nest von einem Nagetier gewesen war, schaute zu ihrem Partner hoch. Das Leben eines Kopfgeldjägers war ein Leben auf Achse, reich bestückt mit unbekannten und etwas fragwürdigen sanitären Schlafarrangements und einer Auswahl anderer Unbequemlichkeiten. Aber Ian Marck war einer der Vorteile.

Sie gab ihm nicht viel, nur ein kleines Bisschen von einem Lächeln. „Ich dachte nur gerade an ein etwas lustiges Intermezzo."

Ian war ein rau aussehender Mann, wahrscheinlich so an die vierzig, mit einem breiten, kantigen Kiefer und intensiv grünen Augen. Er hatte eine breite Stirn und vorstehende Wangenknochen, mit einer langen, geraden Nase und aschblondem Haar. Er verströmte Härte und Brutalität, was einfach kaputt machte, was ansonsten ein sehr gut aussehender Mann gewesen wäre. Er legte eine Art tödliche Effizienz an den Tag, als ob er alles tun würde, was er tun müsste, ohne einen weiteren Gedanken daran zu verschwenden. Remy wusste, dass das der Wahrheit entsprach. Sie hatte gesehen, wie er einen Mann mit bloßen Händen tötete. Nur ein kurze, hässliche Verdrehung in die falsche Richtung, ohne auch nur das Gesicht zu verziehen oder dass ihm der Atem gestockt wäre.

Anschließend hatte er den Mann fallen lassen und war davonspaziert. Kalt und hart wie ein Diamant.

Remy traute Ian ebenso wenig, wie sie anderen traute – vielleicht sogar noch weniger, denn er war schon von sich aus berüchtigt. Sein Vater – Raul – war ein sehr gefürchteter Kopfgeldjäger gewesen, der für die höchsten Kreise der Elite arbeitete – für einen aus dem Triumvirat –, bis er getötet wurde.

Es gab dann noch die, die erzählten, dass Ian schlauer, gewaltbereiter und skrupelloser war, als sein Vater es gewesen war – und dass Ian, im Gegensatz zu Raul, nicht gierig war. Er hatte keinen Preis – nicht einmal sein eigenes Leben. Was ihn zu einem Mann ohne Schwächen machte.

Das waren die gefährlichsten.

Im letzten Monat oder so hatte Remy absolut gar nichts gesehen oder erlebt, was diese Ansicht widerlegen würde.

Sie wechselte das Thema. „Unser Treffen mit Seattle und Garrett ist morgen?"

Ians Gesicht verzog sich angeekelt. „Ja." Seine Augen glitten an ihr runter, was ihr eine Gänsehaut bescherte. „Seattle hat bereits über Lacey von dir gehört, also kannst du mit großem Interesse von seiner Seite aus rechnen. Es mag ihr zwar nicht gefallen, dass du mit mir unterwegs bist, aber sie wird trotzdem Seattle alles unter die Nase reiben, was ihr einen Vorteil verschafft."

Kopfgeldjäger arbeiteten für die Fremden, indem sie nach jedem suchten, der eine Bedrohung für ihre Macht und ihre Beherrschung vom Rest der Menschheit darstellen könnte. Genau in diesen Tagen waren die Kopfgeldjäger nicht nur auf der Suche nach Remington Truth, einem der ursprünglichen Mitglieder des Kult von Atlantis, sondern suchten auch eines ihrer eigenen Mitglieder – eine Frau namens Marley Huvane.

Diese Outlaw-Jäger und ihre Geschäftspartner waren in der Regel maximal einem Elite Mitglied gegenüber loyal. Es war eine Art von Stolz und auch eine Machtdemonstration für die Unsterblichen. Und wenn ein Kopfgeldjäger loyal war und auch erfolgreich bei egal welcher Aufgabe, die man ihm nun stellte, dann konnte er oder sie unter Umständen durch das Kristalliertwerden belohnt werden. So jemand würde nicht als ein Elite betrachtet werden – denn diese Bezeichnung war ausschließlich denjenigen vorbehalten, die Teil der Evolution vor fünfzig Jahren gewesen waren –, aber für viele war die Unsterblichkeit schon genug.

Lacey war weder eine Kopfgeldjägerin noch eine Elite, aber sie war kristalliert. Und laut Ian führte sie eine Beziehung wie eine Art Hassliebe mit Seattle, der danach strebte, kristalliert zu werden, so dass er ihr ebenbürtig sein würde.

„Und warum treffen wir uns noch mal mit denen?" Remy stand auf und hob die einfache Schüssel und den Löffel hoch, die sie zum Frühstücken benutzt hatte. Ian schätzte es, dass sie eine weitaus bessere Köchin war als er und hatte ihr sehr gerne diese

Aufgabe übergeben, seitdem sie sogenannte Partner geworden waren.

Er hatte sie zu diesem Arrangement quasi erpresst, als sie eines Tages in das Madonna einlief, ohne sich im Klaren darüber zu sein, dass die Bar ein Treffpunkt für Kopfgeldjäger und kristallierte Unsterbliche war. Er gab vor, es sei zu ihrem Schutz, was Remy lächerlich fand, da sie immer mit Dantès zusammen unterwegs war. Aber Ian hatte sie darauf hingewiesen, dass der Hund nicht immun gegen Kugeln war und hatte Remy wenig Wahl gelassen.

Aber sich mitten unter Kopfgeldjägern und derlei Zeitgenossen zu befinden, bot ihr ein besseres Versteck, als sie es sich selbst hätte ausdenken können. Also stimmte sie zu.

„Sie planen eine zünftige, gute Show in Yellow Mountain – einer kleinen Ansiedlung nördlich von hier. Wir machen einen Überfall, werden dort nächste Woche für ein bisschen Ordnung sorgen. Aus irgendeinem Grund bekommt Seattle es immer ein bisschen mit der Angst zu tun, wegen einer Frau dort, die den Leuten den Tod voraussagen kann."

Remy lächelte wieder und hob seine Schüssel hoch. „Vielleicht hat er Angst, sie wird seinen Tod voraussagen."

„Wenn das der Fall wäre", antwortete Ian und lehnte sich mit dem Rücken entspannt an die Wand hinter sich und beobachtete sie mit jenen kalten Augen, „dann würde ich mich als Erster anstellen, um das herauszufinden. Seattle ist ein dämliches, brutales und skrupelloses Schwein."

„Wohingegen du nur ein brutales und skrupelloses Schwein bist", sagte sie ruhig, während sie sich bückte, um Dantès die Schüsseln zu geben. Er stellte gerne sicher, dass auch der letzte Rest Eintopf verputzt war, bevor sie alles abwusch.

„So und nicht anders muss man sein", sagte er.

Seine Worte ließen ihr das Blut erstarren, denn sie wusste, er wollte hier nicht amüsant plaudern, und sie versuchte zu ignorieren, wie es ihr dabei hinten im Nacken prickelte. Sie traute ihm nicht über den Weg und sie hatte keine Angst vor ihm … nicht wirklich. Abgesehen von der Tatsache, dass er ihr gegenüber niemals eine Drohung ausgesprochen hatte, war da noch Dantès, der ihn mit Argusaugen bewachte, bereit jederzeit zuzubeißen. Der Hund traute ihm auch nicht über den Weg.

Aber er küsste heiß und gierig. Und er hatte einen starken, hoch aufgeschossenen Körper mit goldener Haut, die von vielen Narben übersät war.

Sie waren nicht Liebhaber, aber Remy vermutete, dass es nur noch eine Sache der Zeit war, bis das eintrat. Bei all der Nähe, dem Mangel an Privatsphäre und der Tatsache, dass sie schon mehr als eine Sitzung von tiefen, rauen Küssen abgehalten hatte – wegen all dem wusste sie, dass es nicht mehr lange dauern würde. Eine der Sitzungen war darin geendet, dass sie ihm einen Ellbogen in den Bauch gerammt hatte und dann ihren Fuß auf seinen hatte niederkrachen lassen, während sie sich ihm entwand, um Ian und seinem Vater zu entkommen.

Nicht dass sie den Kuss nicht genossen hätte – oder die anderen, wo sie beide ihre Zungen schon miteinander verhakelt hatten –, aber eine Gelegenheit hatte sich ihr geboten und sie hatte sie ergriffen. Und es war kurz darauf, dass sie Dantès wiedergefunden und auch ein Wiedersehen mit „Dick" hatte. Und dann – nur eine Woche später – war sie Ian im Madonna wieder über den Weg gelaufen.

Ihre Beziehung mit ihm ließ sich weder in Worte fassen, noch war sie logisch: sie waren weder Freunde noch Liebhaber, noch waren sie Feinde. Keiner von beiden traute dem anderen oder mochte ihn ... und dennoch blieben sie zusammen.

Aber eines wusste Remy: Er hasste die Tatsache, dass er sie geküsst hatte. Es war, als hätte man ihn dazu gezwungen, und jetzt machte er sich deswegen bittere Vorwürfe. Ob das so war, weil er da Schwäche gezeigt hatte oder irgendeine andere Art von Emotion, da war sie sich nicht sicher. Sie wusste nur, was sie ihm an den Augen ablas.

Er beobachtete sie, nicht mit den heißen Blicken, die Remy von anderen Männern gewohnt war, sondern kühl abwägend.

Sie blieb bei ihm, weil es die beste Tarnung war – und der sicherste aller möglichen Orte.

Sie fragte sich nicht zum ersten Mal, was genau er denn nun von ihr wollte.

Selena hatte nicht bemerkt, dass Theo noch früher als sie aus Yellow Mountain zurückgekehrt war, und sie ertappte sich dabei, wie sie aus dem Fenster blickte und sich fragte, ob er überhaupt wieder zurückkommen würde. Aber zwei Stunden nachdem sie damit fertig war, nach all ihren Patienten zu sehen, sah sie, wie er aufs Haus zuging, absolut vertieft in ein Gespräch mit Frank. Er wischte sich gerade den Schweiß von der Stirn und sah aus, als hätte er schon eine Weile gearbeitet.

Also war er heute Morgen anscheinend nicht in Yellow Mountain geblieben, um mit Jen zusammen zu sein. Warum machte das, dass sie sich so warm und hoffnungsvoll fühlte? Sie biss sich auf die Lippen, als sie bemerkte, dass sie lächelte. Obwohl er ihr eine Scheißangst gemacht hatte mit seiner Show da zu Pferde, hatte sie es genossen, mit ihm zusammen zu sein. Sie scherzten miteinander, sie lächelten, sie merkte, dass sie sich etwas entspannte. Sie fühlte sich in seiner Nähe wohl auf eine Art, wie sie es schon sehr lange bei niemandem mehr empfunden hatte.

Als ihre Patientin stöhnte, wandte Selena sich wieder schuldbewusst Maryanna zu. Die Todeswolke der Frau glitzerte in der Morgensonne. Blaugraues Glitzern, wie winzige Staubkörner, die sich drehten und durcheinander wirbelten, verriet ihr, dass die Zeit für die junge Frau jetzt gekommen war. Maryannas Begleiter warteten geduldig, während ihr Schützling seufzte und zitterte, gefangen in etwas, was nicht mehr Schlaf war, sondern das Hinübergleiten des Lebens in den Tod.

Maryanna hing länger zwischen Leben und Tod, als Selena gedacht hätte, die unheilvolle Wolke rollte sich zart in ihrer Ecke des Zimmers zusammen, während die Begleiter schweigend ausharrten. Die junge Frau, die mit rauer Verzweiflung geatmet hatte, öffnete die Augen und schaute Selena an, klar und ruhig.

„Ich gehe bald", sagte sie, ihre Stimme leise und stockend. „Ich werde meinen Bruder wiedersehen und es wird alles gut sein."

Selena nickte und streckte die Hand aus, um sie auf die Hand ihrer Patientin zu legen. Bereitete sie vor. „Was auch immer euch beide auf dieser Ebene voneinander getrennt hielt, wird nicht mehr wichtig sein, denke ich. Nachher."

Maryanna lächelte voller Frieden, trotz all dem, was – wie Selena wusste – ein grauenvoller Schmerz sein musste, von der Infektion, die sich in ihren Körper eingeschmuggelt hatte, die ihr jedes kleine bisschen Energie entzog und sie als wenig mehr denn Haut und Knochen zurückließ. „Er wartet auch auf mich. Danke, dass du mir all die Tage zugehört hast."

Selena erwiderte ihr Lächeln und ergriff die schwächer werdende Hand von Maryanna noch fester mit der ihren. „Deswegen bin ich hier. Ich lerne von jedem einzelnen von euch, die ihr zu mir kommt."

Und so war es. Jede Seele, die sie in das, was auch immer nach diesem Leben kam, hinübergeleitet hatte, hatte sie innerlich berührt oder ihr etwas beigebracht, irgendwie – und nicht nur durch die Erinnerungen, die sie von ihnen erbte. Sie lehrten sie Vergebung und Gnade, Frieden und sogar das Lachen. Oft, Lachen.

Und dann waren da die Zombies ... diejenigen, mit denen sie nur im Augenblick ihrer Erlösung kommunizieren konnte. Das waren die, die ihr am Schlimmsten zusetzten.

„Hast du große Schmerzen?", fragte sie, als sie ein kurzes Aufblitzen der unwillkürlichen Grimasse sah. Es gab so wenig, was sie hier tun konnte ... aber sie würde es versuchen.

Die Lippen der Frau waren schmal und der Frieden in ihrem Lächeln verebbte etwas. „Es ist fast vorüber. Ich ... ich kann es aushalten."

Die Begleiter rührten sich nun und Selena sah, wie sie ihre Hände nach Maryanna ausstreckten. Und zwischen ihnen, dahinter, war ein junger Mann, der wartete. Die einzige Person, die Maryanna sehen musste, bevor sie loslassen konnte ... und genau das tat sie jetzt.

Der Schleier von Pein verschwand aus ihrem Gesicht, wurde ersetzt von einem glückseligen Ausdruck, als sie aus ihrem Körper hinaus in die Arme der Begleiter glitt. Und sie starb: Der Ansturm der Erinnerungen brach über Selena herein, prickelte und raste in flackernden Bildern durch sie hindurch.

Als Maryanna gegangen war, tat Selena, was sie stets tat. Sie verbrachte einige Augenblicke im stillen Gebet, erinnerte sich an ein paar der Bilder, die im Moment des Todes wie eine Art privater Fürbitte in ihrem Kopf aufgeblitzt waren.

Manchmal war das fast so schwer wie der Augenblick des tatsächlichen Todes, wenn sie diese Bilder von Freude und Glück betrachtete. Aber am schwierigsten waren die Wütenden oder Verängstigten. Die Traurigkeit und die Trauer.

Es war, als würde sie jedes Gefühl jeder Person wieder und wieder durchleben. Aber sie tat es; in Erinnerung an die Person, die gestorben war. Dann wickelte sie den Körper in ein mit Zitrone parfümiertes Tuch. Er konnte dann der Familie übergeben werden oder, falls es keine gab, zur Einäscherung nach Yellow Mountain gebracht werden.

Selena schaute auf Maryanna runter und wünschte sich, dass es immer so einfach wäre. So schmerzlos. So friedlich, dieses Hinübergeleiten einer Seele in das Danach.

Ihr Magen verdrehte sich und sie schaute nach draußen. Sie war achtzehn gewesen, als sie von ihrer anderen Verantwortung erfahren hatte. Von der Macht des rosa Kristalls.

Sie war eines Nachts jenseits der Mauern draußen gewesen, als sie nach Hause zurückkehrte, als sie sich verirrte und ihren Weg nicht wiederfinden konnte. Sie war im Wald, verirrt und ohne Licht, und sie zog den Kristall aus ihrer Tasche, weil sie wusste, dass er manchmal leuchtete.

In jener Nacht leuchtete er und bot ihr ein bisschen Licht, um ihr bei der Suche nach dem Weg zu helfen.

Als sie das Stöhnen der orange-äugigen Monster hörte, wusste Selena, dass sie keine Chance hatte, heute noch nach Hause zu kommen. Die Bäume waren zu hoch, als dass sie hinaufklettern könnte, und es gab nichts anderes, wo sie sich hätte verstecken können.

Sie setzte sich auf den Boden und betete, dass es schnell vorüber wäre, während sie den Kristall hielt und sich fragte, ob sie ihre eigene Todeswolke sehen würde. In ihrem Kopf hörte sie eine Stimme, die sagte, *sei tapfer, alles wird gut.*

Sie versuchte auf die Stimme zu hören, denn sie wusste, es war ihr Schutzengel. Aber als zwei der Zombies bei ihr anlangten, versuchte sie, sie abzuwehren – panisch – und sie schrie.

Auf einmal bemerkte sie, dass sie nur ihren Kristall berühren wollten. Sie zerfetzten sie nicht, versuchten nicht sie fortzuschleppen.

Sie suchten schwerfällig danach und grabschten nach ihrem Kristall und tief in ihr drinnen hörte Selena die Stimme erneut: *Hilf ihnen. Sie brauchen deine Hilfe.*

Und als sie die Augen öffnete – die sich vor Furcht geschlossen hatten –, sah sie Wayren mit ihren blonden Haaren dort stehen, die zuschaute und nickte.

Wie mit den anderen, denen sie half, verstand Selena nicht ganz wie oder was man von ihr erwartete. Aber sie erkannte Frieden, wenn sie ihn sah, und als sie den Kreaturen erlaubte, sie zu berühren, sah sie, wie dieser Frieden ihre Augen erleuchtete.

Und als sie Wayren anschaute, sah sie die Frau nicken. *Das ist deine Gabe. Nutze sie, um ihnen zu helfen.*

Etwas später ging Selena in Richtung Küche und stieß dort auf Vonnie, die in etwas herumrührte, was unglaublich roch. Wie immer.

In ihr bündelte sich eine dicke Mischung aus Liebe zusammen, selbst dann noch, als böse Vorahnungen ihr das Herz schwer machten, nahm sie die Frau ganz fest in die Arme. „Du bist die erstaunlichste Person, die ich jemals kennen gelernt habe", sagte sie und lächelte zu ihr runter.

Vonnie tätschelte ihr die Wange. „Das beruht auf Gegenseitigkeit, Liebes,", sagte sie. „Aber was bringt dich denn dazu, so etwas zu sagen?"

„Nur die Tatsache, dass es wahr ist. Und weil du mich fütterst. Was kochst du denn da?"

„Geröstete Mangos mit Kartoffeln und dazu gedämpftes Hühnchen", sagte Vonnie und zog einen triefenden Löffel aus dem Topf auf dem Herd raus. Sie hinterließ eine Soßenspur und wischte geschwind mit einem Lumpen drüber. „Und für dich Tomaten, Paprika und Mais mit Quinoa. Jede Menge Knoblauch und Koriander." Sie wusste, Selena konnte nichts essen, was ein Gesicht hatte, und gab sich immer ganz besonders große Mühe ihr fleischlose Mahlzeiten zu kochen.

„Danke dir. Klingt köstlich. Aber bitte sorg auch dafür, dass ein paar Mangos für mich übrig bleiben." Sie streckte die Hand aus und griff in eine Schale frisch geernteter Mandeln, die höchstwahrscheinlich Frank geschält hatte. Vor drei Jahren hätten sie fast ihren letzten Mandelbaum verloren, aber Frank hatte ihn die ganze Seuchen-geplagte Dürrezeit hindurch gehätschelt, genau wie er es mit all ihren übrigen seltenen Pflanzen getan hatte.

Selena schaute kurz etwas schuldbewusst in Richtung der Ansammlung aus hohen Bäumen und dichten Büschen im hinteren Drittel des Geländes. Sie hatten Glück gehabt, dass die Snoopies noch nie den Weg durch Franks Tarnung hindurch gefunden hatten. Dass sie nie so weit kamen, lag teilweise daran, dass ihr Anführer, Seattle, zur Hälfte absolute Angst vor ihr und zur anderen total fasziniert von der Todeslady war – eine Tatsache, aus der sie Kapital schlug, wo es nur ging.

„Es tut mir sehr Leid wegen Maryanna", sagte Vonnie.

Selena nickte und zuckte die Achseln. Ihr tat es auch Leid; aber es gab da nicht viel zu sagen. So war das Leben eben.

Noch ein *Warum?*, auf das sie keine Antwort wusste.

Sie schaute kurz zum Fenster. Auf einmal schien die Sonne sich viel zu schnell voran bewegt zu haben. Sie stand immer noch sehr hoch ... aber war jetzt schon im Absteigen. Heute Nacht musste sie wieder raus.

„Wie wäre es, wenn du Theo suchst und ihm sagst, dass es was zu essen gibt?", sagte Vonnie ganz nebenbei. „Der Mann isst mehr als Sammy und Tyler zusammen!"

„Er ist schon aus Yellow Mountain zurück?", fragte Selena ebenso nebenbei.

Vonnie warf ihr einen mit viel Skepsis gepfefferten Blick zu und ein kleines Lächeln zuckte ihr in den Mundwinkeln. „Ich glaube, er ist oben in den Arkaden."

Was wollte Theo nur mit all den alten Sachen in den Arkaden? Und wer hatte ihm erlaubt dort hochzugehen?

Vonnie beantwortete ihr die Frage schon. „Nun, es war Frank. Er mag den Jungen irgendwie und hat ihm gesagt, er kann da hochgehen."

Junge. Richtig, Er war ein *Junge*.

Selena musste sich immer wieder daran erinnern.

Das Haus, in dem sie wohnten und wo Selena sich um ihre Patienten kümmerte, war riesig – ein Anwesen, sagte Vonnie; eine Hazienda, hielt Frank dagegen – aber sie benutzten sehr wenig von der Wohnfläche für sich. Und da es nicht viele Leute gab, die dauerhaft mit Sterbenden zusammenleben wollten, waren es nur Frank, Vonnie, Selena und Sam, die wirklich in dem langgestreckten, dreistöckigen Gebäude wohnten.

Was sie die Arkaden nannten, nahm den gesamten dritten Stock des Hauses ein und die Türen, die Frank vor Jahren versiegelt hatte, damit niemand – ganz besonders nicht die Snoopies – davon etwas mitbekamen. Selena hatte auf DVDs Arkaden gesehen und Vonnie hatte so etwas vor dem Wechsel anscheinend auch mal besucht – aber diese hier war viel größer und interessanter als alles, was sie bislang gesehen hatte, wenn man denn die Regale und vielen Fächer voller alter Maschinen *interessant* fand. Sie war seit über fünf Jahren nicht mehr dort oben gewesen, dachte sie gerade, und damals auch nur kurz mit Frank zusammen.

Als sie die Tür öffnete, die Frank so bearbeitet hatte, dass sie aussah, als wäre sie mit Brettern verriegelt, es aber in Wirklichkeit nicht war, sah sie Theo erst nirgends.

„Theo?", rief Selena laut, als sie ein leises Summen aus einer der weit entfernten Ecken hörte. Ihr ging da recht spät auf, dass sie sich besser Schuhe angezogen hätte, bevor sie an diesem verstaubten, verlassenen Ort kam.

Keine Antwort. Sie lief auf das summende Geräusch zu und nahm dann ein leises Klackern, ein Rasseln wahr – er war ganz sicher dort. Sie fand ihn schließlich, um eine Ecke herum mit dem Fenster im Rücken offen, damit die Luft durchzog. Es gab glücklicherweise nicht allzu viel Staub. Dank Frank, vermutete sie mal.

Theo schaute nicht hoch, als sie sich näherte. Er starrte gerade auf den Bildschirm von einem Computer. Seine Lippen bewegten sich und seine Augenbrauen zogen sich zusammen, während seine Hände wie der Blitz über eine Tastatur flogen, die Tasten drückten, mit Nachdruck darauf hämmerten, dann auf einmal, „Scheiße, du beschissenes Arschloch, du weißt, dass du in der Scheiße steckst, wenn du Scheiße nochmal nicht das machst, was ich dir Scheiße nochmal sage!" ...Und dann war er wieder dabei, die Tasten zu attackieren, als ob sein Leben davon abhinge.

„Na, was bist du doch für ein Süßholzraspler", sagte Selena und näherte sich, fasziniert von all der Anspannung da auf seinem Gesicht. Seine Augen waren so konzentriert, sein Haar stand in allen möglichen Locken und Stacheln hoch, wie die Federn eines etwas zerrupften Vogels.

Er fuhr herum, um sie anzuschauen, die Hände ruhten jetzt auf den Tasten. Der überraschte Gesichtsausdruck verflog rasch, aber verriet ihr, dass er sie wirklich nicht hatte kommen hören. Sein Gesicht schien angespannt, ein bisschen verkniffen, als ob ihn etwas arg beschäftigte.

„Wenn sie sich benehmen würde und das tun würde, was ich von ihr will, dann müsste ich nicht grob zu ihr sein", sagte er und sein Gesichtsausdruck wurde etwas weicher. „Frauen können bisweilen etwas widerspenstig sein." Lachen blitzte warm in seinen Augen auf. Und wärmte auch sie. „Ich bin froh dich zu sehen. Ich kann eine Pause gut gebrauchen."

Selena ging näher zu ihm hin, ihre Aufmerksamkeit auf den Windungen dieses roten Drachens an seinem Arm. Und hoch über die Schwellung seines Bizeps hinauf, bis hin zu einer starken, runden Schulter. *Nicht gerade ein Junge* ... sie verbot sich mental den Gedanken da weiter zu führen.

Keine Küsse aus Mitleid mehr. Das würde ab jetzt ihre neue Mantra sein.

Selena änderte ihre Taktik. „Sicher können wir Frauen bisweilen etwas widerspenstig sein, wenn die Situation es erfordert", entgegnete sie und schaute dann fest entschlossen zu dem Bildschirm hin. Zeichen aller Art leuchten dort auf – hunderte von Zeilen davon. Sie hatte im echten Leben noch nie einen Computer gesehen, der so funktionierte. Nur auf DVDs, und da sah das, was auf dem Bildschirm zu sehen war, ganz anders aus – fast wie eine DVD. Das hier sah deutlich weniger aufregend aus.

Nichtsdestotrotz prickelte ihre Haut mit einer Art Sorge. Es war gefährlich. Er sollte nicht hier sein.

„Ja, ganz besonders, wenn sie ohne Vorwarnung verschwinden", merkte er an und hielt ihren Blick nun mit seinem dunklen fest. „Gestern Nacht ... ist dir der Gedanke gekommen, dass ich mir um deine Sicherheit vielleicht etwas Sorgen gemacht habe, als du losgezogen bist? Da, jenseits der Mauern?"

„Ist dir der Gedanke gekommen, dass ich eine erwachsene Frau bin und sehr gut in der Lage bin, für mich selbst zu sorgen?", erwiderte sie in einem sehr sanften Ton. Sie wollte sich nicht wieder mit ihm darüber streiten und brauchte das jetzt auch wirklich nicht. Er schien wieder etwas neben ihren Füßen oder auf dem Boden anzuschauen. Sie hoffte, dass er nicht wieder eine Spinne sah – oder etwas noch Schlimmeres –, aber sie würde jetzt nicht nachfragen, da die Wahrscheinlichkeit dafür höher stand, als ihr lieb war.

Dann ging ihr urplötzlich die Bedeutung von dem auf, was sie bis dahin ignoriert hatte, und ihr Gehirn stellte sich um. „Du weißt wirklich, wie man damit arbeitet?" Sie machte eine Handbewegung, die alle Maschinen in dem Raum mit einschloss.

„Ja." Er blickte hoch zu ihr.

„Wie das denn?", fragte sie. Ein kleiner Stachel, der prickelte, raste über ihren Körper hinweg, als die Erinnerung ihr wieder durch den Kopf schoss. Theos Erinnerung. Der vor einem Bildschirm wie diesem hier saß – aber viel kleiner als die, die hier die ganze Wand einnahmen. Der sich da sehr wohl fühlte.

„Ich arbeite schon länger damit, als du dir vorstellen kannst. Ich bin eine Art Genie mit Computern und Elektronik." Der Anflug eines Lächelns kehrte wieder auf seine Lippen und in seine Augen zurück. „Mein Zwillingsbruder und ich sind beide ziemlich gut, mit all dem hier."

„Es gibt zwei von euch?" Die entsetzten Worte waren ihr entschlüpft, bevor sie es realisierte. Dann lachte sie ein bisschen, bei dem hochamüsierten Ausdruck auf seinem Gesicht. „Bei euch muss eure Mutter ja schon graue Haare gehabt haben, bevor ihr zehn wart."

„Irgendwie macht Leo nicht den Eindruck ganz so durchgeknallt zu sein, wie die Leute es von mir anzunehmen scheinen."

„Du hältst dich nicht für durchgeknallt?", fragte sie ganz ungläubig.

„Ich lebe noch, oder etwa nicht?", antwortete er. Dann hob er das Gesicht an und ihre Blicke waren ineinander gefangen. „Dank dir", fügte er hinzu, seine Stimme war jetzt tiefer.

Der Hals war ihr wie ausgedörrt und alles, woran sie sich erinnern konnte, war, wie er sie gestern Nacht gegen seinen sehr starken, sehr *nicht*-kindlichen Körper gezogen hatte. Sie war sich der Tatsache überaus bewusst, dass sie alleine waren. Wieder einmal. Und dass er sie auf eine gewisse Art anschaute.

Keine Küsse aus Mitleid mehr.

Letzte Nacht war ganz bestimmt nicht ein Kuss aus Mitleid", sagte er. „Selena."

„Habe ich das gerade laut gesagt?", sagte sie und schlug sich dann überrascht die Hand vor den Mund. „Ja", antwortete er, wieder mit diesem Lächeln um die Lippen. Er stand jetzt auf und schob den Stuhl mit den Rollen hinter sich. Er erschien ihr größer als in ihrer Erinnerung. Und breiter. Und welchen Ärger er auch immer verspürt haben mochte wegen ihres Verschwindens in Yellow Mountain, das war jetzt verflogen. „Ich muss dir was sagen", sagte Theo, der jetzt direkt vor ihr stand, „ich kann nicht aufhören an dich zu denken.

Er schüttelte den Kopf, während er die Arme vor der Brust verschränkte, und fuhr im Plauderton fort – als würden sie über etwas wie das Wetter reden und er nicht so ganz verstand, warum es regnete, wo doch den ganzen Tag die Sonne geschienen hatte. „Ich bin ganz fasziniert von dir, von den Dingen, derentwegen du dich nachts hinausschleichst, was du da um den Hals trägst und von dem du willst, dass niemand es zu sehen bekommt ... wie es ist, die Todeslady zu sein und den sterbenden Menschen die Hand zu halten. Und wie du es jeden Tag machst, ohne Unterlass." Er nickte, seine Augen hielten ihre fest. „Wie du so stark geworden bist und warum du tust, was du tust. Und andere Dinge, wie die Tatsache, dass du nicht viel zu essen scheinst und dass du morgens gerne laufen gehst – das hat Vonnie mir erzählt – und wie ihr beide hier gestrandet seid, mit Frank. Und wo zum Teufel du roten Nagellack her hast."

Selena wusste, dass ihr die Kinnlade etwas runtergeklappt war – nicht so weit, dass sie absolut verdattert aussah. Aber so, dass sie ihr vor Überraschung etwas entglitten war. „Uhm", sagte sie und versuchte die Wärme, die ihr da gerade ziemlich heftig hochstieg, einzudämmen. Sie war auf einmal ganz zittrig und ihr Magen flatterte wild. *Grundgütiger.*

Und dann... Er meint es wirklich und wahrhaftig ernst. Er möchte wirklich mehr über mich wissen. Sowohl Panik als auch Entzücken rauschten durch sie hindurch.

„Und über Sams Vater und ob er noch mit von der Partie ist und warum er es nicht ist", fuhr Theo fort. „Ob es deine Entscheidung oder seine war, oder was. Und", er trat näher an sie heran, „wie ich es dir klar machen soll, dass ich niemanden aus Mitleid küsse. Nicht einmal die Frau, die mich wieder zum Leben erweckt hat." Seine Hände landeten sanft auf ihren Schultern und sie spürte, wie sein Schuh gegen ihre nackten Zehen stieß.

„Wie viele davon hast du?", schaffte sie zu sagen und merkte erst da, dass ihre Hände nach oben gewandert und sich flach auf seiner breiten, warmen Brust niedergelassen hatten. *Wow.* Wie gemeißelt.

„Wie viele von was?"

„Frauen, die dich zum Leben erweckt haben."

„Nur eine." Er begann sich vorzubeugen, hielt dann wieder inne und zog sich zurück. Selena ließ den Atem, den sie bis dahin angehalten hatte, wieder entweichen und wurde aus der Wärme hochgeschreckt, in die er sie eingelullt hatte. „Nein, doch zwei."

„Was?", fragte sie, ihre Stimme ging etwas hoch – teils aus Überraschung, teils um ihre Enttäuschung zu verbergen. „Du bist vorher schon mal zum Leben erweckt worden?"

Seine Lippen verzogen sich nach oben und eine von seinen Händen bewegte sich, um ihr eine schwere Haarsträhne von der Schulter zu wischen und dann an ihr langzugleiten. „Nun, gewissermaßen. Als ich ein Baby war, hatte sich die Nabelschnur um meinen Hals gelegt und ich kam ganz blau überall raus, schlaff wie eine nasse Nudel. Kein Herzschlag und all das. Da war eine Krankenschwester, die CPR gemacht hat – sie hat mir in den Mund hinein geatmet – und hat mich wieder zum Leben erweckt."

„Eine *Krankenschwester?*"

„Aber keine Sorge", fügte er schnell hinzu. „An dieses Ereignis erinnere ich mich überhaupt nicht mehr ... eigentlich", sagte er und ließ seine Hand hinten um ihren Hals gleiten, hob ihr Haar an und massierte ihr sanft den Schädel, „du bist die einzige Frau, die mich wieder zum Leben erweckt hat. Und das hier tue ich ganz sicher nicht aus Mitleid."

Sie kam ihm auf halbem Weg entgegen, als seine Lippen sich noch bewegten, um hinzuzufügen, „zumindest nicht, was mich betrifft."

Selenas Lachen wurde da von seinem Mund erstickt. Sie schloss die Augen, als ihre Lippen sich trafen, zuerst weich und dann hungrig. Er hielt ihren Kopf mit seiner starken Hand fest, als der Kuss intensiver und feuchter wurde. Unter ihren Handflächen bewegten sich die Muskeln an seiner Brust und sein Herz schlug wie wild.

Jetzt fühlte er sich gar nicht wie ein Junge an für sie, nicht jetzt, nicht mit diesen Forderungen und dieser Selbstsicherheit da an ihm. Ihr Körper war warm und flüssig geworden, war erwacht aus einem Tiefschlaf, der allein jahrelanger Vernachlässigung geschuldet war. Selena hörte auf sich zu fragen, hörte auf Widerstand zu leisten und als seine Hände an ihrem Rücken runter wanderten, der Linie ihres Oberkörpers folgten, lehnte sie sich gegen ihn, in ihn hinein, schmiegte ihren Körper an seinen.

Warum nicht? Warum das hier nicht genießen? Es ist viel zu lange her.

Er ist so jung!

Und er wird jeden Tag von hier wieder aufbrechen. Kein Problem.

Er bringt mich zum Lachen.

Theo stieß ein kleines Stöhnen aus und verlagerte das Gewicht, schob sie rückwärts gegen etwas Festes und hielt sie da fest, so dass ihre beiden Körper aneinander standen, sich jede Kurve und jede Ausbuchtung ineinander, in den anderen hinein drückte. Wenn sie noch irgendwelche Zweifel gehabt haben sollte wegen Küssen aus Mitleid, waren die zu dem Zeitpunkt hier gründlich zerstreut. Sein Begehren war ganz offensichtlich und der sanfte, beständige Druck, als ihre Hüften sich aneinander rieben, machte, dass sie sich ebenso hart gegen ihn drückte.

„O je, ooouuuh … jeee", murmelte er, als er ihre Münder voneinander löste und sein Gesicht in dem Haar bei ihrem Ohr vergrub. „Selena…" Er atmete schwer, nibbelte und saugte an ihrem Hals entlang, so dass sie an ihm zuckte und erschauerte.

Sie murmelte ihre Lust, glitt mit ihren Händen unter sein Hemd, erfühlte dort die flachen Muskeln seiner Brust und glitt über die harten Brustwarzen, war sich des leichten Schauers unter ihren Fingern bewusst, tief drinnen in seinen Muskeln. Er war warm und glatt und ihre Welt war jetzt heiß und kühn geworden … so sehr, dass sie es kaum bemerkte, als er rückwärts ging und sie mit sich zog.

Als Nächstes wusste sie nur, dass er sie auf seinen Schoß zog, ihre Zehen gegen die Beine von dem Stuhl stießen, als sie sich auf ihn setzte. Theo grinste kurz zu ihr hoch, aber sein Mund war angespannt und seine Augen heiß, als er seine Hände unter ihr weites Hemd schob. Sie wehrte instinktiv ab, als er versuchte es hochzuziehen – *nein, nein, nicht hier bei Tageslicht!* – und er schien die Message zu kapieren, wanderte stattdessen in Richtung von ihrem Rücken.

Als ihr BH aufging und locker runterhing, bog sich Selena sich nach vorne zu ihm durch, war sich kaum der heißen Sonne bewusst, die durch das Fenster hinter ihr hereinströmte und der Art und Weise, wie seine Hände nach vorne wanderten, um ihre Brüste zu umschließen. *Aaah.* Seine Daumen waren fest und seine Handflächen warm, als er hochging, leicht presste, streichelte.

Jetzt hatte sie die Hände auf seinen Schultern, um sich festzuhalten, ihre Augen geschlossen, ließ die Lust anwachsen und sich entfalten, sich von ihrem Bauch bis zu ihrer Brust und bis zwischen ihre Beine ausrollen. Seine Haare waren warm und weich, dicht zwischen ihren Fingern und seine Schultern waren so breit und stark.

Theo bewegte sich unter ihr, und als er sich beugte, das V von ihrer Tunika zur Seite schob, eine ihrer Brustwarzen fand, bedeckte er sie mit seinem warmen, feuchten Mund.

Selena fuhr hoch bei dem plötzlichen Rausch an Gefühlen, keuchte dann auf, als es nicht aufhörte, nicht nachließ ... sondern ein langes, nasses Ziehen wurde, ein sinnliches Tanzen von Zunge und Lippen, saugend, kreisten, streichelnd. Der heiße Stachel von Lust schoss durch sie hindurch, von ihrem Bauch Richtung Süden. Sie verlagerte ihr Gesicht da auf seinem Schoß, ihre Finger bohrten sich in seine Schultern, Hitze und Druck bauten sich zwischen ihnen auf, pochten zwischen ihnen.

Plötzlich ließ er sie mit einem leisen Stöhnen los, ließ ihre Brustwarze nass und pulsierend zurück, hungrig unter ihrer Tunika. Er zog sie hoch, zu sich her, seine Arme schlangen sich eng um sie, und dann rammte er seinen Mund erneut auf ihren. Der Kuss brannte, heiß und wild, als seine Hände zu ihren

Hüften gingen und sie zu sich zerrten, in ihn hinein, ihre Beine breit machte an ihm. Sie spürte, wie seine pochende Erektion sich zwischen sie drängte, hart und erwartungsvoll, sie fühlte sich selbst, voll und nass, die Nähte ihrer Jeans trafen aufeinander und intensivierten diese Gefühle.

Und dann bewegte er sich unter ihr noch einmal und noch einmal bewegte sie sich auf ihn zu – willenlos, voll, erregt – ihre Beine kamen wieder zusammen, glitten auf eine Seite von ihm. Ehe sie sich's versah, hatte er mit seinen Fingern in den gelockerten Hosenschlitz hineingestoßen, runter, hinein in die heiße Baumwolle ihres Höschens und dann hinein in die feuchte Wärme, die dort pulsierte.

Sie stöhnten und seufzten beide im gleichen Moment und Selena riss die Augen auf, als er sie zum ersten Mal berührte. Sie sprang ihm fast vom Schoß, aber er hielt sie fest, sicher, seine Finger, so lang und locker, glitten und streichelten da, wo sie voll und bereit war.

Oh mein Gott... Sie hielt sich an ihm fest, hob ihre Hüften, als ihre Jeans sich weiter öffneten, fühlte den heißen Strom an Sonne, der durch das Fenster ihr auf Kopf und Schultern brannte. Seine Hand ... eine breite, entschlossene Fläche, die sich bog und entlangglitt, sanft und beständig neckte, während sein eigener Atem stockte und rau an ihrem Ohr rieb.

„Ja", flüsterte er da an ihrer Haut. „Genau ... da."

Als sie losließ, vollkommen hineinglitt, in diese Lust, brauchte es einen Moment, bis der Laut durch ihr lustvernebeltes Gehirn bis zu ihr durchdrang. Aber dann hörte es sie auf einmal ganz klar.

„Mom?"

5

Es dauerte einen Moment, bis Theo es hörte.

„Mom"?

Und dann eine weitere Sekunde, bis es bei ihm klingelte.

Selena, die bis dahin ein butterweiches Bündel Sinnlichkeit in seinen Armen gewesen war, riss genau da ihre Augen entsetzt auf, als Theo klar wurde, dass „Mom" die Frau auf seinem Schoß war. Die Frau, in deren Höschen er gerade die Hand vergraben hatte, deren erhitztes Gesicht und deren geschwollene Lippen gerade mal einen fingerbreit von ihm entfernt waren, deren harte, unverhüllte Brustwarzen durch den dünnen Stoff ihres Hemdchens deutlich vorstanden.

Heilige Scheiße!

Er packte Selena fest am Arm, um ihren wilden Abgang etwas zu stabilisieren, als sie von ihm runter sauste, und schaffte es noch zu verhindern, dass sie als wirres Knäuel gegen die Wand krachte. Sein Gehirn lief noch nicht ganz optimal auf Volldampf, sein Atem kam noch stoßweise und seine Jeans waren gut gefüllt mit einem riesigen Steifen, der nur wenige Sekunden zuvor ein Happy End im Visier gehabt hatte. Er stand auf und stopfte beide Hände in die Hosentaschen, um dort die notwendigen Umschichtungsarbeiten vorzunehmen – zur eigenen Erleichterung und zur besseren Verschleierung.

„Mom? Bist du da oben?"

„Ja", rief Selena zurück. Sie stand jetzt am Fenster, war gerade fertig damit, ihre Jeans zuzuknöpfen. Ihre Stimme war unglaublich ruhig und gelassen. Für jemanden, der Sekunden zuvor auf seinem Schoß gestöhnt und sich vor Lust gewunden hatte, sah sie mächtig selbstbeherrscht aus. Als hätte nichts sie aus der Ruhe gebracht, bis auf den nassen Schimmer an ihren Lippen und Haaren, die aussahen, als wäre sie geradewegs aus dem Bett gerollt. Und ... oh, Scheiße ... dem Umriss von einer Brustwarze, der nass durch die dünne Tunika stach.

Sam und einer seiner anderen Freunde – Tim, Tyler, Tom? – tauchten plötzlich auf und liefen quer durch das lange Zimmer, und Theo sprach kurz ein Dankesgebet aus, dass die Computerstation sich hinten in einer abgelegenen Ecke befand und von der Tür aus nicht sofort einsehbar war.

„Ich soll Euch von La Mamma Vonnie sagen, es gibt Mittagessen", sagte Sam. Er schaute sich im Zimmer um, aber blickte dann zu Theo und danach zu Selena – die, Gott sei Dank, ihre Tunika zurechtgerückt hatte – und dann wieder zu Theo.

Theo versuchte das Misstrauen in den Augen des Teenagers zu übergehen – denn im Grunde konnte er ja gar nichts gesehen haben. Aber als dieser Ausdruck von Schock, dicht gefolgt von Ekel, Sams Gesicht bleich werden ließ, ging Theo auf, dass der Junge etwas gespürt haben musste. Er hoffte, dass es Teufel noch mal nicht der moschusartige Geruch von Sex war, der an Theos Fingern hing und der – *ihm* zumindest – dort wie glühende Kohlen brannte.

„Danke, Liebes", sagte Selena und sah restlos entspannt aus trotz ... Shit ... jetzt zeichnete sich ihr geöffneter BH deutlich in dem tiefen V ihrer Tunika ab. „Ich habe allmählich auch Hunger. Als ich hier rauf kam, um Theo Bescheid zu geben, sind wir ins Plaudern über all das Zeug hier gekommen."

„Jep", antwortete Sam, seine Stimme ein einziger Zweifel.

Er war ein gutaussehender Junge, mit dunkelblondem Haar und haselnussbraunen Augen. Über 1,80 groß, wo aber noch ein bisschen Fleisch auf die Knochen kommen musste. Wahrscheinlich sechzehn oder so, vielleicht siebzehn. Der gerade dabei war, ein Mann zu werden, immer noch versuchte für sich zu klären, was er mit all den Hormonen anstellen sollte, mit denen er sich in den letzten paar Jahren auseinandersetzen musste. Und das Letzte, was er sich wahrscheinlich ausmalen wollte, war, wie seine Mutter mit einem Typen rummachte, der nicht sein Vater war.

Egal, wer das nun war.

Theo gelang ein Lächeln und versuchte die beiden Jungs abzulenken. „Da drüben sind Flipper-Maschinen", sagte er und zeigt auf eine Reihe von den verstaubten Maschinen. Die *Herr der Ringe* Version war eines seiner Lieblingsspiele und wahrscheinlich mit einer der besten, die man je gebaut hatte. Ihm würde es genau so viel Spaß machen wie Sam und Tom – Tyler? – damit zu spielen. „ich könnte eine davon wahrscheinlich wieder zum Laufen bringen, wenn ihr wollt."

„Nein", sagte Selena da mit einschneidender Stimme, als sich auf Sams und auf Tylers – Tims? – Gesicht Interesse abzeichnete. „Mit den Dingern da wollen wir nichts zu tun haben. Zu gefährlich."

Theo konnte den Gesichtern der Jungs die Enttäuschung ablesen. *Gefährlicher als sich nachts alleine raus zu schleichen?*

„Vielleicht könnte er sich wenigstens den DVD-Player anschauen. Der, der kaputt ist? Er schafft es vielleicht, ihn zu reparieren?"

„Vielleicht", sagte sie. Selena nahm keine weitere Notiz von Theo, außer um ihm einen warnenden Blick zuzuwerfen, als sie sich wieder auf den Weg nach unten machte. Der andere Junge, wo Theo sich sicher war, dass sein Name mit einem *T* begann, ging ihr nach, aber Sam nicht. Er fing Theos Blick ein und baute sich genau vor ihm auf – nicht so sehr als Drohung. Eher um klarzustellen, dass er mit ihm reden wollte.

Theo musste es dem Jungen lassen. Der Junge hatte Mumm. Trotz der Tatsache, dass Sam ein bisschen größer war als er selbst, war er schmaler gebaut und sicherlich nicht so kräftig wie Theo.

„Hör mal", sagte Sam mit einer Stimme, die ein bisschen gehetzt klang. Er blickte über seine Schulter nach hinten, um sicher zu stellen, dass seine Mom weg war. „Ich weiß nicht, was bei dir abgeht. Gestern Nacht hast du die Finger nicht von Jen lassen können und jetzt hast du ... uhm ... also, wenn du jetzt mit meiner Mutter rumspielst, nun, da bin ich eher wenig erfreut drüber." Sein Adamsapfel hüpfte ein bisschen zu viel rauf und runter, und Theo sah, wie er die Arme vor der Brust verschränkte, als ob er sich festhalten wolle.

Theo nickte und schaute ihm direkt in die Augen. Er dachte sich, dass hier Ehrlichkeit – ohne irgendwelche überflüssigen Details – das Beste wäre und behielt einen ernsten Gesichtsausdruck bei, während er fortfuhr, „ich kann verstehen, dass nicht auf Gegenliebe bei dir stößt. Aber ich mache mir nichts aus Jennifer, klar? Das würde nie funktionieren. Was deine Mom betrifft ... nun, die ist einfach unglaublich", – er hielt sich gerade noch davon ab „sexy" zu sagen –, „und ich bin nicht sicher, was passieren wird. Aber ich verspreche, was auch immer passiert, ich werde sie mit Achtung und Respekt behandeln. Okay?"

Sams Nervosität schien etwas abzuflauen, aber er war noch nicht bereit komplett nachzugeben. „Du bist nicht aus dieser Gegend hier und du wirst nicht bleiben. Ich möchte nicht, dass sie plötzlich ganz glücklich ist und sich auf dich verlässt, und du eines Tages einfach losziehst und verschwindest. Klar?"

Theo blinzelte. Stimmt schon, er war nicht von hier. Aber zur gleichen Zeit war der Gedanke zu gehen, selbst nach nur vier Tagen (die sich irgendwie wie ein halbes Leben anfühlten), unangenehm und fremd. „Ich habe nicht vor in nächster Zeit fortzugehen, Sam", sagte er. Ob es dir nun gefällt oder nicht. Und wie ich schon sagte, deine Mutter ist eine ziemlich unglaubliche", – kluge, sexy, faszinierende, starke –, „Frau und ich behandele Frauen immer mit Respekt."

Sam schaute ihn immer noch an, den Kopf leicht zur Seite geneigt, und dann gab er endlich ein kleines Nicken zum Zeichen der Zustimmung. „In Ordnung." Dann schaute er sich rasch etwas verstohlen um und schaute wieder zu Theo. „Und ich würde gerne mehr über diese Dinge hier lernen", sagte er mit einer Geste zu dem Zimmer rundum. „Wirst du mir alles zeigen?"

Theo öffnete den Mund, um ja zu sagen, hielt dann an. Selena verstand: hier lauerte die Gefahr, die Frank erwähnt hatte, aber das war genau der Grund für die Widerstandsbewegung, die er und Lou gerade aufbauten. Technik war Macht und das war der Grund, warum die Elite jedes Wissen darüber oder das Benutzen davon zu verhindern suchten. Aber bis er eine Chance bekam, mit Selena zu sprechen, würde er dem automatischen Reflex, ihre Wünsche zu umgehen, besser nicht nachgeben. „Ich rede mit deiner Mom", war alles, was er sagte. „Und jetzt, lass uns was essen gehen."

Die Mahlzeit, wenn auch köstlich, war die reine Tortur.

Selena wich seinen Blicken so geschickt aus, dass Theo sich dachte, sie wäre wieder zu dieser lächerlichen *Ich-will-nicht-aus-Mitleid-geküsst-werden* Einstellung zurückgegangen, was ihn so ziemlich sauer machte und seine Enttäuschung über die Unterbrechung von vorhin noch vergrößerte. Sams Augen wanderten unablässig zwischen ihnen hin und her, als würde er auf ein Anzeichen von Fehlverhalten warten. Im Gegensatz dazu schien Vonnie sie mit fast unverhohlenem Grinsen zu beobachten. Frank war schlecht von Gehör (oder tat wahrscheinlich eher so), also musste alles, was bei Tisch gesagt wurde, schon beim ersten Mal gebrüllt werden, wenn man es nicht nochmal wiederholen wollte.

Und um allem die Krone aufzusetzen, war es Jen gelungen, gerade noch rechtzeitig zum Mittagessen aufzukreuzen, und obwohl Theo knapp verhindert hatte neben ihr zu sitzen, hatte sie sich dann ihm gegenüber platziert. Bei all den langen, heißen Blicken, die sie Theo zuwarf, den ständigen Erwähnungen von den Reitkunststücken der letzten Nacht und der „Giga" Tinte auf seinem Arm – ganz zu schweigen von der Tatsache, dass Sam kaum in der Lage war, nicht da drauf zu starren, wo Jen ihr weißes Tank-Top gut füllte – kam sich Theo vor wie in einer Nachmittagsepisode von einer Familienserie.

Dass er die Augen kaum von Selena nehmen konnte, war nicht gerade eine Hilfe, besonders jetzt, da er nun wusste, wie sie schmeckte, roch und sich anfühlte, wenn sie erregt und heiß war.

Sicher, Jen war jünger, sehr attraktiv und sicherlich deutlich interessierter als Selena – außerdem hatte sie keinen Sohn im Teenager-Alter –, aber Theo verspürte keinerlei Verlangen, irgendetwas mit ihr anzufangen. Sein Interesse galt einzig und allein Selena. Mit ihr ließ es sich leicht reden, sie war schlagfertig und sie war jemand, die ihr Leben damit verbrachte, die Welt zu etwas Besserem zu machen – abgesehen von ihren Anwandlungen, bei der Jagd auf Zombies ihr Leben aufs Spiel zu setzen. Aber selbst dann versuchte sie etwas zu verändern. Genau wie er.

Er hatte fest vor dort weiterzumachen, wo man sie unterbrochen hatte. Und das eine Mal, als es ihm während des Essens gelang ihren Blick einzufangen, machte er ihr das überdeutlich klar. Ihre Wangen wurden ganz rot und sie schaute weg.

Wie er es von seiner Mutter gelernt hatte, half Theo nach dem Mittagessen beim Abräumen und stapelte die Teller nach Größe und Verwendung. Auch wenn es schon lange her war, dass er in einer Küche gewesen war und eine Mahlzeit wie diese hier serviert bekommen hatte: alte Gewohnheiten – und gute Kinderstube – waren hartnäckig.

Aber er verlor Selena nicht aus den Augen, die ebenfalls zwischen Spüle und dem gemütlichen rundem Tisch hin und her wanderte, der in einer Ecke stand, die viel zu groß war, um noch als Essecke bezeichnet zu werden. Und in dem Augenblick, als sie Anstalten machte zur Tür zu gehen, folgte er ihr. Kurz hinter der Küchentür bog sie in einen Flur ab, in Richtung Rückseite von dem Haus.

„Hey", sagte er, als es ihm gelang, sie am Arm zu packen.

Selena schaute zu ihm hoch, die Lippen leicht geöffnet, die Wangen wieder rot und ihr dichtes Haar ein wilde, ungezähmte Masse an ihren Schultern. Er musst alles geben, um sie nicht für einen Kuss an sich zu ziehen. Stattdessen sagte er nur, „das war enttäuschend."

„War es das?", erwiderte sie, wobei ihr ein kleines Lächeln um die Lippen spielte. „Ich hatte den Eindruck, dass ich bei dem Deal besser weggekommen bin."

Ah. Erleichterung fuhr ihm durch alle Glieder. Sie würde nicht zu dem Küssen-aus-Mitleid-Spiel zurück gehen. „Nicht ganz so gut, wie ich es vorhatte." Er lächelte da verheißungsvoll. „Ich dachte mir, wir könnten doch da weitermachen, wo wir aufgehört hatten. Sehr bald schon."

Ihre Lippen verzogen sich noch stärker, was ihm einen lustvollen Rausch nach unten strömen ließ. „Das klingt nach einer sehr guten Idee. Vielleicht irgendwo, wo es ein bisschen gemütlicher ist?"

Da konnte er nicht mehr: mit einem raschen Blick rundum, um sicher zu gehen, dass niemand ihnen folgte, stieß er sie sacht gegen die Wand, die Hände auf ihren zarten Schultern. „Und auch ein bisschen ungestörter." Er glitt nahe an sie ran, bedeckte ihre Lippen mit seinen ... nicht mit einem wilden, Lust erzeugenden Kuss, sondern mit einem Kuss voll Versprechen und Vorfreude. „Bei mir ist es nicht so intim", murmelte er da an ihrem Mund.

„Bei mir schon", sagte sie und presste ihre Hüften gegen seine.

„Ich nehme die Einladung an", sagte er und glitt mit seiner Zunge hinein, um mit ihr etwas zu hakeln. „Heute Nacht also."

„Mm ... hmm ... heute Nacht", murmelte sie, die Hände an seiner Brust, ihre Brüste, die sich in ihn hineinpressten. Dann zog sie sich zurück. „Nein, warte ... nicht heute Nacht", sagte sie.

„Was?" Er löste sich jetzt ebenfalls, aber ließ seine Hand weiter mit ihren Haaren spielen. „Warum nicht? Wenn der Junge im Bett ist..."

„Nein, nein, nicht heute Nacht", wiederholte sie. Ihr Gesicht war wie verwandelt, von dem sanften, von Begehren erfüllten Gesicht zu etwas anderem. Etwas ... Zurückhaltendes. Angespannt. Dann lächelte sie wieder. „Ich will nicht so lange warten."

Ach, wirklich? So sehr ihm der Gedanke auch zusagte – und er völlig einig mit ihr war – Theo war kein grüner Junge. Definitiv kein Junge. „Wann denn dann?"

„Nach dem Abendessen. Achte auf mein Zeichen", sagte sie und ihre Hände wanderten nach oben über seine Schultern, nach hinten, hoch und dort in das Haar an seinem Nacken hinein, und dann zog sie ihn nach unten zu einem langen, ausgiebigen Kuss.

Als sie sich löste, atmete Theo schwer und versuchte sich daran zu erinnern, warum er sie nicht in einen verlassenen Winkel fortzerrte, *jetzt sofort und auf der Stelle.*

„Bis dann...", sagte sie und entzog sich sanft. In ihren Augen brannte ein Versprechen.

„Ich werde versuchen klarzukommen", erwiderte er scherzhaft. „Aber nach dem, was..."

Ihr Lächeln versprach noch viel mehr. „Nur Geduld. Wir älteren Frauen ... da lohnt sich das Warten." Und mit einem lustvollen Verziehen ihrer Lippen entschlüpfte sie ihm.

Heilige Scheiße.

Theo drehte sich um und ging wieder nach draußen, in die entgegengesetzte Richtung und prallte fast mit Jennifer zusammen.

„Hey", sagte er und versuchte den Kopf wieder frei zu bekommen. Aber ihm fiel ums Verrecken nichts ein, was er sagen könnte, was sie nicht als Interesse an ihr auffassen könnte.

Aber Jen schaute ihn gerade nur an, ihre Augen schmal und ein entsetzter Ausdruck auf ihrem Gesicht. „Du und Selena?", sagte sie, Ungläubigkeit stieg in ihrer Stimme hoch. „Du machst wohl Witze. Weißt du überhaupt, wie alt sie ist? Viel zu alt für dich."

Gedanken an verschmähte Frauen huschten ihm durch den Kopf und Theo zwang sich zu lächeln. „Ob du es glaubst oder nicht, ich bin viel älter, als ich aussehe."

Jennifer schaute ihn an, ihre Lippen ganz schmal vor Verachtung. „Sie ist alt genug, um deine Mutter zu sein. Das ist so ... *krank.* Total eklig."

„Uhm ... tja", sagte Theo, der tapfer darum kämpfte, etwas zu finden, was er sagen könnte, was von besagter verschmähter Frau nicht als beleidigend aufgefasst werden könnte.

„Und was war das gestern Nacht?", fragte sie fordernd. „Du hattest deine Hände überall an mir!" Ihre Arme verschränkten sich unter ihren Brüsten, hoben die an und schüttelten sie, was in dieser Lage hier nicht hilfreich war, denn sein Blick wanderte automatisch dorthin. Weil er ein Mann war. *Shit.* Er wandte den Blick ab.

Theos Hirn wollte nicht einfach funktionieren und ihm fiel nichts ein, außer, „es tut mir Leid, wenn ich dir gestern Nacht einen falschen Eindruck vermittelt habe." Er verkniff sich, darauf hinzuweisen, dass sie sich an ihn drangehängt hatte, sich ihm in die Arme geworfen hatte, und ja, ok, er hatte sie geküsst … aber nur nachdem sie sich überdeutlich angeboten hatte.

„Egal", sagte Jennifer und wirbelte herum. Mit sonnengebleichtem, flatterndem Haar stolzierte sie beleidigt von dannen.

Theo stieß einem erleichterten Atemzug aus. Zumindest wusste sie jetzt Bescheid: Er wollte nichts von ihr.

Jetzt musste er nur noch bis nach dem Abendessen warten, um Selena wieder in die Finger zu bekommen.

Und in der Zwischenzeit versuchen herauszufinden, was zum Teufel sie für heute Nacht plante.

⚜

Lou überprüfte das Gewicht seines Rucksacks und warf noch einen letzten Blick in die Runde.

Er konnte die Spitzen der Gebäude, die noch vom Las Vegas Strip übrig geblieben waren – oder wie der im Jahr 2010 ausgesehen hatte –, fast nicht mehr erkennen. Von wo er stand, in einer verschlammten Wasserpfütze zwischen zwei hohen, leeren Gebäuden, war das Dach vom *New York, New York* gerade noch sichtbar für ihn. Die letzte Bastion der Zivilisation in dieser Welt.

Ich muss scheißkack verrückt sein.

Lou blickte zum *New York, New York* zurück, wo – weit unterhalb der beiden Türme – Sage sich jetzt wahrscheinlich gerade vor einer Reihe der Computer dort niederließ. Sie würde bis Mittag nicht bemerken, dass er weg war … oder noch später.

Jep. Jetzt ist es zu spät zur Umkehr. Definitiv verrückt.

Er hob seine brennende Fackel hoch und eine Ratte schlich in die Schatten weg. Die Mauern von Envy, gebaut aus alten

Autos, Werbetafeln, Sattelanhängern, Flugzeugflügeln und sonst irgendwelchen großen Teilen an Müll oder Schrott, die man finden konnte, hatte man vor fünfzig Jahren gebaut, um die Einwohner vor den Ganga und den wilden Tieren zu beschützen. Jetzt erhoben sie sich hoch über ihm, als Lou sich auf den Weg durch die verschachtelten Geheimgänge machte, durch Autos, Wassertunnelrohre und Güterwagons hindurch, die nach draußen führten.

Wenige Augenblicke später stand er auf der Wiese auf der anderen Seite und löschte seine Fackel. Er lehnte sie gegen die Mauer neben eine der kaputten Neonröhren von einer Bellagio Werbetafel. Die würde bei seiner Rückkehr noch da sein.

Falls er zurückkehrte.

Ich werde zurückkehren. Ich habe nicht so lange überlebt, weil ich doof bin.

Er sich nicht einmal sicher, wann er das letzte Mal außerhalb dieser Mauer gewesen war. Und das war auch teilweise, was ihn dazu veranlasst hatte, jetzt zu gehen. Theo brauchte seine Hilfe. Er musste irgendwo auf einer Scheißgoldgrube von Informationen zum Kult von Atlantis sitzen – ganz zu schweigen von anderen Leckerbissen, die sie bei Brad Blizek finden könnten – und während Theo ein verteufelt guter Technik-Fuzzy war, war Lou der bessere Hacker. Und er hatte es satt, eingesperrt zu sein, wie ein alter, gebrechlicher Greis behandelt zu werden. Er war alt, aber er war nun wahrlich nicht gebrechlich.

Und abgesehen von all dem würde er nicht – konnte er nicht – glauben, dass Brad Blizek im Kult von Atlantis mit dabei gewesen war.

Er war sich der Gefahren durchaus bewusst. Vor nur einem Monat war Vaughn Rogan, der Bürgermeister von Envy, beim Angriff von einem Löwen fast gestorben. Denn es lauerten nicht nur Zombies hier draußen, sondern auch Tiger, Löwen, Wölfe, Wildkatzen und selbst Elefanten lebten jetzt in der ehemaligen Wüste Nevadas. Jetzt war die Region üppig und grün, überwuchert und manchmal geradezu tropisch.

Teil der Veränderungen auf der Erde nach all den verheerenden Ereignissen.

„Du bist verdammt weit weg von deinem Spielzeug, alter Mann."

Lou sprang fast in die Luft vor Schreck. Er wirbelte herum, um Zöe zu erblicken, die gerade hinter einem zerquetschten und umgekippten Posttruck hervorkam. Das rot-blaue Zeichen war schon grau verblichen.

„Scheiße, was denn?", fragte er wütend, eine Hand immer noch an seiner Brust. Es würde Stunden dauern, bis er sein achtundsiebzigjähriges Herz wieder beruhigte. „Versuchst du gerade, mir einen Herzkasper zu verpassen?"

Sie trug ihren Pfeilköcher an einem Riemen über einer ihrer schmalen Schultern und ihr kurzes, dunkles Haar stach in alle vier Himmelsrichtungen. Ihr Blick war vernichtend. „Wenn du mich nicht gehört hast, dann ist das noch viel mehr verdammter Grund zur Sorge. Ich habe scheißgenug Lärm gemacht, um die Zombies aus ihrem Tagschlaf aufzuwecken. Wie zum Teufel denkst du denn, dass du dorthin kommen wirst, wo-zum-Scheiß-auch-immer du gerade hinwillst, ohne in einen Hinterhalt zu geraten?"

Er richtete sich gerade auf und rückte seinen Rucksack zurecht. „Niemand bereitet mir einen Hinterhalt, außer dir. Ich habe schon länger in dieser verrückten Welt gelebt als du. Ich habe Vorsichtsmaßnahmen getroffen." Er schaute in die Ferne, in die Richtung, in der er spürte, dass Theo dort war. „Ich ziehe am Tag weiter und verkrieche mich nachts, wo die Zombies nicht an mich rankommen. Mir wird es bestens gehen."

„Lass mich raten. Du hast niemandem was erzählt und das ist der Grund, warum du dich zu diesem Ausgang am Arsch der Stadt rausschleichen musst."

„Sie hätten mit mir gestritten. Denk ja nicht daran, zu versuchen mich aufzuhalten." Er starrte sie wütend an.

Zöe lächelte und lehnte sich nach hinten gegen einen Baum. „Du kennst mich ganz offensichtlich nicht gut genug, Lou. Ich wäre die verdammt letzte Person, die versucht dich aufzuhalten.

Selbst Quent ist klug genug, nicht zu versuchen, mich aufzuhalten und mich hinter diesen Scheißmauern hier eingesperrt zu halten."

Lou entspannte sich. „Gut. Dann werde ich dir nicht wehtun müssen."

Ihre Blicke trafen sich und beide lachten. Zöe war ein bärbeißiges Weibsstück, aber er mochte sie. Es war schwer sie nicht zu mögen, wenn man einmal ihre Fassade durchschaut hatte.

„Du gehst auf die Suche nach Theo?"

„Jep. Er hat ein paar Sachen gefunden, die ich sehen muss. Computer und so was."

„Wie zum Teufel willst du ihn denn finden?"

Er zuckte mit den Schultern. „Es ist dieses Zwillingsding. Ich kann ihn irgendwie spüren ... ich werde dem einfach folgen. Ich nehme einen der Humvees."

„Die da drin werden scheiß nochmal Zombie-Style ausflippen, das weißt du."

„Die Hälfte von Envy hält mich für verrückt." Sein Gerede von den Fremden und ihr Wunsch, die noch verbliebenen Reste der menschlichen Rasse zu beherrschen, ganz zu schweigen von den Entführungen und den Massakern, die mit den Zombies zusammenhingen, hatte man schon längst als die Spinnereien eines senilen, alten Mannes abgetan.

„Das ist eine verdammt wahre Aussage", sagte Zöe. „Scheißgut, dass wir wissen, dass du es nicht bist."

„Stimmt." Da niemand ihm irgendwie Beachtung schenkte, machte das für sie leichter, den geheimen Widerstand aufzubauen.

„Nun, ich hätte ja gesagt, ich würde mit dir gehen, aber du würdest alles langsamer machen", sagte Zöe zu ihm, aber da war Sorge in ihren Augen. „Denk dran, dein Haar bedeckt zu halten, alter Mann. Diese scheißarsch Zombies mögen Blondinen."

Lou kicherte. „Silber und Blond sind zwei Paar Stiefel, aber die können das zum Teufel noch mal nicht auseinander halten. Sag Sage, ich bin ok. Sie macht sich gerne Sorgen."

„Sie ist nicht die Einzige", grummelte Zöe mit einem kurzen Blick zu Envy hin. „Quent wird ein schießriesen Pickel an meinem Arsch sein." Sie runzelte die Stirn und verströmte nur noch Missmut.

„Willst du etwa sagen, das ist er noch nicht?" Die Streitereien zwischen Zöe und Quent waren schon legendär aufgrund ihrer Lautstärke, der Wortgefechte und ihrer Häufigkeit. Natürlich wusste jeder, dass auf diese Schlachten meistens gleich sehr ausgiebige Versöhnungen auf ihrem Zimmer folgten. Und manchmal in den Treppenhäusern, wie Lou aus eigener Erfahrung wusste.

Er war immer noch dabei sich zu entscheiden, ob er von dieser Gratis-Darbietung peinlich berührt oder entzückt sein sollte.

Zöes Miene verfinsterte sich. „Teufel, ja. Er könnte keine größere Nervensäge sein, versucht sich immer in meine Jagdausflüge zu drängeln, mir zu erzählen, wie ich es anstellen soll. Der und seine arsch-piekfeine Bombe. Aber es wird noch schlimmer werden." Sie presste ihre Lippen aufeinander, dachte nach. „Zum Teufel, ich habe vielleicht vier Monate. Wenn ich etwas Weites zum Anziehen finde, verflucht."

Es dämmerte. „Du bist schwanger?" Dann fing er an leise zu lachen. Allein der Gedanke ... es war komisch und erschreckend zugleich.

„Sssch!", fuhr sie ihn an, als ob die Bäume mithörten. „Sag's nicht so laut oder er wird mich morgen schon wegsperren. Es wird das verdammt letzte Mal sein, dass er mich alleine losziehen lässt." Sie legte die Hände in die Hüften. „Vielleicht sollte ich mit dir mitgehen ... Ich könnte zurückkommen, wenn all das hier zur Hölle nochmal vorbei ist. Dann würde ich ihn nicht immer im Nacken sitzen haben, die ganze Scheißzeit."

Lou lachte jetzt schon laut. Zöe, mit einem Baby? Er konnte es sich kaum vorstellen. Sie würde das arme Ding wahrscheinlich in einem Beutel an ihrer Brust festzurren und es mit auf Ganga-Jagd nehmen. „Ich denke besser nicht. Ich gehe richtig in der Annahme, dass er nichts davon weiß?"

Ihre mandelförmigen Augen wurden ganz groß. „Was zum Teufel? Denkst du ich bin scheißbescheuert? In dem Moment, wo er das rausfindet, sehe ich keinen Pfeil mehr für neun Monate. Oder länger." Sie stöhnte. „Er wird scheiß ausflippen, mit mir."

„Du – uhm – scheinst nicht allzu glücklich drüber zu sein", wandte Lou vorsichtig ein.

„Nun ja. Es kommt etwas überraschend, Scheiße nochmal."

Das Herz wurde ihm ein bisschen schwer. Er und Elsie ... sie waren gerade dabei, Eltern zu werden, aber alles lief schief, als sie versuchte zu entbinden. Es war mehr als neunundvierzig Jahre her, aber er trauerte immer noch um sie beide. Wenn er nur eine von beiden jetzt hätte...

„Ich will sagen, was zum Teufel soll ich nur tun – als Mom? Ich weiß einen Scheiß über das Kindergroßziehen und all den Mist. Aber ich denke, Quent ... der wird einen verdammt guten Papa abgeben", sagte Zöe. Und das Lächeln auf ihrem Gesicht war gerade weich genug, um ihn wissen zu lassen, dass sie damit klarkommen würde. Wenn sie sich erst einmal an den Gedanken gewöhnte.

„Meinen Glückwunsch", sagte Lou. „Und ... bleib in der Nähe von Envy. Falls irgendwas schiefgeht. Damit Elliott sich darum kümmern kann."

Zöe pustete ein empörtes Schnauben hoch in ihr Lockengewirr. „Fang du bloß nicht auch noch an mit mir. Du musst doch wohin. Worauf zum Teufel wartest du denn noch?"

Lou winkte ihr zum Abschied und rückte sein Bündel zurecht. „Auf gar nichts."

Als er spätnachmittags in die Arkaden zurückkam, loggte sich Theo in seine Email ein, um Lous Reaktion auf das zu checken, was er über Brad Blizek herausgefunden hatte, und fand drei neue Nachrichten. Alle von Sage. Keine von Lou.

Und der erste Betreff von Sage war: *Lou ist WEG!*
Gefolgt von: *WO BIST DU?*
Und: *LOU IST VERSCHWUNDEN!!!!!!*

Theos Herz rutschte ihm in die Hose und er konnte die erste Nachricht gar nicht schnell genug öffnen.

Wo bist du?, stand da. *So erleichtert von dir zu hören. Hast du von Lou gehört? Er ist verschwunden. Er hat einen Zettel hinterlassen, dass er sich auf die Suche nach dir machen würde. Ist er bei dir?*

Die nächste Nachricht war ein bisschen weniger entspannt: *Bist du in Kontakt mit Lou? Wo bist du? Bist du in Sicherheit? Bitte antworte. Ich warte!*

Und die letzte schrie förmlich, was – wenn man Sage kannte, dann wusste man das – nicht oft vorkam, trotz ihrer feuerroten Haare. *SCHICK KEINE NACHRICHT UND CHECK DANN STUNDENLANG DEINE EMAIL NICHT, WENN DU WEISST, DASS ICH HIER DIE GANZE ZEIT AUF GLÜHENDEN KOHLEN SITZE, THEO! Was zum Teufel ist denn jetzt los? Wir machen uns Sorgen um dich und um Lou. ICH MUSS VON DIR HÖREN. BITTE.*

Uh-oh.

Und *Shit.*

Lou dachte nach. *Lou? Bist du da?*

Wartete. Wartete.

Öffnete eine neue Mail an Sage und versuchte gleichzeitig Lou nochmal zu erreichen. *Lou?*

Währenddessen tippte er: *Sage, sorry. Nicht viel zugang hier. Lou nicht hier. Schick dir news asap. Bin ok.*

Er schickte die Message los, stand dann auf und ging rüber zum Fenster, als ob das die Verbindung besser machen würde. *Lou.* Er versuchte es noch einmal.

Genau da hörte er das leise *Bing* vom Mailprogramm auf dem Computer und im selben Augenblick spürte er das Prickeln einer mentalen Erwiderung: *Was ist, Scheiße nochmal?* Die *Bedeutung*, wenn auch nicht der genaue Wortlaut von Lous knurriger Nachricht kam laut und deutlich bei ihm an.

Wo bist du?, fragte ihn Theo.

Er öffnete die Mail – die natürlich von Sage kam. *Endlich!! Froh dass du ok bist. Wo bist du? Ich mach mir Sorgen um Lou. Zöe sagte sie traf ihn wie er Envy verließ. Er sagte er geht auf die Suche nach dir. Warst du denn nicht mit eurem Mental-Dingsda mit ihm in Kontakt?*

Lou machte sich an die Antwort. *Auf dem Weg um dich zu finden.*

Idiot, schickte Theo als zärtliche Reaktion an ihn retour und begann dann an Sage loszutippen: *Spreche jetzt gerade per mental-dingsda* J *mit Lou. Er ist ok. Keine panik. Bald mehr.*

Theo schickte noch eine Botschaft am Lou: Bist du in Sicherheit?

Mann! Die total genervte Antwort kam laut und deutlich an.

Theo grinste im Widerschein des Monitors und schickte eine Nachricht retour. *Ich komme dich holen.* Lou war südwestlich; er konnte die Richtung spüren, aus der ihre Verbindung gerade kam.

Nein! Nicht notwendig.

Das Empfinden und die Emotion in dieser Nachricht war heftig und glasklar. Theo gab sich eine Minute Bedenkzeit, während er seine automatische Reaktion, seinen Beschützerinstinkt zurückhielt. Sie mochten Zwillinge sein, aber es schien allen so, als ob Lou der Großvater wäre und er der jüngere Mann – zumindest rein äußerlich. Lou war achtundsiebzig Jahre alt und sah so aus und bewegte sich so. Theo gefiel die Vorstellung gar nicht, dass er dort draußen alleine war.

Theo. Bleib dort. Komme zu dir. Noch eine sehr deutliche Botschaft. *Helfe mit Blizek.*

Aber ... Lou war bei weitem der intelligenteste Mann, den Theo je gekannt hatte – nicht dass er das seinem Bruder je ganz eingestehen würde. Theo konnte Lou immer noch nicht dazu bringen, zuzugeben, dass Torvalds – nicht Jobs – das größte Genie aller Zeiten gewesen war. Lou hatte in dieser neuen Welt genau so lange wie Theo gelebt und, in der Tat, er hatte auch den Wechsel wahrhaftig miterlebt, wohingegen Theo bewusstlos in der Kammer unter der Erde gesteckt hatte, bis er gefunden wurde. Tage später.

Ok, schickte er eine Antwort an Lou zurück. Zumindest wusste er, dass er immer checken konnte, wie es ihm ging. *Netzwerk?*, fragte er. Er konnte sich nicht vorstellen, dass Lou Envy jemals ohne einen Mini-Computer oder eine anderes Mittel, um in das Netzwerk reinzukommen, verlassen würde. Vielleicht hatte er sogar vor NEZS auf dem Weg hierher einzurichten.

Später. Fahre. Straßen totaler Schrott.

Theo lächelte und unterbrach da die Verbindung. Er hoffte, dass er keinen Fehler machte, Lou sich selbst zu überlassen. Aber er hatte Recht: Er brauchte seine Hilfe hier vor Ort. Und – Grundgütiger – er war ein erwachsener Mann.

Trotz der Tatsache, dass die Widerstandsbewegung Lous Lebensinhalt war und dass er stundenlang mit Theo (und Sage) arbeitete, um das Netzwerk zu entwickeln, um ein sehr lückenhaftes, aber ständig wachsendes Internet aufzubauen, und begann Kontakte zusammenzubringen, hatte er kein Leben außerhalb davon. Wenig Spaß und keine Abenteuer. Sicher, Theo war als der Teufelskerl bekannt – aber das war nur, weil er es so offen zur Schau trug.

Es war schließlich Leo gewesen, der die Drähte für den Feueralarm neu verkabelt hatte, so dass sie exakt während der Halbjahresprüfungen ihres ersten High School Jahres losgingen. Und der eine Art Snowboard-Ski-Sprung vom Dach ihres Hauses in Seattle versucht hatte. Es stand auf der Seite von einem kleinen Hügel, was den Versuch absolut logisch machte ... so ähnlich hatten sie argumentiert, als ihre Eltern sie zur Rede stellten.

Die meisten Menschen in Envy dachten, dass der alte Mann verrückt war, mit all seinem Gerede von Verschwörungen und Unterdrückung – entweder das, oder (was noch wahrscheinlicher war) die Leute *wollten* einfach nicht glauben, dass es wahr sein könnte. Oder, am allerwahrscheinlichsten, schlicht aus Angst, was passieren würde, wenn sie sich der Wahrheit stellten.

Theo hatte diese Art von Nichtwissen, Angst und Apathie wieder und wieder beobachtet. Er hatte auch die Auswirkungen von Propaganda seitens mächtiger Körperschaften gesehen – so wie es in Hitler-Deutschland passiert war, genau wie im Nordkorea des 21. Jahrhunderts vor dem Wechsel. Die Leute glaubten anderen alles und nahmen die unlogischsten, die falschesten Dinge für bare Münze, wenn man ihre Gedanken manipulierte und ihnen Informationen vorenthielt. Und die Fremden hatten so ihre Methoden, um beides zu erreichen.

Also behielten Lou und die anderen ihre Theorien und ihr Wissen für sich, während sie still und leise ihr Netzwerk aus Computern und Kontakten in verschiedenen Siedlungen um Envy herum aufbauten.

Und so beschloss Theo, regelmäßig mit seinem Bruder zu kommunizieren, bis er eintraf. Wenn er in einem Truck kam, konnte es sich nur um ein paar Tage handeln.

In der Zwischenzeit hatte er heute Abend, nach dem Abendessen, etwas, auf das er sich freuen konnte.

Daher wäre es eine glatte Untertreibung gewesen zu sagen, dass Theo enttäuscht war, als er sich zum Abendessen an einen Tisch ohne Selena setzte. Aber ... nun ja. Sie war nicht da und obwohl er, Sam, Frank, Tim (Tom?) und Vonnie alle ihre Plätze einnahmen, war nicht einmal ein Platz für sie eingedeckt. Aber die Tatsache, dass Jennifer offensichtlich mit ihnen aß – und das, so oft sie Selena half – störte ihn ganz und gar nicht.

„Selena ist bei einem Patienten", erklärte Vonnie, als ob sie seine Gedanken erraten hätte. Mit ihrer üblichen schwungvollen Art stellte sie eine große Schüssel auf den Tisch und der Löffel mit dem langen Stiel geriet ins Wanken und kippte aus der Schüssel auf den Tisch. „Zwei Neue heute, und dann hält Robert noch immer durch und sie denkt, dass er jetzt fast so weit ist, sich auch zu verabschieden."

Theo nickte und widerstand der Versuchung in Richtung Flur zu blicken, dorthin, wo das war, was er in seinen Gedanken die Pflegestation nannte. Stattdessen nahm er den Löffel und ließ ihn wieder in eine Schüssel gleiten, die köstlich nach gerösteten Paprika und großen Karottenstücken duftete.

„Das passiert wahrscheinlich sehr oft", sagte er.

„Jep", erwiderte Sam. Sein Gesichtsausdruck – auch wenn er nicht so kühl war wie vorhin – war auch nicht das, was man warm nennen würde. „Die ganze Zeit. Wir sind alle daran gewöhnt." Genau das Gleiche mit seiner Stimme.

Theo stellte sich vor, dass einem Sterbenden die Hand zu halten den leidenschaftlichen Gedanken, die Selena vielleicht gehabt hatte, womöglich sowieso einen Dämpfer verpassen könnte. *Vielleicht ist es besser so.* Es gab andere Dinge, die er tun könnte, bis der rechte Augenblick kam ... aber nicht, dass er es nicht versuchen würde, sie nachher noch zu treffen. *Ganz sicher nicht.*

Aber bis dahin könnte er sich problemlos die Zeit vertreiben. „Sie wird noch ein Weilchen beschäftigt sein", sagte Vonnie und schaute Theo an.

Die Botschaft kam bei ihm an, aber zu dem Zeitpunkt war ihm noch nicht klar, dass es drei Tage dauern würde, bis er Selena dann endlich wieder sah.

Aber am dritten Tag ging ihm plötzlich ruckartig auf, dass er sich hier auf Blizek Beach heimisch fühlte. Die Arbeit in den Arkaden, das Aushelfen bei Frank in seinem Garten und bei seinen Tieren und auch draußen auf dem Gelände des Anwesens, nach und nach hatte er ein paar andere Dinge gefunden, die seine Gedanken und ihn selbst beschäftigt hielten.

Er fühlte sich wohl. Und sogar glücklich. Und das trotz der Tatsache, dass er es nicht abwarten konnte, diese heiße Mieze Selena irgendwo in eine dunkle Ecke zu manövrieren ... wenn er sie je alleine erwischte.

„Tja", sagte Vonnie, als Theo eines Abends nach dem Abendessen einen Stapel Teller zu ihr rüber trug. „Wie lange planst du denn nun, dich hier rumzutreiben?"

Der Abend erstreckte sich vor ihm. Theo wurde allmählich ein bisschen unruhig und war empfänglich für ein bisschen Gesellschaft von jemandem, mit dem er reden konnte. Er hatte gehört, dass einer von Selenas neuen Patienten verstorben war, aber das Robert sich immer noch ans Leben klammerte, entgegen aller Erwartung. Er fragte sich, ob es ihr wohl möglich war, sich eine kleine Auszeit woanders zu nehmen. Sie brauchte doch sicher eine Pause. Frank hatte Sam und seinen Freund (dessen Name Theo endlich richtig herausgefunden hatte, und der weder Tim noch Tom und auch nicht Tyler war, sondern Andrew) dazu abkommandiert, ein bisschen bei der Arbeit im Garten auszuhelfen.

Theo grinste Vonnie an. „Nur bis ich den Tisch abgedeckt habe. Ich überlasse dir das Scheuern und Abwaschen. Ich will mir die Hände nicht schmutzig machen."

Sie lachte und stieß mit ihrer gut gepolsterten Hüfte bestens gelaunt gegen ihn, als er die Teller ablieferte. „Du weißt, das habe ich nicht gemeint. Und wenigstens deckst du den Tisch ab, ohne dass ich dich darum bitten muss, im Gegensatz zu Sammy-Schatz. Wenn Frank ihn nicht schnell genug in die Finger bekommt, verschwindet er da unten in Richtung Fluss zum Angeln oder rüber nach Yellow Mountain, um mit seinen Freunden abzuhängen. Er macht vielleicht sogar Hausaufgaben, aber das steht nie auf Platz eins seiner Liste."

„Klingt für mich wie ein ganz normaler Teenager", sagte Theo. „Aber er scheint dennoch ein verantwortungsbewusster Junge zu sein."

„Das ist er, mehr als andere. Vermisst aber, einen Vater um sich zu haben. Frank ... nun, der ist ein guter Mann, ein sehr guter Mann ... aber er ist zu beschäftigt mit all seinen Projekten, um ihm viel Zeit zu widmen, und ist ohnehin zu verflixt taub, um die Hälfte der Dinge zu verstehen, die jemand erzählt." Die Teller krachten und klirrten munter in der Spüle.

Theo wandte sich wieder dem Tisch zu. Heiliger Bimbam. Sie machte hier nicht etwa gerade Andeutungen oder was, darüber, wie lange er nun bleiben würde und wie dringend Sam einen Vater brauchte? Oder etwa doch? Er war schließlich gerade mal eine Woche hier. Und abgesehen davon schien der Junge eh nicht gerade erfreut über die Vorstellung, Theo hier zu haben. Und warum würde Vonnie auch nur daran *denken*, dass er und Selena sich zusammentun könnten? Jeder andere hier schien zu denken, dass der Altersunterschied – wie auch immer nun – irgendeine Art von Todsünde darstellte.

„Was ist denn mit Sams Dad passiert?", fragte Theo, der sich dachte: wenn sie schon damit angefangen hatte...

Das heimliche Lächeln von Vonnie entging ihm nicht. Heilige Mutter Gottes, sie *war* gerade am Verkuppeln. Wie zum Teufel sollte er das nun auffassen?

„Er und Selena hatte eine Meinungsverschiedenheit und da spielte auch ein großer Unglücksfall mit rein. Sie ist fortgegangen – wir sind alle fortgegangen; ich, sie und Sammy-Boy – und sind irgendwann hier geendet. War etwa sieben, acht, vielleicht zehn Jahre her, und nun...", sagte Vonnie, wobei sich ihre kleine Nase rümpfte. „Wir sind Frank begegnet und er hat uns eingeladen zu bleiben."

„Eine Meinungsverschiedenheit?", fragte Theo.

Vonnie war jetzt mit ihrem überschäumenden Abwasch fertig und schaute ihn an. „Er hat sie nicht verstanden und er hat ihr nicht vertraut, als der Knackpunkt kam."

„Welcher Knackpunkt?"

„Er war ein verdammter Trottel", sagte Vonnie und schepperte und klapperte wieder in der Spüle.

„Wer denn?"

Theos Magen machte einen netten kleinen Salto beim Klang von Selenas Stimme. Sie spazierte in die Küche, wobei sie ihm nur den kürzesten aller Blicke zuwarf – kühl und so absolut nebenbei – und griff sich eine Handvoll Mandeln.

„Brandon", erwiderte Vonnie, deren Stimme jetzt deutlich höhnisch klang.

Selenas Gesichtsausdruck wurde angespannt. „Hast du mir nicht beigebracht, keinen Tratsch zu verbreiten?"

Vonnie schnaubte, aber anstatt etwas zu entgegnen, bot sie Selena einen Teller an, auf dem sich schon das Essen stapelte. „Iss etwas und halt mir keine Vorträge. Wie geht es Robert?"

„Es geht ihm ok. Er ist noch nicht bereit zu gehen ... vielleicht morgen oder am Tag darauf. Störrischer Kerl. Ich nehme an, Frank wird auch so sein, wenn seine Zeit gekommen ist." Sie blickte kurz zum Fenster, wo die Sonne tief am Horizont hing, und knabberte an einem Stückchen roter Paprika. Ihr Haar, das hochgesteckt gewesen war, hing jetzt etwas müde herab, mit ein paar kleinen, sexy Locken um ihr Gesicht und ihren Hals herum.

Sie trug Jeans und statt einem weiten Tunika-Hemd trug sie ein kürzeres, das den Blick auf die Rundungen ihres Hinterns freigab und vorne zugeknöpft war.

Hmmm ... ihm gefiel ein leichter Zugang immer. Und seine Haut prickelte schon vor Vorfreude.

Theo trocknete seine Hände an einem Handtuch ab und fing Selenas Blick ein. „Das tut mir Leid zu hören", sagte er in Bezug auf den sterbenden Mann und versuchte seine Gedanken auf die anliegenden Dingen zu konzentrieren ... nicht auf die Art und Weise wie dieser eine Knopf zwischen ihren Brüsten etwas mehr spannte als die anderen. Er würde ihm gerne etwas Erleichterung verschaffen. „Muss er denn sehr viel leiden?"

Selena trank ein wenig Wasser aus dem Glas, das Vonnie ihr reichte, und ihr Blick kreuzte seinen kurz über dem Rand des Glases. „Er sagt, dass es nicht schlimm ist", sagte sie, als sie das Glas absetzte, „aber das stimmt nicht." Ihre Lippen wurden ein bisschen schmäler und sie zuckte wie zum Eingeständnis leicht mit den Schultern. „Das Marihuana hilft manchmal und auch der Tee, aber es kann nicht alle Schmerzen beseitigen."

„Das muss es dir noch schwerer als ohnehin machen. Zu wissen, dass du nicht viel ausrichten kannst."

Sie nickte. „Ich wünschte, ich hätte etwas von der Medizin oder den Behandlungsmitteln, die man hatte ... vorher. Oder zumindest ein paar mehr Informationen darüber, wie man früher den Schmerz gelindert hat. Es könnte helfen."

Dabei könnte ich dir vielleicht helfen. Entweder ich oder Elliott. Theo legte das Handtuch zusammen und dann auf dem Tresen ab. „Ich werde wieder hoch zu den Arkaden gehen. Da sind noch ein paar Sachen, die ich mir anschauen wollte." Er gab sich Mühe Selena nicht direkt anzublicken – sowohl um seiner selbst willen, aber dann auch wegen Vonnie.

„Wo ist Frank?", fragte Selena, während Theo sich schweigend noch einen Schluck Wasser organisierte.

„Er ist rausgegangen, um im Garten zu arbeiten, wie er es immer tut", erwiderte Vonnie.

„Ist Sammy bei ihm?"

„Ja. Er ist nicht schnell genug entwischt."

„Verflixt", sagte Selena. „Ich wollte, dass er mir dabei hilft, dieses große Regal für den Vorratsraum umzustellen."

„Ich bin sicher, Theo würde dir helfen", sagte Vonnie mit einer aalglatten Stimme. „Würdest du doch, Theo, oder?"

Und so kam es dann dazu.

„Du hast sie nicht eine Sekunde hinters Licht geführt", sagte Theo zu Selena, als er ihr den Flur entlang folgte. Das Herz raste ihm plötzlich und sein Magen war ganz peinlich voll von flatternden Schmetterlingen. Er fühlte sich wie ein kleiner Junge auf der High School auf dem Weg zum ersten Ball.

Sie warf ihm über ihren Rücken ein Lächeln zu, das keinesfalls dazu beitrug, den Aufruhr in seinem Magen zu besänftigen. „Ich weiß. Aber ich fühle mich so wohler dabei."

Er fühlte sich merkwürdig, wie er da einer Frau folgte, hin zu ... nun, er nahm an, ihrem Schlafzimmer, aber ganz sicher war er sich nicht. Vielleicht brauchte sie tatsächlich Hilfe mit einem schweren Regal. Wahrscheinlich nicht.

Aber es war ein bisschen fremd für ihn – zu wissen, dass hier war alles geplant. Dass sie jetzt *Sex haben würden*. Könnte das Ganze denn noch un-spontaner sein? Könnte es noch unbeholfener sein, für ein erstes Mal? Noch weniger ... außergewöhnlich?

Und warum machte er sich so viel daraus? Es würde gut werden, egal wie es nun ablief.

Sie fingen an, eine Treppe am Ende des riesigen Hauses hochzugehen und Theo konnte nicht widerstehen zu fragen, „dein Vorratsraum ist im ersten Stock? Nicht gerade praktisch, oder?"

Selena griff mit der Hand an das Geländer oben an der Treppe und blieb auf dem Treppenabsatz stehen und drehte sich kurz um, um ihm ein heißes Lächeln zu schenken, bevor sie um die Ecke bog. „Ich habe das Gefühl, dass du es sehr praktisch finden wirst."

Oh ja. Ein Stachel der Lust erwischte ihn da kalt und er hechtete die letzten paar Stufen mit einem kleinen Sprung hoch und landete neben ihr. „Wenn du dir sicher bist..."

„Ich bin mi–"

Aber Theo hatte entschieden, dass er lange genug gewartet hatte, und er hatte sie in den Armen, bevor sie ihren Satz beenden konnte. Mühelos fand er ihren Mund, bedeckte ihn mit seinem, als er sie sachte von den Treppen wegschubste. Der Instinkt, geboren aus fünfzig Jahren Leben in einer stetig zerfallenden Welt, brachte ihn dazu, sich von dem Geländer oben am Treppenabsatz wegzubewegen und sie statt dessen an seine Brust zu ziehen, als er sich gegen die Wand lehnte.

Während er sich gut abstützte, damit er all seine Energie und seine Kräfte darauf richten konnte, sie zu schmecken und zu genießen, glitt er mit den Händen über ihre zarten Schulterblätter, verschränkte sie, um ihr Halt zu geben, während er den Kuss tiefer werden ließ.

Selena war erst erstarrt vor Überraschung. Aber jetzt verschmolz sie mit ihm, presste Theo gegen die Wand und empfing seinen Kuss, zog seine Zunge und seine Lippen in ihren Mund, als wolle sie ihn verschlingen. Für einen kurzen Moment wusste Theo nicht mehr, wo er war, trank einfach berauscht – ihren Geruch, die sanften, willigen Kurven ihres Körpers, die Art, wie der sich nach hinten bog, stark, gegen die Wand, sie an ihm festhielt. Alles wurde heiß und feucht, als ihr Kuss dann zum Ernst überging.

Seine Hand fand ihren Arsch, streichelte über diese süße, kurvige Rundung, glitt mit seinem Knie zwischen ihre Beine. „Ich habe dich vermisst", sagte er. „Wo warst du?"

„Ich habe wirklich", sagte sie und löste sich ein klein wenig, während sie ihre Zähne in seine Unterlippe verbiss und daran zog, „etwas Schweres ... für dich zum Tragen."

Theo schloss die Augen bei dem nagenden Lust-Schmerz an seinen Lippen, die Muskeln unter seiner Haut zitterten, so sehr wollte er das. Sie ließ ab von ihm und wischte dann mit ihrer Zunge in einem kleinen Entschuldigungstanz über seine wunde Lippe.

„Willst mich erst mal dafür schwitzen lassen, nicht wahr?", murmelte er und glitt mit seinen Händen zwischen sie, um diesem beengten Knopf da an ihrer Bluse etwas Erleichterung zu verschaffen. Und dem darunter auch.

„Ganz genau", antwortete sie ihm und presste sich dabei nach unten auf das Knie zwischen ihren Beinen. „Ich wollte dich zuerst so richtig ins Schwitzen bringen."

Noch ein Knopf. Und dann noch einer. Er glitt mit seinen Händen unter die Öffnung an ihrem Hemd, wobei er auf die immer noch geröteten Ganga-Wunden achtete, vorne an ihrer Schulter. Einen kurzen Moment lang hielt er inne und schaute darauf hinab, etwas Scharfes, wie Wut oder so etwas wie Furcht schoss durch ihn hindurch. „Selena", flüsterte er, während er sich vorstellte, wie jene fürchterlichen, bösen Nägel ihre glatte, gebräunte Haut zerfetzten ... und wie sie – irgendwie – so einer Gefahr dann entkommen war. Ein Wunder.

Wie nur? Und würde sie es wieder riskieren? Zumindest wusste er, dass sie die letzten drei Nächte nicht hinausgegangen war. Er hatte Wache gestanden.

Als ob sie seine Gedanken lesen könnte und ein Mittel suchte ihn abzulenken, verlagerte sie ihr Gewicht und ihre Hand drang forschend zwischen ihnen nach unten, um den riesigen Ständer zu bedecken, der an den Knöpfen seiner Shorts drängte. Das selbstbewusste Gewicht ihrer Hand da unten, auf ihm, um ihn, vertrieb jeden weiteren Gedanken aus seinem Kopf. Er konnte ein Stöhnen nicht zurückhalten, als sie durch den Stoff hindurch seine ganze Länge fand, hoch und daran entlang, vorwärts und rückwärts, während er seine Hände mit ihren BH-bedeckten Brüsten füllte.

„Was dieses schwere Ding betrifft ... das ich für dich umstellen soll", murmelte er. „Kann ich das später machen?"

Sie lachte da an ihm und entschlüpfte, rasch und unerwartet. „Komm schon", sagte sie, ihre Augen heiß und die Kurve ihres Mundes voller Humor und einem Versprechen. „Du kannst mir zeigen, was du zu bieten hast."

Er mochte, wie das klang.

Theo folgte, als sie den Flur hinunter sauste, vorbei an dem, was wahrscheinlich mal Schlafzimmer und Gästesuiten gewesen waren, als Brad Blizek noch hier lebte. Ihr Hemd flatterte offen hinter ihr her und ihr gelockertes Haar war jetzt noch viel zerzauster. Und ihre schmalen Füße ... nackt und leichtfüßig unterhalb ihrer Jeans.

Als die Hitze des Augenblicks etwas abebbte, fiel ihm ein, dass ihr weder am Hals noch an der Kehle die lange Kordel hing, die sie zuvor immer zu verstecken versucht hatte. Er erinnerte sich auch nicht daran, sie an jenem anderen Tag gesehen zu haben, aber er hatte seine Hände da nur unter ihr Hemd gesteckt, anstatt in ein offenes Hemd...

Selena schlüpfte in einen Raum auf halbem Weg den Flur entlang und Theo folgte ihr und schloss die Tür hinter sich. Er war sich nicht sicher, was er erwartete, aber das hier war es nicht: ein sehr gemütliches, sehr einladendes Zimmer, das ganz sicher einer Frau und nur einer Frau gehörte. Ein Bett, auf dem sich Kissen in allen Formen und Größen stapelten, in Schattierungen von Blau und Grün. Ein Stück von einem leichten, schimmernden Stoff hing von der Decke und war halb über das Bett drapiert. Was, so ganz nebenbei, Queen-Size, wenn nicht King-Size war. Heiße Scheiße. Dicke Bettpfosten schlossen es an jeder Ecke ab und es war mit einem Quilt oder einer Decke abgedeckt. Und ein dicker Teppich, aus Material zusammengeknotet oder gewebt, bedeckte den verkratzen Holzboden. Ein langes Dreieck aus Gold von der untergehenden Sonne durchschnitt den Raum, das durch ein westwärts ausgerichtetes Fenster hereinschien.

„Wow", sagte er und fing an auf sie zuzugehen. „Nicht was ich erwartet hatte." Das Herz hämmerte ihm. Er konnte es nicht abwarten, sie auf das appetitliche Bett da zu kriegen, ihren ebenso appetitlichen Körper mit seinem zu bedecken ... vorzugsweise mit nichts zwischen ihnen.

Sie hob die Hände, wie um ihn aufzuhalten, und sie landeten genau Breitseite auf seiner Brust. „Ich bin nicht sicher, ob ich beleidigt oder verzückt sein sollte bei dem Kommentar."

„Verzückt", sagte er und fing ihren Mund wieder ein und glitt wieder mit der Hand unter ihr offenes Hemd. „Ganz definitiv verzückt." *Oh, ja.*

„Das hier ist Vonnies Zimmer", sagte sie und entzog sich rasch mit einer kleinen Pirouette. Während sie ein schläfriges, katzenartiges Lächeln über die Schulter warf, fügte sie hinzu, „Ich denke, es würde ihr nicht gefallen, wenn wir ihr Bett verwüsten.“

Theo hielt inne. „Du machst Witze, nicht wahr?“

„Nein, ganz und gar nicht“, sagte sie und machte eine Handbewegung zu einem großen ... Buchregal. „Ich hatte gehofft, dass du mir helfen würdest, das hier nach unten zum Vorratsraum zu kriegen.“

„Die Treppe runter?“, fragte er, sämtliche leidenschaftliche Gedanken zerstoben. Es lag nicht daran, dass er das nicht tun könnte, es lag daran, dass das ganze Event hier einen anderen Verlauf nahm, als er erwartet hatte. „Nun, ja. Denn wenn es nicht dort runter bewegt wird, wird Vonnie wissen wollen, warum. Wo das doch der Grund ist, warum wir uns zusammen fortgeschlichen haben.“ Ihre Augen wurden schmal vor Verzückung angesichts seiner offensichtlichen Bestürzung.

„Ich hätte es nicht als Fortschleichen bezeichnet...“

Aber sie fuhr fort. „Mir ist aufgegangen, wenn ich schon mit einem Mann rummache, der halb so alt ist wie ich, kann ich ebenso gut auch sämtliche Vorteile ausnutzen. Dazu gehört nicht nur, dass du ein bisschen schwere Sachen herumträgst, sondern auch all diese Muskeln in Aktion zu sehen.“

Die Art, wie sie das sagte ... *all diese Muskeln in Aktion* ... mit dieser tiefen, kehligen Stimme ... machte seine Knie zu Butter. Verdammt. Lief die Chose immer so ab? Ein winziges Flattern mit den Augenlidern, ein bisschen Schmeichelei und ein Kerl war nicht mehr Herr seiner Sinne? Nicht dass er sich hier beschwerte ... denn schon recht bald würden ihre Knie auch nur noch Butter sein. Er grinste.

„Soll ich dann also mein Hemd ausziehen?“, fragte er, halb im Ernst, halb scherzhaft. „Wäre mir schrecklich, wenn du die Show verpasst.“

„Ich dachte schon, du fragst nie“, erwiderte sie. Und verschränkte die Arme, wartete.

Theo zögerte nur eine kurze Minute lang und zerrte sich dann sein ausgeleiertes T-Shirt über den Kopf, dann warf er es ihr zu. Sie fing es mühelos auf und er hatte dann einen Moment reinen

Entzückens, als er ihre Aufmerksamkeit spürte, ihre Augen, die ihn verschlangen. „Soll ich mich umdrehen?", fragte er scherzhaft.

Aber er wusste: für einen selbsternannten Nerd hatte er ein Sixpack, bei dem jede Frau gerne zweimal hinsah. Das war etwas, was seit dem Wechsel passiert war, als er sich dabei ertappte, wie er viel mehr körperliche Arbeiten leistete wie vor 2010.

„Ich stelle gerade fest", sagte sie in einer dezidiert verführerischen Stimme, „dass deine Wunde verschwunden ist. Kaum eine Narbe."

Er schaute an seinem Oberkörper runter und strich mit der Hand dort drüber, wo die Wunde gewesen wäre. Sie hatte Recht, da war nichts. „Das ist abgefahren", sagte er. „Es ist nur eine Woche her."

„Abgefahren? Unmöglich trifft es schon eher", erwiderte sie und streckte die Hand aus, um ihn zu berühren. Ihre Finger wanderten sacht über seine Brust und er spürte, wie ein Prickeln in seinem Körper ausschwärmte, sich bis in jede Nervenendung fortpflanzte. Der Saum von ihrem Hemd und die kühlen Knöpfe strichen an seiner nackten Haut entlang. Er holte einmal tief Luft zur Beruhigung und spürte, wie ihre Finger fester drückten, als seine Brust sich hob.

„Wenn du willst, dass ich das Buchregal da runter verfrachte", sagte er und nahm jedes Quäntchen Selbstbeherrschung zusammen, um einen Schritt nach hinten zu tun, „solltest du mich jetzt besser machen lassen. Oder wir werden das Bett da verwüsten. Vonnie hin oder her."

Selena trat näher, kam ihm wieder zu nahe. „Ein bisschen ungeduldig, junger Mann, oder hören wir da falsch?" Ihre Hände legten sich auf seine Schultern und sie schaute zu ihm hoch. Ihr Mund kräuselte sich spöttisch. „Siehst du, das ist einer der Vorteile des Alters. Wir älteren Leutchen wissen, wie man Vorfreude genießt. Wir haben mehr Geduld. Wir können–"

Mit einem kleinen, verärgerten Knurren zerrte er eine Handvoll von ihrem Hemd nach oben und riss sie an sich, sein Mund schnitt ihr das Wort ab. Sie kicherte unter seinem Kuss und glitt dann zur Seite, um unten an seinem Kiefer zu nagen.

„Zuerst die Arbeit", sagte sie, während sie ihre Zunge frech tief in seiner Ohrmuschel kreisen ließ.

„Meine Mutter hatte einen Namen für Leute, wie du es bist", sagte er und trat zurück. „Satansbraten. Das bist du. Ein Satansbraten."

„Was ist los, kleiner Mann? Kannst du mit einem alten Mädel wie mir nicht Schritt halten?"

Er hielt dort drüben inne, wohin er sich gewandt hatte, um das Buchregel hochzuheben. „Wart's ab, Selena. *Wart's ab.*"

Das Buchregal war zwar schwer, aber größtenteils nur sperrig und es bereitete ihm keine Probleme, es das schöne, große Treppenhaus runterzutragen, runter zum Vorratsraum – der sich am Ende eben doch im Erdgeschoss befand, viel praktischer. Er stellte fest, dass sie ihn die ganze Zeit zum Narren gehalten hatte und er erwischte sich dabei, wie er abwechselnd lachte und innerlich den Kopf schüttelte über Selena.

Wie konnte eine Frau, die tagtäglich mit Sterbenden zusammen lebte, gelegentlich so einen ausgefallenen, ansteckenden Sinn für Humor haben?

Vielleicht musste sie das haben, um dem Hässlichen und der Trauer, mit denen sie kämpfen musste, entgegentreten zu können.

Aber jetzt ... hatte er fest vor, ihr etwas anderes zum Nachdenken zu geben.

Theo drehte sich zu ihr um. „Und jetzt ... nach der Arbeit..."

6

„Wie wär's mit einem bisschen Spaß?"

Selenas Magen ging in Sturzflug-Modus, als er die Tür des Vorratsraumes hinter sich schloss und sich dann dagegen lehnte, als würde ihn nichts von dort wegbringen. Als ihre Blicke sich trafen, rauschten Hitze und Erwartung unbändig durch sie hindurch und – verdammt und zugenäht – ihre Knie fühlten sich an, als würden sie gleich wegknicken.

Sie war kaum in der Lage gewesen ihren Blick von seinem breitschultrigen Oberkörper abzuwenden ... ohne Hemd und glatt, kein Härchen auf seiner olivfarbenen Haut und keine überflüssigen Pölsterchen oder Falten weit und breit. Er war noch schöner, als sie ihn von dem Tag in Erinnerung hatte, an dem sie ihn wieder zum Leben erweckt hatte. Zu leben stand ihm offensichtlich ausgezeichnet.

Sie war sich nicht sicher, wem sie für dieses Geschenk danken musste, aber Selena war nicht der Typ, um Wunder lang zu hinterfragen. In ihrem Leben hatte sie davon schon mehr als andere Menschen erleben dürfen – ebenso wie das Ausbleiben von Wundern.

„Bei mir ist es ein bisschen ungestörter", erinnerte sie ihn. Er sah aus, als wäre er ihr Stalker ... beobachtete, wartete, was sie als Nächstes machte. Unsicher, wachsam, aber in einer Art und Weise, die sich auf das Kommende freute.

„Keine Umwege mehr?", fragte er.

Sie schüttelte den Kopf, außerstande zu reden. Ihr Mund war ausgedörrt, das Herz raste ihr.

Wann hatte sie zum letzten Mal Sex gehabt? Viel länger her, als sie es sich eingestehen mochte.

Wann war das letzte Mal, dass sie Sex mit einem Kerl wie ihm gehabt hatte? *Noch nie.*

„Hier entlang", schaffte sie zu sagen, als er sich umdrehte, um die Tür zu öffnen. „Mein Zimmer ist gleich nebenan."

„Das ist praktisch", sagte er mit einer Stimme, die man nur als ein Schnurren bezeichnen konnte. Und schloss die Tür. „Sehr praktisch."

Sie führte ihn durch den hinteren Teil vom Vorratsraum hin zu dem kleinen Ausgang dort. Die Treppe in dem kleinen Schlupfwinkel führten hoch in ihr Schlafzimmer, das sich auf der anderen Seite des Flurs von Sam befand und etwas auf halber Strecke zu Vonnies Zimmer. Vor etwa sechs Jahren hatte sie beschlossen, dass es ihr lieber war, wenn Vonnie hörte, was in ihrem Zimmer passierte – nicht dass je irgendetwas passierte –, als ihr Sohn.

Und umgekehrt.

Kaum waren sie in ihr Zimmer eingetreten, war Theo da. Direkt da. Sein Mund auf ihrem, seine Hände, die das Hemd von ihren Schultern zogen. Sie machte Anstalten, es sich abzustreifen, aber merkte dann, dass es hier zu viel Sonnenlicht gab und er all ihre Schwangerschaftsstreifen und ihre Pölsterchen sehen würde – neben seinem jungen Körper geradezu schändlich – und versuchte es sich wieder hochzustreifen, um sich zu verhüllen.

„Das fangen wir gar nicht erst an", murmelte er und nahm dann mit festem Griff ihre Hände weg und streifte ihr die Baumwolle von den Schultern, wobei er drauf achtete, ihre Wunden nicht zu reizen. „Du hast bei mir Stielaugen gemacht ... jetzt bin ich an der Reihe."

Noch bevor sie etwas erwidern konnte, hatte er ihren BH geöffnet und ihn an ihrem Armen nach unten fallen lassen, was ihre Brüste nackt in der warmen Sonne zurückließ, die durch das Fenster hereinschien. Dann zog er sie wieder an sich, Brust an Brust ... ihre Kurven pressten gegen seine festen Muskeln, warme Haut an warmer Haut, der Wundreiz von ihren Ganga-Verletzungen kaum bemerkbar, als er mit ihrem Mund spielte, seine Lippen über ihre glitten, sie süß füreinander passend machte und sie dann mit seiner Zunge erkundete.

Sie küsste ihn ebenfalls, schloss ihre Augen, als Hitze sie durchströmte, der lange Kuss wurde feucht und genießerisch.

Theo bugsierte sie beide zu ihrem Bett hin, das sie heute Nachmittag doch tatsächlich mal gemacht hatte, in der Erwartung es heute Nacht zu verwüsten. Es war nicht ganz so einladend wie Vonnies, mit all den Kissen und den dicken Decken–

Und dann hörte sie auf an irgendetwas anderes zu denken als die großen, warmen Hände auf ihren Brüsten, nachdem sie sich nach hinten auf das Bett gleiten ließ. Er fand ihre Brustwarzen, die jetzt nur noch harte kleine Spitzen waren, und benutzte seinen Daumen, um über eine davon zu streifen – hin und her, vor und zurück und drum herum und herum, bis jene kleinen Lustpfeile zu einem langen, rhythmischen, tiefen Ziehen wurden, tief unten in ihrem Bauch ... bis dorthin, wo sie schon anschwoll und pulsierte, auf ihn wartete.

Theo war auf dem Bett neben ihr, eine Hand zeichnete spielerisch ihre Brust nach, die andere hielt ihn als Stütze aufrecht auf dem Bett, als er sich herabbeugte, um sie an Kinn und Kiefer zu küssen, und dann rüber zu ihrem Hals.

„Du hast einen wunderschönen Körper", sagte er, leise und rau an ihrem Ohr. „Ich kann es kaum abwarten, alles davon zu sehen."

Seine Hand ließ ab von ihrer Brust und wanderte langsam über ihren Bauch, hinunter, unter den Bund ihrer Jeans und dann dorthin, wo seine Finger sich sanft durch das empfindliche Haar da schlängelten. Er beschrieb – sanft – mit seinen Fingern kleine Kreise, eingeengt unter ihrem Höschen und ließ die Spitzen ihre Schamlippen streifen ... neckte, versprach, machte, dass sie ihre Hüften in einem ungeduldigen Wackeln bewegte. *Jaaaa.*

Ihre Augen schlossen sich und als sie spürte, wie seine warmen, feuchten Lippen sich um ihre Brust schlossen, zuckte

Selena zusammen und stieß einen kleinen, leisen Schrei aus. Er schmunzelte, warm und nah, über ihrer Brustwarze, zog sie dann lang und wild in seinen Mund hinein, was bei ihr wieder eine Schauer von diesen Lust-Pfeilen in Richtung Bauch und tiefer auslöste.

Auf einmal glitten seine Finger tiefer, tief hinein, wo sie heiß und nass war, fanden ihr pulsierendes Zentrum. Sie erstarrte, zuckte auf bei diesem überraschenden, rhythmischen Hineingleiten ... und dann – mit einem kleinen Streicheln, als wäre ein Schalter umgelegt worden, brachten seine Zauberfinger sie zum Erbeben und dazu, in einem riesigen, heißen Orgasmus zu explodieren.

„Oh", brachte sie noch heraus, als sie wieder zu Atem kam, aber immer noch diese herrlichen kleinen Zünglein der Lust spürte, wie sie sich über ihre Schenkel und in ihrer Magengrube ausbreiteten. Selena lächelte, als er sich bewegte, um sie zu küssen, und fühlte sich besser als je zuvor.

„Das Beste kommt noch", murmelte er, als hätte er ihre Gedanken erraten.

„Ich verlass' mich drauf", erwiderte sie und – immer noch restlos gelöst und kribblig – streckte sie die Hand nach dem Knopf an seiner Hose aus.

Er war nicht schüchtern und half ihr dabei, und wenige Augenblicke später hatte sie die Hände voll mit einem sehr glücklichen, sehr heißen und dickem Theo. Er ließ den Kopf nach hinten sinken und schloss die Augen, als sie ihm, um das Maß voll zu machen, ein paarmal streichelte, langsam und entspannt ... und dann fest und schnell, fester und schneller, bis seine Lippen nur noch zwei weiße Streifen waren und sie fühlte, wie sein Körper sich sammelte, bereit zum Höhepunkt zu kommen. Und dann, wurde sie wieder sanfter, langsamer und beobachtete die Veränderungen in seinem Gesichtsausdruck.

Er riss die Augen auf, sein Gesicht nur noch Kummer. „Das war fast zu leicht", sagte er mit einer angestrengten Stimme. Er bedeckte ihre Hand mit seiner, machte, dass sie langsamer wurde.

„Das wollen wir aber ganz und gar nicht, oder?", fragte sie und beugte sich über ihn, mit einem tiefen Zustoßen ihrer Zunge.

„Wie wär's, wenn wir das Match hier ein bisschen ausgleichen, gewissermaßen?", sagte Theo und nahm ihre Hand von dort weg, wo sie ihn immer noch umklammerte und machte sich ohne Umschweife an ihrer Jeans zu schaffen.

Selena blieb keine Zeit, sich über ihre Geburtsstreifen oder das Wabern ihrer Oberschenkel Gedanken zu machen, denn er war schnell und sehr geschickt. Einen Augenblick zuvor war sie noch gut eingepackt, beengt und angeschwollen und heiß in ihrer Jeans und ihrem Höschen, und im nächsten lag sie nackt auf dem Bett ... mit einem starken, warmen Körper, der sich neben sie legte.

Sein Knie glitt zwischen ihre, schob sich sanft nach oben, um gegen ihr Zentrum zu drücken, während er sie an sich zog und sie feucht auf den Mund küsste. Das Stupsen seiner Erektion gegen ihren Bauch ließ sie leicht erschauern vor freudiger Erwartung und als er eine Hand nach unten gleiten ließ, um ihrer Brust zu fassen zu bekommen, sie streichelte und sanft über ihre Brustwarze streichelte, bog sie sich nach hinten durch, in ihn hinein, vergrub das Gesicht an seinem seidigen Hals, spürte das wilde Hämmern seines Herzens.

Das hier war gut. Das hier war *wirklich* gut.

Selena spürte das Pulsieren zwischen ihren Beinen wie eine Antwort auf jedes Lecken seiner Lippen an ihrer Brustwarze wie einen Sog, das Necken seines Knies hoch und in sie rein, die heiße Nässe von Haut, die an Haut klebte, salzig und warm ... seinen Geruch, maskulin und frisch...

Sie hatte genug vom Vorspiel. Mit einem gefährlichen kleinen Nagen an seinem Schlüsselbein, löste Selena sich, legte die Hände auf seine Brust und schob ihn nach hinten auf den Rücken, als er sich erheben wollte, um ihr zu folgen.

„Alter vor Schönheit", sagte sie und setzte sich rasch auf ihn.

Aus irgendeinem Grund fand er das wahnsinnig komisch, aber jegliches Lachen verschwand aus seiner Miene, als sie ihn perfekt in sich reingleiten ließ und dann nach unten glitt. *Oh.*

Einen Moment lang erstarrten sie beide, berauscht von der Schönheit dieser Empfindung. Selena spannte ihre Muskeln um ihn herum an und seine Augen, halb geschlossen, verdrehten sich und waren wieder ganz weit offen. Sie lächelte und machte das Gleiche nochmal und verlagerte dann ihre Position, nur ein bisschen, so dass er es noch fühlen konnte ... aber so dass *sie* es *wahrhaftig* fühlen konnte.

Nur eine kleine, schaukelnde Bewegung. Ein Rieseln von Lust ergriff sie.

„Selena", sagte er mit einer Stimme, die so dünn wie ein zum Zerreißen gespannter Faden klang. „Versuchst du mich gerade umzubringen... schon wieder?"

Mit den Hände fest auf seine Brustmuskeln aufgesetzt beugte sie sich vor und fing seinen Mund ein, zu einem ausgiebigen Kuss. Richtete sich auf und senkte dann ihre Hüften, und dann packte er sie da, hielt sie in Position, hoch über ihm fixiert, während er wild nach oben stieß und dann wieder hinabsank ... dann wieder, hart und schnell und heftig.

Der Orgasmus überrumpelte sie und sie keuchte auf, als sie ihr Gesicht anhob, weg von Theo, die Wellen brandeten durch sie hindurch, als sie überall an ihm erzitterte, ihre Ellbogen schwach und kurz vorm Kollabieren, beinahe. Noch einmal stieß er hoch und zerrte sie dann auf sich runter, als ihm aus tiefster Seele ein Stöhnen hochkam, das wie ihr Name klang.

Sie spürte, wie er in ihr explodierte, spürte die wogende Erregung ihrer beiden Körper, als sie auf ihm zusammenbrach, heiß und atemlos und herrlich.

Herrlich.

Für eine ganze Weile rührte sie sich nicht, den Kopf an seiner Brust, spürte, wie die Luft rein- und rausrauschte, das Heben und Absinken, das dumpfe Klopfen von seinem Herz. Sein Arm legte sich um sie, seine Hand streichelte ihr am Rücken auf und ab, als wolle er ihr sagen, er fühle das Gleiche.

Dann machte sie alles kaputt.

Sie öffnete die Augen und ihr Blick fiel auf das Fenster. Und sie sah die sinkende Sonne leuchtende, orangerote Strahlen über den Himmel verteilen.

Die Nacht brach an.

Theo räkelte sich sachte und drückte den Neustart-Button für sein Gehirn. *Das ... war...*

Ihm fehlten die Worte, um es zu beschreiben, selbst nur für sich selbst ... also versuchte er es erst gar nicht. Stattdessen hielt er Selena fest, sein Gesicht voll von ihrem Haar, ihre warme, glatte Haut brannte an seiner. Sie fühlte sich so verdammt gut an.

Diese erste Runde heute Nacht ... nun, es war nicht gerade seine beste gewesen. Er hatte den Abzug ein bisschen schneller getätigt, als ihm lieb gewesen wäre, aber zumindest hatte er dafür gesorgt, dass sie auf ihre Kosten kam. Es würde eine zweite Runde geben und eine dritte ... und – das hoffte er – noch eine Menge weiterer. Sobald er sich erholt hatte.

Dann weiteten sich seine Augen. *Verdammte Scheiße!*

Er fragte sich, ob das hier ein guter Zeitpunkt war, um die Frage aufs Tapet zu bringen, dass sie in Sachen Verhütung nichts getan hatten. Er wusste es doch besser. Er war sogar drauf vorbereitet gewesen, so vorbereitet, wie man es heutzutage eben sein konnte. Ganz besonders in einer Welt, wo galt: Je mehr Babys man produzierte, desto besser für menschliche Rasse und ihre Verbreitung. Aber das war nicht hinreichend genug Grund, um fahrlässig zu sein. Aber dann wiederum ... wie standen die Chancen dafür?

Bevor er etwas sagen konnte, bewegte sie sich und rollte von ihm runter, wobei ihr Arm an seinem Oberkörper entlang glitt, ihre Finger ihn ein kleines bisschen streichelten, in einer Geste, die er als Danke interpretierte, während sie runterglitt und jetzt lag sie neben ihm. Das geöffnete Fenster verschaffte ihm einen wohltuend kühlen Luftzug an der heißen, verschwitzten Haut.

„Uhm", sagte Theo und nahm seinen Mumm zusammen. „Mist, Selena ... das habe ich nicht gerade gut geplant."

Ihre Lippen kräuselten sich, aber sie drehte sich nicht um. „Darf ich bitte fragen, was du damit meinst, oder bringst du mich damit in Schwierigkeiten?"

Unglückliche Wortwahl. Tapfer fuhr er fort. „Ich habe nicht– wir haben nicht–nun, es besteht die Möglichkeit, dass du schwanger wirst."

Sie hatte eben neben ihm gelegen, den Blick an die Decke gerichtet, genau wie er gerade eben. Jetzt rollte sie sich auf die Seite, um ihn anzuschauen und ihre Nasen waren zu nahe beieinander. Selena schob sich ein wenig nach hinten und ihr goldenes Gesicht, mit dem weiten Mund, war wieder scharf erkennbar.

„Die Möglichkeit besteht, ja", sagte sie mit einem kleinen Lachen. „Aber jetzt, wo in dieser Hinsicht meine besten Jahre hinter mir liegen, bin ich auch alt genug um zu wissen, wann ich meine empfänglichsten Tage habe ... und heute Nacht, ist das nicht der Fall." Sie reichte mit der Hand rüber, um ihm mit einem Finger über die Lippen zu streicheln. „Also habe ich das für uns beide geplant."

Sie war so wunderschön, dass ihm die Luft wegblieb ... wunderschön äußerlich und auch in Punkto Selbstsicherheit und noch etwas anderem ... Weisheit. Als ob nichts sie überraschen würde. Als ob sie alles schon gesehen hätte, alles erfahren hätte ... und sich durch alles hindurch geschleppt hätte. Und sich immer noch einen Sinn für Humor bewahrt hatte.

Das hier, so dachte er wieder bei sich, war eine Frau, die *gelebt* hatte. Interessant. Barmherzig. Selbstsicher.

In ihm löste sich etwas, als er auf die feinen Linien außen an ihren Augen und in der hauchdünnen Haut darunter blickte, auf die kleinen Grübchen, die ihre beiden Mundwinkel einrahmten, auf den Schwung ihrer Wangenknochen und ihre schmale Nase. Er sah da zum ersten Mal das ganz schwache Muster von Sommersprossen auf ihrer Haut. Ihre Lippen waren breit und voll und ihr dichtes, schweres Haar fiel ihr in einem Knäuel über Gesicht und Hals.

Sie blickte hinter ihn, zum Fenster hin, und er sah die Veränderung in ihrem Gesichtsausdruck. Fast unmerklich, aber doch sichtbar. Sie schaute ihn wieder an.

„Was ist?", fragte er.

Sie lächelte. „Nichts. Gar nichts", sagte sie. Dann streckte sie die Hand nach ihm aus, nach den ersten Anzeichen von einem Ständer, der schon wieder begonnen hatte auf sie zu reagieren, und fügte hinzu. „Nichts, um das wir uns nicht kümmern könnten."

Sie log.

Aber den Gedanken schob er beiseite und zog sie an sich, für einen Kuss. Er würde es sie vergessen machen, was auch immer sie in die Nacht dort hinausrief. Er würde dieses Bett nicht verlassen, dieses Zimmer, ihr nicht von der Seite weichen, bis sie beide bewegungsunfähige, gesättigte Haufen von Knochen aus Wackelpudding und nasser Haut waren.

Theo öffnete die Augen, um Dunkelheit vorzufinden. Ein dünner Mondstrahl floss zu ihm durch das Fenster, hob die Umrisse des Bettes hervor, die zerwühlten Kleider und Laken.

Er setzte sich ruckartig auf, als ihm aufging, dass das Bett bis auf ihn selbst leer war. Selenas Bett. Leer.

Scheiße.

Das Letzte, woran er sich erinnerte, war, wie sie etwas murmelte ... fortschlüpfte, während er in gesättigten Schlaf hinüberglitt ... was hatte sie gesagt? Und wie zum Teufel hatte sie – nach den letzten paar Stunden – noch überhaupt *Energie* übrig, um sich zu rühren?

„Ich muss nach Robert schauen gehen."

Das war es, was sie gesagt hatte. Sie würde nach unten gehen, um nach ihrem Patienten zu schauen.

Theo kroch aus dem Bett, das Herz schlug ihm jetzt etwas heftiger, ein mulmiges Gefühl lag ihm schwer im Magen. Nach der Stockfinsternis da draußen zu schließen, war das schon eine ganze Weile her. Viel zu lange her.

Er suchte unbeholfen herum, war sich nicht sicher, wo es hier Licht gab – zum Teufel, das hatten sie eben nicht gebraucht – und hatte auch keine große Lust nach einem zu suchen, als er ganze Kleiderbündel hochhob und darin nach seiner Shorts suchte.

Ein weiterer Blick zum Fenster und das mulmige Gefühl verstärkte sich. So töricht könnte sie nicht sein. Sie hatte immer noch *Wunden* am Leib ... verkrustete Schnitte, die er sanft geküsst hatte und auf die er während ihrer Liebesspiele sorgfältig Acht gegeben hatte.

Er hielt inne und lauschte ... und dann hörte er es, dort in der Ferne. Das Geräusch ließ ihm das Blut gefrieren und er rannte barfuß aus dem Zimmer.

Ruuu-uuuthhhhhh.

Er wusste es. Er wusste es einfach, dass sie nicht bei Robert war, dass sie nicht bei irgendeinem anderen Patienten oder bei Sam oder sonst wem war. Dass sie hinaus gegangen war.

Das Haus war still. Natürlich war es das. Sie schlich sich nur raus, wenn alle anderen schliefen. *Verdammt.*

Theo machte in der Küche Station, um zu versuchen dort eine Waffe zu finden – etwas, egal was –, die er benutzen konnte. Eine Flasche Bier auf dem Tresen – wahrscheinlich von Frank. Sie war halbvoll (vielleicht doch nicht von Frank; er schien nie etwas übrig zu lassen) und als Theo sie sich griff, zusammen mit einem von Vonnies Geschirrtüchern, fragte er sich, ob Bier genug Alkohol hatte, um es in einen Molotov-Cocktail zu verwandeln.

Streichhölzer. Noch etwas anderes. Ein Messer? Eine Pistole? Sie hatten keine Pistolen. Nur die Fremden hatten Pistolen. Und ein paar Mitglieder vom Widerstand. Was noch?

Trotz der Tatsache, dass seine Gedanken durcheinander wirbelten und brabbelten, hatte Theo sich schnell ausgerüstet, geschmeidig und mit einem Ziel vor Augen. Jene Stunden mit Vonnie in der Küche, wo er ihr zuschaute, hatten sich irgendwie in sein Gedächtnis eingegraben und er fand die Dinge, die er brauchte: ein paar selbstgebastelter Streichhölzer, sogar den Whisky, den Vonnie vor ein paar Nächten für Selenas Wunden verwendet hatte.

Das würde eine nette kleine Bombe ergeben.

Dann war er wieder zur Küchentür hinaus. Er hatte wahrscheinlich weniger als fünf Minuten gebraucht, vom Schlafzimmer bis nach draußen, aber es fühlte sich wie eine Ewigkeit an. Er hatte noch daran gedacht, sich die Shorts zuzuknöpfen, aber er hatte kein Hemd und auch keine Fußbedeckung – ein Nachteil, der deutlich wurde, als er auf einen echt spitzen Stein trat.

Er hielt an und lauschte, während sein Fuß schmerzte und er sich die improvisierten Waffen in die Taschen seiner Shorts stopfte. Das Stöhnen der Zombies war lauter geworden, hatte mehr Nachdruck. Theo raste das Herz, als er den Geräuschen folgte, während er auf die Mauer zu rannte, die das Blizek Anwesen beschützte.

Alles, woran er denken konnte, während er rannte, als er sich dann an der Mauer wiederfand, aber ohne einen Ausgang in Sichtweite, und so keine andere Wahl hatte, als die etwas bröckelige Ziegelmauer mit bloßen Händen hochzuklettern – alles, woran er denken konnte, war, dass Selena nicht blond war.

Sie würden sie nicht mit sich fortnehmen, wie sie es mit Blonden taten, sie würden sie zerfleischen. Ihre Haut zerfleischen und sie verschlingen ... Fleisch, Muskeln, Organe, Gehirn. Der Hals wurde ihm eng und er schob die Angst beiseite.

Ein kühler Kopf. Stärke und ein ruhiger Verstand.

Irgendwie schaffte er es bis oben auf die Mauer – es war alles ein Nebel, das Rennen und Hüpfen, das Eingraben der Finger in den Mörtel und wie er sich mit einer verzweifelten Kraft nach oben gezogen hatte. Oben dann, schaute er nach draußen und sah sie wenige Meter entfernt, im Schatten von einer Baumgruppe ... die glühenden, orangenen Augen, die auf und ab hüpften, in schwankend paarweise ruckelten, eine ganze Gang von denen. Eine mörderische Gang. Weniger als ein Dutzend, aber nichtsdestotrotz tödlich.

Wo war Selena?

Er sah sie nicht. Das Herz raste ihm, der Atem stockte, als er von der Mauer hinabsprang, auf unbeholfenen Füßen landete, aber doch stabil, die Balance behielt und die Flaschen in seinen Taschen. Bier und Whisky schwappte über seine Shorts, als er auf leisen Sohlen dahin rannte, Bäume und Büsche und einen Haufen von Schutt als Deckung verwendete.

Ist sie da draußen? Irre ich mich?

Aber er wusste, sie war da draußen. Irgendwo ... entweder jagte sie wie eine bescheuerte Möchtegern-Buffy gerade Zombies oder sie machte irgendwas anderes, was sie zu den gefährlichsten Stunden des Tages jenseits der Mauern brachte. Er sah sich um und sah nichts außer den Monstern, und er ging näher, erleichtert darüber, dass er sich windabwärts befand.

Das würde zumindest verhindern, dass die ihn rochen, und ihn noch ein bisschen unentdeckt lassen. Die Zombies kamen in Bewegung, stolperten und strauchelten ... nicht auf ihn zu, nicht einmal auf die Mauern des Anwesens zu, aber dennoch recht flink für Ganga und in Richtung Osten.

Er wollte nach Selena rufen, um zu sehen, ob sie irgendwo da draußen steckte, aber er wagte es nicht.

Die Ganga stießen immer noch ihre verzweifelten, stöhnenden Schreie nach Remington Truth aus ... aber etwas veränderte sic. Das Stöhnen schien etwas höher in der Tonlage zu werden, mehr drängend ... und noch was anderes. Etwas Gespenstisches. Etwas, was ihm die Haare zu Berge stehen ließ.

Ihre Verzweiflung hallte durch die Nacht.

Das hier war anders als alles, was Theo je gesehen hatte. Die Monster schienen von irgendetwas dahin ... fort ... gezogen zu werden. Als würde man rufen. Wenn es möglich war, sich noch unbehaglicher zu fühlen, als er es ohnehin schon tat, so fühlte er sich jetzt so.

War da draußen etwa ein Fremder, der die Zombies zu sich rief? Ein Kopfgeldjäger wie Seattle oder Ian Marck, der einen lila Kristall besaß, der die Zombies zu rufen und unter Kontrolle zu halten schien?

Theo blieb ganz still stehen, hockte sich hinter einen Busch und beobachtete.

Wohin gingen die?

Dann fing sein Blick etwas auf ... ein Glühen. Ein kleines, rosafarbenes Licht, das hinter einem Haufen alter Autos hervorkam, nicht weit von den Ganga. Oder vielleicht von drinnen, dort in den alten Wagen.

Es hüpfte und schwang hin und her ... als ob es *an einer Kordel* hinge. *Am Hals von jemandem.*

Theo wurde es eiskalt. Er riss eine der Flaschen aus seiner Shorts und begann eine Ecke von dem Geschirrtuch in den Flaschenhals zu stopfen, als er schon auf sie zuging.

Ihre Umriss wurde deutlicher, nachdem sie von dem Stapel Schrottkarren wegtrat. Das rosa Glühen erleuchtete die untere Hälfte ihres Gesichtes. Die Zombies rannten jetzt geradezu auf sie zu, die Arme ausgestreckt, ihre Schreie schrill und wild und grauenerregend.

Theo rannte, angetrieben von der eigenen Verzweiflung. Wenn er eine Bombe losgehen lassen könnte, bevor sie zu nahe herankamen ... aber die waren schnell. Mein Gott, schneller als er die Monster sich je hatte fortbewegen sehen, schwankend und stolpernd, Hände, die ins Leere griffen zeichneten sich schemenhaft im Licht der Mondsichel und der Sterne ab.

Er erhaschte einen Blick auf Selenas Gesicht, angespannt und ausdruckslos, umgeben von dem rosa Glühen. Sie rührte sich nicht von der Stelle, als sie um sie herum tobten. Sie *rührte sich nicht.*

Theo schrie auf vor Wut und Verzweiflung, als er mit einem Streichholz wild fummelte, selbst dann noch, als er bereits wusste, dass es zu spät für eine Bombe war.

Die Monster holten aus und kratzten, als sie in einem Schwarm näher kamen, sich wie eine Meute hungriger Wölfe auf sie stürzten.

„*Selenaaa!*", schrie er, als sie in der wogenden Masse verschwand.

7

Selena wollte die Augen schließen, als die Monster sich in einer Traube um sie schlossen, klammerten, krallten, verzweifelt.

So verzweifelt.

Aber sie tat es nicht. Sie zwang sich still zu halten, aufrecht, stark; der Angst und dem Schmerz nicht nachzugeben. Es schien ihr mit jedem Mal schwerer zu fallen ... mit jedem Mal schienen sie noch brutaler, noch verzweifelter zu sein.

Als sie um sie herum tobten, schien der Gestank der Kreaturen ihr in jede Pore zu fließen, sich in ihrer Nase zu verfangen und ihre Augen zum Tränen zu bringen ... und dann war da noch das abfallende, faulende, graue Fleisch, das an ihr rieb wie dicke, trockene Schlangenhaut. Fleisch, das einmal fest und glatt gewesen war, weiß, schwarz, olivfarben, dunkel wie Ebenholz ... und alle anderen Schattierungen dazwischen.

Die Augen brannten orange, aber in ihnen nur Leere ... bis sie den Kristall erblickten.

Sie hielt ihn gerade vor sich. Sein rosarotes Schimmern erleuchtete nur einen kleinen Kreis um sie herum, aber sie schienen es auch über eine große Entfernung hin zu spüren. Und es brannte. Als ob es Feuer gefangen hätte.

Einer der Zombies stieß ein langes, tiefes Wimmern aus, das ganz und gar nicht klang wie „ruu-uuuthhh", sondern mehr wie, „iiiiiich-jetzz".Und sie – es war ein Weibchen – holte mit ihrer tapsigen, tödlichen Pranke nach Selena aus.

Zitternd und schaudernd schloss Selena ihre Hand um das dicke, faltige Handgelenk des Weibchens und bedeckte den Kristall mit ihrer anderen. Der Donnerschlag fuhr auf der Stelle durch sie hindurch, tief und hässlich, dunkel und stark, und sie keuchte angesichts des Schmerzes auf, angesichts dieser gleißenden Welle.

Das Weibchen schrie auf und ihre Blicke trafen sich. Und in dem Moment sah Selena ihr Menschsein. Das Aufflackern ihrer Seele ... die aus dem Kerker eines Gefängnisses befreit wurde, in dem sie ein halbes Jahrhundert lang eingeschlossen und gefangen gewesen war. So lange, wie Selena schon lebte.

Ihr orangenes Augenlicht brannte lichterloh und wurde dann ausgelöscht. Und das Weibchen ging in die Knie, krachte zu Boden. Tot. Und endlich frei.

Tränen brannten ihr in den Augen, aber Selena hatte keine Zeit sich zu erholen, denn da war schon ein anderer Zombie, der nach ihr griff, und noch einer, und zu viele von ihnen, krallten, griffen, schnappten in einer wahnsinnigen Raserei nach dem, wovon sie wussten: Es verhieß Sicherheit und Freiheit.

Wie Bettler, wie eine entfesselte Menge, wie wilde Tiere drängten sie sich und grapschten, stießen gegeneinander, schoben und schubsten. Sie machte es noch einmal: umschloss mit ihrer Hand verfallendes Fleisch und ließ zu, dass sie wie eine Art Leitung für die Kraft des Kristalls fungierte, nahm den atemraubenden Donnerschlag aus Schmerz und Pein auf sich, das Aufblitzen der Erinnerungen und befreite den Menschen tief drinnen.

Und wieder.

Ein unbändiger Schmerz brannte an ihrer Schulter, als ein verzweifeltes Monster nach ihr griff und ein weiteres gegen sie stieß, sie schubste, und sich die Schmerzen mit dem glühend heißen Schock und dem widerwärtigen Gestank und der Nähe vermischten. Sie konnte nicht atmen, konnte kaum denken. Die Welt drehte sich rasend schnell und brach über ihr zusammen, wurde dunkel, dann erfüllt von rosigem Licht, und füllte sich dann mit Erinnerungsfetzen, Erinnerungen an das Menschsein. *Mach weiter. Du schaffst es. Noch einen–*

„Selena!"

Sie dachte, sie würde den Klang ihres Namens träumen. Ein weiteres Monster schnappte nach ihr und sie nahm seine Hand, schaute ihm in die Augen und erlöste seine Seele: Der Schock war wie ein Prügel auf ihr und ihre Knie gaben nach, aber die Enge in dieser wilden Menge hielt sie davon ab, auf den Boden zu fallen.

„Selena!"

Etwas Helles zerschnitt die Luft, beschrieb einen hohen Bogen. Und dann gab es eine Explosion, genau vor ihnen, was die Zombies dazu brachte zurückzuweichen – um sich dann noch dichter zu drängen, jetzt noch hemmungsloser, mit ihren unbeholfenen Pranken auf sie eindroschen, noch tödlicher mit ihren Nägeln.

„Selena!"

Sie konnte nichts klar erkennen, konnte sich kaum rühren oder atmen. Aber es klang wie Theo. *Theo.* Oh, Gott, nein ... nein, es musste ein Traum sein.

Aber dann war er auf einmal da. *Unmöglich.* Aber er war es, Irgendwie, zerrte an ihnen und haute auf die Monster ein, die sich um sie drängten. Bahnte sich mit Händen und Fäusten einen Weg zu ihr. Oh, Gott, Theo.

Sie durfte jetzt nicht daran denken, was das bedeutete. Nicht jetzt. Später.

„Selena", schrie er, als er sie mit seinen Augen fand, von außerhalb des Rings. „Komm schon!"

Er schwang etwas Großes und Schweres – einen riesigen Ast – und der krachte in den Schädel von einem der Monster. Selena schrie vor Entsetzen auf, als der Knochen splitterte und die Kreatur rückwärts stolperte, auf dem Boden zusammenbrach. Tot.

Aber immer noch gefangen.

„Nein", schrie sie zu Theo. „Stopp!"

Tränen brannten ihr in den Augen, ihr geschundener Körper wollte sich nicht rühren ... sie konnte nicht atmen, aber sie musste ihn aufhalten, bevor er noch weitere von ihnen tötete. „Bitte nicht", rief sie, wobei sie versuchte ihre Stimme zum

Funktionieren zu bringen, selbst dann noch als sie die Hand von einer der Kreaturen neben sich ergriff.

Der elektrische Schlag schoss durch sie hindurch und diesmal zwang er sie keuchend in die Knie. Aber sie hielt den Blick des alten Mannes fest, bis das orangene Glühen erlosch und er frei war.

„Geh weg, Theo", rief sie, als sie wieder Atem schöpfte. „Lass mich das hier machen!"

„Ich werde dich nicht verlassen", schrie er zurück und warf sich erneut gegen die Zombies. Ein weiterer fiel hin, als er ihn an den Knien erwischte, aber sein Gehirn kam nicht zu Schaden. War sicher.

„Bitte!", flehte sie. „Theo, *Stopp!*"

Sie berührte noch einen von den gefangenen Menschen, der Kristall mit seinen roten Adern brannte sich in ihre Hand ein, während sie in die Augen des Weibchens starrte und sich fragte, warum es immer noch so viele von ihnen hier zu geben schien. So viele.

Endlos viele.

Selena nahm verschwommen wahr, dass Theo anscheinend gegangen war. Er hatte auf sie gehört. Gott sei Dank.

Und dann blickte sie nach oben, um ihn dort erneut zu erblicken, wie er sich irgendwie einen Weg durch die rasende Menge bahnte, die Kreaturen nach hinten weg riss, in dem Versuch zu ihr zu gelangen.

„Tu ihnen nicht weh!", schrie sie und versuchte es ihm klar zu machen. „Tu … ihnen … nicht weh!"

Sie schluchzte jetzt, das Gesicht nass, und durch die Tränen hindurch begegnete sie seinen blanken, entsetzten Augen in dem rosigen Schimmer. Als Nächstes wusste sie nur noch, dass er da war, irgendwie, bei ihr, neben ihr.

Er sagte nichts. Er schloss nur die Arme um sie und umarmte sie von hinten, zog sie an seinen tröstlichen Körper.

„Ich bin hier", war alles, was er sagte. „Ich gehe nicht weg, bis das hier nicht vorbei ist."

Theo hielt Selena fest, während die Zombies sich zu ihnen durchkämpften, gegen ihn rammten, in ihrem Drang zu ihr zu gelangen auf sie eindroschen. *Was ist das hier?*

Er hielt Selena fest, beschützte sie vor den scharfen Klauen, hielt sie aufrecht, während sie kämpfte, für das, was auch immer sie zwang hier zu sein. Er war sich nicht sicher, was hier vor sich ging; er wagte es nicht, in diesem Moment darüber nachzudenken.

Stattdessen konzentrierte er sich darauf zu atmen, ohne die Mauer aus fauligem Gestank einzuatmen, darauf, sie beide aufrecht zu halten, sie nach hinten weg zu manövrieren, was das ganze Knäuel aus Monstern ihnen nach zog, so dass er sich gegen das nächstgelegene Auto lehnen konnte und ihnen so den Rücken freihielt.

Dieser Zirkel aus Wahnsinn, aus jammervollen Schreien und gierigen Händen, aus leeren, leuchtenden Augen lähmte ihn.

Sie mussten hier wegkommen. Er musste sich einen Weg freikämpfen … und dann ging ihm auf, was für ein Idiot er war. Er *hatte* einen Weg, um sie zu vertreiben.

Seine elektrische Energie. Sein „Lass mich dich aufladen, Baby!" Seine scheiß-nach-dem-Wechsel-übersinnliche Fähigkeit. Etwas, was er noch nie in einem Mann-Gegen-Mann Kampf mit einem Haufen Zombies eingesetzt hatte … weil es nie notwendig gewesen war. Er hatte noch nie mitten in einem Haufen von ihnen festgesteckt. Er war noch nie so verdammt nah ran gegangen.

Theo schloss die Augen, als eine erneute Welle aus Zombie-Masse sich gegen Selena drückte. Wie viel länger würde sie noch durchhalten können? Warum wollte sie nicht zulassen, dass er sie hier raus holte?

Es waren gar nicht mehr so viele übrig … vier davon. Nein, fünf.

Der Rest von ihnen schien tot zu sein.

Er musste sich jetzt konzentrieren, er könnte sie mit einem Stromschlag vertreiben. Sie für einen kurzen Moment betäuben, wegrennen…

Tu ihnen nicht weh!, hatte Selena geschrien.

Er würde ihnen Scheiße nochmal heftig weh tun müssen, wenn er sie sicher hier raus kriegen wollte. Sie war wie Wachs in seinen Händen. Und nicht auf eine gute Art.

Theo packte das Monster direkt neben ihm am Arm, berührte die trockene, faltige, sich abschälende Haut der Kreatur. Hautfetzen bewegten sich unter seiner Hand, teilten sich wie getrockneter Schlamm und geben darunter liegende Schichten frei, sandten dabei eine neue Wolke abartigen Gestanks in sein Gesicht. Er schloss die Augen, sammelte sich, bündelte sie Energie, die irgendwo in ihm drin ruhte ... die sich von dem kleinen integrierten Schaltkreis in ihm aus ausbreitete ... bereit der Kreatur hier einen Schlag zu versetzen, so dass er rücklings wegstolpern würde, und Theo konzentrierte sich, bannte alles aus seinem Bewusstsein, zog seine Kraft von tief, tief unten aus sich hervor, wartete auf den kleinen, prickelnden Schlag...

Und nichts geschah.

Nichts geschah.

Seine Augen flogen weit auf und er ließ den Zombie los, starrte noch auf seine Hand, als er mit seinem anderen Ellbogen nach oben ausholte, um die anderen davon abzuhalten, auf sie beide zu fallen. *Nichts?*

Wie betäubt versuchte Theo diese neue Entwicklung zu ignorieren, um ihnen beiden besser den Arsch retten zu können. Er hatte jetzt keine Zeit, noch Hirnpower übrig, um jetzt über die Ursachen nachzudenken.

Selena hing schlaff in seinen Armen, das Gesicht nach oben gewandt, die Lippen schmal und grimmig. Selbst in dem schlechten Licht konnte er das Grau ihrer Haut sehen. Ihr Atem kam in schnellen Stößen; er konnte spüren, wie ihr Oberkörper sich bewegte. Aber ihre Augen waren offen und sie hielt an dem Kristall an ihrem Hals fest und sie streckte die Hand nach einem weiteren Monster aus.

Viel länger hält sie nicht mehr durch.

Er hielt sie fest, versuchte sie näher an die Autos hinter ihnen zu zerren. Die Zombies konnten nicht klettern ... vielleicht fanden sie dort eine Zuflucht.

Aber es ging nur mühsam voran und immer wieder packte sie eines der Monster, eins nach dem anderen, und ihm ging auf, dass sie nicht aufhören würde, bis sie durch war. Und Theo sah zu und hielt sie, fühlte den Schlag durch ihren Körper rasen, wenn sie die Kreaturen berührte. Er spürte, wie sie dabei schwächer wurde, hörte das kleine Keuchen hinterher.

Und dann endlich … der letzte Zombie ging zu Boden. Und alles war still, bis auf Theos raues Atmen.

Einen Augenblick lang rührte sie sich nicht. Blieb nur dort in seinen Armen, zitternd, holte Luft, ruckartig, gequält.

„Selena", sagte er schließlich und drehte ihr Gesicht zu sich. Schock und Verwirrung zerstoben ihm seinen Verstand in alle möglichen Richtungen, außerstande sich auf einen Gedanken oder eine Überlegung festzulegen. Etwas rann ihm an seinem nackten Rücken herab – Blut, vielleicht Schweiß – und ihr Gesicht war tränenverschmiert, starrte vor Schmutz und Kratzern von der Menge.

Sie holte einmal tief Luft und entzog sich dann seiner Umarmung. Die Tatsache, dass sie ihn nicht ansah, verhieß nichts Gutes, aber Theo war immer noch so entsetzt und überwältigt von dem Erlebnis, dass er keine Frage formulieren konnte. Während er zusah, hob sie den glühenden Kristall an seiner langen Lederkordel hoch und stülpte eine kleine Ledertasche darüber. Das Glühen verschwand und sie verstaute alles unter ihrem Hemd.

„Ich muss sie verbrennen", sagte sie mit einer erschöpften und nervösen Stimme. „Ich kann sie nicht zurücklassen … nicht so."

„Setz dich hin, Gott verdammt", sagte Theo, eine Welle von Wut machte, dass ihm ganz kalt wurde. „Setz dich um Himmels Willen einfach hin, Selena. Du kannst kaum gerade stehen. Ich kümmere mich darum."

„Danke", flüsterte sie und sank auf der verbeulten, rostigen Kühlerhaube eines Autos nieder.

Theo wurde Teil seiner Wut und seiner Verwirrung los, indem er die zwölf Zombiekörper etwas weiter entfernt zu einem Haufen stapelte. Bis er damit fertig war, ging ihm der Atem auch rau – aber nicht wegen der körperlichen Anstrengung.

Nein, es war eine Kleinigkeit die grässlichen Körper zu einem zusammengebasteltem Scheiterhaufen aufzuschichten.

Es war, was vor ihm lag: die mörderische Wut, die in ihm brannte, die Verwirrung, die Fragen und die Antworten. Die Wirklichkeit, die der morgige Tag mit sich bringen würde.

Es war das, was in ihm brannte und verknäulte, und ihn mit einem wunden Herzen zurückließ.

Er zündete die zweite Flaschenbombe an und warf sie auf den Haufen von Leichen. Als die Explosion den Nachthimmel erleuchtete, drehte er sich zu Selena am.

„Lass uns gehen", war alles, was er sagte.

8

Selena erwachte am nächsten Morgen wegen einem Schauer aus Sonnenlicht, der durch ihr Fenster hereinfiel.

Ihre Augen hatte sie ohne Probleme aufbekommen, aber als sie versuchte sich zu bewegen, protestierte ihre Körper. Schmerzen, peinvoll und pochend, überall. Aber das war nichts im Vergleich zu den finsteren Erinnerungen, den Überbleibseln vom Schrecken der vergangenen Nacht.

Sie blinzelte, schob sie relativ mühelos beiseite und schaute raus. Daran, wie hoch die Sonne stand, erkannte sie, dass es spät am Morgen war.

Einen Augenblick lang lag sie einfach nur da und kratzte an den flüchtigen Fetzen der Alpträume und der schönen Träume und versuchte die Erinnerungen wieder hervorzuholen. Ihre eigenen Erinnerungen.

Theo hatte sie danach zurückgebracht. Er hatte darauf bestanden, sie zu tragen, und sie war keine Närrin. Sie hatte ihn gewähren lassen. Er hatte ihr geholfen sich zu waschen, Salbe auf ihre alten Wunden gestrichen, die sich wieder geöffnet hatten, und auf die neuen, die dank dem dicken Hemd, das sie als einen zusätzlichen Schutz angehabt hatte, glücklicherweise nicht so schlimm waren. Er hatte sie dazu gezwungen, etwas zu trinken, etwas zu essen, noch etwas zu trinken und sie dann ins Bett gesteckt.

Die ganze Zeit über hatte er sehr wenig gesagt, außer um ihr Befehle zu erteilen.

Und war dann gegangen. Natürlich.

Etwas Unangenehmes nagte tief drinnen an ihr, aber sie ignorierte es. Der Schock und die Ungläubigkeit, sogar Verrat, war Theo überall am Gesicht abzulesen gewesen. In seinen Augen.

Selbst Wut fand sich da.

Genau wie es mit Brandon gewesen war.

Aber sie sagte zu sich selbst, während sie ihren Körper dazu zwang zu kooperieren und sich aufrecht hinzusetzen, die ganze Situation mit Theo unterschied sich himmelweit von der mit Brandon. Der einzige gemeinsame Punkt war, dass beide unglaublichen Sex bescherten.

Obwohl: die letzte Nacht „unglaublichen Sex" zu nennen, wäre eine Untertreibung. Ihre Lippen verzogen sich doch tatsächlich zu einem Lächeln und ein kleines Flattern regte sich da bei der Erinnerung in ihrem Bauch. Aber sie hatte nicht genug Energie, um es darüber hinaus zu genießen.

Jemand klopfte an ihrer Tür und ruckartig war ihre Aufmerksamkeit dort. „Herein", rief sie und das Herz wurde ihr ganz bang. Theo? Was würde sie ihm jetzt erzählen?

Ein sandbrauner Kopf schob sich durch die Öffnung. „Mom", sagte Sam. „Wie fühlst du dich?"

Was hatte Theo ihm erzählt? „Mir geht es ... gut", sagte sie vorsichtig. Fragte sich, wie schlimm ihr Gesicht wohl aussah.

Ihr Sohn kam herein und sah – bis auf den Mund – in dem Moment Brandon so ähnlich, dass sie vor Überraschung erstarrte. Ihr war gar nicht aufgefallen, wie sehr er mittlerweile seinem Vater ähnelte. Er trug ein Tablett vor sich her, mit Essen und Trinken darauf, und einer Vase mit einer Blume. Einer *Blume.* „Mom, Theo hat gesagt, dass du dich gestern Nacht verletzt hast und dass du Ruhe brauchst."

Oh, mein Gott. Wie konnte er nur? „Was hat er denn noch gesagt?", sie versuchte nicht allzu panisch oder vorwurfsvoll zu klingen. Dann machte sie – in einem verzweifelten

Ablenkungsmanöver – eine Geste zu dem Gänseblümchen hin. „Hübsche Blume. War das deine Idee oder Vonnies?"

Sams besorgter Gesichtsausdruck verschwand, um von einem der Entrüstung abgelöst zu werden. „Das war ich! Mann oh Mann!"

„Danke, Liebes." Sie nahm das Tablett und sah, dass es ganz nach Vonnie geraten war – bis auf den netten Touch mit der Blume natürlich. Tee mit Zitrone und Honig, eine Schale Birnenschnitze, einen kleinen Teller Mandeln und etwas knuspriges Brot mit Butter, eine säuberlich zusammengefaltete, gelbe Serviette.

„Theo sagte, du wärst letzte Nacht runter gegangen, um nach Robert zu sehen, und dabei im Dunkeln gestolpert. Auf der Treppe. *Mom!* Du musst etwas vorsichtiger sein!" Sam war nun nicht mehr ein Wesen, das für sie seinen Vater heraufbeschwor, sondern mutierte gerade eher zu einer Art Vonnie.

Sie hatte die Tasse Tee hochgenommen, damit sie einen Augenblick Zeit hätte nachzudenken, unsicher, was er jetzt sagen würde. Dann setzte sie die Tasse wieder ab, Erleichterung und Dankbarkeit durchströmten sie. „Ich weiß. Es war dumm von mir." Sie hob die Tasse erneut hoch für einen weiteren Schluck. „Wie geht es Robert? Weißt du etwas?"

„Vonnie ist bei ihm. Sie lässt ausrichten, dass er ok ist." Sam setzte sich auf den Bettrand und schaute sie an.

Selena sackte das Herz in die Hose. Er hatte diesen Gesichtsausdruck ... den gleichen, den er gehabt hatte, als er sie gefragt hatte, was mit seinem Vater geschehen war. Und warum der Kopfgeldjäger Seattle sie auf die Art und Weise ansah, wie er sie ansah.

„Mom", sprach er entschlossen. „Dieser Typ, Theo ... er ist ein bisschen ... anders."

Selena knabberte an einem Birnenschnitz. „Wie, anders?"

Sam zuckte die Achseln und schaute weg, dann wieder zu ihr hin. „Er hat angeboten uns diese Sachen in den Arkaden zu erklären. Ich will das lernen."

Die Erleichterung, dass er anscheinend nichts darüber wusste, wie tief ihre Beziehung ging, wurde auf der Stelle von blanker

Furcht verdrängt. „*Nein.* Auf gar keinen Fall." Sie holte tief Luft, unterdrückte eine ganz andere Art von Panik. „Sam, es ist zu gefährlich. Diese Dinge sind zu gefährlich. Es gibt keinen Grund sich damit zu beschäftigen – sie stammen aus einer anderen Welt. Aus einer anderen Zeit."

„Aber, Mom, er weiß alles darüber. Ich habe ihn an ihnen arbeiten sehen ... es ist ... wie Magie. Wie auf den DVDs. Es ist so cool." Seine Stimme schraubte sich hoch, halb flehentlich, halb bewundernd.

„Nein. Halt dich davon fern. Und von ihm. Das ist ein ausdrücklicher Befehl von deiner Mutter, Sam. Und außerdem ... er wird nicht mehr sehr lange hier sein. Jetzt, da er geheilt und gesund ist, wird er nach Envy zurückkehren, oder woher auch immer er kam." *Gott sei Dank. Und je eher, desto besser.*

Sams Gesicht verzog sich vor Wut und Aufmüpfigkeit. „Mom, das ist–"

„Sam." Ihre Stimme – wie ein Peitschenhieb – erhob sich mit mehr Schärfe, als wahrscheinlich notwendig war. Aber es bewirkte, dass er still wurde – fürs Erste.

„Egal," sagte er schmollend.

„Sam", sagte sie, als Mitleid sie innerlich etwas erweichte. „Ich liebe dich. Das ist der Grund."

Sein Gesicht glättete sich etwas. „Ich weiß. Aber ich halte es immer noch für Schrott." Er stand auf. „Ich muss los Frank helfen, bevor er ganze Gäule kotzt." Er beugte sich herunter, um sie auf die Wange zu küssen, und sie hob ihren wunden Arm, um ihn zu umarmen. „Ruh dich ein bisschen aus, ok, Mom?"

„Das werde ich."

Aber das war unwahrscheinlich. Sie hatte Dinge zu tun. Musste nach Patienten sehen. Und ... das Herz wurde ihr schier abgedrückt ... musste mit Theo klar Schiff machen.

Wie würde sie mit ihm *klar* kommen? Sie musste ihn loswerden. Ihn von hier fort bekommen, weg von Yellow Mountain und zurück nach Envy, wo er diese ganze Sache hier vergessen könnte.

Nicht nur das, er war auch noch viel zu jung für sie. Es war lächerlich sich mehr zu wünschen oder zu erwarten als eine kleine Affäre. Sie hatte Jennifers entsetzte Unterhaltung mit Theo gestern mitgehört, nach der sie dann gegangen war. Das Mädchen hatte keinen Versuch unternommen, das Entsetzen in ihrer Stimme zu verbergen. „Sie ist alt genug, um deine Mutter zu sein. Das ist so ... krank. Total eklig."

Jennifer hatte Recht.

Als hätte man ihn herbeigezaubert, erklang an der Tür das erwartete Klopfen genau in dem Moment, gefolgt von Theos nachtschwarzem Haar, der sich um die Tür schob. „Ich habe Sam gerade gesehen und er sagte, dass du wach bist", erklärte er ohne Einleitung.

Seine leicht schrägen Augen schienen noch tiefer in ihren Höhlen zu liegen, mit Schatten darunter. Seine Haare waren nass, als hätte er sich gerade geduscht, und was sie von seiner olivfarbenen Haut sehen konnte, wies einen feuchten Schimmer auf. Selena wurde der Mund trocken, als sie sah, wie sich die Muskeln unter dem dunklen Hemd abzeichneten, das ihm an Brust und Schultern klebte.

„Jep", sagte sie. Selena beäugte ihn, während sie versuchte seinen Gesichtsausdruck zu ergründen. Aber der war undurchsichtig. Also sprang sie ins kalte Wasser. „Ich habe dich erwartet. Einen Besuch von dir."

„Da bin ich mir sicher", antwortete er sanft und schloss die Tür hinter sich.

„Ich möchte dir danken ... für alles." Ihre Stimme überschlug sich und sie blinzelte.

Letzte Nacht ... sie konnte jetzt nicht daran denken. Es war die schlimmste gewesen. Es war so haarscharf gewesen, und sie hatte wie noch nie zuvor um ihr Leben gebangt. Wenn er nicht da gewesen wäre ... wenn er sie nicht zurückgebracht und sich um die Dinge gekümmert und Sammy und Vonnie Lügen erzählt hätte...

„Weiß Vonnie Bescheid?", fragte er, als er sich auf einen Stuhl neben das Bett setzte.

Nicht *auf* das Bett. Nicht auf das gleiche Bett, dass sie letzte Nach so gründlich verwüstet hatten. Sie war sich dessen qualvoll bewusst. *Gut. Geh auf Distanz. Lass uns das hier so einfach wie möglich gestalten.*

Wenn es eine von jenen alten, romantischen DVDs wäre, würden sie jetzt beide höflich um das herum tänzeln, was gesagt werden musste: es zu beenden, ohne jemandem wehzutun. Ohne Peinlichkeiten.

Hoffen wir mal, dass es genau so abläuft.

„Vonnie ... nicht wirklich. Sie weiß nicht über alles Bescheid."

„Nun, über welchen Teil weiß sie denn nun zum Teufel Bescheid?" Seine Stimme wurde härter, wurde ein bisschen lauter. „Den Teil, wo du dich alleine ohne eine Waffe nach draußen schleichst? Oder den Teil, wo die verdammten Monster dich halb zu Tode trampeln? Oder weiß sie darüber Bescheid, wie du sie anfasst und dann – was? – tötest? Zähmst? Was zum *Teufel* ist da draußen vor sich gegangen?"

Er schloss die Lippen zu einem harten Strich und fuhr sich mit einer Hand durchs Haar, was es über all wieder hochstehen ließ. Und starrte sie wütend an. „Du weißt schon, dass es außer diesem verdammten, warmen Händedruck eine scheißverdammt sicherere Methode gibt, um sie loszuwerden."

Selena hämmerte das Herz. Wie könnte er denn verstehen? Niemand anders verstand es, nicht nach all den Ganga-Angriffen Jahr um Jahr. Alles, was sie sahen, waren mordlustige, fleischfressende Kreaturen. Niemand außer Vonnie. Und nicht einmal die begriff es wirklich ganz. Sie verstand nicht, was Selena tun musste.

Warum?

„Theo", sagte sie und zwang sich zu lächeln. „Letzte Nacht war ... nun, ich wünschte, du hättest das nicht gesehen. Es ist furchterregend und nicht zu verstehen, und es ist vielleicht das Beste, wenn du es einfach vergisst. Es wird nicht wieder vorkommen und alles ist gut ausgegangen. Letztendlich. Danke."

Jetzt wurde sein Gesicht finster und eine Minute lang hatte sie fast Angst. „Für was für einen Volltrottel hältst du mich denn?", sagte er zwischen zusammengebissenen Zähnen hindurch.

„Ich halte dich nicht für einen Trottel, Theo", sprach sie besänftigend und versuchte ihre Verzweiflung zu verbergen Das hier lief nicht gerade gut. „Aber es ist wirklich nichts, worum du dir Sorgen zu machen brauchst." Sie befeuchtete sich die Lippen. „Schau, Theo, es gibt überhaupt keinen Grund für dich, noch hier zu bleiben, jetzt wo es dir gesundheitlich gut geht – Herrgott, du hast nicht einmal eine Wunde mehr. Du wirst wieder nach Envy oder wohin auch immer aufbrechen und in dein normales Leben zurückkehren. Und bitte ... ich *bitte* dich ... vergiss das hier. Es ist nichts."

Er stand abrupt auf, seine Bewegungen abgehackt. Anstatt das Zimmer zu verlassen, wie sie erwartet hatte, ging er jetzt auf und ab. Hin und her, vor und zurück. Mit schweren, wütenden Schritten, seine Hand ballte sich zu einer Faust und die andere wischte durch sein Haar. Und dann setzte er sich wieder hin und starrte sie wütend an.

„Lass das blöde Gerede, Selena. Ich weiß, dass du mich gerne dazu relegierst, dein junges, vor Testosteron strotzendes Spielzeug zu sein und mich dann vor die Tür zu setzen, wenn du dein bisschen Spaß gehabt hast, aber das glaube ich alles keinen Augenblick lang. Ich bin kein Kind – ich bin, um genau zu sein, weit davon entfernt – und ich habe Dinge gesehen und erlebt, von denen du dir keine Vorstellung machst."

„Ich habe deine Unterhaltung mit Jennifer mit angehört", begann sie.

„Ja und? Dann musst du gehört haben, wie ich ihr sagte, ich wäre nicht an ihr interessiert. Und dass es mir nichts ausmacht, was sie denkt. Es gibt Dinge über mich, von denen nicht einmal *du* etwas ahnst." Er regte sich etwas ab. „Du machst immer Andeutungen, dass ich bald fortgehe. Was erwartest du von mir? Mich mit eingezogenem Schwanz fortzuschleichen, nachdem ich was mit einer älteren Frau hatte? Als ob ich mich dafür schämen würde? Habe ich dir irgendwie zu verstehen gegeben, dass das meine Absichten sind?"

Selena zuckte mit den Schultern und versuchte dabei nicht zusammenzuzucken. Gott, ihr tat alles *weh*. „Es gibt hier nichts für dich. Und was ist mit Sage?"

„*Sage?*" Sie hätte den Schock in seinem Gesicht zum Lachen gefunden, wenn das Gespräch nicht ganz so ernst gewesen wäre. „Hmm. Ich habe nicht einmal an sie gedacht, seit ... wow. Eine ganze Weile schon. Aber was weißt du denn über sie?"

„Dass du sie liebst, das ist das Erste", sagte Selena und merkte da, wie schwer es ihr fiel, sich diese Worte herauszupressen. Und die Vorstellung zu akzeptieren, dass es eine andere Frau in seinem Leben gab. „Du hast in deinem Wahn von ihr gefaselt, als du hier ... nun, nach deinem Eintreffen hier." An diesem Punkt wollte sie nicht gerade fallen lassen, dass sie während seiner Wiederauferstehung eine seiner Erinnerungen eingefangen hatte – das Bild von einer schönen, *jungen*, rothaarigen Frau.

„Geliebt habe. Ganz eindeutig Perfekt. Außerdem ist sie mit jemandem anderen zusammen", sagte er leise.

„Das tut mir Leid."

Er zuckte mit den Schultern und – so sehr sie es auch versuchte – sie konnte keine echte Trauer in seinem Gesicht erkennen. „Sie ist glücklich, also bin ich auch glücklich." Dann setzte er sich auf und sein Blick wurde eisig. „Da wir nun also mit meiner amourösen Vergangenheit durch sind, wie wäre es mit deiner? Ist es das, was auch mit Brandon passiert ist? Er fand das über dich heraus und – was? – er hat versucht zu helfen und wurde verletzt oder getötet? Hat dir verboten, es zu tun? Er wurde stinksauer, weil *du dein Leben riskierst*? Ich kann dem Kerl nicht gerade einen Vorwurf machen, ehrlich gesagt. Wenn das der Fall war."

Selena glaubte, dass sie sich noch nie zuvor so aus dem Gleichgewicht gebracht fühlte, und argumentativ so unterlegen. Er war fix. Zu fix und zu beharrlich. „Lass Brandon hier aus dem Spiel. Die Situation ist eine komplett andere."

„Was? Wie zum Teufel soll ich dich denn verstehen und dir helfen, wenn du Scheiße nochmal nicht mit mir redest?"

Mich verstehen? Wunschdenken. Selena holte zur Beruhigung einmal tief Luft. Da wären wir also. „Ich rede mit niemandem, Theo. Es geht niemanden etwas an, es ist ganz allein *meine* Bürde. Und so werde ich es beibehalten."

Theo ließ die Tür nicht hinter sich zuknallen, als er Selenas Zimmer verließ, aber er hatte große Lust dazu.

Stattdessen ging er raus, um etwas Dampf abzulassen, indem er Frank und Sam dabei half, eine Schwachstelle in den Schutzmauern wieder aufzubauen. Und dann, als er ok und heiß und verschwitzt war – und immer noch scheißwütend – ging er ein ganzes Weilchen lange und ausgiebig schwimmen, stromaufwärts in dem nahe gelegenen Fluss. Die Hälfte von der Wut, die ihn antrieb, war gegen Selena gerichtet, aber die andere Hälfte richtete sich gegen Brad Blizek. Theo hatte noch mehr Sicherheitsschichten entdeckt, was ihn zu der Einsicht führte, dass er es nur durch einen gefakten Zugang geschafft hatte. Er musste noch einmal von vorne beginnen und versuchen, durch die Hintertür hineinzukommen.

Nach dem Schwimmen – weil er wusste, dass er niemandem gute Gesellschaft sein würde außer einer Maschine mit einer Tastatur – ging Theo wieder hoch zu den Arkaden und zwang sich, noch ein weiteres Problem anzugehen.

Zuerst hatte er angenommen, dass sein Versagen letzte Nacht den elektrischen Schlag auszusenden einfach am Stress und an einem Mangel an Konzentration gelegen hatte, während er da inmitten eines tobenden Knäuels von Zombies steckte. Nicht gerade beruhigend, aber verständlich.

Aber das Erste, was er heute Morgen getan hatte, nachdem er sich aus Selenas Zimmer geschlichen hatte, sobald die Sonne aufgegangen war (um sicher zu gehen, dass sie nicht so etwas Verrücktes tat, wie sich wieder hinauszuschleichen; und ja, er glaubte absolut, dass sie zu so etwas in der Lage war), war es zu testen.

Und ... *nada*. Niente, Null, nix.

Und ... das war auch der Augenblick, wo er sich mal genauer im Spiegel betrachtet hatte und nicht nur eine ansehnliche Anzahl von Bartstoppeln erblickt hatte ... sondern auch ein weißes Haar.

Für einen Kerl um die achtundsiebzig, sollten Bartstoppeln und ein weißes Haar kein Anlass sein, Alarm zu schlagen. Aber da Theo in den letzten fünfzig Jahren kaum einmal die Woche eine Rasur gebraucht und er lediglich ein paar vereinzelte Haare gehabt hatte, war das ein unerwartetes Erwachen.

Hatte er nicht nur seine übersinnliche Fähigkeit verloren, sondern mutierte er hier gerade zu einem Dorian Gray?

Der Gedanke, dass sein Alter ihn einholen könnte, war kein glücklicher, denn wie zum Teufel würde er denn Selena beschützen beim nächsten Mal, wenn sie beschloss eine weitere Kamikaze Aktion abzuziehen, wenn er dann ein alter Tattergreis war?

Was würde sie sich denken, wenn sie die Wahrheit herausfand? Würde sie die Flucht ergreifen – nicht, weil er zu jung für sie war, sondern weil er fast dreißig Jahre *älter* als sie war?

Er dachte, es wäre ganz lustig, ihr die Wahrheit noch ein bisschen vorzuenthalten. Er würde sie in dem Glauben lassen, dass er wirklich so ein toller junger Hengst war und würde ihr zusehen, wie sie alle möglichen Vorwände fand, um nicht mit ihm zusammen zu sein. Und dann würde er ihr die Wahrheit sagen, wenn sie erst einmal begriffen hatte, dass er sie mochte, egal wie alt sie beide nun wirklich waren – oder wie alt sie aussahen. Aber jetzt war er mehr als nur ein bisschen besorgt, dass – anstatt ihr im Bett alles geben zu können, was sie wollte – er sich auf die Suche nach den längst ausgestorbenen kleinen blauen Pillen mit Namen Viagra machen müsste.

Theo ließ seine Wut und Angst an der Tastatur aus, seine Finger flogen mit Leichtigkeit über die Tasten und er versank gerne in diesem altvertrauten Vergnügen. Kodieren hatte etwas Beruhigendes. Hacken genauso. In beiden Fällen, musste alles funktionieren, letzten Endes. Es musste alles passen.

Alles an seinem Platz. Jede Antwort logisch und vollkommen.

Im Gegensatz zum Leben, verflucht nochmal.

Nach einer Weile machte er eine Pause und blätterte sich durch ein paar von Brad Blizeks Dateien durch, wobei er das durchsichtige Whiteboard benutzte, um ein paar von seinen Spiele-Prototypen aufzurufen. Manchmal half es, den Kopf freizuschaufeln und ihn umzuleiten, um sich dann aus einer anderen Richtung wieder zu nähern.

Abgesehen davon war es das pure Vergnügen, sich die Screenshots und Concept Images vom Meister für seine neuen Videospiele anzuschauen.

Er schaute sich gerade die Dateien für *Jolliah's Castle* an, die nach einem sicher ganz netten Abenteuerspiel aussahen, als Theo aus seiner privaten Andacht heraus katapultiert wurde, um Vonnie zu erblicken, die auf den Armen ein Tablett trug. *Verdammt.* Er blinzelte und versuchte sich aus der andächtigen Stimmung herauszuarbeiten.

„Ich dachte mir, dass ich dich hier finde", sagte sie.

„Oh. Wow", antwortete er und löste seine Blicke widerstrebend von dem Board, als würde er aus einem tiefen Schlaf erwachen. *Connectus interruptus.*

Ihm würde später erst mit einem Schock klar werden, das Vonnie – die Gut-Ding-will-Krach Vonnie – den ganzen Weg in das Zimmer hinein und herüber zu seiner Ecke gefunden hatte, ohne gegen etwas zu rennen oder etwas fallen zu lassen. Sie klang in der Tat etwas außer Atem – wahrscheinlich vom Hinaufsteigen über zwei Stockwerke – aber ihr graumeliertes Haar war ordentlich nach hinten frisiert und ihre runden Bäckchen waren nur ein bisschen rosa. Er dachte, dass sie bezaubernd aussah, auf eine heimelige Art. „Du warst nicht beim Mittagessen und ich dachte mir, dass du vielleicht Hunger hast." Sie stellte das Tablett auf dem Tisch ab, wobei sie einen Stapel von Schaltkreisen und Kabeln beiseite schob, die er sich zurechtgelegt hatte ... genau, wie er sie brauchte.

Jetzt waren sie ein wirrer Haufen.

Theo lächelte sie trotzdem an. „Danke. Es riecht gut."

Das tat es. Und er war hungrig. Ein Hühnchen-Sandwich auf diesem mit reichlich Sonnenblumenkernen besprenkelten

Brot, mit Tomatenscheiben und weichem, frischem Käse, der an den Seiten fast rausfloss. Eine reife Birne in Schnitzen. Rohe Karotten und etwas Eistee. Das Wasser begann ihm im Mund zusammenzulaufen, er schaute sie wieder an. „Danke dir."

Vonnie betrachtete gerade interessiert die drei Monitore, die er anhatte, alle in einer Reihe und jeder von ihnen mit einer eigenen Tastatur. „Ich erinnere mich auch noch dunkel daran", sagte sie mit einer vagen Handbewegung in Richtung von einem der Bildschirme. „Es war lange vor deiner Zeit, aber damals hatten wir etwas, das Facebook hieß, wo man ein Spiel spielen konnte, wo man eine Farm aufbaute. Und YouTube. Wo man Videos anschauen konnte – du weißt schon, DVDs – auf deinem eigenen Computer."

Ihre Stimme wurde zusehends leiser und sie schaute ihn an. Und auf einmal war eine Schärfe in ihrem Blick, die vorher nicht darin gelegen hatte. „Wirst du mir nun erzählen, was gestern Nacht wirklich passiert ist?"

Theo kaute da gerade und blinzelte und kaute einfach weiter. Der Weg das Herz eines Mannes zu erobern – oder in diesem Fall, sein Vertrauen zu gewinnen – ging ganz eindeutig über seinen Magen. Wenn man vom ausgelegten Köder und dem umgelegten Schalter spricht. „Ich denke mal", sagte er, nachdem er runtergeschluckt hatte, „du bist durchaus in der Lage es zu erraten."

Beide schauten einander einen Moment lang an, keiner bereit hier nachzugeben. Dann wurde er schwach und nahm einen weiteren Bissen von dem Sandwich.

Vonnie hatte ihn nur wütend angestarrt, keine Spur mehr von der Glucke, stattdessen stand da der Schuldirektor, der ungeduldig mit der Fußspitze klopfte und auf eine Antwort wartete, wer die Kabel vom Feueralarm so umgepolt hatte, dass er genau zu Beginn der Mittjahres Englisch-Prüfung losging. Erstaunlich, wie eine Frau sich so verändern konnte. Eigentlich erschreckend. Theos Mom war so gewesen. Und Selena war auch so.

„Was ist mit Brandon passiert?", fragte er widerborstig. „Zumindest das möchte ich von dir wissen."

„Warst du mit ihr da draußen? Das möchte ich *von dir* wissen", kam ihre Papagei-Antwort zurückgeschossen. Und eine vorwitzige Nase hob sich ein klein bisschen höher, um auf ihn runter zu blicken.

„Ja, ich war bei ihr."

Vonnies Schultern schienen runter zu sacken. „Gott sei Dank. Sie weigert sich, mich mitgehen zu lassen, und ich habe so einen festen Schlaf, dass ich sie nie gehen höre. Ich finde alles immer erst hinterher raus ... wenn es an der Zeit ist sie wieder zusammenzuflicken."

Theo speicherte diese für die Zukunft vielleicht nützliche Info ab – der Teil, dass Vonnie fest schlief. In einem Zimmer, das nur zwei Türen von Selenas Zimmer weg war. „Sie hat mich nicht mitgehen lassen", klärte er sie auf. „Ich bin ihr nach dort draußen gefolgt."

Er stopfte sich einen Birnenschnitz in den Mund. „Ist das auch mit Brandon passiert? Er hat das herausgefunden? Über sie? Und dann was? Er hat versucht sie davon abzuhalten? Ich kann es dem Kerl nicht verdenken, dass er nicht wollte, dass die Mutter seines Kindes von Zombies in Stücke gerissen wird."

Vonnies hübsches Gesicht wurde weich und traurig. „So simpel war das nicht. Und ich weiß auch nicht, ob ich dir erzählen sollte, was passiert–"

„Meiner Meinung nach ist es besser, du tust es", erwiderte er knapp. „Ich habe sie da draußen gesehen. Ich will nicht, dass das wieder passiert. Und sie ... nun, ich habe den Eindruck, dass sie möchte, dass ich all das vergesse und auf sich beruhen lasse. Und hier weggehe. Hat Brandon das getan? Er hat sie verlassen?"

„Nein, oh nein, sie hat ihn verlassen. Wir alle haben das. Sie und ich und Sam. Wir mussten es tun." Vonnie blinzelte ein paar Mal heftig und starrte für einen Augenblick aus dem Fenster. „Sie hat versucht es ihnen zu erklären – allen –, was sie da tat. Sie haben es nicht wirklich verstanden, aber immerhin hat sie sie dazu gebracht zuzuhören."

„Von wem sprichst du gerade? In Yellow Mountain?"

„Oh, nein", erwiderte sie. „Das war, bevor wir hierher nach Yellow Mountain kamen. Wir waren in Niketown. Südlich von hier, eine Reise von über einer Woche." Wie Selena zeigte sie mit der Hand etwas unbestimmt in irgendeine Richtung, die nicht einmal annähernd südlich lag. „Sie hat lange dafür gebraucht, aber schließlich hat sie ihm – Brandon – erzählt, was sie macht. Dass ihr Weg der bessere und menschlichere für die Zombies war. Er wollte ihr aber nicht glauben und er wollte nicht, dass man ihr wehtut. Er hat sie geliebt ... er hat sie nur nicht verstanden."

Vonnie zeigte auf einmal mit ihrem Finger zu dem letzten Happen von seinem Sandwich. „Wie sie auch kein Fleisch ist oder irgendetwas von einer Kreatur, die getötet wurde. Das ist ihre Art. Und das war eine Sache, die er nie akzeptiert hat. Er versuchte sie dazu zu bringen, ab und zu ein Stück Huhn oder ein bisschen Fisch zu essen. Einmal hat er versucht sie auszutricksen, indem er ein kleines Stück Fleisch in einen Eintopf tat, den sie gerade aß. Als sie das später herausfand, wurde ihr übel. Speiübel. Und jetzt isst sie gar nichts mehr, außer ich koche es."

„Das sehe ich." Theo hörte Vonnies weitschweifiger Erklärung nur mit halbem Ohr zu, aber es war dennoch interessant. Klang, als wäre Brandon ein echtes Arschloch. Da war er nicht allzu traurig drüber. „Was ist in Niketown passiert?"

„Brandon hat herausgefunden, was sie machte, und er hat versucht sie davon abzuhalten, es weiter zu tun. Aber das hat sie nicht zugelassen. Sie kann es nicht *nicht* tun, sagte sie zu mir. Es wäre wie wenn sie den Sterbenden nicht mehr helfen würde. Sie kann es nicht vergessen. Selbst wenn es hart ist."

„Wie lange ist sie schon die Todeslady?"

Vonnie schaute sich verstohlen im Zimmer um, als ob sie sicher stellen wollte, dass niemand sich näherte. „Ihre erste Todeswolke hat sie gesehen, da war sie fünf. Aber sie wusste nicht, was es war. Sie wusste nicht, was sie tat, bis sie älter war."

„Todeswolke?"

Vonnie schaute betreten drein. „Es ist wirklich nicht an mir, dir das zu erzählen, Theo. Aber ... es ist das, was sie sieht, wenn jemand sterben wird. Sie hütet ihre Geheimnisse streng und wenn sie will, dass du mehr als das weißt, dann wird sie es dir erzählen. Aber die letzte Person, der sie es erzählt hat, war Brandon. Und das ist nicht so glücklich geendet. Brandon und den Leuten in Niketown."

Theo kämpfte darum, seine Enttäuschung unter Kontrolle zu halten. „Was ist in Niketown passiert?"

„Jeder hasst Zombies. Sie haben panische Angst vor ihnen. Jeder hat schon mal jemanden an einen Zombie verloren. Jemanden, den sie kennen."

„Jep. Das ist sicher. Das ist auch der Grund, warum sie von Erdboden verschwinden sollten. Sie sind die einzigen Kreaturen hier auf dieser Erde, die keine Existenzberechtigung haben. Sie sind böse." Theo blickte kurz nach draußen, schaute, wie hoch die Sonne stand. „Abnorm. Nicht Teil vom Kreislauf des Lebens. Kannibalistische Monster."

Vonnie biss sich die Lippe. „Selena hat einen anderen Standpunkt."

„Sie tötet sie – der Standpunkt kann nicht *derart* anders sein. Und sie macht es auf eine ineffiziente, gefährliche Art und Weise. Warum zum Teufel verwendet sie keine Pfeile oder eine Bombe oder Feuer oder irgendwas?"

„Weil das nicht ihr Weg ist. Es ist menschlicher, sagt sie, die Art und Weise, wie sie es macht. Sie muss sie retten. Selena erträgt es nicht, die Zerstörung von Leben anzusehen. Sie lässt Frank keine Mausefallen aufstellen, außer es sind Käfige und man kann die Mäuse draußen freisetzen."

Theo schüttelte den Kopf, verärgert und verwirrt. „Was die Zombies tun, ist nicht leben. Es ist … ich weiß nicht was, aber es ist nicht *leben*. Es ist böse. Sie fressen alles und jeden, und was sie nicht fressen, zerstören sie nur so zum Spaß. Es ist verdammt gut, dass sie blöd wie Holzklötze sind, oder es gäbe uns auf dieser Erde schon längst nicht mehr." Er hatte sich schon durch die Karotten gearbeitet und nahm jetzt den Eistee, um zu trinken. *Ahh. Genau richtig in der Süße.*

Vonnies Lippen schürzten sich. „Nun, gerade klingst du ein bisschen wie Brandon. Aber irgendwie hat sie ihn dazu gebracht, ihre Seite der Dinge zu sehen, und als er einen großen Aufstand machte, weil sie nachts rausging, hatten sie dann eine Idee. Wenn der Rest der Stadt helfen würde, könnten sie alle Zombies in ein Gehege treiben und dann könnte Selena zumindest mit einem bisschen Sicherheit ihr Ding durchziehen."

„Ein bisschen, wie wenn man ein Rudel wilder Hunde einen nach dem anderen tötet, nachdem man sie in einem Käfig hat?", fragte Theo. „Immer noch recht ineffizient, aber zumindest wäre es sicherer für sie."

„Selena hat sie überzeugt es auszuprobieren und sie haben das Gehege gebaut. Und es ist ihnen gelungen – eine Gruppe von Zombies auszutricksen, da eines Nachts hinein zu gehen. Sie haben sie eingesperrt und alles war wunderbar. Jede Nacht hat sie sich um ein paar davon gekümmert, vorsichtig."

„Bis ... oh, Shit. Lass mich raten. Sie haben sich befreit?"

Sie nickte. „Es war schrecklich. Grauenvoll. Sie wurden *innerhalb* der Mauern gefangen gehalten, zusammen mit dem Rest von uns, und sie sind rausgekommen. Als wir endlich begriffen haben, was da vor sich ging, war es zu spät. Die Zombies waren von Sinnen und verängstigt und wild – und hungrig – und sie haben angegriffen. Selena hat versucht sie aufzuhalten, zu helfen, aber bis dahin war es zu spät. Der Schaden war schon angerichtet. Kinder, die älteren Menschen, selbst ein paar der jungen, starken Männer, die dabei waren ein von Sonnenenergie angetriebenes Auto zu bauen, wurden alle zerrissen. Fast die Hälfte der Einwohner in der Siedlung zählte zu den Toten."

Theo war übel. Er musste wirklich nichts weiter hören; er konnte es sich vorstellen. „Was haben sie getan?"

„Nun, natürlich haben alle Selena die Schuld gegeben. Als ob sie selbst es getan hätte, als ob sie die Zombies gezwungen hätte rauszukommen und jeden da anzugreifen. Und Brandon konnte sie nicht einmal ansehen. Er wollte nicht auf sie hören. Und sie ... nun, natürlich hat sie alles auf ihre Kappe genommen. Alles. Sie brauchte ihn und er hat ihr nicht geben können, was sie brauchte." Vonnie warf ihm einen Seitenblick zu und Theo spürte, wie ausgesprochen nachdrücklich ihr Blick war. „Und so sind wir also fortgegangen. Sie hätten ihr niemals verziehen. Sie konnte nirgends hingehen, ohne dass man sie anspuckte oder sie schubste oder nicht beachtete oder ... was auch immer. Es war schrecklich.

„Sie haben sie Zombie-Braut genannt. Und das war kein Kompliment", sagte Vonnie. Folgte irgendwie seinen Gedanken auf ihren schweigenden Pfaden. „Dann begann man sich zu fragen, ob das, was sie da draußen mit ihnen anstellte, nicht geschah, um sie zu töten, sondern um sie irgendwie zu hypnotisieren und zu trainieren, so dass sie ihr gehorchten. Wir mussten fortgehen."

Mittlerweile war Theo selbst schon ganz übel. Was für eine grauenvolle Geschichte. Er konnte beide Seiten verstehen, beide Standpunkte zu dem, was geschehen war. Es war in etwa das Gleiche, was nach dem elften September passiert war – zu viele Leute hatten jeden Muslim für das die Schuld gegeben, was von lediglich einigen wenigen Radikalen angerichtet worden war.

Es lag in der Natur des Menschen: einen Sündenbock zu finden, jemandem die Schuld zu geben, wenn etwas Tragisches passierte.

Nicht immer war es richtig, noch war es der beste Charakterzug der Menschheit, aber es war eine weit verbreitete Art zu reagieren.

Aber er hatte immer noch nicht mehr Bewunderung für Brandon übrig.

„Aber das war noch nicht alles", sagte Vonnie. „Wir zogen weiter und bleiben eine Weile in einem Ort namens Crossroads; vielleicht ein Jahr oder so. Nach ihren letzten Erfahrungen war Selena natürlich nicht mehr bereit irgendjemandem im Hinblick auf ihre Mission zu trauen. Sie half immer noch sterbenden Menschen dabei, den Weg zu finden, in was auch immer für ein Leben nach dem Tod es für sie gab, aber sie würde ihre Aufgabe den Zombies zu helfen, nicht ignorieren. Diesmal hat sie also niemandem erzählt, was sie da machte. Aber dann fingen die Leute an, sie zu beobachten. Da draußen, in der Dunkelheit, nachts jenseits der Mauern zusammen mit den Zombies. Ihnen erschein es so, als würde sie ihnen helfen oder sie trainieren, oder so was."

„Da es kurz davor dort zu Zombie-Angriffen auf drei Teenager gekommen war, waren die Einwohner von Crossroads wutentbrannt bei dem Gedanken, dass jemand den Zombies half oder sie beschützte. Sie fingen an, ihr schreckliche Dinge nachzusagen und sie zu ächten, und auch dort ist es dann eskaliert. Eine junge Frau wurde eines Nachts jenseits der Mauern angegriffen und getötet, und das war dann das Ende dort. Sie gaben Selenas kranker Zuneigung zu den Zombies – wie sie es nannten – die Schuld dafür, die Zombies anzulocken, und eine wütende Gruppe aus der Siedlung kam und versuchte sie mitzunehmen und einzusperren. Wir sind stattdessen gegangen."

Grundgütiger. Kein Wunder wollte Selena nicht darüber reden. Kein Wunder hatte sie das Gefühl niemandem vertrauen zu können. Er verstand es, aber es machte ihn immer noch sauer, dass sie *ihm* nicht vertraute.

„Also sind wir hierher gekommen. Nein, eigentlich haben wir Frank getroffen und er hat uns hierher gebracht. Das ist, warum wir nicht in Yellow Mountain wohnen und warum sie nicht so oft dahin geht. Je weniger die Leute über sie wissen, desto glücklicher ist sie. Für die ist sie nur die Todeslady. Nicht eine Zombie-Braut."

Theo nickte jetzt, aber sein Magen hatte sich verdreht. Die Geschichte erinnerte ihn an die Hexenverfolgung von Salem – unschuldige Leute durch den Dreck gezogen und verurteilt, ja sogar ermordet, wegen einem Haufen von abergläubischen Menschen.

Er verstand aber immer noch nicht, warum Selena so drauf versessen war, den Zombies den Tod leicht zu machen. Warum sie ihr Leben riskierte, um ihnen zu helfen – als ob sie ihre Haustiere wären, die irgendwie komplett verwildert waren.

Es erinnerte ihn an einen ihrer Nachbarn, als er und Lou aufwuchsen. Mrs. Cloud hatte einen Rottweiler gehabt, der die Katze von einem anderen Nachbarn angegriffen und getötet hatte.

Theo und Lou hatten mit dem Rottweiler oft gespielt und hatten ihn sogar schon mit einer Katze zusammen gesehen, ohne das geringste Anzeichen von aggressivem Verhalten. Aber dieses eine Mal musste etwas passiert sein, was ihn provozierte, und der

Hund hatte angegriffen. Das Gericht hatte angeordnet, dass der Hund eingeschläfert wurde, und obwohl Lou und Theo protestiert und Demos organisiert und Bittbriefe geschrieben hatten (das war alles vor der Zeit von Facebook und Twitter), hatte das Gericht sich durchgesetzt.

Der Katzenbesitzer feierte den Tod des Hundes, aber Mrs. Cloud und alle anderen, die Butch gekannt hatten, trauerten.

„Und Brandon? Was war mit Sam?"

Vonnie zuckte die Achseln. „Selena hätte ihn ganz sicher nicht in Niketown mit Brandon zurückgelassen, Zur Hölle, nein! Und er hat sich mehr Sorgen um seine gesellschaftliche Stellung dort gemacht als um seine Familie. Es war keine schwere Entscheidung."

Theo nickte. Das klärte ein paar Dinge. „Danke", sagte er. „Dass du mir davon erzählt hast."

Vonnie betrachtete ihn. „Jetzt will ich etwas von dir."

Und wieder ganz die Glucke. Theo nickte noch einmal.

„Wie lange hast du denn vor hier zu bleiben?"

„Hier? Hier oben?", Theo zeigte auf das Zimmer.

Sie runzelte die Stirn, starrte ihn an und hämmerte doch tatsächlich in raschem Rhythmus mit den Fuß auf dem Boden.

„Ach so, hier in Yellow Mountain." Er probierte es mit dem Grinsen, das bei seiner eigenen Mutter immer funktioniert hatte, und wurde von einem Zucken ihrer Mundwinkel belohnt. „Ich weiß nicht. Ich kann dir aber sagen, dass ich im Moment keinen Grund habe fortzugehen. Und … ich habe das Gefühl, ich habe eine Menge Gründe noch zu bleiben."

Vonnie schaute ihn an, dann packte sie das Tablett. Sie nickte einmal kurz, etwas abrupt. „Also gut dann, junger Mann." Dann schaute sie die Computer an und dann ihn. „Ich weiß nicht, was du hier oben treibst, und ich werde nicht danach fragen. Sei nur vorsichtig mit denen da. Die haben eine Menge Kummer verursacht."

„Danke, Vonnie", sagte er, als sie aus dem Zimmer ging.

Dann drehte er sich wieder zu dem Touchscreen-PC und starrte den an. *Die haben eine Menge Kummer verursacht, aber sie hüten Geheimnisse. Zwangsläufig.*

„Was ist Scheiße nochmal dein Geheimnis, Blizek? Bist du ihnen beigetreten? Hast du mitgeholfen die verdammte Welt zu zerstören?", fragte Theo wütend, während er den großen Bildschirm anstarrte. „Bist du irgendwo am Leben mit einem verdammten Kristall in deiner Haut?"

Wütend begann er mit seinen Fingern auf dem Bildschirm herum zu fahren, tippte an, vergrößerte, stupste, und er schaute zu, wie Fenster sich öffneten und öffneten und öffneten, das eine im andern, oder dann wieder übereinander gestapelt. Er verließ den Bereich mit den Spiele-Prototypen und hörte auf zu versuchen, in den tiefsten Schichten der Sicherheit herumzusuchen.

Stattdessen tippte er Fotos und Mails und Videos an. Er schaute sich schlichte Dokumente an, und ein bisschen einfachen Code-Text.

Und dann sah er es. Er erstarrte am ganzen Leib und ihm wurde ganz kalt.

FALLS DIE WELT UNTERGEHT.

Eine .mov Datei. Ein Video.

Nicht einmal sehr gut versteckt. In der Tat: Er hätte es früher gefunden, wenn er nicht da drin herum gegraben hätte, was er für die wahre Fundgrube hielt.

Das Herz hämmerte ihm, als Theo draufklickte und sich plötzlich ein Video öffnete, den Touchscreen ganz ausfüllte. Und da war Brad Blizek. Die Mauer, genau wie im Zauberer von Oz.

Er sprach in die Kamera hinein, rasch, mit leiser Stimme. Dringlichkeit stand ihm über das ganze, unscheinbare Gesicht geschrieben.

„Wenn ihr das hier seht, dann ist es zum Schlimmsten gekommen. Ich bin tot, denn sie werden mich nicht am Leben lassen, sobald sie merken, dass ich nicht wirklich auf ihrer Seite stehe. Ich bin nicht Teil von ihnen. Sie werden die Welt zerstören."

Hier stieß Theo einen hörbaren, erleichterten Seufzer aus und in dem Video blickte Brad über seine Schulter nach hinten und verkrümmte seine Schulter etwas, als ob er erwartete, jeden Augenblick unterbrochen zu werden.

„Ich werde so lange reden, wie ich kann, euch so viel mitgeben, wie ich kann, aber wenn ich sie höre, werde ich das hier schließen. Es ist darauf kodiert, sich automatisch auf Nachrichtenstationen hochzuladen, auf YouTube, und auch an mein eigenes LAN."

Er zuckte zusammen, sein Gesicht wurde noch ernster und dann redete er noch schneller und noch leiser. Theo konnte erkennen, dass seine Hand auf dem Schreibtisch vor der Webcam, die er benutzte, in Position war, anscheinend bereit augenblicklich die Maustaste zu klicken.

„Ich habe alles über sie schon vor Jahren herausgefunden. Sie wollten, dass ich beitrete und ich habe so getan als ob. Für fünfzig Millionen. Das Geld war Peanuts, also habe ich es ihnen gegeben, weil ich wissen wollte, was sie vorhaben. Während ich Hardware und Software für sie entwickelte, habe ich mich auch vorsichtig in ihre Systeme eingehackt. Es ist schwer, weil ich keine Spur meiner Anwesenheit dort hinterlassen darf, und auch wenn ich brillant bin, beobachten sie mich. Ich arbeite mit Truth daran, anzufangen Daten zu sammeln, zu versuchen einen Weg zu finden, um das hier zu stoppen. Sie sind stark und haben eine solche Reichweite, dass jeder Versuch, das hier zu veröffentlichen, in restloser Vernichtung resultieren würde, nicht zuletzt mit meinem eigenen Tod. Also versuche ich einen Weg zu finden, mir zunutze zu machen, wie sie—"

Ein Geräusch – laut genug, um per Webcam gehört zu werden – und seine Augen wurden riesengroß und er beugte sich näher zum Computer hin, jetzt flüsterte er laut. „Das sind sie. Es ist der Kult von Atlantis. Sie wollen Scheiße nochmal diese Insel von Atlantis hochbringen und es wird die Welt zum Umkippen bringen. Sie—"

Er schaute rasch hinter sich und dann wurde der Bildschirm schwarz.

„Heilige Mutter Gottes Shit und nochmal Shit." Theo starrte den Bildschirm noch ein ganzes Weilchen an, bevor die Haare auf seinen Oberarmen sich wieder beruhigten und hinlegten.

Dann spielte er es noch einmal ab. Und noch einmal. Und noch einmal. Das Herz schlug ihm jetzt im Hals und er starrte auf den Bildschirm.

Hätte er das vor fünfzig Jahren gesehen, hätte er es für einen Witz gehalten.

Aber mittlerweile wusste er drei Dinge: Er und Lou hatten Recht gehabt mit ihren Theorien. Brad Blizek war immer einer der Guten gewesen. Und Brad Blizek war ganz eindeutig tot.

9

Robert glitt nicht hinüber in das Leben nach dem Tod bis spät am folgenden Morgen, ganze vierundzwanzig Stunden nachdem Selena Theo gesagt hatte, dass sie mit niemandem über ihre Geheimnisse sprach, und fast zehn Tage nachdem Theo wieder auferstanden war.

Trotz ihres übel zugerichteten Körpers war sie den gestrigen Tag über gut beschäftigt gewesen. Sie hielt es mit voller Absicht so.

Ob zufällig oder intendiert, mit Theo hatte sie nicht mehr gesprochen, seit er ihr Schlafzimmer verlassen hatte – mit jenem sehr lauten, vielsagenden Klicken der Tür, die sich hinter ihm geschlossen hatte. Sie hatte ihn nicht einmal gesehen, nur aus der Ferne durch das Fenster, als sie ihn dabei beobachtete, wie er von etwas zurückkehrte, was wohl eine Badeexkursion gewesen war: tropfnass, sein nackter Oberkörper glänzte in der Sonne, jeder Muskel und jede Linie perfekt auf seiner dunklen Haut, der rote Drachen räkelte sich in der Sonne. Der Mund war ihr wieder wie ausgedörrt und ihr Magen war voller Schmetterlinge und sie drehte sich entschlossen weg.

Das, was ihren Magen so durcheinander gebracht hatte, war nicht so sehr der Anblick seines Körpers, aber der Gedanke wie sehr sie ihn vermisste. Bloß ... vermisste. Sie hatte das Gefühl, dass er sich in ihrer Gegenwart nie wieder wohl fühlen würde nach dem, was er letzte Nacht gesehen hatte.

Überraschenderweise war Selena seit den schrecklichen Ereignissen nicht wieder die Adressatin für eine der üblichen Standpauken von Vonnie wegen ihrer nächtlichen Aktivitäten gewesen. Es schien eigentlich jeder um sie herum ausgesprochen freundlich und leise zu sein.

Sie fragte sich wieso. Sie fragte sich – etwas verunsichert –, warum es sich wie die Ruhe vor dem Sturm anfühlte.

Aber das Ereignis, das sie am meisten beunruhigte, geschah am dritten Tag, nachdem sie in ihrem Schlafzimmer aufgewacht war. Theo war beim Abendessen mal wieder abwesend und Selena war sich nicht sicher, ob sie erleichtert sein sollte, dass er ihr aus dem Weg zu gehen schien – vielleicht schon seine Abreise vorbereitete, wie sie ihm vorgeschlagen hatte – oder ob sie es doch zulassen sollte, dass in ihre Gedanken ein klein wenig Traurigkeit tröpfelte. Ganz ohne Frage kam sie sich ein bisschen verloren vor, aber versuchte gleich, sich das wieder auszureden.

Es war nur *eine* Nacht gewesen.

Aber sie vermisste ihn.

Aber Theos Fehlen bei einer weiteren Mahlzeit war nicht, was sie beunruhigte. Es war die Art und Weise, wie Sam Jennifer jetzt anschaute und wie Jennifer ganz eindeutig zurückflirtete. Gott sei Dank war Frank taub, dachte sie, nach einer ganz besonders eindeutigen Doppeldeutigkeit.

Es wurde schlimmer, als Selena – die das dringende Bedürfnis verspürte, nach dem Abendessen einen Spaziergang zur Gedankenklärung zu machen – aus dem Haus trat und gerade einen der Steinplattenpfade entlang lief und auf Sam und Selena in einer leidenschaftlichen Umarmung stieß.

Sie befanden sich in einer kleinen, von Efeu überwucherten Gartenlaube außer Sichtweite des Hauses. Und Jennifers Hemd war hochgerutscht und gab den Blick auf einen glatten, nackten Rücken frei.

Selena erstarrte und machte dann jede Menge raschelnder Geräusche in den Büschen. Da erschien abrupt Sams Kopf hinter Jennifers und sein Blick kreuzte den seiner Mutter. Seine Augen weiteten sich einen kurzen Moment lang und dann konnte sie tatsächlich sehen, wie er tief Luft holte.

„Hallo, Sam", sagte Selena, der es gelang, ihre Stimme unter Kontrolle zu halten. *Was tust du da? Sie ist fast zehn Jahre älter ans du. Naja, vielleicht doch nur sechs oder sieben. Aber du bist zu jung für sie!* In ihr drin schrie ihr wild durcheinander gerüttelter Verstand.

Die zwei jungen Menschen hatten sich voneinander gelöst, aber Sams Arm war immer noch besitzergreifend und beschützend um Jennifers Taille geschlungen. Sein Gesicht war gerötet und seine Lippen geschwollen und feucht und er trug einen vorhersehbar vernebelten Gesichtsausdruck zur Schau. Jennifer hingegen nahm sich reichlich Zeit dabei, das T-Shirt wieder über ihre BH-freien Brüste zu streifen und der Blick, den sie Selena zuwarf, war nicht von der warmen Sorte. Noch verriet er Verlegenheit.

Er sagte *Wie du mir!*

Und auf einmal begriff Selena. Kalte Wut und Enttäuschung schlugen über ihr zusammen. „Sam, Frank war auf der Suche nach dir", log sie ganz ohne Gewissensbisse.

„Mom", sagte er mit bewundernswert fester Stimme, als er die Verantwortung für seine Taten auf sich nahm. „Ich wollte nicht, dass du es auf diese Weise herausfindest." Er machte eine kleine Geste zu dem Mädchen, eine Art Knuddel-Stupser, und Selena fiel auf, dass er neben ihr so ... so jung aussah. Ihr Magen verdrehte sich.

Während sie sich nicht einen Blick in Richtung Jennifer gestattete, fokussierte Selena sich ganz auf ihren Sohn. Ihren unschuldigen, gerade-mal-zum-Mann-gewordenen, fast siebzehnjährigen Sohn, der pepsverknallt in Jennifer gewesen war, seit er fünfzehn war. „Ich weiß", erwiderte sie. „Vielleicht suchst du dir das nächste Mal einen etwas ungestörteren Ort." Es war wichtig, dass sie ihre Wut auf Jennifer nicht zeigte. „Kannst du dir vorstellen, was Frank oder Vonnie gesagt hätten, wenn sie dich gefunden hätten?"

Er schaute kurz zu Jennifer und schenkte ihr ein so süßes, vertrotteltes Lächeln, dass eine Welle Übelkeit überall an Selenas

Eingeweiden leckte. „Wir dachten nur, es wäre ein netter Spaziergang nach dem Abendessen und dann, naja, du weißt schon", sagte er. Es lag Stolz in seinem Gesichtsausdruck und seiner Stimme. *Schau her, wen ich habe. Wer* mich *will.*

Selena schluckte tief und schaffte es zu nicken. *Sie wird dich bei lebendigem Leib auffressen.* Sie würde später mit ihm offen und ehrlich hierüber sprechen. Fürs Erste musste sie das hier nur durchstehen, ohne der Frau die Augen zu zerkratzen, die ihren Sohn derart missbrauchte. Und ohne dass er dachte, dass sie etwas gegen diese Beziehung hatte.

„Ich glaube, ich habe meinen Pullover dort drüben gelassen", sagte Jennifer in einer aalglatten Stimme. „Ich geh' ihn holen. Ok, Schätzchen?" Das Mädchen hatte immer noch einen Katze-die-gerade-ein-fette-Maus-verspeist-hat-Gesichtsausdruck. „Ich bin gleich wieder da."

Selena behielt ihre Gedanken eisern für sich und sie konnte nur beten, dass die Dolche, die sie innerlich fühlte und wetzte, ihr nicht aus den Augen schossen, als das Mädchen den Weg entlang fortging.

„Es tut mir Leid, dass du es auf diese Weise herausgefunden hast, Mom", sagte Sam.

„Wie lange geht das denn schon so", schaffte sie zu fragen.

„Erst seit ein paar Tagen. Ich weiß, du denkst wahrscheinlich, dass die Dinge sich zu schnell entwickeln",– *dreimal Scheiße, ja!* –, „aber sie ist wirklich Giga. Und sie ist so erwachsen, weißt du?",– *ja, ich weiß!* –, „also, egal, ich werde sie nach Hause bringen, bevor es zu schnell dunkel wird", sagte er. „Außer es macht dir nichts aus, dass sie heute Nacht hier bleibt?"

Selena verschluckte sich fast an ihrer Zunge und war nicht so erfolgreich damit, Jennifer weiter zu ignorieren, als sie wieder auf dem Pfad auftauchte. „Ich halte das für keine gute Idee", war alles, was Selena da herausbrachte. *Mach ihr kein Kind. Bitte mach ihr kein Kind!* Es war ein fast gotteslästerlicher Gedanke, aber das war ihr egal.

Sam schien das anstandslos hinzunehmen. Vielleicht dachte er bei sich, dass er die Dinge mit seiner Mutter heute Abend schon weit genug getrieben hatte. „Ok, Mom. Aber ich denke, wir werden bald über das hier mal reden müssen."

„Das halte sich für eine sehr gute Idee", sagte Selena, „ich sehe dich dann gleich nachher wieder drinnen."

Wie betäubt, wütend und mit einer nicht unbeträchtlichen Übelkeit im Magen, spazierte sie davon ... zuerst betont gemächlich und dann schneller und schneller, als die Wut sie vorantrieb. *Diese kleine Schlampe.*

Sie würde nicht tatenlos zusehen, wie ihr Sohn missbraucht wurde und man ihm wehtat, nur weil Jennifer etwas klarstellen wollte. Das Mädchen hatte bislang keinen zweiten Blick an Sam verschwendet. Und es war ja nicht so, als ob es in Yellow Mountain nicht mehrere Single-Männer geben würde.

Selenas Lippen verdrehten sich gegeneinander und sie stapfte weiter, froh über diese Schutzmauern und das große Gelände, auf dem sie ihre Wut austoben konnte, ohne sich über den Einbruch der Dunkelheit Sorgen machen zu müssen.

Was zum Teufel kann ich tun?

Was sie als einen beruhigenden, Gedanken-klärenden Spaziergang gedacht hatte, um die Abendblumen zu riechen und Franks Garten einen Besuch abzustatten, war zu einem weiteren Dilemma geworden. Warum? Und noch einmal, *Warum*?

In dem Moment überraschte sie ein unbekanntes Geräusch. Selena hielt inne und schaute sich um. Sie war mit weit ausholenden Schritten weiter in die abgelegenen Ecken des Geländes gestapft, als sie es seit Monaten getan hatte. Wahrscheinlich sogar Jahre. An Franks riesigem Gemüse- und Kräutergarten vorbei und auf diese Ansammlung von Bäumen zu, die sich weit im westlich gelegenen Ausläufer des Geländes erhob. Frank hatte noch eine zweiten Garten im Süden, gut getarnt mit Bäumen und Schrott drum herum, alles sorgfältig arrangiert, um es außer Sichtweite der Kopfgeldjäger zu halten, wenn die vorbeikamen.

Aber hier drüben im westlichen Teil, wo die Bäume hoch und dicht wuchsen, konnte sie sich an nichts außer einer Sammlung von überwucherten, verrosteten Maschinenanlagen erinnern.

Das Geräusch kam von dort und es klang wie ein tiefes Grollen, gefolgt von einem langen Stöhn-Kreischen. Und ... waren das *Lichter*?

Da zwischen den Bäumen?

Die Sonne stand tief, aber es war noch keine Abenddämmerung. Dann sah sie es wieder ... eine rasche Bewegung *oberhalb* der Bäume. Und Lichter. Und noch mehr merkwürdige Geräusche...

Selena ging näher ran, einen Pfad entlang, der überwuchert und vernachlässigt war. Die Geräusche wurden lauter und da war definitiv Bewegung ... aber als sie näher rankam, versperrte die Höhe der Bäume den Blick auf die Lichter.

Dann gelangte sie durch ein dichtes Gestrüpp von Büschen hindurch und fand sich auf der Lichtung mit all den Maschinen wieder.

Sie blieb stehen, überwältigt und fasziniert von dem Anblick, der sie hier begrüßte. Von dem Wildwuchs hier war vieles in der Mitte des offenen Gebiets weggeschnitten worden und lag jetzt säuberlich zu großen Haufen von Reisig gestapelt unter den Bäumen. Ein großes, senkrecht stehendes Rad, höher als das Haus, höher als die Bäume, war von Lichtern hie und da beleuchtet. Und es drehte sich, langsam, unter stöhnendem Protest zwar ... aber es bewegte sich. Von ihm hingen Schachteln runter, wie Schaukeln mit Seiten ... Selena hatte das schon mal gesehen, auf DVDs. Ein Reise-Rad.

Wer zum–aber sie musste den Gedanken nicht einmal beenden. Natürlich war es Theo. Sie wusste, dass er es sein musste. Er hatte ihren DVD-Player in Ordnung gebracht und ein Licht neu verkabelt, das Frank Schwierigkeiten gemacht hatte, und hatte etwas mit der Waschmaschine angestellt, was Vonnie zu Tränen der Dankbarkeit gerührt hatte.

Sie brauchte nicht lang, um ihn zu finden – er war in der Nähe der Reiseplattform unten, saß auf dem Boden und verwünschte eine Metallbox, die auf Füßen stand und voller Kabel und Hebel war. Werkzeuge lagen überall verstreut auf dem Boden um ihn herum und seine Haare standen in alle Himmelsrichtungen ab.

Sein drachenloser Arm war zu sehen, die Muskeln ganz köstlich angespannt, als er mit etwas in der Box kämpfte.

Aus irgendeinem Grund wurden Selena die Handflächen klamm, als sie sich näherte. In ihrem Bauch stoben diese verdammten Schmetterling wieder hoch.

Wie würde er reagieren, wenn er sie sah? War er immer noch wütend? Warum wurde ihr der Mund trocken und warum hämmerte ihr das Herz?

Sie war unsicher, wie sie sich ihm nähern sollte, ob er verärgert sein würde, wenn sie ihn unterbrach. Also ging sie einfach dorthin und blieb stehen. Ihre Füße würden seitlich in seinem Blickfeld auftauchen und irgendwann würde es ihm schon auffallen.

Als er sie bemerkte, war es mit einem kleinen Hüpfer und einem Hochschrecken und dann wanderte sein Blick langsam von ihren Schnürsandalen, über den langen, weiten Rock, den sie trug, nach oben, um dann dort ihrem Blick zu begegnen.

„Ich dachte, du wärst Frank", sagte er.

„Bin ich nicht", erwiderte sie, erleichtert, dass er ihr nicht befohlen hatte zu gehen.

„Es besteht nicht die geringste Möglichkeit, dich mit Frank zu verwechseln."

Und es bestand ebenso wenig Möglichkeit, den Klang seiner Stimme da zu missverstehen. Das machte die Schmetterlinge noch aufgeregter.

Theo erhob sich und sie entdeckte, wie sie jetzt zu ihm hochsehen musste und trat da ein kleines Stück zurück. Sein Gesichtsausdruck war zurückhaltend; nur eine Spur wärmer als reine Höflichkeit. „Hast du Lust es auszuprobieren?", fragte er und zeigte auf das große Rad.

Vor Überraschung und Entzücken konnte Selena da ein Keuchen nicht unterdrücken. Auch aus Panik. „Ich weiß nicht … es ist so hoch."

Er lachte kurz leise, wurde weicher und das tiefe, rollende Geräusch sandte ihr einen kleinen Schauer Wärme das Rückgrat lang. „Erzähl mir nicht, dass du Höhenangst hast."

„Ich geh nicht oft auf Reise-Räder", sagte sie. Und aus irgendeinem Grund brachte das ihn wieder zum Lachen. Sie mochte diesen Klang und ihr ging auf, dass sie den schon recht oft gehört hatte.

„Komm schon, Selena", sagte er. „Was macht schon noch ein weiteres Risiko in deinem bereits gefährlichen Leben?" Vielleicht lag da eine warnende Spitze in seiner Stimme. Oder vielleicht war es Traurigkeit.

„Ist es sicher?", fragte sie, als sie ihm auf eine kleine Rampe folgte, die zu dem untersten der Sitze führte.

„Selbstverständlich. Nun, zumindest diese hier ist sicher", sagte er und schaukelte den Sitz ein wenig. „Bei der habe ich gerade alle Schrauben neu angezogen und die maximale Gewichtsbelastung zweimal überprüft. Siehst du die Felsbrocken da drüben? Das waren die ersten, die auf Fahrt gegangen sind."

Der Anblick der mächtigen drei Felsbrocken beruhigte sie. Aber wie er sie in diese Schachtel hineinbekommen hatte, war ein Rätsel, aber wenn die drei die Fahrt überlebt hatten, dann würden sie und Theo ok sein. „In Ordnung", sagte sie. Jetzt sah sie, dass die Speichen des Rades von winzigen Glühbirnchen bedeckt waren. Nur ein paar davon waren an, unterbrochenes Glühen in Rot, Blau, Grün und Gelb.

Er lächelte ihr zu und öffnete mit einer galanten Geste die Schachtel. „Schönheit vor Alter", sagte er und winkte ihr einzusteigen.

Selena lachte und warf ihm einen *du bist verrückt* Blick zu, als sie auf den kleinen Sitz mit seinem Korb drum herum stieg. Er schwankte und wackelte und sie blieb ganz starr vor Schreck stehen, einen Fuß drinnen, den anderen draußen. „Das schaukelt", sagte sie.

„Das ist so gedacht. Geh rein, such dir eine Seite aus."

Sie rutschte rüber zu einer Seite der Schachtel und war dann nervös, wartete ab, um zu sehen, ob er sich neben sie oder ihr gegenüber setzen würde. Als er hereinkletterte, war sie mehr als nur ein bisschen enttäuscht, dass er den gegenüberliegenden Sitz wählte.

„Ich will sicherstellen, dass die Gondel ausbalanciert ist", sagte er und besänftigte sie damit etwas. Dann verriegelte er die Tür zu dem Wägelchen und lehnt sich auf seinem Platz zurück. Er nahm ein kleines Gadget in die Hände, das wie eine DVD Fernbedienung aussah, aber es hatte einen dicken Draht der daraus rausstach. „Normalerweise gibt es einen Kerl da unten, der die Maschine laufen lässt. Er legt den Schalter um und die Maschine startet und er hält alles wieder an, wenn es vorbei ist. Aber das wird hier jetzt nicht funktionieren – außer du möchtest alleine fahren?"

„Nie im Leben!"

Er grinste. „Das dachte ich mir. Also habe ich eine Fernbedienung für die Maschine. Bist du bereit?"

„Ja. Ich denke schon." Selena wappnete sich, wie sie da in der Mitte ihrer Bank saß, die Arme ausgestreckt, so dass ihre Hände beide Seiten der Box umklammern konnten. Sie schloss die Augen und stemmte ihre Füße gegen die Kante von Theos Bank.

Sie dachte, dass sie das Rollen von seinem leisen Lachen wieder gehört hätte, aber falls dem so war, ging es unter in dem langen, tiefen Ächzen der Maschinerie, die sich in Gang setzte und das Rad zu drehen anfing.

Selena wusste nicht, was sie erwarten sollte – vielleicht ein verrückt-schnelles Abheben oder eine Art von scharf-aufwärts Springbewegung. Aber alles, was sie spürte, war eine köstliche kleine Brise und ein seltsames Gefühl der Schwerelosigkeit. Die Bank schwankte sanft, nicht heftig, wie sie es von all dem hier erwartet hatte.

Als sie die Augen öffnete, entdeckte sie Theo, der sie beobachtete. Da war so ein halbes Lächeln um seine Lippen, aber der Ausdruck in seinen Augen war alles andere als heiter. Heiß und drängend.

Ihre Bauch-Schmetterlinge stoben in wildem Flug auf und es war nicht nur – so fiel Selena auf –, weil das Rad ganz oben angelangt war und jetzt den ganzen Weg abwärts ging. Sie schluckte und richtete ihren Blick woandershin, spürte, wie ihr die Brise sanft über das Gesicht streichelte.

Wow, dachte sie.

„Gefällt es dir?", fragte Theo. Er hatte sich auf seiner Seite wieder gemütlich zurückgelehnt, die Arme lässig über den Rücksitz der Bank ausgestreckt, anstatt stocksteif wie ihre.

„Ja. Es ist wundervoll. Ich habe noch nie etwas, wie das hier erlebt." Selena löste den Griff ihrer Hände etwas und ließ sogar eine Seite der Schachtel ganz los. Sie machte eine Bewegung, als wolle sie ihre Füße auf den Boden fallen lassen, aber er beugte sich plötzlich vor und hielt sie davon ab.

Während er mit seinen Händen ihren Knöchel umschloss, sagte Theo, „du musst deine Füße nicht wegnehmen." Er ließ ihren Fuß nicht los und bevor sie protestieren konnte, hatte er ihre abgewetzte Schnürsandale abgestreift und ließ sie auf den Boden ihrer Schaukel plumpsen. Seine Hand an ihrem Knöchel verschob sich etwas und als Nächstes verschob er *sie*, so dass ihr Fuß sich nun zwischen seinen Knien befand und er nahm beide Hände, um ihre Sohle zu massieren.

Oh. Himmlisch. Absolut *himmlisch* ... jene starken Finger kneteten genau an der richtigen Druckstelle über dem Ballen ihres Fußes, etwas sanfter an der zierlichen Fußwölbung entlang, um sie nicht zu kitzeln, und mit einem festen Daumen und Zeigefinger hinten an ihrem Knöchel. *Oh*.

„Du hast wirklich sexy Füße", sagte er und blickte zu ihr hoch, während die Bäume hinter ihm runterscrollten und die Brise mit ihren Haaren spielte.

„Danke", schaffte Selena noch zu sagen. Ihre Knie wurden gerade Buttersoße und sie konnte die Augen nicht losreißen vom Anblick seiner eleganten Hände, mit den langen, dunklen Fingern, die ihren helleren, honigfarbenen Fuß umfassten.

„Will sagen, *echt* sexy Füße. Das war eines der ersten Dinge, die mir an dir aufgefallen sind."

Sie konnte nicht schlucken. Und dann fiel ihrem verwirrten Verstand seine Frage von neulich ein. „Die rote Farbe auf meinen Zehennägeln? Die ist aus Tonerde und Honig und noch ein paar anderen Dingen gemacht. Löwenzahnwurzel für die Farbe."

„Ich mag das." Er beugte sich plötzlich vor und fing ihren anderen Fuß ein, der auf den Boden zwischen ihnen geglitten war, als sie sich entspannt hatte.

Selena leistete keinen Widerstand, als er begann, dem die gleiche Behandlung angedeihen zu lassen wie dem ersten. Sie schloss die Augen und lehnte sich hinten an die Lehne der Bank und ließ Brise und himmlischen Genuss über sich streichen. Wenn dieser Augenblick nur ewig dauern könnte.

„Wie lange arbeitest du schon an diesem Projekt?", fragte sie, als sie ihre Augen nach einer Minute öffnete.

Er ließ ihre Füße nicht los. Jetzt streichelte er oben an einem entlang, bis zu ihrem Knöchel und dann sanft hinunter zu ihrer Wade. Selena konnte nicht umhin, als sich zu fragen, wohin das hier führen würde ... und sie war im Grunde auch nicht uninteressiert.

Im Gegenteil, wenn die Wärme, die sich gerade in ihrem Körper ausbreitete, und das prickelnde Gefühl ganz unten irgendwas bedeuteten, dann war sie ganz und gar nicht uninteressiert. Aber sie war nicht ungeduldig, noch fühlte sie sich irgendwie unter Druck.

„Ein paar Tage", antwortete er auf ihre Frage. „Ich hatte beschlossen, mich für ein paar Tage rar zu machen, und es gibt noch ein paar Dinge, von denen ich dachte, ich könnte die erledigen, während ich hier bin. Das war eins davon."

Während ich hier bin. Sie ignorierte dieses Stechen von Enttäuschung, den ihr das versetzte und zwang sich zu nicken und interessiert auszusehen.

„Ich dachte, ich könnte dich für eine Überraschung hier herauslocken, wenn es fertig ist ... aber da bist du mir zuvorgekommen. Die einzige Person, die bis hierher kommt, ist Frank, und das ist nur, weil ich ihn darum gebeten habe, es mir zu zeigen. Was hast du denn so weit draußen getrieben, kilometerweit vom Haus entfernt?"

Natürlich bewirkte seine Frage, dass das Problem mit Sammy und Jennifer sich in ihren Gedanken wieder ganz nach vorne schob und fast das gesamte Vergnügen dieser Fahrt auslöschte.

„Ich musste mir etwas Ärger aus dem Leib laufen", sagte sie schließlich und setzte sich auf ihrer Bank auf und versuchte ihre Füße wieder auf den Boden zu bekommen.

Er hielt sie weiter fest, aber sanft. „Ärger? Auf wen?"

Selena schaute weg und bemerkte auf einmal überrascht, dass sie vom höchsten Punkte des Reise-Rades das gesamte Gelände sehen konnte und dass die Sonne schon halb hinter dem Horizont versunken war. Der Ausblick war wunderschön und faszinierend – sie hatte es noch nie auf diese Art gesehen. Und jetzt waren sie wieder auf dem Weg nach unten, ein kleines Kitzeln in ihrem Bauch gesellte sich zu der aufkommenden Brise. Mit dem Herabsinken der Sonne schienen die winzigen Lichter heller über ihnen und um sie herum zu glühen.

„Selena."

Sie wandte sich ihm wieder zu. „Mir ist gerade die Aussicht aufgefallen."

Er nickte. „Du wirst mir nicht erzählen, über wen du dich ärgerst?"

Sie setzte sich etwas zurecht. Das war nicht wirklich eine Unterhaltung, die sie mit ihm führen wollte ... trotzdem, vielleicht hatte er ja einen anderen Blickwinkel. Da er in einer ähnlichen Situation steckte. In etwa. Und abgesehen davon, *wollte* sie mit jemandem reden. Sie brauchte das.

Hatte sie nicht gerade vorhin gedacht, wie einsam sie war?

„Ich habe Sammy und Jennifer beim Rummachen erwischt, gerade eben, dort bei den Rosen."

Theos Augenbrauen hoben sich ganz weit nach oben und er hörte für einen Augenblick auf ihr den Fuß zu reiben. „Oh." Dann setzte er sich auf und begann seinen kraftvollen Daumen auf eine Stelle genau unterhalb ihres Fußballens zu drücken, stark und in Kreisen und so himmlisch, dass sie stöhnen und in ein Koma fallen wollte. „Das muss etwas unangenehm gewesen."

„Ich habe neulich deine Unterhaltung mit Jennifer mitgehört. An dem Tag, wo du–uhm–mir geholfen hast, das Buchregal umzuräumen."

Theo grinste kurz. „Das ist ein neuer Euphemismus: ‚das Buchregal umräumen'. Aber es wird der Aktivität eigentlich nicht ganz gerecht, meiner Meinung nach." Dann war das Grinsen wieder weggerutscht. „Ich weiß – du hast mir erzählt, dass du uns gehört hast."

„Ach ja. Nun ... ich denke sie will hier etwas unter Beweis stellen. Und ich will nicht, dass man Sammy weh tut."

Theo betrachtete einen Moment lang ihren Fuß nachdenklich, sein Daumen strich nun sanft über den Spann, genau da, wo er in den Knöchel überging. Langsam und zärtlich. „Du denkst, sie ist eifersüchtig? Oder denkst du, sie versucht ihre Beziehung zu Sam mit ... unserer zu vergleichen?"

„Die Art, wie sie mich angeschaut hat ... das war selbstgefällig und ein bisschen wie ‚Ha! Schau, wie dir das gefällt?' Ich will nicht, dass sie ihn benutzt, um mir eins auszuwischen. Um etwas zu beweisen. Er ist schon lang pepsverknallt in sie."

„Pepsverknallt?" Er schaute sie mit solcher Hingabe an, dass sie – trotz der Tatsache, dass sie hier die Ältere war – sich fühlte, als ob er der ältere war. „Das gefällt mir."

Auf einmal erhob er sich. Ehe sie sich's versah, war er auf den Beinen und ihrer Seite der Schachtel, quetschte sich da neben sie und machte, dass das Wägelchen mit viel mehr Gusto ins Schwanken kam, als ihr lieb war. Selena unterdrückte ein kleines, überraschtes Quietschen, aber als sein stattlicher Körper sich neben ihr hingesetzt hatte, groß und warm, fühlte sie sich besser.

„Und", sagte sie schnell, um den Moment mit etwas zu füllen, „was, wenn sie schwanger wird?"

„Möchtest noch nicht Oma werden, was?", fragte er und drehte sich mit einem Lächeln zu ihr.

Er war so nah. Genau da. Aber sie berührten sich kaum, nur das Streifen von den Haaren an seinem Arm an ihrem. „Das ist es nicht", sagte sie. „Ich denke, dass er noch nicht so weit ist, ein Vater zu sein, und ich weiß, dass Jennifer noch nicht so weit ist, sich mit einem siebzehn Jahre alten Jungen häuslich niederzulassen."

„Du weißt schon, dass das die gleiche Art und Weise ist, wie du weißt, dass ich mich überhaupt nicht dafür interessieren könnte, mit einer Frau Zeit zu verbringen, die zweimal so alt zu sein scheint wie ich. Das weißt du schon?"

Selena verdrehte die Augen. „Die Situation ist komplett anders. Er ist doch kaum ein erwachsener Mann, das ist das Erste. Sie kann nicht wirklich an ihm interessiert sein. Sie hat ihn vorher keines Blickes gewürdigt. Und ich bin sicher, dass wenn du ihr auch nur ein bisschen Aufmerksamkeit schenken oder Interesse widmen solltest, würde sie ihn wie eine heiße Kartoffel fallen lassen. Das weißt du schon, oder?"

Er schaute sie direkt an. „Ich hoffe, dass du hier nicht gerade vorschlägst, ich soll ihr etwas Aufmerksamkeit schenken, um sie von Sam abzulenken?"

Sie biss sich auf die Lippe und schaute ihn hoffnungsvoll an. „Das könntest du doch."

Seine Augenbrauen zogen sich zusammen. „Und wie würde ich dabei rüberkommen? Ich hatte bereits das Vergnügen, eine Standpauke von deinem Sohn hinsichtlich meiner Absichten zu bekommen. Er war nicht erfreut."

„Was?" Selena empfand da ruckartig eine Mischung aus Schock und Entzücken. „Er war nicht erfreut, aber er war sehr höflich. Und sehr deutlich. Und was Jennifer betrifft – ich werde dir sagen, was ich ihm auch gesagt habe: Da besteht von meiner Seite aus keinerlei Interesse."

„Nun … ok. Aber wenn du ihr nur ein bisschen Aufmerksamkeit widmen würdest – nur um zu sehen, ob ich Recht habe? Es wäre für eine gute Sache. Dem gutgläubigen und verletzbaren Herzen eines siebzehnjährigen Jungen."

„Keine Chance. Ich gebe mich nicht mit Frauen ab, an denen ich nicht interessiert bin. Ich flirte nicht mit ihnen und ich gehe ganz sicher nicht mit ihnen ins Bett." Seine Stimme grenzte an verärgert, aber war scharf gewürzt mit einem lockenden Unterton, der ihr wieder das Wasser im Mund zusammenlaufen ließ. „Und abgesehen davon, sich das Herz brechen zu lassen, gehört zum Leben dazu. Das ist zwar ätzend, aber es macht dich auch stärker. Hilft dir die Dinge klarer zu sehen … zumindest dann, wenn es nicht mehr so weh tut."

Sie fragte sich, ober er über die Frau namens Sage sprach. Die, die ihm anscheinend das Herz gebrochen hatte. Selena schluckte einmal schwer und sattelte hastig um. „Und was meinst du damit, ‚eine Frau die zweimal so alt wie du zu sein *scheint*'? Das mag ja eine Übertreibung sein, aber ich bin fünfzig. Theo. Und du kannst nicht älter als dreißig sein, allerhöchstens fünfunddreißig."

„Ich habe es dir schon mal gesagt ... ich bin nicht so jung, wie ich aussehe."

Sie lehnte sich auf ihrem Platz zurück und stieß da die Luft mit solchem Nachdruck aus, dass nicht nur die Brise ihr den Pony jetzt kräuselte. „Wie ich sagte..."

Er schüttelte langsam den Kopf und schaute sie weiterhin direkt an. Als ob er etwas sagen wollte. Schließlich sagte er. „Ich muss dich etwas fragen. Was ist passiert, als du mich wieder zum Leben erweckt hast? Ganz genau? Wie hast du das gemacht?"

„Nun, ich..." Selena drehte sich ein wenig, setzte sich in ihrer Ecke der Bank etwas zurecht. Als sie damit fertig war, streckte er die Hand nach ihrem Schenkel aus und hob ihr Bein an, damit es dann quer über seinem Schoß lag, wo er erneut ihren Fuß festhielt.

Sie biss sich auf die Lippen. Wie viel sollte sie ihm erzählen? „Der Kristall, den ich getragen habe ... neulich Nacht."

„Der, der gebrannt hat? Als du mit den Zombies unterwegs warst?"

Selena nickte. „Ich habe mit dem Kristall deinen ... ich habe ihn an das Auge von dem Drachen an deinem Rücken gelegt. Es ist ... was ist es denn eigentlich? Es war aus Metall oder so was. Du hast diesen großen ... Ruck getan und irgendwie bist du erzittert. Und dann hast du die Augen geöffnet."

„Nun, das würde die Sache erklären", murmelte er. „Du hast ihn nur an mich angelegt?"

„Ja. Es war wie ein Funke oder so was. Aber was ist das Ding da in dir drin?"

„Hm. Schau, Selena", sagte er und machte es sich jetzt ebenfalls in seiner Ecke gemütlich, seine Knie zeigten zu ihm, stießen gegen ihr rechtes Knie. „Es gibt ein paar Dinge, die du auch nicht über mich weißt. Ich habe meine eigenen Geheimnisse."

Sie wartete. Erwartete, dass er fortfahren würde. Aber das tat er nicht. Stattdessen massierte er ihr mit großer Hingabe den großen Zeh, als ob es das Wichtigste auf der Welt wäre. Ein wertvolles Juwel oder Metall, das er gerade rubbelte und polierte.

Theo schaute dann auf einmal hoch, mit einem verlegenen Lächeln. „Das hier törnt mich richtig an", sagte er. Und er schaute sie mit Augen an, die seine Worte bestätigten.

„Meinen Fuß zu reiben?" Selena brachte noch ein kleines Glucksen zustande, aber es klang mehr wie ein lüsterner Atemzug. Diese Schmetterlinge schon wieder …

Er lachte auch ein bisschen. „Ich weiß. Es ist ein bisschen strange. Aber ich denke, es kommt von dieser Fotoserie, die ich mal gesehen habe, vor langer Zeit, als ich so etwa im Alter von Sam war. Sehr leicht zu beeinflussen. Es war eine Reihe von Fotos von einem Pärchen, das miteinander schlief – auf den meisten davon nackt, klar. Aber richtig geschmackvoll, für die Art von Foto eben. Und das letzte Foto war eines, das nur ihre Füße zeigte. Elegant und feminin, mit den gleichen, glatten Kurven, wie eben der Rest von ihrem Körper auch. Die Zehennägel waren knallrot angemalt, wie deine, und schauten nur aus den weißen Bettlaken raus. Die Laken waren alle verknautscht und zerwühlt, und du hast gewusst, was da gerade abgelaufen ist … und ein Fuß zeigte gerade nach oben und der andere war leicht zur Seite abgewinkelt. Ich weiß auch nicht. Es hat mich … halt angemacht."

Sie „machte es auch an" ihm zuzuhören, wie er das so erzählte.

Ihr Wägelchen war wieder ganz oben angelangt und sie spürte eine plötzliche Brise, als sie den Punkt passierten … dann das hurzelpurzel Gefühl, als sie die Weiterfahrt nach unten wieder antraten. Es war etwas verwunderlich, dass sie so nervös war, wo das hier so eine schöne und sinnliche Fahrt war. Die Sonne war fast verschwunden und ein satter Mond war im Südosten erschienen. Die Welt nahm jetzt jede gedämpfte Farbe an, bis hin zu jeder Schattierung von Blaugrau, gesprenkelt mit Schatten.

„Das kleine Metallding in meinem Rücken ist das, was man einen integrierten Schaltkreis nennt. Oder englisch kurz IC", sagte er schließlich. „Er wurde meinem Körper eingepflanzt während ... während einer ungeheuren Explosion unter der Erde."

Selena sagte nichts. Sie wartete nur ab, bis er weitersprach.

„Es ist in meiner Haut verheilt und hat sich irgendwie mit meinem Körper kurzgeschlossen ... und es hat mich verändert." Er hatte aufgehört, ihr den Fuß zu reiben und hielt ihn jetzt nur noch in den warmen Händen, umfasste mit der Hand ihre Ferse und ihren Fußballen. „Ich weiß nicht warum oder wie, aber der Schaltkreis hat mir diese Fähigkeit verliehen, wenn ich will, elektrischen Strom zu erzeugen."

Sie blinzelte, starrte ihn an. Die Sonne war so tief gesunken, dass sie seine Gesichtszüge nicht mehr wirklich erkennen konnte; sie konnte nicht erkennen, ob er es ernst meinte oder hier Witze riss. „Und...?"

„Und jetzt, seit ich wieder zum Leben erweckt wurde, scheine ich – ganz plötzlich – diese Fähigkeit verloren zu haben. Die mir, ganz nebenbei gesagt, in der Vergangenheit recht gelegen kam."

Sie merkte da, dass sie sich aus ihrer Ecke rausgezogen hatte, interessiert und gespannt. Jetzt lehnte sie sich wieder auf ihren Platz zurück. Ah. Also war er nicht in der Lage ihr diese seltsame Sache zu demonstrieren. *Sehr praktisch.*

Aber warum sollte er wegen so einer Sache lügen? Aus eigener Erfahrung wusste sie, dass es unerklärliche Dinge gab im Leben, und darüber hinaus. „Es scheint dir nicht allzu viel auszumachen", merkte sie an. „Diese Fähigkeit zu verlieren."

Er lächelte kurz und drückte er dann ganz leicht den Fuß. „Es ist nicht, wie wenn man einen Arm oder ein Bein verlieren würde", erwiderte er. „Ich meine, ich bin immer noch voll funktionstüchtig", fügte er mit einem kurzen Lächeln von der Seite her hinzu. „Und es war nicht etwas, was ich ständig in Anspruch genommen habe, ja nicht einmal jeden Tag. Es hat eine Menge Kraft und Energie gekostet, das zu gebrauchen ... und danach war ich immer richtig schwach. Ich konnte kaum aufrecht stehen. Ich denke, dass dieser Stromschlag, der von dem Kristall kam und mich per Schock ins Leben zurückholte, bewirkt hat, dass die Schaltkreise durchgebrannt sind. Also ist der Strom jetzt weg ... aber ich bin noch am Leben. Ich denke, es war ein fairer Tausch."

Sie verstand nicht wirklich alles, was er da erzählte, über durchbrennende Schaltkreise und so weiter, also nickte sie einfach.

„Nichts, was ich dagegen tun kann. Ich kann hundert Mal warum fragen, aber ich scheine nie eine Antwort zu kriegen."

Selena starrte ihn an, in ihr erblühte etwas. „Das Gefühl kenne ich."

„Ich weiß nicht, was passiert ist, oder warum du in der Lage warst, mich wieder ins Leben zurück zu holen. Ich wünschte, ich wüsste es. Es scheint, als müsste es einen Grund gegen. Aber bislang habe ich nicht herausfinden können, was der wäre."

Selena ließ seine Worte über sich streichen wie die sanfte Brise, und nahm sie einfach mal so hin. Sie mochte ihn. Sie wollte seine Worte nicht in Zweifel ziehen oder sich fragen, ob er seltsam war. Er war anders und sie wusste nicht, was er hier vorhatte, aber sie mochte ihn. *Sehr.* Und nicht nur wegen dieser breiten, starken Schultern. Sie fühlte sich wohl bei ihm. Als ob er die Dinge auf einer tieferen Ebene verstehen würde als die meisten Menschen. Es war leicht mit ihm zu reden und er hörte zu. Aber sie war innerlich immer noch nicht bereit, ihm alles zu erzählen. Sie hatte Brandon *geliebt*, sie hatte ein Kind mit ihm gehabt ... und er war nicht fähig gewesen, sie voll und ganz zu verstehen.

„Ich denke nicht, dass wir jemals die wahre Antwort bekommen, was das – warum etwas passiert – betrifft. Ob nun gut oder schlecht", sagte sie. „Einfach oder schwer. Aber wir scheinen nur zu fragen, wenn es uns nicht gefällt. Wenn wir wissen müssen, warum jemand gestorben ist oder warum sich diese Tragödie ereignet hat, oder warum mir etwas Schwieriges abverlangt wird."

Theo ließ ein weiteres kurzes Lächeln aufblitzen. „Das entspricht nicht ganz der Wahrheit. Ich frage mich jetzt, in diesem Moment, warum ich so ein Glückspilz bin und mit dir neben mir diese Rundreise machen darf."

Er bewegte sich auf seinem kleinen Sitzplatz und als Nächstes beugte er sich schon zu ihr vor. Ihren Fuß ließ er los, so dass er ungehindert zu Boden fallen konnte, er kam jetzt näher, der Strahl von einer roten Lampe berührte ihn an der Stirn. Sie schaute ihn an, ihre Blicke trafen sich, als er ihr gesamtes Gesichtsfeld ausfüllte und dann ihre Lippen mit seinen bedeckte.

Wärme und Hitze erblühten ihr überall, als ihre Münder sich berührten. Absolut perfekt. Lippen legten sich aneinander, als wären sie genau so geformt worden, sanft und voll und zärtlich. Er berührte sie nirgends, außer da, wo seine Hand auf dem Sitz neben ihr aufgestellt war, um ihn stabil zu halten.

Und dann, ebenso geschmeidig, löste er sich wieder nach diesem einen, schlichten Kuss. Das Geräusch von dem unterbrochenen Sog bildete einen leisen Kontrapunkt zu dem tiefen Stöhnen der Maschinerie des Rads. Theo setzte sich wieder in seine Ecke und betrachtete sie. Sein geheimnisvollen Augen waren schmal und dunkel, immer wenn sie das Mondlicht einfing, leuchteten sie kurz auf.

Selena hämmerte das Herz und sie wollte vorwärts schwingen, wieder zu ihm hin, und diesen Kuss fortführen ... aber etwas hielt sie davon ab. Das Licht über ihm war trübe und jetzt grün eingefärbt, aber sie konnte seine Körperhaltung erkennen: reserviert, beherrscht.

Das Rad brachte sie wieder nach unten und als sie den unteren Teil des Kreises umrundeten, begann es langsamer zu werden, die Brise flaute ab. Der Anschwung nach oben, von dem sie irgendwie begriff, dass es der letzte sein würde, nahm sich Zeit ... erklomm den Scheitel und die Lichter der Radspeichen versandten ihr vielfarbiges Leuchten ... dann schien es fast zu seufzen, als es unten zu einem Halt wie einzuschweben schien.

„Das war wirklich schön", sagte sie. „Ich habe es genossen. Ich habe es genossen, mit dir zu reden. Ich habe niemanden sonst ... mit dem ich reden kann."

„Das Vergnügen war ganz auf meiner Seite", sprach er zu ihr und streckte die Hand aus, um die Tür zu entriegeln. Sein Tintenarm streifte den ihren, warm und stark, was sie auf einmal wieder an den Rest seines warmen, starken Körpers an ihrem erinnerte.

Als Selena aufstand, sah sie aus der neuen, veränderten Perspektive auf ein Bündel an Lichtern auf dem Reise-Rad und ihr fiel auf, dass sie wild flackerten: rot und grün und gelb, mit ein paar blauen. „Zombies mögen Lichter, die so blinken, nicht", sagte sie … und fragte sich dann, warum sie so dumm gewesen war, dieses heikle Thema aufs Tapet zu bringen.

Theo stieg nach ihr aus. „Das wusste ich nicht", sagte er ganz sanft und sie fragte sich, ob es ihr gelingen würde zu flüchten, ohne diese Gesprächsrichtung einschlagen zu müssen – warum sie raus ging, was sie tat… „Haben sie Angst davor?"

Selena lief die Rampe runter, ihre Knie ein bisschen wackelig. „Es scheint sie zu verwirren. Ich gehe jetzt wieder zurück, Theo", sagte sie, um allen weiteren Fragen vorzubeugen. „Danke dir."

„Selena", sagte er und verhinderte ihre Flucht. Sie drehte sich um. „Du gehst heute Nacht nicht da raus, oder?"

Sie schüttelte den Kopf. Sie war nicht so weit. Noch nicht. Nicht derart bald. „Nein. Ich bin seit neulich Nacht nicht draußen gewesen."

„Ich weiß."

Ein kleiner Schauer kitzelte sie. Hatte er sie beobachtet? Sie war sich nicht sicher, wie sie sich dabei fühlte, aber sie war nicht wirklich überrascht. „Du hast mein Wort", sagte sie.

Und dann, anstatt sich umzudrehen und davonzugehen, wie sie es geplant hatte, bewegte sie sich auf ihn zu. „Theo", sagte sie.

Er breitete die Arme aus und sie marschierte da hinein, und ihre Münder fanden einander mit Leichtigkeit. Der Kuss war heiß und wütend, ganz und gar nicht wie der zärtliche, kleine Kuss vom Reise-Rad. Seine Arme klebten ihr überall am Rücken, zogen sie an sich, wie Rinde an einem Baum, seine Hände glitten hinab, um ihren Hintern zu fassen.

Er roch gut und frisch, schmeckte ein bisschen salzig auf der Wange und am Kinn. Sein Haar war weiche Seide unter ihren Fingern und als er ihren Mund wieder an seinen zog, stießen ihre Zungen zu und glitten schnell und tief ineinander. Sie hatte die

Hände an seinen Schultern, glitt damit über die Wölbung seines Bizeps und die Wärme seiner Haut unter den Ärmeln von seinem Hemd. Ihr Fuß fand seine Beine und glitt an dem muskulösen Schenkel entlang, brachte das Haar, das dort wuchs, gründlich durcheinander. *Ja.*

Die Welt war dunkel, heiß geworden, drehte sich gerade schnell genug. Sie war erwacht, schwoll an und wurde feucht, ihre Brüste angespannt und bereit, an sein Hemd gepresst.

Theo zerrte seinen Mund dann weg, seine Hände kamen auf ihren Hüften zu ruhen, wo sie sie festhielten, als er einen Schritt beiseite trat. Die Lichter von dem Rad über ihnen sprenkelten sein Gesicht gelb, blau und rot, und sie konnte alles sehen: seine Lippen geöffnet, seine Augen dunkel und selbst seine Brust, die sich hob und senkte.

„Ich würde gerne eine ganze Menge mehr als das tun", sagte er mit leiser Stimme, seine Augen dunkel und schwer auf ihr. „Aber ich halte das für keine gute Idee. Für eine Weile zumindest nicht. Bis ich es nicht mehr aushalte", fügte er mit einem heftigen Ausatmen hinzu. „Ich denke nämlich, dass du mehr in mir sehen musst, als einen jungen Hengst, der dich mit seinem Körper spielen lässt."

Selena keuchte auf – teils aus Entrüstung und teils, weil sie außer Atem war, und immer noch nicht ganz in der Jetzt-Zeit angelangt war. „Das ist nicht–"

„Wirklich?" Er lachte etwas atemlos. „Nicht dass es mir etwas ausmacht, dass du mit meinem Körper spielst oder umgekehrt ... aber du hast diese fixe Idee zu mir und wie alt ich bin – oder wie alt ich aussehe – und ich denke, du hältst das hier für eine vorübergehende Sache. Vielleicht ist es das, aber ich bin mir nicht sicher wie vorübergehend vorübergehend ist. Also habe ich beschlossen, mich etwas rar zu machen, ein paar Dinge hier zu erledigen, vielleicht dich und Sam und Vonnie besser kennenzulernen, so dass – was immer das zwischen uns nun ist – es nicht nur körperlich ist. Denn Selena, ich habe es dir neulich gesagt ... ich kann nicht aufhören, an dich zu denken. Und ich meine nicht nur deinen Körper, der sich mit meinem in den

Laken wälzt. Und all die Dinge, die du damit anstellen kannst."
Sein Lächeln blitzte in der vielfarbigen Welt da auf. „Ich habe
Kratzer an meinem Rücken – und ob du es glaubst oder nicht, die
stammen nicht von den Ganga neulich Nacht."

Jetzt explodierte Selena das Gesicht heiß und rot und sie war
froh, dass es zu dunkel war für ihn, das zu erkennen. „Tut mir
Leid."

Sein Lachen klang etwas forciert. „Keine Entschuldigung
nötig, glaub mir. Ich kann nicht abwarten zu sehen, was du tun
kannst, wenn ich dich erst einmal richtig kennengelernt habe ...
und was du magst."

Oh, Gott. Das Herz hämmerte ihr wild in der Brust und ihr
gesamter Körper schien plötzlich zu erwachen. *Was du magst.*

„Ok", erwiderte sie. Wie im Nebel. Verwirrt. Und mit absolut
butterweichen Knien. „Wenn es das ist, was du willst."

„Was ich will", sagte er, auf einmal sehr ernst und sehr stark,
„ist dass du mir genug vertraust, um mit mir zu reden wie heute
Abend. Dass du mir erlaubst, dich zu verstehen. Und dann
können wir alle möglichen Arten von Spaß haben."

Genau. Sie war sich nicht sicher, ob das möglich war ... aber,
dachte sie, während sie stolperte, als sie sich gerade wegdrehte,
sie kam immer näher an den Punkt, wo sie es auf einen Versuch
ankommen lassen würde.

10

Das Problem mit einer kalten Dusche war, dass die betäubende Wirkung nur so lange anhielt wie die Dusche selbst.

Wenn ein Kerl da nun rausstieg und sein Verstand wieder an den Ort zurückwanderte, wo er vorher gewesen war und der ihn erst in die kalte Dusche getrieben hatte, war er am Arsch. Und leider nicht an dem von jemand anderem.

Was der Grund war, warum sich Theo mit Haaren, von denen immer noch das eiskalte Wasser auf seine nackten Schultern runtertropfte, dabei wiederfand, wie er erneut die dunkle Treppe zu den Arkaden hochstapfte. Und das nur eine Stunde nach der Fahrt auf dem Riesenrad. Wenigstens konnte er sich etwas Produktivem zuwenden, anstatt schlaflos auf dem Bett unten auf der Hospizstation herumzurollen, das er immer noch benutzte.

Wieder am Computer, seine Finger in der vertrauten, tröstlichen Haltung auf der Tastatur, mitten unter dem Summen der Monitore und dem Sirren der Festplatten, checkte Theo seine Mail.

Nichts von Lou; aber das überraschte ihn nicht. Sie hatten im Laufe des Tages ein paar Mental-Übertragungen gehabt.

Dann schaute er sich Brads Video noch einmal an. Diesmal konzentrierte er sich auf die Umgebung, das Umfeld hinter ihm. Es war ganz eindeutig nicht hier auf Blizek Beach. Es sah eher wie ein simpler Büroraum aus, oder vielleicht auch ein Hotelzimmer, mit schlichten Wänden und ohne Möbel.

Er versuchte auf Geräusche im Hintergrund zu achten, indem er eine Sound-Mix-Software anwandte, um das Rauschen da im Hintergrund herauszufiltern und zu analysieren. Auch wenn er sich nicht ganz sicher war, was für einen Unterschied es ausmachen würde, wenn er herausfand, wo Brad war. Es war nicht hier und es war vor fünfzig Jahren gewesen.

Und als er sich das Video noch ein weiteres Mal anhörte, ging ihm noch etwas auf. Brad sagte, „ich arbeite mit Truth, um Daten zu sammeln...“

Truth?

War es möglich, dass er Remington Truth meinte? Einer der Drahtzieher hinter dem Wechsel?

Wenn das der Fall war, dann hatte Remington Truth den Kult womöglich hintergangen und das war der Grund, warum sie auf der Suche nach ihm waren. Oder zumindest–

Ruuuu-uuuthhhhhh. Ruuu-uuuthh.

Er blickte nach draußen, schaute in die weite Dunkelheit und sah dort die Überbleibsel der Zerstörung, die fünfzig Jahre später immer noch existierten. Einen von Kratern übersäten Boden, nach oben gedrückte Erdhügel, die mittlerweile Gras und Bäume bedeckten, und – am eindrücklichsten von allem – die Schatten und Umrisse von zerstörten Gebäuden.

Und dann erkannte er ein Funkeln von Orange. Weit draußen.

Instinktiv schaute er runter auf das Gelände unten, hinter den schützenden Mauern. Und er erblickte einen Schatten, der sich rasch und zielstrebig vom Haus entfernte. In Richtung Tor.

Es war unmöglich Selena nicht zu erkennen – oder ihre Absichten.

Sie hatte *gelogen*.

Selena näherte sich gerade der kleinen Seitentür, die aus den schützenden Mauern herausführte, als sie ein Schlurfen von Füßen auf Stein hinter sich hörte. Ein langer Schatten fiel über das sacht wogende Gras, vermischte sich mit ihrem eigenen, beide im Mondlicht umrahmt von oben. Sie drehte sich um und hoffte, es wäre Frank, wusste aber, dass er es nicht war.

„Du hast gesagt, du gehst heute Nacht nicht raus."

„Theo", erwiderte Selena, die gerade mühsam ihre Gedanken wieder sortierte. „Was tust du hier?" Eine blöde Frage, wie eine dämliche Dialogzeile von einer DVD, aber sie kam gerade auf nichts anderes, was sie sagen könnte. Vielleicht war das der Grund warum man solche Sätze überhaupt erst von sich gab.

Als er sich langsam näherte und das Licht noch mehr von seinem Gesicht einfing, biss sie sich auf die Lippen. Er war nicht glücklich.

„Du hast gesagt, du gehst heute Nacht nicht raus", sagte er noch einmal. Seine Stimme war leise und hart.

Sie schluckte und begann zuzulassen, dass ihre eigene Wut an die Stelle ihrer Nervosität und Befürchtungen trat. „Ich habe meine Meinung geändert. Ich bin erwachsen. Das darf ich."

Er kam noch näher, ein Arm kam nach vorne und hinderte sie daran, weiterzugehen, als er seine Hand an das Holz der Tür legte. Das machte sie noch wütender, stinkwütend, und sie fragte mit scharfer Stimme, „was glaubst du denn, was du da tust?" Sie hätte sich drunter durchbücken oder drum herum gehen können, aber – verdammt noch mal – die Genugtuung würde sie ihm nicht geben.

„Du kannst da nicht rausgehen", sagte er. „Selena"

„Ich muss."

„Du *musst* gar nichts." Dann veränderte sich seine Stimme, als er weiterredete, klang sie ein wenig niedergeschlagen. „Ganz besonders nicht alleine.." Er stand aufrecht da, sein Arm sank herab. „Erinnerst du dich noch, was beim letzten Mal passiert ist?"

Sie schnaubte. „Wie könnte ich das vergessen? Es ist Teil des Risikos, das ich eingehe. Und bis jetzt bin ich mit nur ein paar Kratzern und Schrammen davongekommen."

„Das hier", –er streckte die Hand aus und schob den Saum ihres Hemds oben am Hals beiseite–, „würde ich kaum ein paar Schrammen nennen."

Seine Finger streiften sanft an ihrer Haut entlang und ihr wurde bewusst, wie nah er gekommen war. Nahe genug, so dass sie seine Wärme in der kalten Nachtluft spürte. Und dass sein nackter Fuß ihren Schuh berührte. Und dass er kein T-Shirt trug. Dass seine Haut und seine Haare sauber und ein wenig feucht rochen.

Selena schluckte. Sie schaute zu ihm hoch und fand seinen Blick unverwandt auf sie gerichtet, stark und sicher.

Ruuuu-uuuthhh, Arrrleeyyyyyyyy-aaaaaaneee.

Das schreckliche, stöhnende Geräusch wehte durch die Nacht und sie wandte als Erste den Blick ab, drehte sich weg und schaute zur hohen Mauer hin, als könnte sie da hindurch sehen.

Sie wollte da nicht rausgehen. Aber sie zerrten an ihr. Sie riefen nach ihr. Der Kristall um ihren Hals fühlte sich schwer und heiß an. Wenn sie sie nicht rettete, wer würde es dann tun?

Gib mir einen Grund zu bleiben.

„Nicht heute Nacht", murmelte er und seine Hand kam vor, um eine Haarlocke wegzuwischen, die sich aus ihrem Pferdeschwanz gelöst hatte.

Das Herz schlug ihr so heftig, sie dachte, dass es ihr durch jedes einzelne ihrer Körperglieder dröhnen müsste. Ihr Magen war in Aufruhr, vor Unentschlossenheit, vor der Frage: Zwang gegen Begehren, gegen Angst ... gegen Schuldgefühle. Sie warf es alles von sich, konzentrierte sich auf die Worte, die Wayren ihr vor langer Zeit gesagt hatte: *Es ist eine Gabe und eine Verantwortung.* Und streckte mit schwerer Hand den Arm nach dem Riegel an der Tür aus.

„Nein", sagte Theo, indem er ihre Hand ergriff und sie an sich zog. Er war nicht grob, ja nicht einmal schnell; es war fast, als ob es in Zeitlupe wäre und plötzlich fand sie sich an dieser nackten, warmen Brust wieder. „Nicht heute Nacht. Bleibe heute Nacht bei mir."

Ohne ihre Antwort abzuwarten, beugte er sich herab, um sie zu küssen, und sie hob den Mund an, um seinem entgegenzugehen.

Gib mir einen Grund.

Das hier war der Grund, sagte sie zu sich selbst, noch während sie in dem Kuss versank. Es wird andere Nächte geben, sagte sie sich. *Ich kann sie nicht alle retten.* Und der kalte Schauer der Pflicht wandelte sich zu einem Anschwellen von Hitze, als seine Hände sich ausbreiteten, um ihren Rücken zu bedecken, um sie an sich zu drücken. Seine Finger glitten in ihr Haar hinein, lösten es aus dem Band darum, glitten an ihren Schultern entlang über das spezielle, dicke Hemd, das sie zum Schutz trug.

Darunter rieben ihre Brustwarzen an dem dicken, weichen Plastikmaterial und diese Empfindung war irritierend und erotisch zugleich.

„Bei mir", murmelte er und hob sie hoch in seine Arme, „oder bei dir?"

Er legte sie gut geschützt an seine nackte Brust und sie blendete die Geräusche von den Zombies jenseits der Mauern aus, die riefen und stöhnten und suchten, während sie das Gesicht an seinem Hals vergrub. „Was immer am nächsten ist", murmelte sie an seiner warmen Haut.

Er schritt rasch voran, der Rhythmus seiner Fußtritte leicht und tröstlich, und Selena lehnte sich an ihn, zufrieden, neu erwacht und entschlossen. „Ich dachte", sagte sie leise an seinem Ohr, als er mit ihr leise ins Haus hinein schlüpfte, „dass du dich für eine Weile von mir fernhalten wolltest." Und sie biss ihn am Rand des Ohrläppchens.

Seine Umarmung packte sie etwas fester, während er rasch die Küche durchquerte und – zu ihrer Überraschung – in Richtung des hinteren Treppenhauses ging, das zu den Arkaden hoch führte. „Das war mein Absicht", sagte er. „Aber du hast das früher am Abend heute alles zum Teufel gejagt. Hast du eine Ahnung, wie lange ich deswegen danach unter der kalten Dusche stand?"

Er stieg mühelos die Stufen hoch, das rhythmische Ruckeln des Aufstiegs warf sie gegen ihn, während sie beide hochgingen. Sie setzte an, um zu sagen, *Wirst du mich morgen Früh dann hassen?*, als ein Witz, aber ein scharfer Stich von Schuldbewusstsein erwischte sie da kalt und sie schob den Gedanken beiseite.

Sie wollte das hier.

Sie wollte nicht da draußen sein.

Theo war Selena auf ihrem Weg zunächst mit Wut und Furcht begegnet, beides versickerte nach und nach, als er aber die Unentschlossenheit in ihrem Gesichtsausdruck und ihrem Verhalten erkannte. Und dann zu Sanftheit. Er wollte diese Traurigkeit da fortwischen, diese Anspannung auf ihrem Gesicht. Sie machte zu viel.

Jetzt, während er die Stufen zu den Arkaden mit ihr in seinen Armen hochstieg, wichen diese Gefühle den weniger ehrbaren von Vorfreude und Lust.

Als sie durch die Tür eintraten, ließ er Selenas Füße sanft zu Boden gleiten und genoss das Gefühl von ihrem Körper, wie er sich an seinem entlang bewegte. Jetzt war er sich sicher, dass er sie fürs Erste hatte, dass sie sich nicht wegschleichen würde, um sich nach draußen, jenseits des Tores aufzumachen. Zumindest für heute Nacht nicht.

Und dann legte er alle Gedanken an Zombies und Brad Blizek beiseite, und zog sie an sich und fing an, das dicke Hemd aufzuknöpfen, das sie anhatte. Es war steif und glatt und er hatte das Gefühl, dass es aus Plastik oder einer anderen Art von künstlichen Material gemacht war. Augenblicklich fand er die lange, dünne Kordel mit dem schweren Kristall immer noch gut verwahrt in einem kleinen Beutel. Bevor sie daran erinnert werden konnte, streifte er ihr die Kordel über den Kopf und warf alles auf den Boden. Dann öffnete er ihr Hemd. Darunter waren ihre Brüste und die Brustwarzen da waren hart und bereit. Von hinten in seinem Hals gab er einen leisen Laut von sich, als er auf diese zwei Punkte hinunterschaute, eingerahmt vom Mondlicht und dem Aufleuchten von einem Computerbildschirm ab und an.

„Was habe ich mir dabei gedacht?", sagte er, als er seine Hände darunter gleiten ließ, um sie sanft anzuheben. Von der Größe reifer

Äpfel, jede von ihnen wie eine perfekte Träne geformt, vielleicht ein bisschen länger, als sie es in ihrer Jugend gewesen waren, aber genau richtig für ihn. Genau richtig. Ihre Brustwarzen waren hart und dunkel und als er mit dem Daumen über eine von ihnen strich, bog sie sich näher nach vorne in seine Hand hinein.

„Wobei?" Ihre Stimme klang etwas zittrig und tief, was ihm eine kleine Welle des Begehrens durch den Körper jagte.

Selena vergeudete keine Zeit; ihre Hände waren schon dabei, die weiten Shorts runter zu zerren, die er sich nach dem Duschen übergestreift hatte. Er streifte sie über die Füße und kickte sie in eine Ecke, als sie nach unten zu seinen Knöcheln glitt, sein Körper stieß dabei gegen ihre Jeans und ihren nackten, warmen Bauch.

„Mir das hier vorzuenthalten", antwortete er, seine Hände streichelten ihr vorne über die Brüste und nach hinten an ihrem Rücken herab. „Ich weiß nicht, was ich mir dabei gedacht habe."

Ihr Hemd ging als nächstes zu Boden und dann ihre Jeans – in seinem Hinterkopf konstatierte er erleichtert, dass sie sich für ihre nächtliche Exkursion wenigstens passend angezogen hatte. Und dann hörte er auf an irgendetwas zu denken, außer den goldenen, kurvigen Körper, den er in den Armen hielt.

Es gab hier in den Arkaden viele Sofas und große Sessel, aber Theo zog sie zu dem Schreibstuhl auf Rollen und setzte sich. Und zog, so dass sie zwischen seinen Beinen stand. Das Mondlicht versilberte ihre Haut und schien hinter der Fülle ihres Haares, und er hielt ihre Hände zu beiden Seiten fest, positionierte sie vor sich, damit er sie einfach einmal nur anschauen konnte. Er verschlang sie mit den Augen, und den Umriss von der Kurve ihre Hüften, das Anschwellen ihrer Brüste und die zarte Linien von Schlüsselbein, Hals, Schultern.

„Theo", sagte sie mit einem kleinen, verlegenen Lachen und bewegte sich auf ihn zu. Und ganz plötzlich glitt sie mit jenen schlanken Schenkeln über seine Beine, jedes zu einer Seite seiner Hüften, setzte sich genau auf seinen Schoß. Er pochte und drängte, als ihre Hitze gegen ihn stieß, als sie ihre warme Haut und faszinierenden Kurven gegen seinen Oberkörper rutschen ließ, was seinen Steifen gegen ihren Bauch presste.

„Keine Eile", sagte er, seine Stimme selbst für seine Ohren belegt, vergrub sein Gesicht in ihrem schweren, süßen Haar, während er an ihrem Hals nibbelte. Aber er zuckte zusammen, als sie mit ihrer Hand zwischen sie glitt und begann ihre Finger durch das krause Haar zu schieben, runter, drum herum, anhob und seine Eier streichelte. Er schloss die Augen, ließ sie spielen, während er sich in dem Geruch ihrer Haut und der Textur von warmer, weicher Frau verlor. *Oh, ja.*

Als er genug hatte, als er zu ungeduldig wurde, um noch länger zu warten, setzte er sich auf und brachte sie wieder an sich heran für einen langen, tiefen Kuss. Er bewegte seine Hand runter zwischen sie und fand sie wundervoll angeschwollen und nass dort. Ein Stachel der Lust schoss durch ihn hindurch. Während er sich von der Klippe wegzog, küsste er sie wieder, unfähig nicht in ihren Mund hinein zu lächeln, als ihm aufging, wie *gut* das hier war. Und er neckte sie, wie sie ihn geneckt hatte, bewegte seine Hand zwischen ihnen, wo sie breitbeinig auf ihm saß, offen und nass und bereit.

Sie lehnte sich etwas nach hinten, versuchte wieder Atem zu holen, während er sich Zeit ließ, zuschaute, wie ihr Gesicht angespannt wurde und ihr Mund sich für kleine, keuchende Atemzüge öffnete. Seine Begehren stieg an, angefeuert von dem Ausdruck auf ihrem Gesicht, den kleinen Geräuschen der Lust, dem Moschusgeruch von Frau. Das Licht hinter ihr tauchte sie in Schatten, so dass er nur kurze Blicke auf ihre Augen und den Schwung ihrer Wangenknochen erhaschte, ihr Gesicht nach hinten zur Decke gestreckt, als sie sich nach hinten durchbog, gehalten von einem seiner Arme, während er sie vor sich zum Zittern und Seufzen brachte.

Ihre Brust war nackt und in Gänze zu sehen und er genoss es, als ihre Brüste wippten, ihre Brustwarzen spitz und hart waren, der Umriss sichtbar im Licht eines Monitors hinter ihm. Er beugte sich vor, leckte eine davon, ließ seine Zunge lang und glatt drum herum gleiten, drum herum und herum und da herum. Sie seufzte und erbebte, ihre Finger krallten sich in seine Schultern, der Schmerz von ihren Nägeln kämpfte mit seiner eigenen Lust.

Er wollte sie schmecken, sie berühren, in ihr drin sein und ihr Gesicht ekstatisch erblühen sehen. Und er war bereit. Hart und rasend und bereit.

Sie schien das zu spüren und bevor er sie mit seinen frechen Fingern über die Klippe gleiten ließ, öffnete Selena die Augen und warf ihm einen Blick zu, bereit und fordernd. Ohne zu zögern erhob sie sich und spießte sich dann auf, drüber und *runter*.

Theo stieß heftig die Luft aus seinen Lungen aus, als Lust ihn durchströmte. *Oh ... jaaa...* Sie bewegte sich und er bewegte sich und die Welt begann rot zu werden und zu einem Strudel, und plötzlich spürte er, wie sie um ihn herum presste, drückte, erschauerte und dieses kleine Geräusch der Lust machte, das machte, dass auch er gleich auf der Stelle explodieren wollte.

Er schloss die Augen, wartete darauf, dass dieser unglaubliche Moment vorüberging, zwang seinen Körper dazu, sich nicht zu rühren. Und bevor er seine Meinung ändern konnte, bewegte er sich und löste sie rasch von ihm selbst. Selenas Augen öffneten sich und er erwiderte ihre unausgesprochene Frage mit einem schnellen, raschen Kuss, als er aufstand und sie trug.

„Diesmal werden wir das hier auf meine Art machen", schaffte er zu sagen, die Arme voll mit einem nackten Bündel gesättigter Frau.

Bevor sie noch reagieren konnte, schob er ein paar Tastaturen aus dem Weg und setzte ihren hübschen Arsch genau in der Mitte des Tisches von seinem Arbeitsplatz. Sie quietschte bei der Temperatur des kalten Tisches, klammerte sich an seine Schultern.

Das wäre später eine nette Erinnerung, dachte er, als er sich vor ihr in Stellung brachte, hart und nass und bereit, das hier zu einem Ende zu bringen.

Dann erstarrte er entsetzt. *Allmächtiger.*

„Was?", sagte sie, ihre Augen öffneten sich, als er anfing sie loszulassen.

„Ich muss ein Kondom holen", sagte er und dachte wie sehr er diese Welt nach dem Wechsel *hasste*, was wiederum dabei half, von dieser Klippe zurückzukommen. Die Kondome, die man jetzt hatte, waren wenig mehr als Tiereingeweide: unförmig, dick und sehr weit. Und es war ihm gelungen ein paar davon von den Typen in Yellow Mountain zu erstehen. Und die befanden sich auf der anderen Seite des verdammten Zimmers, irgendwo vergraben, wo Vonnie und Sam sie nicht zu Gesicht bekamen.

„Ein Kondom? Wovon zum Teufel redest du da? Du hast alles, was du brauchst *genau hier*", sagte sie und wickelte ihre Hand um ihn. Und zog.

Oh. Shit.

Er strauchelte und sie streichelte ihn noch einmal, hart und ohne Gnade, und die Welt wurde wieder rot und spiralig, und er versuchte klar zu denken, aber sie zog ihn näher und wickelte ihre Beine um seine Hüften.

„Baby", schaffte er zu sagen, als sie ihn in den richtigen Ort einpasste. Und er stöhnte vor Erleichterung und Pein, als Selena sich vom Tisch hochhob und gegen ihn rammte. Tief und fest.

„Ich habe dir … gesagt", seufzte sie, als sie ihn dazu brachte, sich mit ihr zu bewegen. „Ich bin … zu … alt … *oh!*"

Vor seinen Augen brannte es rot und er ließ sich gehen, hielt sie an ihm fest, achtete nicht auf die Spitzen ihrer Nägel, die ihm die Haut zerkratzten, als sie sich gegen ihn wiegte, immer noch bebend und stöhnend, als er ein letztes Mal zustieß und dann seine Ladung abfeuerte.

Theo fiel erschöpft gegen sie, ließ seine Wange oben an ihrem Kopf ruhen, hielt sie fest an sich gedrückt, als seine Hände zwischen ihren Arsch und die Tischplatte passten. Ihre Beine um ihn waren immer noch verhakt, sie lockerten ihren Griff, als sie ihre Nägel von den Abdrücken an seinen Schultern löste.

Trübe ging ihm auf, dass er in den nächsten paar Tagen noch mehr Wunden verbergen würde. Keine Gartenarbeit in der heißen Sonne ohne Hemd.

Schließlich hob er den Kopf an und begann sich wegzuziehen. Ihre heiße Haut klebte an manchen Stellen aneinander und es war eine Erleichterung, sich zu lösen, so dass die sachte Brise von dem offenen Fenster sie abkühlen konnte.

„Wow", sagte sie, sie saß immer noch auf dem Schreibtisch da, hinten auf ihren Handflächen aufgestützt. Nackt, kurvig, übergossen von Mondlicht, Haare fielen ihr über die Schultern und knautschten um ihr Gesicht. Der Mund wurde ihm trocken bei diesem Anblick.

Ja, würde eine sehr nette Erinnerung abgeben, wenn er an der Arbeit saß.

„Ich stimme zu", sagte er und beugte sich vor, um sie wieder zu küssen. Das war ein einfacher, sinnlicher *danke dir und ja es wird noch mehr hiervon geben* Kuss, sanfte Bewegungen über ihren Lippen, gefolgt von einem zärtlichen Knabbern.

„Aber nächstes Mal", sagte sie, wobei sie mit einem faszinierenden Wippen ihrer Brüste vom Tisch runterglitt, „hör nicht in der Mitte auf, um über Familienplanung zu reden."

Er stieß ein kurzes Lachen aus. „Ich bin sonst in diesen Sachen nicht unterverantwortlich, aber – Himmel! – Selena, bei dir vergesse ich, was ich tue."

„Ich bei dir ebenfalls", sagte sie sanft und blickte zum Fenster. Ihr Gesichtsausdruck veränderte sich, aber es war zu dunkel, um jetzt etwas klar zu erkennen.

War es Bedauern? Schuldgefühle?

Theo schob sein eigenes kleines Genörgel von Schuldgefühlen beiseite. Sie wäre letztes Mal fast gestorben. Wenn sie heute Nacht alleine rausgegangen wäre ... selbst wenn sie mit ihm rausgegangen wäre ... es hätte alles passieren können. Er hatte gesehen, wie diese Kreaturen kämpften und krallten, um an sie ranzukommen ... warum?

Warum hatte sie es getan?

Ich will nicht, dass dir irgendetwas passiert. Er konnte die Worte nicht sagen, aber er zog sie näher an sich und versuchte es ihr zu zeigen, war sich bewusst, dass etwas großes und furchteinflößendes sich gerade in ihm öffnete. Nach einem kurzen Augenblick, als er spürte wie sie wegen der kleinen Brise zitterte, die von dem Fenster herkam, trat er nach hinten weg und bot ihr eines seiner Hemden dan. Im Laufe der letzten Woche hatte er die Arkaden so ziemlich restlos als Wohnung übernommen, so viel Zeit verbrachte er hier. Das einzige Problem, es wurde richtig heiß im Laufe des Tages, außer er öffnete alle Fenster, die noch ganz waren, und ließ den Luftzug durchsausen. Jetzt, mitten in der Nacht, fröstelte es fast.

Sie zog das Hemd an und Theo zog sie sanft zu dem großen, breiten Sofa, das er als sein Bett deklariert und mit Laken und Decken bezogen hatte. „Komm her", sagte er. „Bleibst du bei mir?"

Selena lächelte und klopfte auf das Laken. „Ich weiß nicht. Ich dachte, du wolltest mich etwas zappeln lassen, damit ich dich nicht zu schnell überfordere." Sie warf ihm ein hämisches Grinsen zu.

„Lass uns abwarten, wer hier wen überfordert", sagte er, als seine eigenen Eingeweide leicht interessiert zuckten. Er streckte die Arme nach ihr aus und sie fiel auf das Couch-Bett, wobei sie ihn mit sich mitzerrte.

Aber anstatt wieder in eine weitere lange, heiße Umarmung einzutauchen, lag Theo neben ihr, aufgestützt auf seinen Ellbogen. Er wollte sie einfach nur anschauen und mit einem langen Finger zog er zärtlich eine Linie von der Kurve ihres Schlüsselbeins, hinunter zur Brustwarze, um die dunklen Falten ihres Hofes dort herum und an der Kurve ihres Oberkörpers entlang. Als er seine Hand, mit der Handfläche ganz ausgestreckt und flach schließlich auf ihrer Hüfte ablegte, fing er ihren Blick ein.

Sie beobachtete ihn und im Dunkeln konnte er nur erkennen, dass ihr Blick an ihm festhing, dass er schwer und intensiv war. Er beugte sich vor und küsste sie sanft auf den Mund.

„Erzähl mir von Sage", sagte sie. Aus dem scheißheiteren Himmel.

Theo lachte kurz auf, fühlte sich so leicht. Er hatte seit Ewigkeiten nicht mehr an Sage gedacht. „Nichts so gut wie ein Stimmungstöter", witzelte er.

„Ist es das? Ich frage mich", sagte sie. Ihre Augenlider flatterten etwas und er merkte, dass er die Dinge hier besser klarstellte.

„Ich habe nicht gemeint – nun, es ist ein Stimmungstöter, weil hier nur zwei von uns waren und jetzt ist da noch jemand anderes. Weißt du? Ich fing an es zu genießen, mit dir zusammen zu sein. Nur mit dir."

„Hat sie dir sehr weh getan?"

Er verlagerte das Gewicht etwas. Ihm ging auf, dass er darüber nachdenken musste. „Zu der Zeit hat es sich auf jeden Fall schlimm angefühlt – eine Menge Warums. Aber es ist klar, dass sie nicht die Richtige für mich war, genauso wenig wie Jennifer das ist. Abgesehen von der Tatsache, dass sie mich nur als einen Bruder gemocht hat."

„Das tut mir leid", sagte Selena.

„Nun, wenn es geklappt hätte", erinnerte Theo sie, „wäre ich jetzt nicht hier bei dir. Und es gibt keinen Ort, an dem ich lieber wäre." Als er das sagte, ging ihm nicht nur auf, wie wahr das war, sondern auch, dass er nicht dachte, dass sich das jemals ändern würde. Das mit ihr zusammen sein wollen, diese Ebene der Vertraulichkeit und gegenseitigen Verstehens. Die intelligenten Gespräche. Das seine Hände und seinen Mund überall an ihrem satten, goldenen Körper haben wollen.

Sie lächelte und streckte eine Hand aus, um seine Wange zu berühren. „Danke dir. Weißt du, ich weiß nicht viel über dich, Theo. Du scheinst ebenso viele Geheimnisse zu haben wie ich."

Du machst dir keinen Begriff.

Er fragte sich, ob er ihr mehr erzählen sollte darüber, was beim Wechsel passiert war, aber Stolz hielt ihn zurück. Konnte sie ihn nicht als das akzeptieren, was er war, egal für wie alt sie ihn hielt?

„Warst du denn jemals verheiratet?", fragte sie.

„Nein. Nie." Er hatte immer gedacht, er hätte Zeit – vor dem Wechsel. Und seither hatte er viel zu viel Energie drauf verwendet, herauszufinden, wer er war, warum er wieder auferstanden und verändert worden war, um daran zu denken, das Leben mit jemandem zu teilen. Und dann hatte es die zwei, drei Jahre gegeben, als die einzige Frau in seinen Gedanken Sage war, aus der Ferne angebetet, so wie sie war."

„Aber du musst Kinder haben."

Ein trockenes Lächeln verzog seine Lippen. „Nein, ich kann nicht behaupten, ich hätte welche. Aber nicht weil ich es nicht immer wieder probiert hätte", fügte er mit einem ausgewachsenen Grinsen hinzu.

„Was?", rief sie aus. Sie klang ehrlich entsetzt und rutschte tatsächlich etwas von ihm weg.

„Ich mache Witze. Wirklich, ich mache Witze", sagte er mit Nachdruck. „Ich habe Acht gegeben, dass so etwas nicht passiert ist."

„Manche Leute würden das für moralisch verwerflich halten", sagte Selena einen Augenblick später, als sie offensichtlich beschlossen hatte ihm zu glauben.

„Was sagst du dazu?", fragte er und strich ihr eine Haarlocke aus dem Gesicht, strich sie nach oben und hinten, ihr über den Kopf.

„Ich sage, dass Eltern sein ist schwer genug, wenn du es mit jemanden machst, den du liebst, wenn du dazu bereit bist. Aber es ist noch schwerer, wenn das nicht der Fall ist. Also plädiere ich nicht dafür, dass Leute Babys bekommen, nur um die Welt zu bevölkern. Meine Ansicht mag nicht die beliebteste sein, aber so ist das halt." Sie zuckte die Achseln. „Das ist eine andere Sache, wo ich warum gefragt habe – warum ich nur Sammy habe."

„Das war nicht deine Entscheidung?"

Selena schüttelte den Kopf und diese Haarlocke fiel wieder runter. Sie schob sie weg, ließ dann ihre Finger sanft an seiner Brust streicheln. „Ich war fünf Mal schwanger, vielleicht öfter."

„Aber … irgendwel–", fing er an, verstummte dann. „*Fünf?*"

Ihr Mund wurde ein wenig schmal um die Mundwinkel. „Mindestens drei Fehlgeburten, ein kleines Mädchen starb sehr früh und natürlich Sam."

„Oh … Selena", sagte er, seine Stimme leise. „Es tut mir so Leid."

Sie nickte, das Gesicht seitwärts geneigt, in dem wenigen Licht hielten ihre Augen seine fest. „Mir auch. Aber … es ist schon lange her, das Letzte. Und offenbar … nun, aus welchem Grund auch immer ist Sam mein einziges, überlebendes Kind. Ich habe aber immer noch ein Baby gewollt. Also…" Ihre Stimme wurde leiser. „Wenn es wieder passieren sollte, selbst in meinem Alter jetzt noch, wäre ich glücklich."

Theos Hirn zersplitterte da in kleine Stücke von Schock, Panik, Neugier und Wärme. Und eine große Frage: Wie fühlte er sich dabei?

Aber wie sie es so oft zu tun pflegte, schien Selena sein Dilemma zu verstehen. „Auch wenn du ein echter Hengst bist ... und das bist du ganz eindeutig", fügte sie mit einem vielsagenden Lächeln zu, „mach dir keine Sorgen, dass ich dich benutze, um mir ein Kind machen zu lassen. Das tue ich ganz sicher nicht."

„Darüber habe ich mir keine Sorgen gemach", unterbrach er sie. „Ich, tja ... nun, Vater zu werden ist nichts, was ich auf die leichte Schulter nehmen würde. Vor allem würde ich erst einmal verheiratet sein wollen mit einer Frau, von der ich weiß, dass ich mit ihr für den Rest meines Lebens zusammen sein will. Was auch der Grund ist, warum ich so sauer war, dass ich nicht vorbereitet war – selbst als ich das hätte sein sollen."

Selena seufzte. „Ich wünschte, Sammy ginge das auch so. Ich weiß nicht, ob er und Jennifer Sex haben, aber – nun, was denkst du denn? Wie stehen die Chancen?"

„Uhm, ziemlich gut. Ich denke, die verräumen gerade Bücherregale", erwiderte er mit einem Grinsen bei dem Euphemismus. „Ein fast siebzehnjähriger Junge und ein Mädel, das aussieht wie Jennifer? Das ist gelaufen. Sorry", fügte er hinzu, als sie ihn missvergnügt anschaute.

„Ugh", erwiderte Selena. „Das ist keine Vorstellung, die ich in meinem Kopf feststecken haben möchte."

„Dann lass mich dich auf andere Gedanken bringen", sagte Theo und streckte die Arme nach ihr aus.

Sie rutschte mit einer Willigkeit zu ihm her, die ihn wieder anheizte.

Dieses Mal war alles lang und langsam und gemächlich. Körper glitt an Körper entlang, hielt inne, um zu sehen, wie sie zueinander passten, schauten sich an, wie die unterschiedlichen Farben ihrer Haut sich in dem etwas trüben Licht aneinanderfügten, das Gefühl von Haar-bewehrten Körpergliedern an glatter, seidiger Haut. Er schien nicht genug kriegen zu können davon, sie zu schmecken, seine Finger durch ihr schweres Haar gleiten zu lassen, von den kleinen Geräuschen, die sie von sich gab, wenn er etwas Lustvolles machte, von dem nun sanftem Erkunden ihrer Nägel an seinen Schultern.

Als er sich hochhob, um sie zu bedecken, um in sie hinein zu passen, machte er, dass diese Stöße andauerten, gestattete den Fäden der Lust ein langsames Weben, in kleinen, weichen Wellen, bis er die Veränderung in ihrem Atem wahrnahm und wie das wilde Pumpen ihres Herzens anfing, mit seinem im Takt zu schlagen. Und selbst dann noch bewegten sie sich in diesem sinnlichen Rhythmus, hielten alles zurück, wie Liebhaber es können, die einander entspannt genießen, wussten, dass das Ende kommen würde und sich Zeit dabei ließen, dorthin zu gelangen.

Und als sie an dem Punkt anlangten, fanden sie ihn beide genau im richtigen Moment. Es war, als ob er oben über das Riesenrad gleiten würde, sich durchbog und dann hinabglitt in einer langen, rauschenden Lust, die in einer Blase aus Hitze endete, die überall in ihm explodierte, genau da, als sie sich anspannte und unter ihm auf ihrer eigenen, schwindelnden Fahrt erbebte.

Wow, dachte er, als sich genüsslich alle Glieder aussortierte und seine Augen etwas später auch wieder auf den richtigen Punkt zurückrollen konnte. Sein Körper kehrte langsam wieder zur Erde zurück.

Und wieder nahm er sie, nachdem er sein Gesicht etwas verlagert hatte, an sich und legte einen Arm um ihre Schultern. Unter seinem Kinn gut eingerollt seufzte sie und er spürte, wie sie in den Schlaf entglitt.

Aber Theo schlief nicht. Er lag wach, hielt Selena fest, fragte sich, was diese unterschiedlichen Gefühle waren, die kreuz und quer durch seinen sonst restlos erschöpften Körper schossen.

Es war ihm gelungen sie heute Nacht drinnen zu behalten. Sie in Sicherheit zu behalten.

Allein der Gedanke, dass sie wieder alleine dort in diese Wildnis hinausging, reichte aus, um all die Lust und die Sättigung der letzten paar Stunden fortzuwischen. Er war immer noch wütend, dass sie ihn angelogen hatte oder ihre Meinung geändert hatte oder was auch immer. Ob er das Recht dazu hatte oder nicht, er konnte das Gefühl nicht loswerden – es war eine Wut, die sich aus Angst und Verwirrung speiste.

Er musste einen Weg finden sie davon abzuhalten. Sie in Sicherheit zu behalten.

Zu überzeugen, dass es die Gefahr nicht wert war. Dass sie *hier* gebraucht wurde, von ihren Patienten. Für die Menschen, die zu der Todeslady kamen und die ihren Frieden und ihre Anleitung brauchten.

Und dass sie eine Verantwortung gegenüber denen hatte, die am Leben waren, gegenüber denen, die sie liebten. Vonnie, Frank, Sam.

Und, so dachte Theo nach, höchstwahrscheinlich er selbst auch.

Er war ein ganz anderer Mensch, seit er aus seiner zweiten Wiedererweckung aufgewacht war. Oder vielleicht war er nur wieder zu dem geworden, der er davor gewesen war.

Vielleicht war das das *Warum*.

Als er ihre tröstliche Gegenwart neben sich spürte, ging ihm auf, dass er das jede Nacht tun könnte. Dass er das tun würde.

11

Theo wachte auf, als die Sonne sich mit voller Wucht durch das nach Osten gelegene Fenster ins Zimmer ergoss.

Sie konnte sich nicht auf den Weg zu jenen Zombies gemacht haben; sie war irgendwo in Sicherheit.

Nichtsdestotrotz zog er sich rasch an und überlegte sich, nach unten in die Küche zu gehen, um zu sehen, was Vonnie kochte … und um nachzuschauen, wie es Selena ging.

Fühlte er sich jetzt, am Morgen danach, ein bisschen unbehaglich, weil er sie mit Tricks überredet hatte, drinnen zu bleiben? Nein.

Vielllleicht.

Er wusste, es war für sie so besser. Aber würde sie es auch so sehen?

Teufel nochmal, er hatte das Widerstreben und die Furcht bei ihr bemerkt, als sie sich letzte Nacht dem Tor genähert hatte. Was auch immer es war, was sie tat, um den Zombies zu einem menschlichen Sterben zu verhelfen, es war nicht etwas, was sie tun *wollte*. Er hatte nicht viel Überzeugungsarbeit leisten müssen, um sie dazu zu überreden, die Nacht in seinen Armen zu verbringen.

All diese logischen Argumente zählte Theo da für sich selbst auf, aber er konnte die Tatsache, dass sie weg war, nicht außer Acht lassen. Dass sie gegangen war, ohne ihn aufzuwecken.

Seine Gedanken, wie ein unablässiger, immer noch lustvoller Kreisel, wurden von dem Klang von Schritten auf der Treppe unterbrochen, sowie einem dumpfen Klopfen an der Seite der Tür.

Theo zog seine Füße von der Couch runter, als er Sam erblickte. „Hey", sagte er und schüttelte sich die letzten Reste von Sorge ab.

Der Junge hatte ein Tablett mit Essen drauf – Vonnie sei gepriesen! – und er stellte es auf dem Tisch neben dem Monitor ab, der immer noch an war. Ein toller Bildschirmschoner, genau betrachtet – denn das Bild vom Kult von Atlantis leuchtete da hell und sichtbar. War wahrscheinlich auf ewig in den Bildschirm eingebrannt.

„Hab dir das hier gebracht", sagte Sam. Er zeigte auf das Essen, aber er schaute auf die Monitore. „Ich will, dass du mir die hier beibringst. Was du da machst. Hey." Er erstarrte und die Augen fielen ihm fast aus dem Kopf, als er Theo ansah. Ein Verdacht, und vielleicht ein wenig Furcht, glomm da auf. „Ich hab das schon einmal gesehen."

Er zeigte jetzt auf das Labyrinth-artige Symbol.

„Ach ja?", fragte Theo ganz beiläufig, während er einen Schluck von dem gesüßten Tee gegen den ausgetrockneten Mund trank. Und einen kurzen Blick in die Runde warf, um sicherzustellen, dass Selena keine Anzeichen ihres Hierseins hinterlassen hatte. „Wo denn?"

„Die Elite. Wenn sie hierher kommen, haben sie es manchmal auf ihrer Liste. Ich glaube, ich habe es einmal als Tattoo am Arm von jemandem gesehen."

„Kommen die oft hierher?", fragte Theo, während er jetzt die dicke Scheibe Brot kostete. Dick mit Butter bestrichen, noch ein klein wenig warm, schmeckte es einfach himmlisch. Zucchini-Brot. Und Rührei. Vonnie war eine Göttin. Er könnte sie glatt heiraten.

„Ja. Ein oder zwei Mal im Jahr. Was machst du gerade?" Sam hatte ein paar Schritte nach vorne getan und sah aus, als wolle er die Tastatur anfassen. Faszination kämpfte gegen Furcht und er zögerte.

„Nur zu. Probier's aus." Theo kam rüber und schob die Tastatur von dem zweiten Computer zu ihm hin. Genau auf die Stelle, wo der nackte Hintern von der Mom dieses Jungen vor wenigen Stunden gesessen hatte. Bei der Erinnerung errötete er fast und musste seine Gedanken wieder ins Hier und Jetzt zurück holen. Jep, es hatte ihn schlimm erwischt, wenn er derlei Gedanken zur Mutter des Jungen hatte, während der Junge hier war.

„Ich weiß nicht, was ich damit machen soll", sagte Sam. Aber er sank auf den Stuhl und klickte auf ein paar der Tasten.

„Warum kommen die Elite – oder die Kopfgeldjäger – hierher?", fragte Theo.

Er hatte eine Auswahl von Horrorgeschichten über die Elite – oder die Fremden – gehört, und ihre Besuche in den Siedlungen. Manchmal waren die ganz unspektakulär, aber andere Besuche zogen gelegentlich Folgen nach sich. Nur ein paar Monate zuvor hatten er und Elliott Drake versucht ein paar Teenager – etwa im Alter von Sam – davor zu retten, in die Sklaverei bei den Elite verschleppt zu werden. Die Fremden hatten die Teenager ausgetrickst und süchtig gemacht nach Kristallpulver, die postapokalyptische Variante von Crystal Meth, und hatten sie mit dem Versprechen von mehr davon aus Envy raus gelockt. „Du solltest dich von ihnen fernhalten."

„Das ist auch, was Mom sagt.", erwiderte Sam. Er tippte gerade, wie ein Huhn Körner pickt, auf die Tasten und schrieb Unsinn auf den Kodierungsbildschirm. Theo ließ ihn ein Gefühl dafür entwickeln.

„Hör auf sie. Ich habe viele schlimme Dinge mitangesehen, die wegen ihnen passieren."

Sam hielt inne und schaute zu ihm hoch, seine Augen misstrauisch. „Du scheinst irgendwie viel älter, als du bist. Ich meine, als du aussiehst."

„Das bin ich", entgegnete Theo. Nicht dass der Junge ihm glauben würde, aber zu lügen war nie ein guter Grundsatz. „Was tun sie denn, wenn sie kommen?"

Aber Sam bekam keine Gelegenheit zu antworten, denn sie hörten das Geräusch von Schritten, gefolgt von der Stimme seiner

Mutter, die nach ihm rief. Wie der Blitz sprang der Junge von seinem Stuhl hoch, schneller als Theo ihn je in Bewegung gesehen hatte, und war schon auf der anderen Seite des Zimmers und versuchte jetzt nicht auf die Flipperautomaten und Spielkonsolen zu schauen, als Selena auftauchte.

„Vonnie sagte mir, du wärst hier oben", sagte sie nur und schaute dabei beide an, aber redete mit Sam. Ihr kurzer Blick zu Theo war unpersönlich gewesen, aber sie gab sich meist so vor ihrem Sohn. Es bedeutete nicht notwendigerweise etwas. „Sammy, du und ich sind schon lang überfällig für ein Gespräch, glaube ich."

Theo versuchte, sie nicht allzu lüstern anzustarren, aber es war schwer, das nicht zu tun. Sie sah einfach so gut aus, so lässig und warm und feminin, mit ihrem dunklen Haar lang und offen, und in einem T-Shirt mit tiefem V-Ausschnitt, das vorne Knöpfe hatte. Unter ihren graubraunen Shorts waren ihre Beine nackt, lang und golden, und *oh je oh je*, sie trug etwas um ihren Knöchel. Eine geflochtene Kordel mit kleinen Perlen daran, tief und gut locker hing sie gerade über der Kurve ihres Knöchels. Gerade lose genug, dass er noch seinen kleinen Finger drunter kriegen könnte, um ihn an der zarten Haut ihres Fußes entlang gleiten zu lassen.

Was auch immer er da hätte sagen können, wurde unterbrochen, als sie Sam einen strengen Blick zuwarf und Zeichen in Richtung Treppenhaus machte. Anscheinend war sie gerade nicht in der Stimmung von dieser Unterredung mit ihm abgelenkt zu werden.

„Bis dann", rief Sam und schlurfte davon.

Theo sah ihnen zu, wie sie gingen, und versuchte ein unangenehmes Gefühl zu unterdrücken, dass höher und stärker hochblubberte, als ihm lieb war. Jetzt konnte er nicht mit Selena reden, aber vielleicht etwas später, wenn sie eine stille Minute fanden.

Anstatt sich um etwas Sorgen zu machen, woran er im Moment nichts ändern konnte, schnappte er sich einen Löffelvoll Eier und wandte sich dem Computer zu. Jetzt da er die Wahrheit über Brad Blizek wusste, musste er sich in das System hineingraben und alle

Daten finden, die Brad dort versteckt hatte. Er fragte sich, ob es noch weitere Hinweise in seiner Videobotschaft gab, außer der Erwähnung von Truth.

Lou. Ich könnte dich echt gut gebrauchen!

Die Antwort seines Bruders kam fast augenblicklich retour, total überheblich. *Wusste, du kommst ohne mich nicht klar. Ich bin fast da, Brüderchen.*

Theo lächelte und schickte ein *Vollidiot* zurück. Dann ein *Beweg deinen müden Arsch.* Er öffnete seinen Geist und erfühlte Lous Richtung und stimmte zu: er war in der Tat fast hier. Morgen vielleicht. *Willst du auch ganz sicher nicht, dass ich dich holen komme?*

Der *Vollidiot* kam ebenso schnell retour, wie Theo seinen losgeschickt hatte und er schmunzelte, bevor er sich wieder an das ihm vorliegende Computerproblem setzte. Zwei Hirne waren ganz sicher besser als eines. Theo mochte im Allgemeinen der bessere Hacker sein, aber Lou war einfach schlauer in anderen Dingen ... nicht dass Theo das vor ihm je zugegeben hätte.

Er saß und arbeitete noch etwas daran, konzentrierte sich auf das Problem, noch tiefer in die Eingeweide des Computersystems hinein zu gelangen. Dann beschloss er eine Pause einzulegen und ein bisschen zu flippern. Er hatte neulich das Star Treck Spiel per Reboot zum Laufen gebracht und es hatte wunderbar funktioniert, auch wenn der Plunger ein paar Mal feststeckte. Heute, als Hommage an seinen Traum gewissermaßen, steckte er Aragorn und Legolas ans Netz und wartete darauf, dass die Lichter nach dem Reboot wieder zu leuchten anfingen.

Die Lichter.

Die in schneller Folge blinkenden Lichter.

Ein Prickeln überkam ihn überall und Theo lehnte sich weiter vor, schaute sich das Spiel und seine Glocken und Schlagtürme und *Lichter* an.

Was hatte Selena gesagt? *Zombies mögen Lichter, die so blinken, nicht. Es scheint sie zu verwirren.*

Und dann hatte er eine Idee.

Schon in dem Moment, als sie die kreisenden Falken in der Ferne erblickte, hatte Selena ein schlechtes Gefühl.

Sie war immer noch bestürzt und durcheinander von ihrem Gespräch mit Sam von etwas früher heute, das nicht so gut gelaufen war, wie sie gehofft hatte. Und jetzt, mit seinen zornigen Worten, die ihr immer noch im Kopf herumschwirrten, brachte sie einen Korb voller Gemüse von Franks Garten nach Yellow Mountain, auch zusammen mit dem in Tücher eingewickelten Leichnam von Robert für Cath, die den Mann für seine Familie einäschern würde.

Sam war eigentlich der, der es hätte tun sollen, aber er war mitten im Aufzäumen von Thelma und Louise davon gestürmt, als Selena noch einmal mit ihm zu reden versucht hatte – um die Wogen etwas zu glätten. Er redete immer noch nicht mit ihr und Selena beschloss, dass ein Ortswechsel ihr gut tun würde. Sie dachte auch, dass sie vielleicht die Chance hätte mit Jennifer zu reden, wenn sie erst mal in der Siedlung war.

Neben all diesen anderen Turbulenzen versuchte sie aus einer Reihe von Gründen nicht an die vergangene Nacht zu denken – darunter nicht zuletzt der, wie gut es sich angefühlt hatte, neben einem Mann aufzuwachen, der sich so stark und verlässlich anfühlte.

Theo hatte sie später wieder gefunden, nicht lang nach ihrem Gespräch mit Sam. Kurz vor dem Mittagessen. Selena war immer noch wütend; wütend auf Sam, weil er so stur war, weil er so blind war angesichts seiner neuen Flamme, weil er nicht bereit war, über die Folgen davon zu sprechen, und, wenn sie ehrlich sein sollte, auf Theo, weil der sie gestern Nacht aufgehalten hatte, weil er ihr eine Entschuldigung geliefert hatte, drinnen zu bleiben. Und am allerwütendsten war sie auf sich selbst, weil sie so schwach geworden war. Weil sie dem Vergnügen des Augenblicks nachgegeben hatte, angesichts ihrer Verantwortung, weil es so schlicht viel einfacher war.

Als Theo also auf sie zukam, sie ansprach unter dem Vorwand ihr zu sagen, das Mittagessen wäre fertig, war sie nicht allerbester

Laune. Aber er sagte da gar nichts; er zog sie nur in dem Vorratsraum da in die Arme und hielt sie fest.

Und die plötzliche Welle aus Wärme, Trost brach über ihr zusammen. Wenn sie in seinen Armen war, fühlte sie sich gut. Zuhause. Sicher. Als hätte sie nichts zu befürchten.

„Ich will nur, dass du in Sicherheit bist", sagte er und erriet damit ihre Gedanken. „Selena. Ich verstehe das alles nicht. Ich versuche es, aber ich muss mit dir ehrlich sein – es fällt mir sehr schwer zu begreifen, warum du dich solchen Gefahren aussetzt."

„Das ist nichts besonders Großartiges, was ich nachts da draußen tue", sagte sie da plötzlich, mit ihrem Gesicht in seiner männlichen Schulter vergraben. *Oh Gott, da wären wir also.* Es würde jetzt alles rauskommen. „Es ist nicht ein riesiges Geheimnis oder so was. Ich erzähle es den Leuten nur nicht. Ich will nicht, dass sie davon erfahren – weil sie es missverstehen könnten. Sie *haben* es missverstanden. Und es ist – nun, es ist hart."

„Ich weiß", sagte Theo sanft. „Vonnie erzählte mir ein bisschen von Niketown. Und Crossroads."

Selena nickte. Sie war nicht überrascht. „Vonnie weiß mehr als jeder andere und sie bemüht sich – aber auch sie versteht es nicht wirklich. Niemand versteht es. Sie können nicht sehen, was ich sehe, und es begreifen, hier." Sie löste sich und berührte ihr Herz, so dass er die Geste sehen konnte. „Wenn ich ihnen sterben helfe, wenn ich die Zombies berühre und meinen Kristall berühre, fühle ich mich, als ob–nein, ich *weiß*–dass ich sie rette. Sie waren einmal Menschen, wie du und ich. Und wenn ich sie berühre, irgendwie weiß ich da, dass sie wieder frei sind. Sie können in Frieden sterben."

„Sie waren mal Menschen, vor langer Zeit. Aber jetzt nicht mehr", sagte Theo. Seine Stimme war leise aber sicher. „Ich weiß, dass du nicht sehen möchtest, wie irgendetwas oder irgendjemand leidet oder gequält wird, und dass du allen Wesen nur barmherzige Tode wünschst. Ich kann diesen Standpunkt nicht verstehen, weil ich genug von dem Schaden gesehen habe, den sie anrichten. Ich habe die Körper gesehen, die Haut und die Knochen und was danach noch übrig ist. Für mich ist da nichts Lebenswertes an einem Zombie, oder etwas, was man verzeihen könnte. Aber", sagte er fest entschlossen, als sie ihren Mund aufmachte, um etwas zu sagen, „ich respektiere dich und das, woran du glaubst. Und daher möchte ich dir helfen. Weil ich nicht glauben kann, dass du dein Leben auf diese Weise nur so riskieren würdest, wieder und immer wieder."

„Ich will es nicht, aber ich *muss* es." Tränen sammelten sich seitlich in ihren Augen und Selena klammerte ihre Finger tiefer in seine Schultern. „Ich vermag nicht, ihnen nicht zu helfen. Selbst wenn ich nicht jeden einzelnen von ihnen retten kann, liegt es in meiner Verantwortung, so vielen von ihnen zu helfen wie nur möglich. Rede mir nicht davon *warum*! Ich frage mich jeden Tag, *warum* ich diejenige sein muss. *Warum* wurde ich mit dem verdammten Kristall gefunden? *Warum ich?*"

„Frag dich", sagte Theo und reichte dabei hoch, um ihre Hand zu berühren, „was passieren würde, wenn du es *nicht* tätest. Wenn du drinnen bleiben würdest, in Sicherheit, und deinem Sohn eine Mutter sein würdest, Vonnie eine Tochter und ein rettender Engel für all jene, die zu der Todeslady kommen, damit sie ihnen hilft, in Frieden und Würde zu sterben. Wäre das denn so schlecht?"

Sie schüttelte den Kopf, auch dann noch, als sich ganz langsam eine winzige Blume der Verwunderung in ihr drin öffnete. Hatte er etwa Recht? Die Tränen brannten ihr in den Augen und sie blinzelte sie weg. *Ich weiß es nicht.*

„Die Zombies sind schon tot. Jenseits aller Hilfe. Sie wissen nicht einmal, was sie da tun. Aber was wäre, wenn dir etwas zustoßen würde?"

Ich weiß es nicht.

Ich weiß es nicht.

Sie kam nicht zum Mittagessen; sie war nicht hungrig. Es gab zu viel, viel zu viel, worüber sie nachdenken musste. Seine Worte: so eindringlich, seine Argumente so überzeugend. Seine Sorge um Sie war so echt.

Hatte er Recht? War es auf lange Sicht gesehen richtig, sich selbst zu riskieren?

Und kurz nachdem sie ihre Unterhaltung beendet hatten, als sie sich zerbrechlich und verwirrt fühlte, hatte Selena die Chance ergriffen diesen Botengang nach Yellow Mountain zu machen. Es wäre ein Gelegenheit für sie fortzukommen. Nachzudenken.

Etwas Zeit für sich zu haben, weitab von den Anforderungen an sie als Mutter, Tochter, Pflegerin, Geliebte.

Aber als sie den Anblick der kreisenden und herabstürzenden Raubvögel erhaschte, begannen ihre Eingeweide sich zu verdrehen.

Sie ließ Thelma und Louise an einem großen Baum angebunden zurück, als sich herausstellte, dass der Weg zu dem, was auch immer die Vögel da gerade verspeisten, durch dichten Baumbestand und Gestrüpp führte, und lief den Rest des Weges.

Wenige Augenblicke später stand Selena auf einem Flecken Beton, der von Grasadern durchzogen war, und schaute auf zwei Leichname hinunter. Der Gestank war fürchterlich, wie Zombie-Fleisch immer war.

Und bei Tage konnte sie den schrecklichen, graugrünen Farbton ihrer Haut erkennen, die abnorme Größe ihrer Poren, die Art und Weise, wie das Fleisch von Dehnungsstreifen überzogen war, fast wie ein Faltenwurf überall da, wo zu sehr an der Haut gezerrt worden war. Die Haare an einem waren schütter und graublond. Die Haare an dem anderen waren genauso schütter, von dem gleichen stumpfen Ton, nur etwas dunkler.

Die Schädel hatte man ihnen wie Eierschalen eingeschlagen, einen von hinten und den anderen von der Seite, nass mit dunklerem Blut, das immer noch dickflüssig austrat, aber jetzt anfing zu trocknen. Die Hände, riesige Gelenke und mit verdreckten und scharfen Nägeln, klammerten sich in die Erde wie Krabbenbeine. Fliegen, Ameisen, sogar Maden rannten in die zerfetzten Kleider und das Fleisch hinein und wieder heraus, und die Schatten der wartenden Raubvögel huschten auf dem Boden in einem ähnlich gruseligen Muster dahin. Reue und Trauer machten, dass sie sich abwandte, der durchdringende Gestank und der verstörende Anblick ließen ihren Magen rebellieren. Sie übergab sich ins Gebüsch, bis ihr der Magen schmerzte und kehrte dann wieder zu dem Anblick zurück, ließ zu, dass die

Schuldgefühle und die Wut sich noch ein bisschen tiefer in ihre Eingeweide einfraßen.

Es brachte sie fast um zu wissen, dass die Seelen dieser zwei Kreaturen – dieser Menschen – zu einem ewigen Schwebezustand verdammt waren.

Schwer geplagt von ihren Schuldgefühlen – denn wenn sie letzte Nacht hinausgegangen wäre, hätte sie diese hier vielleicht gerettet –, aber fest entschlossen, fand sie etwas Gestrüpp und ein paar trockene Zweige und benutzte diese, um die Leichname zu verbrennen. Es bestand kein Grund, sie weiteren Erniedrigungen auszusetzen.

Und sie fuhr weiter nach Yellow Mountain, schwer und verzagt.

Theo sah Selena für den Rest des Tages nicht mehr. Er erfuhr, dass sie wegen eines Botengangs nach Yellow Mountain gegangen war, und als die Sonne sich an ihren Abstieg machte, begann er sich zu fragen, ob sie wohl vor Einbruch der Dunkelheit zurückkehren würde.

Oder ob sie absichtlich fortblieb, so dass sie rausgehen und alles tun könnte, was sie halt tat, ohne sich mit ihm auseinandersetzen zu müssen.

Je tiefer die Sonne sank, desto fester zog es ihm die Eingeweide zusammen und desto sicherer war er sich, dass das ihr Plan war.

Er versuchte sich auf seine anderen Projekte zu konzentrieren und an seiner Idee mit den Flipperautomaten weiterzuarbeiten, aber stand dann doch immer öfter, als gut war, am östlich ausgerichteten Fenster der Arkaden und wartete darauf, dass Selena eintraf.

Leo platzte ihm plötzlich wieder ins Bewusstsein, der sich etwas umsah und wohl Theos Unruhe und allgemein angepissten Zustand spürte, und ging dann wieder nach einer kurzen Verbindung.

Das Abendessen war spärlich besucht von Sam, der sein Essen herunterschlang, und Vonnie, die zum Plaudern aufgelegt war, aber nichts von Belang sagte und wohl einfach nur die Stille unterbrechen wollte. Frank leistete ihnen keine Gesellschaft, denn er war anscheinend mit dem Reparieren von irgendwas in der Scheune beschäftigt.

Als die Sonne dann endgültig hinter den Horizont geschlüpft war, und es immer noch kein Anzeichen von Selena gab, wusste Theo, was er zu tun hatte.

Er brauchte länger als ihm lieb war dafür, Frank von der Ackerfräse loszueisen, die er gerade zu reparieren versuchte, und an Ende musste Theo seine besseren Augen doch hergeben, um dem Mann dabei zu helfen, einen lockeren Draht zu befestigen, bevor Frank ihm half, das richtige Pferd auszusuchen. Sie sattelten einen Mustang und Theo saß auf, einen Beutel locker um die Schulter geschlungen. Das Grummeln von dem etwas in die Jahre gekommen Mann, dass man ihn bei der Arbeit unterbrochen hätte, folgte ihm bis jenseits der Mauern.

Das Scheppern der Torflügel beim Schließen machten hinter Theo eine Art endgültiges Geräusch.

Die in die Dunkelheit fallende Welt war still und schwieg, bis auf das Heulen eines weit entfernten Wolfes und dem Rauschen der Brise in den Blättern. Zombies waren natürlich nicht die einzige Gefahr; Wölfe, Wildkatzen und selbst Tiger und Löwen durchstreiften die Nacht.

Aber Theo hatte den Vorteil auf seiner Seite, zu Pferd eben wendig, schnell und höher positioniert zu sein, ebenso wie eine angezündete Fackel in der einen Hand und den Vorräten in seinem Beutel. Wegen sich selbst und seiner eigenen Sicherheit machte er sich überhaupt keine Sorgen. Im Allgemeinen hatten wilde Tiere keinen Grund anzugreifen, ganz besonders nicht ein noch größeres Tier als sie selbst, außer sie fühlten sich bedroht.

Theos Mund wurde noch schmaler, als er schnell da entlangritt, was man großzügig so als die Straße in Richtung Yellow Mountain bezeichnete. In der Zwischenzeit war das letzte bisschen Sonnenlicht verschwunden und die Welt wurde von einer

Vielzahl an Sternen und einem satten Stück Mond erleuchtet. Aber die Bäume warfen dichte Schatten und blockierten das Licht, was es dem Pferd erschwerte, seinen Weg vor sich zu erkennen.

Theo. Lou sickerte herein, unterbrach die Konzentration seines Zwillings.

Alles ok? Theo antwortete rasch. *Beschäftigt.*

Ok.

Er lauschte auf Geräusche, die ihm die Nähe von Selenas Wagen verrieten, oder auf den Ruf der Zombies. Ein leichter Duft nach Rauch verfing sich in seiner Nase; jemand hatte hier in der Nähe vor kurzem etwas verbrannt.

Gut zwei Meilen nach dem Aufbruch zum Fünf-Meilen-Trip, hörte Theo sie. Er hielt einen Moment an, um die Richtung des Geräuschs zu bestimmen, seine Hand klammerte sich fester um die Fackel. Er hatte Flaschenbomben in seinem Beutel und die Fackel würde natürlich dazu dienen, sie zurückzutreiben, oder Schädel zu zertrümmern. Das Hirn zu zerstören, war der einzige Weg, um einen Ganga zu töten.

Theo stellten sich die Haare im Nacken auf, als er merkte, dass das Stöhnen von näher kam, als er gedacht hatte; der Wind hatte sie in die andere Richtung fortgeweht. Jetzt, als der Wind kurz nachließ, drangen die Geräusche laut und deutlich zu ihm durch, waren nur über den Weg und ein bisschen nach Norden.

Wo Zombies waren, war vielleicht auch Selena.

Er traf eine rasche Entscheidung und scherte vom Pfad aus, hinein ins Unterholz, der Magen schwer und verkrampft. Als das Pferd durch das Unterholz schoss, glaubte er noch etwas anderes in der Ferne zu hören. Die Schreie wurden wilder, verzweifelter und er erkannte das Geräusch wieder.

Sie hatten jemanden gefunden. Selena war dort.

Er gab dem Pferd Fersengeld und trieb es schneller voran, beugte sich über den langen, starken Hals, die Mähne des Tieres flog Theo ins Gesicht.

Selena!, war alles, was er denken konnte. *Ich komme.* Ein dunkler Horror stach ihn irgendwo, füllte seine Gedanken und sein Herz restlos. Etwas war nicht in Ordnung. Etwas war ganz und gar nicht in Ordnung.

Schneller, schneller, flehte er seinen Mustang an. *Schneller!*

In dem Augenblick tat das Pferd einen falschen Schritt und strauchelte, als es sich dann wieder fing, stieg es jäh auf die Hinterbeine, als etwas aus der Dunkelheit hervorgeschossen kam. Theo fiel ihm von dem Rücken, hielt aber immer noch die Fackel fest. Er landete in einem wirren Haufen auf dem Boden, schaffte es gerade noch den brennenden Stab festzuhalten. Als er sich wieder in den Stand kämpfte, rannte der verängstigte Mustang gerade davon, was Theo zu Fuß und atemlos zurückließ.

Aber er hörte immer noch die Geräusche der beharrlichen, verzweifelten Zombies und er rannte auf sie zu, ignorierte dabei den Schmerz überall an seinem Körper, sprang durch die Büsche und um Bäume und rostige Autos herum.

Grauenerregende Geräusche waren zu hören und als er durch die Bäume hindurch näher kam, konnte er das Flackern von orangenen Lichtern und Augen erkennen. Er rannte, verwendete seine freie Hand, um in dem Beutel nach einer Flaschenbombe zu kramen, bereit loszuschlagen. Alles, was er noch tun musste, war den Stofffetzen anzünden, den er als Docht in den Flaschenhals gestopft hatte, und alles in die Menge dort werfen.

Auf einmal war er dort, gelangte hin und erblickte eine Ansammlung von Zombies. Sie kämpften gerade darum, an etwas heranzukommen, wimmerten und stöhnten und krallten.

„Selena", schrie er und versuchte sie inmitten von einem halben Dutzend Monster da zu erkennen.

Und dann stolperte er über etwas in der Dunkelheit, etwas Weiches, was noch am Leben war. Er hörte das Stöhnen des Körpers, als er erneut durch die Luft flog und dann auf dem Gesicht landete, die Arme über einem umgestürzten Baumstamm. Diesmal fiel ihm die Fackel aus der Hand und als Theo sich umdrehte, während er noch versuchte sich die Luft in das durchlöcherte Zwerchfell zu pumpen, sah er in dem Licht das Aufleuchten von Silber.

Silbriges haar.

Langes, silbriges Haar.

Es war nur der Bruchteil einer Sekunde – das Bild für den Bruchteil einer Sekunde, und die mentale Verbindung – und er wusste, es war Lou.

Theo zögerte nur einen Augenblick, irgendwo registrierte er auch das leise Stöhnen, dann schrie er den Namen seines Bruders, als er auf das Gemenge der verzweifelten Zombies zu raste. Er schwang die Fackel, rief nach Selena, wild und wie von Sinnen, als er versuchte sich einen Weg in die Gruppe hinein zu erkämpfen.

Die Fackel erschreckte die Monster und Theo benutzte sie, um sie fortzutreiben, zerschmetterte einen Schädel mit roher Gewalt, angetrieben von Furcht, wirbelte damit herum und zerschlug einem anderen die Beine, ließ dann die Fackel mit Wucht auf seinem Kopf niederkrachen.

Mitten drin in diesem Gewühl erhaschte er einen Blick auf Beine, die in Jeans steckten, auf dem Boden leblos ausgestreckt und mit etwas Dunklem verschmiert, und er gestattete sich in dem Moment nicht, darüber nachzudenken. Er packte nur mit einer Hand zu und zog, während er mit der anderen um sich schlug. Die Monster wichen nicht zurück und Klauen vergruben sich in seiner Haut, der Gestank der Kreaturen füllte ihm die Nase und er spürte, wie ihm ein Arm aufgeschlitzt wurde. Etwas Nasses und Warmes strömte da raus und eines der Monster drehte sich zu ihm um.

Theo ließ die Fackel mit aller Kraft auf seinem Schädel niedersausen und stolperte nach hinten weg, zog Selena am Fuß mit sich, versuchte sie aus dem Durcheinander dort heraus zu bekommen.

Urplötzlich veränderten sich die Zombies. Sie schwankten, ihr Stöhnen wurde anders, höher und schriller, und zwei von ihnen lösten sich aus der Gruppe raus, stolperten weg, als würde man sie rufen. Theo zermatschte einen weiteren mit seiner Keule und zerrte an dem Fuß mit einer Hand, die nun nass war vor Blut – seinem und dem von jemand anderem.

„Stopp!" Ein Schrei drang an seine Ohren.

Theo wirbelte herum, um Selena zu sehen, wie sie da aus den Bäumen hervorstürzte, mit einer rot glühenden Kugel, die ihr an einer Kordel am Hals baumelte.

Die Zombies sprangen auf sie zu, schwankten und schwärmten aus, alle auf einmal, was den Körper freigab und zurückließ, den Theo zu retten versucht hatte. Er schaute herab und erkannte das schmutzige, blutüberströmte Gesicht.

Sam.

Selena nahm all ihre Kraft zusammen, als die Zombies auf sie zu gerannt kamen. Sie ließen zurück, ließen ab von was auch immer für ein Opfer sie gerade angegriffen hatten und krallten stattdessen verzweifelt nach dem Kristall.

Iiiiiiiiccccch.

Der glühende Stein lag heiß in ihrer Hand, aber sie hielt ihn fest, wartete auf den Ansturm, Tränen der Verzweiflung und der Wut nass auf ihrem Gesicht. *Jeeetzzztiiiiiiiiiiiiccccch.*

„Nein!", schrie sie, als Theo wie ein Wirbelsturm auf eine der Kreaturen zuraste, ihm einen riesigen, brennenden Ast auf den Kopf schlug, diesen zerquetschte wie eine Melone. „*Stopp!*"

Er schrie etwas zu ihr zurück, sein Gesicht plötzlich von der Fackel erleuchtet, starr, mit weit aufgerissenen Augen. Eine entsetzte Maske. Sie konnte ihn nicht hören und auf einmal waren überall um sie herum Zombies, als sie in der altbekannten Verzweiflung nach ihr klammerten.

Jeeetzzzt iiiiiiiiiiccccch jeeetzzzt.

Der Klang davon drang ihr in die Ohren, wie ein schrecklicher, tiefer Wind, der alles andere auslöschte, bis auf diese schrecklichen Schreie nach Erlösung.

Sie berührte einen und blickte in die Augen eines jungen Mannes, der gerade den Schlag seines Lebens versetzt bekam, als das Licht seiner Seele in den orangenen Augen verlosch, der Rückstoß prasselte wie ein Steinschauer auf sie nieder. Tränen brannten ihr in den Augen. Theo, Theo, er verstand es nicht.

Sie versuchte ihren Atem wieder unter Kontrolle zu bringen, sich aufrecht zu halten, als sie einen faulig-riechenden Atemzug einsog, bereit für einen weiteren. *Iiiiiillllfff mmiiiiiiiiiiir.*

Ein weiterer Schrei, noch drängender, menschlich, erreichte sie und auf einmal fuchtelte man mit der brennenden Fackel herum, in dem Gemenge von Zombie um sie, die sie für sich einforderten. Einer stolperte rückwärts, fiel, schaffte so eine Öffnung und Selena drehte sich zu Theo, Wut in ihrem Gesicht, als er sich seinen Weg durchboxte.

„Lass mich!", schrie sie, schob ihn weg, selbst dann noch, als sie nach einer weiteren klammen, Hand aus Fäulnisfleisch griff. „Verschwinde!"

Bei all den lauten, wehklagenden Schreien, die immer verzweifelter wurden, gelang es ihr nicht zu verstehen, was er sagte – *I–am!*, dachte sie – aber er packte ihre Hand und zerrte sie weg, gebrauchte seine Fackel, um die Monster zurückzudrängen.

Selena kämpfte gegen ihn an, hasste ihn, hämmerte mit den Fäusten gegen ihn und schrie ihn voller Wut und Angst an, aber er ignorierte sie, zerrte sie weg.

Über ihren Kopf hinweg schrie er etwas – *Du!* – und sie sah, mit einem Schock, wie eine andere Gestalt sich schwankend auf die Füße erhob. Langes, helles Haar schien im Mondlicht als er – sie? – sich aufrichtete und Theo hielt Selena weiterhin fest, zerrte sie weg von den Monstern und schrie, „jetzt!"

Noch als sie da kämpfte, zerschnitt der Lichtbogen von etwas Brennendem die Nacht, flog von der langhaarigen Person zu der Gruppe von Zombies, die von Theos Fackel in Schach gehalten wurden.

„*Neeeeiiiiinn!*", schrie sie, als er sie wegschob, auf sie niederfiel, als sie auf den Boden krachten.

Die Explosion war ein lauter, ohrenzerreißender Knall und die Nacht brannte wie Gold. Trümmer regneten auf sie herab, auf den Boden und in die Bäume ringsum.

Und dann war alles still, bis auf ihre heftigen Atemstöße.

Selena lag unter Theo begraben auf dem Boden, reglos, erstarrt vor Verzweiflung und sprachlos, dass er sie so verraten hatte. Der Boden war kalt und feucht unter ihren Fingern und sie lag da, das Gesicht dagegen gepresst, Tränen sickerten in den Boden, auch noch nachdem er sich von ihr gelöst hatte. Er tötete sie. Tötete sie alle. Ließ sie in der Falle zurück.

Sie hätte sie retten können. Und er *tötete* sie.

Sie hasste ihn. Es zerriss sie im Innersten.

„Selena." Theos Stimme war drängend. Seine Hand berührte sie an der Schulter und sie spürte das Brennen seines Verrats.

Sie rollte sich auf den Rücken und warf ihm einen hasserfüllten Blick zu. „Wie konntest d–"

„Selena, bitte. Stopp. Es ist Sam." Er hatte sie bei den Schultern gepackt und schaute ihr jetzt direkt in die Augen. Die Maske, die sein Gesicht so starr gemacht hatte, wich jetzt etwas anderem.

„Sam?" Bei dem Ausdruck auf Theos Gesicht wurde sie zu Eis. Die Knie brachen ihr weg. „Was ist los?"

Es war ein Traum. Alles war nur ein schrecklicher Alptraum.

Sie drehte sich – *wurde* gedreht – wurde *geführt* – hin zu einem schrecklichen Anblick.

Ein Mann mit langem, silberweißem Haar kniete, gebeugt neben einem leblosen Körper. Sam.

Ihr Sammy. Erleuchtet von dem großzügigen Mond, der irgendwie genau hier den Mittelpunkt ihrer Welt gefunden hatte.

Sein Oberkörper und seine Beine waren ein wildes Durcheinander tiefer Schnitte, ein Arm war nur noch Fetzen. Sein Gesicht, sein schönes Gesicht, war zerkratzt und dunkles, nasses Blut war überall.

Von den Zombies. Genau die Zombies, die sie zu retten versucht hatte.

Oh, Gott. Jetzt gaben ihre Knie nach und jemand fing sie auf.

„Er hat versucht mich zu retten", sagte der alte Mann, der jetzt hochscheute, von dort, wo er kniete.

Sammy war nicht tot. Er war *nicht* tot.

Halb fiel sie, halb kniete sie neben ihm, berührte ihren Sohn, sah, wie sein Mund sich bewegte und seine Augen sich langsam öffneten. Auf sie fielen. Das Herz sprang ihr in der Brust, ihre klammen Finger schlossen sich um seine blutigen und sie presste die Lippen zusammen.

Und dann sah sie die glitzernde graue Wolke durch das Mondlicht schweben, eine Spirale bilden und über ihm hochsteigen.

12

Nicht Sammy, nicht mein Sammy. *Nicht mein Junge.*

In ihrem Kopf wiederholte Selena jene Worte wieder und wieder, auf dem ganzen Weg nach Hause. Sie erinnerte sich an nichts mehr von dem Rückweg, nur Theo neben ihr, stark und tröstlich, der ihren Jungen – *ihren Jungen!* – auf den Armen trug. Sie kämpfte gegen die dunkle Welle aus Hass, aus ansteigendem Zorn an, die drohte sie losschreien zu lassen.

Eine Hand ließ sie auf Sams Arm liegen, entsetzt, wie kalt er sich anfühlte, und beobachtete die silbergraue Wolke um ihn herum, versuchte sich zu überzeugen, dass es nur heller Staub im Mondlicht war. Oder Glühwürmchen. Oder irgendetwas anderes.

Und der schwelende Zorn trieb sie schneller voran. Die Erinnerung an das Gemetzel, der Anblick auf der Lichtung da – Theo, der um sich drosch, zuschlug, Schädel zertrümmerte und der sie dann wegzerrte, ihr etwas ins Gesicht brüllte, was sie nicht verstehen konnte. Der Tod, das Blut, ihr *Sohn*. Ihr *Sohn*.

Sie war sich am Rande noch der Unterhaltung bewusst, zwischen Theo und diesem anderen Mann, einem älteren Mann mit langem Haar, der Theo zu kennen schien.

„Er hat versucht mich zu retten", sagte der ältere Mann, dessen Name anscheinend Lou war. „Sie tauchten aus dem Nichts auf. Kein Stöhnen, keine Vorwarnung."

„Ich wusste, etwas war nicht in Ordnung, aber ich wusste nicht, dass es um dich ging", sagte Theo mit angespannter Stimme. „Wenn ich zugehört hätte–ich bin nicht rechtzeitig da gewesen."

„Aber was hat Sam überhaupt draußen zu suchen gehabt?", schaffte Selena zu fragen, als sie einmal kurz aus ihrer Dunkelheit auftauchte. „Warum war er außerhalb der Mauern?"

Keiner hatte eine Antwort, aber tief in ihrem Inneren fragte sie sich das wieder und wieder. Sie war von Yellow Mountain hergekommen, wo sie Jennifer gesehen hatte. Das Mädchen hatte sie die meiste Zeit über ignoriert, außer für einen peinlichen Moment, als ihre Blicke sich trafen, aber Selena hatte gesehen, wie sie mit einem der anderen jungen Männer redete und flirtete. Einer, mit dem sie mal zusammen war und dann wieder nicht, je nach Lust und Laune. Sie vermutete, dass Sams nächtlicher Ausflug damit etwas zu tun hatte.

Aber sie würde keine unbegründeten Vermutungen anstellen. Sie musste sich jetzt konzentrieren.

Als sie Sammy endlich in das Bett verfrachtet hatten, das einmal Theo gehört hatte – Selena hatte es aus abergläubischen Gründen ausgesucht, in der Hoffnung auf ein zweites Wunder –, bekam sie endlich die Gelegenheit ihn zu untersuchen.

Es stand schlimm.

Hinter ihr, während sie noch abrollte, was von Sams Hemd übrig geblieben war, atmete Theo. „Allmächtiger." Er drehte sich zu dem Mann namens Lou um, „wir müssen Elliott hierher kriegen."

Lou erwiderte etwas, aber Selena hörte ihn nicht, weil Sam gerade die Augen öffnete. „Mom", flüsterte er.

Sie berührte seine Stirn, versuchte ihn die Furcht in ihren Augen nicht sehen zu lassen, die Gewissheit. „Sammy. Ich bin da. Wir werden dich wieder zusammenflicken. Frank geht los und holt Cath."

„Ist er ... ok?", sagte Sam mit leiser, gebrochener Stimme. „Der Mann."

Selena drängte die bitteren Tränen zurück. Das war ihr Sohn. Das war der Mann, den sie großgezogen hatte.

„Ich bin hier", sagte Lou und trat einen Schritt vor, damit Sam ihn sehen konnte. „Danke", sagte er. „Danke, dass du mir geholfen hast."

„Gut", sagte Sam. Er schloss die Augen und panisch schaute Selena hoch und um sich, ob die Wolke da war, und ob sie sich veränderte.

Das Herz sank ihr, als sie das graue Funkeln sah, auch wenn es noch nicht ins Blaue überging; die Partikel, die so anmutig kreiselten, wie Flocken von silbernem Staub. *Nein. Verpisst euch. Lasst meinen Sohn in Ruhe.*

Sie wusste nicht, wie lange sie da mit ihm saß; sie wusste, dass irgendwann Cath kam und die tiefen Wunden in Sams Magengegend untersuchte, ihre eigenen Salben denen hinzufügte, die Vonnie dort aufgetragen hatte. Selena sah, dass Caths Gesicht angespannt und unnachgiebig war, dass alle mit gedämpften Stimmen zu sprechen schienen, und dass in der Ecke da ein Mann und eine Frau saßen, umgeben von einem wabernden, blauen Leuchten. Die warteten.

Aber die Wolke blieb grau und sie betete darum, dass sie nicht blau wurde. Denn Blau bedeutete das Ende.

„Selena." Die Stimme, begleitet von einer zärtlichen aber festen Hand auf ihrer Schulter, brach sich schließlich einen Weg durch ihre Gedanken.

Es war Theo, er brachte sein Gesicht ganz nah in ihres, als wäre er entschlossen, ihre ganze Aufmerksamkeit zu haben. Seine Augen waren weich und braun, aber entschlossen. „Du musst dich etwas ausruhen. Bitte."

„Nein", sagte sie und drehte sich wieder zu Sam. „Ich kann ihn nicht allein lassen."

Aber als sie auf ihn herabschaute, kam einer der von dem blauen Licht umflorten Gestalten aus der Ecke und stellte sich neben das Bett. Selena konnte ihre Füße nicht sehen. Es war eine Frau mit langem, dunklem Haar und als sie Selena anblickte, war es, als würde sie selbst sich in einem fast blinden Spiegel sehen.

Eine jäh aufblitzende Erkenntnis fuhr durch sie hindurch. *Mutter?*, flüsterte sie.

„Selena", drang Theos Stimme erneut bis zu ihr durch. „Du fällst selber gleich um vor Erschöpfung. Komm mit mir."

Geh mit ihm.

Da erlaubte sie Theo, sie mit sich fortzuziehen, in der Gewissheit, dass ihre Mutter bei Sam sein würde, bis sie zurückkehrte.

Theo brachte sie nach draußen, wo die Sonnenstrahlen ihre stumpfen Sinne wärmten, und mit seinem Arm um ihre Hüfte lief sie einfach. Bevor sie sich darüber im Klaren war, näherten sie sich dem Reise-Rad, weit weg vom Haus, weg von den dunklen Gedanken und der Wolke aus silbergrauer Wirklichkeit.

Er half ihr in eines der Wägelchen hinein und sie widersetzte sich nicht. Ihre allgemeine Taubheit begann nachzulassen und Gefühle unterschiedlichster Art droschen auf sie ein. Angst. Furcht. Ungläubigkeit.

Hass.

Aber als das Rad sich langsam emporschwang und der aufkommende Wind ihr durchs Haar fuhr, blinzelte sie und *fühlte*. Der Boden entschwand, die Bäume wurden kürzer, als die Gondel mühelos und sanft hochstieg. Er saß ihr gegenüber und sie schaute draußen über das bewaldete Gelände. Ein Fahrt auf dem Reise-Rad zu machen, war bei Tag eine ganz andere Erfahrung. Sie lächelte fast bei dem kleinen inneren Kitzeln, als sie oben ankamen und dann wieder runterglitten. Immer noch langsam und sanft, als ob sie auf einer runden Welle dahintrieben.

„Iss das", sagte er und zwang ihr etwas in die Hand, während er sie von dem Sitz gegenüber anschaute. „Ich weiß nicht, wie lange es her ist, dass du gegessen hast. Gestern? In Yellow Mountain? Ich weiß auch, dass du seit langer Zeit nicht mehr geschlafen hast."

Da schien Selena aus ihrer tranceartigen Erschöpfung zu erwachen und Theo empfand eine unbändige Dankbarkeit für den neuen, wachen Ausdruck, der in ihren Augen aufflackerte. Er war immer noch dabei zu versuchen, all die Teile zusammenzutragen, von dem, was geschehen war, und mit all den Emotionen klarzukommen, die auf einmal zum Vorschein gekommen waren. Schock war nur eine davon.

Und er wusste, dass Lou voller Schuldgefühle und Reue war. „Ich hätte derjenige sein sollen", hatte er oben in den Arkaden gesagt, kurz zuvor. „Ich hätte derjenige sein sollen! Ich habe *mein* verdammtes Leben schon gehabt. Warum einer, der so jung ist?"

Wieder das Warum.

Theo blickte rüber zu Selena, die einen Bissen von dem Sandwich genommen hatte, das er für sie gemacht hatte. Sie kaute und ihre Augen waren wieder klar, nahmen Dinge um sie wahr.

Auf einmal blickte sie ihn unverwandt an. „Danke", sagte sie. „Ich glaube, ich habe das gebraucht. Wegzukommen."

Er nickte. Ihre Dankbarkeit schien echt, aber da war noch etwas anderes, was darunter lauerte. „Du könntest auch etwas Schlaf gebrauchen, denke ich." Er kam vorsichtig auf ihre Seite, das Wägelchen schaukelte ein wenig, kippte mit seinem zusätzlichen Gewicht etwas weg, und er legte seinen Arm auf die Lehne hinter ihr. „Ruh dich hier mit mir ein wenig aus."

Sie schien steif, aber er schrieb das dem Schock und der Angst zu. Er bugsierte sie sanft näher zu sich und war erleichtert, als sie sich in seine Armebeuge nestelte. Vielleicht würde sie etwas schlafen.

Er hatte Lou die Arkaden gezeigt und jegliche Begeisterung, die sein Zwilling vielleicht hätte empfinden können, als man ihm Brad Blizeks privates Heiligtum vorstellte, ging an dem tragischen Tag unter. Sie hatten sich in den NEZS eingeloggt, Theo auf Blizeks Computer und Lou auf dem Mini-Laptop, das er mitgebracht hatte.

Als ersten Tagesordnungspunkt ließen sie Sage wissen, dass Lou sicher bei Theo angelangt war, mit lediglich geringfügigen Verletzungen von seiner Rauferei mit dem Zombies, und sie setzten sich mit Elliott in Verbindung, wegen Ratschlägen zur Behandlung.

Wenn es ein weiteres Wunder geben sollte und irgendeine Chance Sam zu heilen, müsste Elliott sehr schnell herkommen.

„Er wird sterben", sagte Selena, viel später. Die Sonne stand viel tiefer, vollständig hinter den Bäumen und dem entfernt gelegenen Haus. Vielleicht hatte sie etwas geschlafen; Theo hatte gespürt, wie ihre Muskeln sich entspannten und ihr Körper an ihm schwerer wurde, als das Rad sich nach oben schwang und wieder herab. Ihr Atem war gleichmäßig geworden und er war erleichtert, dass er das hier, wenigstens das hier, für sie tun konnte.

Aber jetzt war sie wach und löste sich von seiner Schulter.

„Das wissen wir nicht", erwiderte er, während er ihr die Haare aus dem Gesicht strich.

„Ich weiß es", sagte sie knapp. Aber ihre goldbraunen Augen, auch wenn sie weit weg waren, waren nicht mehr ausdruckslos und leer. „Das ist, was ich tue, Theo. Ich kenne den Tod. Er hat die Todeswolke."

Theo betete, dass Lou mit Envy erfolgreich Kontakt aufgenommen hatte und dass Elliott auf dem Weg hierher war. „Die Todeswolke?"

„Sie fängt grau an, wenn die Seele von jemandem sich bereit macht, auf eine andere Ebene zu wechseln. Manchmal braucht es einen Tag, manchmal Stunden, manchmal Wochen oder Monate. Wenn sie blau wird, heißt das, es ist Zeit. Aber die Todeswolke ... wenn die einmal aufgetaucht ist, gibt es keine Hoffnung mehr."

Theo legte die Finger um ihre Hand und drückte sie sanft. Das war jetzt nicht der Moment für nichtssagende Besänftigungen; aber er konnte die rechten Worte nicht finden.

„Seine Wolke ist immer noch grau. Er hat noch Zeit. Ich möchte zurückgehen und ihn sehen", sagte sie plötzlich.

„In Ordnung", sagte Theo und regelte die Fernbedienung entsprechend, die er an der Gondel verkabelt hatte.

Als das Riesenrad allmählich langsamer wurde, ein letztes Mal wieder nach oben stieg, stieß sie ein leises, bitteres Lachen aus. „Weißt du, wie vielen Menschen ich beim Sterben zugesehen habe? Wie viele Male ich Familien getröstet habe? Jemandem mit seinem Schmerz geholfen habe? Ihnen zugehört und ihre Hand gehalten habe? Man würde denken, ich wäre hierauf vorbereitet, könnte das hinnehmen. Ich weiß, der Tod ist etwas Natürliches, es ist etwas, was wir alle erleiden, und ich weiß, dass es etwas jenseits davon gibt. Aber ich ... das hier..."

Die Stimme brach ihr und Theo nahm sie fest in die Arme. Ihre Tränen sickerten durch sein Hemd, als er sie da so hielt, er spürte die kleinen, ruckartigen Schluchzer ihrer Schultern, als sie weinte.

„Er ist dein Sohn. Natürlich ist das schwerer", sprach er in ihr Haar und trotz des Grauens, der in diesem Augenblick lag, spürte er eine kleine Verbindung, eine Annäherung wachsen, ein Bedürfnis und ein Verlangen. Nach einem Zuhause.

Meins. Das hier ist meins.

„Ich sollte besser damit klarkommen können", sagte sie.

„Warum? Warum solltest du damit klarkommen? Du liebst ihn, er ist ein Teil von dir. Ja, es ist schwer." Er hielt sie noch fester, wünschte sich, dass er die Worte fände. Wünschte sich, dass er gestern Nacht früher zu dieser Lichtung gelangt wäre; dass er nicht vom Pferd geworfen worden wäre.

Dann hätte er Sam vielleicht retten können.

Sie schnüffelte und löste sich, setzte sich auf. „Ich glaube, er wollte Jennifer treffen gehen. Sie war ein paar Tage nicht hier. Ich denke, das ist, warum er gestern so wütend auf mich war, als ich versucht habe mit ihm zu reden. Als ob er wüsste, dass etwas nicht in Ordnung war, aber es nicht zugeben wollte. Und dann hat er diesen Mann gefunden. Kennst du ihn?"

„Ja. Er heißt Lou." Theo hielt sich hier zurück, sagte nichts weiter; sie konnte jetzt nicht mit weiteren Dingen belastet werden. „Wir stehen uns sehr nahe. Er war auf dem Weg hierher, auf der Suche nach mir."

„Sammy hat versucht ihn zu retten. Er hat sich selbst in Gefahr gebracht, um zu versuchen ihn zu retten."

„Er hat ihn gerettet", sagte Theo zu ihr. „Dein Sohn war tapfer und unerschrocken. Genau wie seine Mom."

„Das war er." Sie schnüffelte wieder etwas und rieb sich mit dem Handrücken unten an der Nase entlang. Sie hatte überall im Gesicht rote Flecken und ihre Augen waren blutunterlaufen. Jetzt in diesem Moment sah sie nicht schön aus, mit ihrem verwüsteten Gesicht und der roten Nase, aber sie war Selena. Sie war die Seine. „Und diese Monster ... sie haben ihn erwischt. Sie haben ihm das angetan. Auch dann noch als ich versucht habe sie zu retten, haben sie das getan ... sie haben ihn zerfetzt, in Stücke gerissen. Er wird sterben. Ich *hasse* sie."

Theo zog sie wieder näher zu sich, gerade als das Rad mit einer sanften Bremsung genau richtig unten ankam. *Gott, was sage ich da?* „Ich weiß, dass du sie hasst, Selena. Es tut mir so Leid."

„Wenn du nicht dort hingekommen wärst, wenn du sie nicht getötet hättest..." Ihre Stimme wurde leiser und sie vergrub das Gesicht an seiner Schulter, was ihre Stimme zusätzlich dämpfte. „Ich bin so durcheinander. So voller Wut. Ich begreife nicht, warum das geschehen musste. Warum, nach allem, was ich getan habe, um zu versuchen sie zu retten? Warum? Warum würde so etwas mir passieren?"

Tränen brannten ihm in den Augenwinkeln. Die Verzweiflung und Hoffnungslosigkeit in ihrer Stimme gruben sich tief in ihn ein, bohrten sich in seinen Magen und machten ihn restlos verzagt. Er hatte keine Antwort darauf, aber er fragte sich, ob es ein Zeichen war, dass sie einen anderen Weg einschlagen musste.

◦◦◦

Elliott ist nicht dort," war das Erste, was Lou sagte, als Theo in die Arkaden zurückkehrte. „Er und Jade sind losgeritten, unterwegs auf einer Mission, und außerdem bekommt eine Frau da gerade ein Baby."

Theo spürte wie eine Wutschauer ihn überkam. „Wenn sie an einem Ort sind, wo es eine Zugangsstelle gibt, können sie einloggen–"

„Schon erledigt. Sage ist daran und wird mit ihnen Kontakt aufnehmen. Sie tut, was sie kann. Wie lange, denkst du, haben wir noch?"

Theo beruhigte sich. „Ich weiß es nicht. Selena sagt, dass er sterben wird. Die Dinge sehen gar nicht gut aus, es sei denn wir kriegen Elliott hierher, um ihn zu heilen." Er setzte sich auf eines der Sofas und fuhr sich mit der Hand über die Haare. Sein Gehirn hatte nicht mehr aufgehört zu arbeiten; quasi seit jenem kurzen Schlummer nicht, nachdem er zuvor die ganze Nacht des vorherigen Tages mit Selena im Liebesspiel verbracht hatte, und er war restlos ausgelaugt.

„Ist sie es?", fragte Lou, der sich jetzt auf dem Stuhl umdrehte, um seinen Bruder anzuschauen.

„Ja."

„Dann tut es mir umso mehr Leid, was passiert ist." Lous gealtertes Gesicht sah noch mitgenommener und verhärmter aus, als Theo es in seiner Erinnerung je gesehen hatte. Oder vielleicht lag es auch nur daran, dass sie lange getrennt gewesen waren. Oder es lag vielleicht daran, dass er, seit er wieder zum Leben erweckt worden war, die Dinge klarer sah. Dass er jetzt die Wirklichkeit sah, anstatt das, was er gerne sehen würde. „Erzähl mir von ihr."

Theo lehnte sich auf dem Sofa weit zurück, starrte hoch zu der von Rissen und Spinnweben überzogenen Decke und redete. Er erzählte Lou alles darüber: über das wieder zum Leben erweckt werden, über Selenas Zombie-Jäger-Sache, über all das. Es gab keine Geheimnisse zwischen ihnen. Es hatte noch nie welche gegeben.

„Ich nehme mal an, dass du dir auch diesen Arbeitstisch hier zunutze gemacht hast", merkte Lou trocken an und zeigte zum Tisch, wo Selenas hinreißender Hintern vor gerade mal zwei Tagen platziert gewesen war. „So wie ich dich kenne."

Ein Lächeln erschien da auf Theos Gesicht. „Ach, du willst doch nur über mich dein erlebnisarmes Leben etwas würzen, oder etwa nicht?"

Ein langes Schweigen breitete sich da aus. Und dann ein leises, „Ja."

Theos Augen, die gerade wieder zuklappen wollten, flogen wieder auf. Etwas im Ton seines Bruders... Er setzte sich auf und schaute Lou an, und sah den leicht verschwommenen Blick. Sein Herz gab da ein schreckliches *Bumm-kadabumm* von sich. „Das war nur ein Witz", sagte er schnell, aber er wusste, es war zu spät. Der Schaden – so unschuldig es alles auch von seiner Seite aus (und von Lous aus) gemeint gewesen war – war angerichtet.

„Ich weiß", erwiderte sein Bruder. „Aber ich war ein verdammter Idiot, als ich versucht habe du zu sein. Dafür, dass ich Envy verlassen habe und so getan habe, als wäre ich Scheiße nochmal Indiana Jones oder so was, auf der Suche nach dir. Auf ein Abenteuer aus. Schau, was passiert ist. Schau, was ich damit angerichtet habe."

„Sei kein Idiot", sagte Theo. „Sam hätte niemals nachts da draußen jenseits der Mauern sein sollen, alleine. Und ich hätte besser auf deine Signale hören sollen, Shit. Ich war nahe genug dran, um dich holen zu kommen. Schieb dir nicht die ganze Scheißschuld hier zu."

„Scheiß auf dich, Theo. Du weißt nicht, was los war, weil ich dir nichts gesagt habe. Weil ich zu versessen darauf war, *du* zu sein, verdammt."

„Ok, großartig, Louis Beatty Waxnicki, dann lass uns doch alle eine verdammte Mitleidsparty für dich veranstalten. Lass uns ein Fass aufmachen und uns besaufen und jeder kann über die dummen Sachen heulen, die du angestellt hast. Himmel Herrgott, was für ein Idiot!" Theo stand auf und stapfte quer durchs Zimmer zu Ms. Pac-Man und donnerte mit seiner Hand neben dem Joystick auf den Tisch. „Zumindest weiß jeder, wer du *bist*. Zumindest verstehen sie dich. Zumindest weißt *du wer* du bist und *was* du bist."

„Ja, das Leben muss ganz schön ätzend für dich gewesen sein, niemals alt zu werden, immer so jung und so geil auszusehen, und dann noch deine hammerharten übersinnlichen Fähigkeiten", schoss Lou zurück und schob dabei den Stuhl derart heftig nach hinten, dass der gegen die Wand krachte und dann umkippte.

„Na, die sind jetzt alle weg", schrie Theo ihn an, als er sich fuchsteufelswild von der Spielkonsole wieder umdrehte. „Ich bin ein ganz hundsgewöhnliches armes Schwein wie du, außer dass ich wie dein Scheißenkel aussehe. Und ich weiß nicht, ob ich ewig leben werde oder für den Rest meines Lebens so bleibe oder was. Ich bin ein verdammter, abnormaler *Freak*. Und ich weiß nicht, *warum* ich so bin und *was zum Teufel* ich damit anfangen soll.

Und warum alles und jeder mich anscheinend immer ins Leben zurückzerrt, wann immer ich gerade dabei bin, zu scheiß*sterben*."

Wütend starrten sie einander an, Zorn spuckte quer durchs Zimmer, identische Augenpaare bohrten sich ineinander, aus zwei völlig unterschiedlichen Gesichtern.

„Ich verschwinde", sagte Theo schließlich, blinzelte heftig, sein Mund ein Strich. „Ich brauche verdammt noch mal Luft."

„Lass dir Zeit und lass dir die Tür nicht auf den Arsch knallen auf dem Weg dahin", schnauzte Lou ihn an und drehte sich wieder zu dem Computertisch. „Ich werde versuchen das Ding hier zu entschlüsseln, da du nicht Grips genug hast es selbst zu tun."

Theo knallte die Tür hinter sich zu, als er die Treppen runter rannte. Seine Wut auf Lou, auf die ganze Situation, war schon dabei abzuklingen, bis er dann unten angekommen war. Arschloch.

„Was war denn das da gerade?", sagte Vonnie, die ihn unten am Fuß der Treppe traf. „Warst du mit diesem Lou Menschen da oben?"

„Nur eine Meinungsverschiedenheit", sagte Theo kurz. „Wie geht es Sam?"

„Unverändert. Hält gerade so durch. Selena ist bei ihm"

„Ist Jennifer hier gewesen?"

Vonnies Lippen wurden dünn und flach. „Nein, Seit ein paar Tagen schon nicht. Ich bin sicher, sie weiß nicht–"

„Ich bin bald zurück", sagte Theo, jetzt fest entschlossen.

Es war nicht schwer für ihn Jennifer in Yellow Mountain zu finden. Theo lief an dem alten McDonalds vorbei, wo alle unverheirateten jungen Männer in einer Art Kommune zusammen wohnten, und dahinter befand sich der schattige Patio, wo die jungen Menschen neulich Nacht vor Vonnies Erzählstunde gegessen und getrunken hatten.

Ein kleiner Haufen von Stühlen war dort versammelt, auf denen viele der jungen Leute saßen, die Theo in jener Nacht vor zwei Wochen kennengelernt hatte. Auch wenn es ein geselliges Beisammensein war, hatte jeder eine Arbeit mitgebracht: Nähen, Schnitzen, eine der Frauen war sogar gerade dabei, grüne Bohnen zu brechen.

Jennifer war auch darunter und als Theo erschien, schaute sie sogleich hoch. „Hi, Theo", sagte sie beiläufig, als ob ihr letztes Gespräch über ihn und Selena niemals stattgefunden hätte. „Was geht ab?"

„Ich kam, um dich zu sehen", sagte er und blieb absichtlich vage. Es war ihm gelungen, seine rasende Wut zu einem stumpfen Zorn runterbrennen zu lassen, der sich in diesem Augenblick gegen die Welt im Allgemeinen richtete.

Jennifer sprang begeistert von ihrem Stuhl hoch. „Ok." Sie lächelte, machte einem der Mädchen ein verschwörerisches Handzeichen und scharwenzelte buchstäblich um den Kreis ihrer Freunde herum, bis an seine Seite.

Theo führte sie weg, bis außer Hörweite der anderen, bevor er sie dann zur Rede stellte. „Hattest du gestern Nacht vor, Sam zu treffen?", fragte er.

Ihre Augen wurden ganz groß. „Nein", sagte sie. „Das ist aus und vorbei. Er ist zu jung für mich, verstehst du, was ich meine?"

Theo nickte. „Das tue ich ganz sicher. Wie hat er es aufgenommen, als du ihm gesagt hast, dass es aus ist?"

Jennifer blinzelte und ihre Augen flüchteten woandershin. „Uhm ... nun, ich hatte noch keine Gelegenheit, mit ihm drüber zu reden."

„Das dachte ich mir." Theo holte einmal tief Luft, was wenig dazu beitrug, seine Wut zu mindern. „Und weißt du, woher ich das weiß? Weil er gestern hierher kommen wollte, um dich zu sehen – wahrscheinlich weil er zwei Tage lang nichts von dir gehört hat und man ihm in dem Glauben gelassen hat, da wäre was zwischen euch beiden–"

„Es ist nicht meine Schuld", jammerte sie da. „Er ist nicht reif genug. Er war verrückt nach mir, redete immer davon zu heiraten und all das."

„Aber du hast ihn dazu gebracht zu glauben, das Gefühl beruhe auf Gegenseitigkeit, nicht wahr? Du hast ein Spiel mit ihm gespielt, um es Selena heimzuzahlen, nicht wahr?"

„Nun, ich–ja, aber ich wollte nur ein bisschen Spaß haben. Ich hatte nicht erwartet–"

„Und weißt du auch, was gestern Nacht passiert ist? Er war auf dem Weg hierher zu dir und wurde von Ganga angegriffen."

„Oh!" Ihre Augen wurden wieder groß. „Oh, nein. Ist er...?"

„Er wird es nicht überleben", sagte Theo und jetzt packte er sie am Arm, kaum hatte sie bei der Nachricht vor Entsetzen aufgekeucht. Er war nicht grob, aber unnachgiebig. „Und was du jetzt tun wirst, ist mit mir zu Selena zu gehen. Und du wirst ihm *nicht* erzählen, dass du dich schon neu orientiert hast, dass alles nur ein blödes Spiel war. In seinen letzten paar Tagen wirst du ihn glücklich machen. Kapiert?" Er beugte sich näher zu ihrem Gesicht runter und ließ sie seinen Ekel sehen.

„O–okay", sagte sie, ihre Wangen rot. „Aber ich wollte nicht–"

„Ich bin mir sicher, dass du das nicht gewollt hast. Aber du wirst es – soweit möglich – in Ordnung bringen. Gib ihm etwas. Und lass es überzeugend wirken, Jennifer." Er warf ihr einen finsteren Blick zu.

„Aber ... was ist, wenn er nicht stirbt?"

„Dann haben wir allesamt riesiges Glück gehabt und werden sehr dankbar sein. Und dann", sagte Theo, „will Selena dich vielleicht auch nicht mehr umbringen."

Ihr Gesichtsausdruck wäre vielleicht zum Lachen gewesen, wenn die Situation nicht so tragisch und finster gewesen wäre. Wie die Dinge standen, konnte Theo es kaum ertragen, die junge Frau anzuschauen, als sie losgingen, um ihr ein Pferd für den Ritt zurück zu suchen. Dummes Mädchen. Nein, es war nicht ihre Schuld, dass Sam nachts raus gegangen war, auf eigenes Risiko, aber es hätte ebenso gut verhindert werden können, wenn sie nicht so ein dämliches, unreifes Spiel gespielt hätte.

Sie ritten gerade durch die Tore hindurch, als Theo das Geräusch in der Ferne hörte. Das tiefe, brummende Geräusch von einem Motor.

Jennifer, die völlig in ihre eigene Tragödie versunken, schien nichts zu bemerken, aber er drehte sich um und schaute.

Er musste sich keine Hand gegen die Sonne vor die Augen halten, denn die Fahrzeuge näherten sich vom Osten. Theo war gerade noch in der Lage, das erste von ihnen zu erkennen, wie es hinter ein paar verfallenen, von Bäumen beschatteten Gebäuden zum Vorschein kam. Das Licht aus westlicher Richtung glänzte auf dem schwarzen Metall des Trucks und sprang dann über auf den dahinter ... und den dahinter ... und zu einem vierten Fahrzeug.

„Oh, Mist", flüsterte Jennifer, als Theo anhielt und sie sie sah. „Snoopies."

Theo wusste, es mussten entweder Fremde oder Kopfgeldjäger in deren Auftrag sein. Er zögerte und wendete dann das Pferd. „Lass uns zurückgehen."

Er wollte sehen, was jetzt passieren würde. Und was er über die Mistkerle in Erfahrung bringen könnte – wer auch immer sie nun waren.

Wieder zurück innerhalb der Stadtmauern, hatte jemand bereits angefangen die Glocke zu läuten, womit das Eintreffen der Fahrzeuge angekündigt wurde, und Theo sah Leute aus ihren Häusern und von ihren Arbeitsplätzen herbei laufen, um Vorbereitungen zu treffen. Sobald sie die Pferde in den Stall zurückgebracht hatten, machte Jennifer sich aus dem Staub und Theo sah ihr etwas ärgerlich noch nach. Es war vielleicht besser so. Er hätte eine bessere Chance etwas zu sehen zu bekommen, ohne den Klotz am Hals.

Das meiste von den eiligen Vorbereitungen, so nahm er an, war vergebens: die Kopfgeldjäger ließen sich nicht ohne Weiteres hinters Licht führen. Sie waren sicher aus einem ganz bestimmten Grund hier. Aber da er noch nie bei einem ihrer Besuche zugegen gewesen war, war er sich nicht sicher, was alles dazu gehörte.

Der Metallschmid, der Plastikarbeiter, der Gummi-Schmelzer, der Weber und die Kleider-Reparierer kamen nach und nach alle aus ihren Geschäften, zusammen mit ihren Mitarbeitern. Die Menschenmenge, die auf dem Patio hinter dem McDonalds gewesen war, zerstreute sich und sah aus, als hätten sie jetzt was zu tun. Die Gärtner in kleinen Schrebergärten mit Tomaten und anderen Gemüsesorten legten ihre Körbe beiseite. Wenn die Snoopies kamen, so schien es, kamen alle zusammengelaufen, um sie zu begrüßen.

Alle außer Theo. Er schlüpfte zwischen ein gut erhaltenes Gebäude und einen hohen Baum und kletterte in die vielverzweigten, dicht belaubten Äste hinauf. Es schien niemandem aufzufallen und am Ende hatte er einen guten Blick auf den Eingang der Siedlung, während die Blätter zugleich eine gute Tarnung boten.

Als er sich auf dem Ast da niederließ, hörte Theo, wie die Fahrzeuge in die Siedlung reingefahren kamen. Die Tore wurden – selbstverständlich ohne jedes Zögern – für sie geöffnet. Das Geräusch von Reifen, die auf dem mit Kies bestreuten Zentrum des Dorfes knirschten, klang unheilverkündend und zugleich vertraut.

Theo erblickte etwa ein Dutzend Männer, die aus dem Humvee kletterten und sah zu, wie die Bewohner von Yellow Mountain vortraten, um sie zu begrüßen, aus den Gebäuden herbeikamen, um sich auf exakt dem gleichen Platz zu versammeln, wo sie zwei Wochen zuvor für Vonnies Geschichten gesessen hatten.

Dann erkannte er einen der Männer wieder, als dieser sich rasch umdrehte, um einem seiner Gefährten Anweisungen zu erteilen, seine langen, blonden Dreadlocks flogen ihm dabei um die Schultern. *Verdammter Hurensohn.*

Es war der Kopfgeldjäger namens Seattle. Der, der Theo eine Kugel in die Brust gejagt hatte – die Kugel, die ihn getötet hatte.

Automatisch duckte sich Theo wieder hinter die Blätter. Das hier konnte nichts Gutes verheißen.

Wäre Seattle alleine gewesen, hätte Theo nichts lieber getan, als seinen Arsch da raus zu bewegen und dem Arschficker die Hand zu reichen. Er könnte einen Stoß elektrische Ladung durch seine Finger senden und ihn wie einen Stein zu Boden krachen lassen. Scheiße, nein. Nein, das konnte er nicht.

Nicht mehr. *Scheiße nochmal.*

Jene Wut, die er hatte herabbrennen lassen, begann zu köcheln und er packte den Baum fester, atmete ruhig. Nicht der Augenblick, um etwas Unbedachtes zu tun.

Waren sie hier auf der Suche nach ihm? Oder aus irgendeinem anderen Grund?

Mittlerweile hatten Seattles Begleiter sich jeweils paarweise auf den Weg gemacht. Sie hielten Gewehre und sahen aus, als würde sie die auch einsetzen.

Heilige Scheiße.

Theo sah zu, während die Kopfgeldjäger die Einwohner von Yellow Mountain in Reihen aufstellten. Zwei von ihnen schienen eine Liste zu überprüfen und die anderen schwärmten aus, in Richtung der verschiedenen Häuser und Geschäfte.

Was *zum Teufel* ging da unten nur vor sich? War es eine Art Volkszählung oder identifizierten sie jeden einzelnen und machten einen Haken hinterm Namen aus einem anderen Grund? Theo schürzte die Lippen, das Herz hämmerte ihm. Weder für ihn noch für die anderen Mitglieder des Widerstands, war es ein Geheimnis, dass die Fremden menschliche Wesen für alles Mögliche verwendeten, angefangen von Sklaven bis hin zu ihrer Unterhaltung, für was auch immer sie die wollten. Ob das hier eine Art Auswahlverfahren oder eine andere Art von Herrscherritual war, war noch nicht klar. Aber egal was nun, es stank nach Scheiße.

Theo beobachtete, wie Seattle und seine Begleiter ihre Liste weiter durchgingen. Zugleich fingen eine Gruppe von Yellow Mountain Bewohnern an, große Fässer nach draußen zu tragen. Sie stellten diese auf dem Boden vor den Fremden ab.

Seattle inspizierte den Inhalt – er hatte ganz offensichtlich den Oberbefehl – und schien zufrieden. Er brüllte weitere Order in die Runde und fuchtelte wild mit seinem Gewehr herum, während er sich mit einigen seiner Begleiter besprach. Andere waren aus einem der Häuser hervorgekommen und trugen etwas, was wie ein weiteres Gewehr aussah und … *oh, Shit* … einen Computer. Während Theo zuschaute, wurde der Computermonitor – eines dieser großen, klobigen Dinger, die schon vor dem Wechsel die gleiche Reise wie die Dinosaurier angetreten hatte – auf den Boden fallen gelassen. Seattle trat vor und benutzte sein Gewehr, um die Bildschirmscheibe zu zertrümmern.

Suuuper, Arschficker.

Er fuhr fort alles mit stetig anwachsender Wut zu beobachten, als die Eindringlinge etwas zertrümmerten, was wie eine Art Automotor aussah, das sie von hinter einem Gebäude hervor gezerrt hatten. Und einen weiteren Computer. Interessanterweise schien es kein Problem mit Fernsehern oder DVD-Playern zu geben – zumindest nicht, soweit Theo das beurteilen konnte.

Also nahm er an, dass die Eindringlinge nicht unbedingt auf der Suche nach Menschen hergekommen waren, sondern nach verbotenen Waren: Waffen. Fahrzeuge. Computer.

Dinge, die die Menschen in Netzwerken miteinander verbinden würden und ihnen ermöglichten, sich selbst zu beschützen.

„Was ist in den Fässern?", fragte er sich leise. Die Menschen von Yellow Mountain schienen keinen Widerstand zu leisten, als sie diese Seattle und seinen Kameraden übergaben.

Just in dem Augenblick fiel ihm ein Kopfgeldjäger auf, der erst da aus dem Fahrzeug kletterte. Theo erkannte auch den wieder und seine bösen Vorahnungen verdichteten sich. *Ian Marck.*

Theo hatte mehr als eine Auseinandersetzung mit Ian und seinem Vater Raul gehabt. Wenn Seattle zu der verblödeten, großspurigen, gewalttätigen Gefahrensorte zählte, war Raul Marck ein gieriger, bösartiger Dreckskerl – und er war klug.

Aber nicht, so dachte Theo, ganz so schau wie sein Sohn Ian.

Er runzelte die Stirn, beobachtete das Grüppchen der Kopfgeldjäger weiterhin, fragte sich, was Ian Marck mit solchen Gestalten wie Seattle am Hut hatte – der ganz eindeutig den Oberbefehl hatte. Ian war nicht die Sorte Kerl, die Befehle von irgendjemanden annahm. Und es war aus der Körpersprache der anderen Kopfgeldjäger – darin eingeschlossen Seattle – klar, dass sie Marck nicht nur respektierten, sondern sich auch vor ihm in Acht nahmen.

Und als Ian sich umdrehte, um mit einem anderen Begleiter zu sprechen, einem zierlich gebauten, zerbrechlich aussehenden Kerl, der seinen Kopf nach hinten neigte, um zu ihm hochzuschauen, erstarrte Theo.

Von seinem Aussichtspunkt in dem Baum hatte er die perfekte Sicht. Das war gar kein Kerl. Es war eine Frau mit unglaublich blauen Augen und nachtschwarzem Haar.

Keine zwei Monate zuvor hatte sie mit einer Pistole auf ihn, Sage, Wyatt und Simon gezielt.

Die Enkelin vom berüchtigten Remington Truth.

Dem Mann, den die Fremden seit über fünfzig Jahren suchten.

13

Selena wischte die Haare aus Sams Gesicht. Er öffnete die Augen, verzog die Lippen zu einem etwas brüchigen Lächeln.

„Hallo Mom", sagte er. Das hohle Pfeifen des Todes lag schon in seiner Stimme und Selena versuchte es zu ignorieren.

„Wie fühlst du dich?", fragte sie. „Hast du Schmerzen?"

„Ein wenig."

„Ich werde Vonnie sagen, sie soll den Bong herholen", sprach Selena zu ihm. „Möchtest du ein bisschen von diesem Tee trinken?"

Er nickte. „Ich habe Durst."

Sie hob die Tasse an und mit ihrer Hilfe schlürfte er davon. Die silbergraue Wolke schwebte über ihm und würde bald zu Blau übergehen. Die Zombies hatten ihm nicht nur Haut und Muskeln zerfetzt, aber auch einiges von seinen Organen. Er hatte innere Blutungen und es gab nichts, was man tun konnte, außer es ihm so bequem wie nur möglich zu machen.

„Mom", sagte er und bewegte seine Hand, wie um ihre zu berühren. „Es tut mir Leid. Ich hätte nicht ... rausgehen sollen."

Jähe Tränen brannten ihr da in den Augen. „Sammy ... entschuldige dich bitte nicht bei mir. Bitte. Ich liebe dich, und ich will nur, dass du wieder gesund wirst." Ein Feuerball aus Wut drehte sich ihr im Magen. Es hätte auch ganz einfach sie sein können, die mit Ganga-Verletzungen hier lag. Es war in der Tat ein Wunder, dass sie es nicht war. Oder eine Tragödie. All diese

Male, die sie da raus gegangen war, all die Gefahren, denen sie sich ausgesetzt hatte ... die Rollen hätten genauso gut vertauscht sein können.

Und bei Gott, sie wünschte, es wäre so.

„Ich war ... dumm. Ich wollte ... nur ... Jennifer sehen."

Die Wut brannte jetzt noch heller und Selena zwang sich, sie zu verbergen. Es war nicht die Schuld des Mädchens, dass ihr Sohn eine falsche Wahl getroffen hatte. Obwohl sie wirklich nicht glaubte, dass sie irgendwann in der nächsten Zeit in der Lage wäre, die kleine Schlampe anzuschauen, ohne sie erwürgen zu wollen. Sie hatte ihn definitiv an der Nase herumgeführt.

„Liebe sie...", sagte Sam und winkte Richtung Tasse für einen weiteren Schluck von dem Tee. Selena half ihm und arbeitete schwer daran, eine gelassene und ruhige Miene aufzusetzen. „Wo ist Jennifer? ... Ich will sie sehen", sagte er. „Sag ihr..."

Selena schluckte und nickte. „Ich weiß, Sammy." Sie würde ihn nicht anlügen. Sie würde ihm keine falschen Hoffnungen machen.

„Bevor ich sterbe", fuhr er fort. „Ich sterbe, Mom ... ich weiß es. Sie warten schon ... auf mich."

„Sammy", sagte sie und blinzelte heftig gegen die Tränen an.

„Es ist ok ... Mom", sagte er. „Weißt du ... es ist ok."

Es ist ok für dich, aber es ist nicht *ok für mich!*

Aber das sagte sie nicht; sie nickte nur.

Dann fielen seine Augen auf etwas hinter ihr und sie leuchteten auf. „Jennifer." Er versuchte mit allen Kräften sich aufzusetzen, sein Mund verzog sich zu einem Lächeln.

„Sam", sagte die junge Frau, während sie schnell an die anderen Seite seines Bettes ging. „Oh, Sam, was hast du getan?"

Wie unter Schock starrte Selena, wie das Gesicht ihres Sohnes jetzt strahlte und seine volle Aufmerksamkeit von ihr auf Selena überging. Selbst die grausilberne Wolke zitterte etwas und wurde für einen Moment etwas dünner. Es war erst, als eine zärtliche Hand sich auf ihre Schulter legte, dass sie sich umdrehte und Theo dort stehen sah. Er blickte ihr kurz in die Augen und dann wanderte sein Blick weiter, um die jungen Leute zu betrachten.

Verstehen überkam sie da – wie eine Welle, gefolgt von einem weiteren Jucken der Tränen. Dankbarkeit und noch etwas anderes, etwas, das stärker als Zuneigung war, trieben sie vorwärts, hinein in seine Arme – das Bedürfnis nach Trost, nach etwas Beständigem, an dem sie sich festhalten konnte ... aber sie rührte sich nicht. Da waren zu viele andere Emotionen, die in ihr tobten: Schock, Wut, Ungläubigkeit und etwas Dunkleres. Hass.

Sie glaubte nicht, dass sie hier weich werden konnte.

Aber als er näher kam, wanderte seine Hand an ihrem Arm entlang und er umfasste mit seinen Fingern sanft ihren Oberarm, um sie zum Aufstehen zu überreden. Sie stand dann auch auf und als Nächstes hatte er schon seinen Arm um sie gelegt und führte sie weg.

„Danke", war das Erste, was sie schaffte zu sagen, als sie erst einmal außer Hör- und Sichtweite von Sam und Jennifer waren. „Theo ... danke dir."

„Es musste getan werden", erwiderte er. Seine Hand war jetzt zärtlich, strich ihr über das Haar. Aber da war noch etwas anderes in seinem Gesicht. Anspannung, eine Härte, die ihr darin zuvor nicht aufgefallen war. „Es war das Mindeste, was sie tun konnte."

Er richtete unverwandt seine braunen Augen auf sie. Sie waren besorgt, aber da war noch etwas drin versteckt. „Wie geht es dir jetzt?"

„Ein bisschen besser. Danke auch dafür, dass du mich heute Nachmittag von hier weg gebracht hast", sagte sie. „Ich habe das wirklich gebraucht. Ich fange an, das Unabänderliche zu akzeptieren", gestand sie ein. Ihr Mund zitterte und sie sagte zu sich selbst, dass jetzt nicht der Zeitpunkt war zu weinen. „Ich werde das hier überstehen. Ich bin dankbar, dass mir noch Zeit mit ihm bleibt, aber ich bete, dass er nicht mehr allzu lange solche Schmerzen ertragen muss."

„Du musst das hier nicht alleine durchstehen", sagte er zu ihr. „Ich werde hier sein."

„Danke", sagte sie und meinte es auch, wollte sich an jemanden klammern – an ihn – in dieser Zeit. Er nahm sie in die Arme, presste sie an seine Brust und sie ließ sich einfach von diesem Gefühl seiner Umarmung beruhigen. Es war schwer zu glauben, dass sie ihn vor weniger als einem Monat nicht einmal gekannt hatte. Und jetzt klammerte sie sich an ihn, um sich den Verstand zu bewahren in dieser schrecklichen Zeit.

„Die Snoopies kamen, als ich heute in Yellow Mountain war", sagte er nach einer Weile. Neben ihrem Ohr grollte seine Stimme tief in seiner Brust.

Selena löste sich und schaute ihn wieder an, war plötzlich froh darüber, über etwas anderes nachdenken zu können als über ihren sterbenden Sohn. „Wie schlimm war es?"

Er machte eine kurze, abrupte Handbewegung. „Ich weiß es nicht. Wie schlimm ist es denn normalerweise? Sie haben einen Motor zertrümmert, ein paar Pistolen gefunden, haben etwas in großen Fässern mitgenommen und haben jedes Haus von oben bis unten durchsucht. Aber es wurde niemand verletzt oder mitgenommen." Seine Stimme troff vor Bitterkeit.

„Dann ist es ja gut."

„Dann ist es ja *gut*? Ist das normal? Wie oft kommt so was denn vor?"

An Theo hatte sich etwas verändert. Er schien vor ihren Augen zu altern – natürlich nicht im wörtlichen Sinn, aber in seinen Augen. Sie erwiderte, „es passiert oft genug. Ein paar Mal im Jahr. Die Dinge, die sie mitnehmen – das ist zu unserem eigenen Schutz, es ist wie eine Art Frühjahrsputz–"

„Das ist jetzt ein Scheißwitz von dir, oder?", sagte Theo mit einer tiefen, gefährlichen Stimme. „Die kommen einfach rein und nehmen Sachen mit? Durchsuchen? Zerstören Dinge? Und es ist zu eurem eigenen *Schutz*?" Seine Augen funkelten vor Zorn und Entsetzen. „Erklär mir, wie das zu eurem eigenen verdammten Schutz ist!"

Selena wusste erst gar nicht, was sie sagen sollte; ihr Gehirn war immer noch Brei von dem Schock. „Nun", begann sie und suchte nach Worten, die ihm helfen würden zu verstehen. „Es ist so das Beste. Waffen sind gefährlich. Sie sind noch von vor dem Wechsel übrig – heute stellt niemand sie mehr her – und die Welt vorher war voller Gewalt. Damals haben alle sie benutzt und es wurden ständig Leute getötet. Sie sind unvorhersehbar und tödlich und wir brauchen sie jetzt einfach nicht." Die Worte purzelten aus ihr heraus, Worte, die sie wieder und wieder gehört hatte. Worte, an die sie sich zwang zu glauben, und – noch wichtiger – die sie Sam auch eingebläut hatte.

Es war sicherer so.

Theo starrte sie gerade an, als hätte sie drei Köpfe. „Ist das, was du glaubst, oder das, was man dir gesagt hat?", flüsterte er. Sein Gesicht sah rau und mitgenommen aus. „Ich hatte keine Ahnung..." Er schüttelte den Kopf und fuhr sich wüst mit einer Hand durchs Haar, was es wieder zu Stacheln aufspringen ließ. „Kommen sie je hierher?"

„Manchmal. Schon eine Weile nicht mehr. Da gibt es einen, der sich vor mir ein bisschen gruselt."

„Was meinst du damit? Meinst du, weil du die Todeslady bist? Oder das andere..."

„Die kamen einmal her, vor ein paar Jahren. Vier von ihnen. Einer von ihnen hatte eine Todeswolke um ihn herum, die gerade blau wurde – aber es schien ihm nichts zu fehlen. Ich war wütend, dass sie hier waren, alle bei der Arbeit störten und alles absuchten, und ich habe ihnen gesagt, dass der Mann jeden Augenblick sterben würde. Als der Anführer – er heißt Seattle und er ist ein –was? Kennst du ihn?"

„Oh ja, ich kenne den Wichser. Er ist derjenige, der mir die verdammte Kugel in die Brust gejagt hat und mich fast getötet hätte."

„Nun, genau genommen hat er dich getötet."

„Stimmt." Ein bisschen Humor blitzte da in seinen Augen auf, aber es war auch sogleich wieder verschwunden. „Was ist mit dem Typen mit der blauen Wolke passiert?"

„Er ist natürlich gestorben. Und das, während sie hier waren – obwohl ich das nicht erwartet hatte. Es war nur Zufall. Er hatte einen Herzanfall oder so etwas Ähnliches und ist einfach tot zusammengebrochen. Die Snoopies sind kurz danach aufgebrochen und wir haben seither nicht das Vergnügen eines

Besuchs von ihnen gehabt. Ich denke, dass Seattle sich davor fürchtet, dass ich seinen Tod voraussage", fügte sie trocken hinzu.

„Aber Frank hat dennoch – mit dieser Türattrappe – Vorsichtsmaßnahmen getroffen, um sicher zu gehen, dass sie die Sachen in den Arkaden nicht finden. Und ... was versteckt er denn hinter dem Haus?"

Selena fühlte, wie ihre Augen ganz groß wurden. „Du weißt also davon?"

Theo nickte. „Jep. Wenn ich raten müsste, würde ich annehmen, dass er da hinten etwas anbaut und nicht will, dass die das entdecken."

„Du würdest richtig liegen", sagte sie. „Diese großen Fässer, wegen denen die Snoopies gekommen sind – die sind für Kakaobohnen. Die Leute von Yellow Mountain haben die Aufgabe erhalten, für die Elite Kakaobäume anzupflanzen und das ist die Ernte. Ich denke, es ist für etwas—"

„Schokolade. So kriegen sie die Schokolade", sagte Theo. „Sie benutzen sie manchmal als Bestechung. Die Fremden. Ich habe sie dabei gesehen. Wo ist das alles denn? Ich habe hier nirgends Schokolade gesehen."

„Wir bekommen nichts davon. Die Leute in der Siedlung bauen es an und geben es der Elite. Es wurde ihnen gesagt, dass es giftig ist; sehr gefährlich. Sie müssen Handschuhe tragen, wenn sie es ernten."

Theo stieß ein weiteres Mal ein kurzes, bitteres Lachen aus. „Kakao verwendet man, um Schokolade herzustellen, woran sich Frank – da bin ich mir sicher – und wahrscheinlich sogar Vonnie erinnern. Es ist nicht im mindesten gefährlich. Es ist—"

„Ich weiß das", unterbrach ihn Selena. „Das ist es, was Frank da hinten macht – er versucht seine eigenen Bäume anzupflanzen. Es ist ihm gelungen ein paar Bohnen rauszuschmuggeln; wie du dir denken kannst, ist alles sehr gut geschützt und er päppelt gerade ein paar seiner eigenen Bäume hoch. Bislang haben sie nicht viel Ertrag abgeworfen, aber er umhätschelt sie, als wäre es die letzten ihrer Art auf Erden."

„Clever. Und bravo Frank!"

Selena blickte Theo an. „Vielleicht. Es ist gefährlich, weißt du. Wenn die Snoopies jemanden mit etwas erwischen, egal was, wenn sie es nur gefährlich finden ... hat das immer Auswirkungen. Meist verschwinden Leute, wenn die Snoopies denken, dass sie zu tief drin stecken – sie nehmen sie dann mit. Oder sie nehmen die Sachen mit und zerstören sie. Und deswegen glaube ich auch, dass du ein großes Risiko eingehst, Theo, wenn du mit den Sachen in den Arkaden herumspielst."

„Ich habe keine Angst vor ihnen", sagte er. Ich weiß so einiges über sie und was sie eigentlich sind. Mehr, als die wissen."

Selena war etwas erschrocken von der Wildheit auf seinem Gesicht. Sie hätte noch weiter gefragt, aber Vonnie tauchte auf. „Sammy fragt nach dir", war alles, was sie sagte.

Augenblicklich waren alle anderen Gedanken verschwunden und Selena rannte los, voll panischer Angst, dass die Todeswolke sich verändert hätte und sie verpasst hätte sich von ihm zu verabschieden.

Aber als sie bei Sam anlangte, fand sie ihn frischer aussehend vor, als heute Morgen, als er die Augen aufgeschlagen hatte. Jennifer war weg und obwohl die Todeswolke immer noch über ihm schwebte, war er munter und es schien ihm besser zu gehen.

Selena drehte sich um, um Theo für seine Intervention zu danken, aber er war nicht mehr da.

***

Lou hörte die Schritte an der Türschwelle und drehte sich wieder zu dem Computerbildschirm hin.

Es war entweder Obermacker Theo, der für eine weitere Runde herkam, oder dieses herrschsüchtige Weib mit dem Lockenhaar, die ihn ständig zu füttern versuchte, während sie ihn gleichzeitig von oben herab behandelte.

Er hatte zu tun, hier bei dem Versuch herauszufinden, wie man an Blizeks tiefste Geheimnisse rankam. Und seine verdammten Augen waren müde, weil seine Brille in dem Handgemenge mit den Ganga letzte Nacht zertrümmert worden waren.

„Hey."

Es war Theo. Lou wandte sich vom Bildschirm ab, um ihn anzuschauen. Auch der allerletzte Rest von der Wut, an die er sich geklammert hatte, verflog, jetzt wo er seinen Bruder durch das Zimmer herkommen sah.

„Mann, war das ein blöder Streit", sagte Lou zur gleichen Zeit, als Theo loslegte: „Worüber zum Teufel haben wir uns denn eigentlich gestritten?"

Er stand auf und kam seinem Bruder auf halbem Weg entgegen und sie umarmten sich, wobei sie sich auf die Schultern klopften, was sie immer taten, wenn sie emotional aufgewühlt waren und sie nicht rührselig werden wollten. „Es tut mir Leid", sagte Lou.

„Ich hab' überreagiert", erwiderte Theo und schüttelte den Kopf, als er einen Schritt zurück tat. „Ich habe ziemlich dummes Zeug geredet."

„Yeah, aber ich war noch behämmerter. Mir war nie klar, dass du das so empfindest, das mit deinen ... so wie du halt bist." Um die Wahrheit zu sagen, hatte Lou sich die letzten paar Stunden deswegen selbst zur Schnecke gemacht. Wie hatte er so was nicht sehen können? Wie hatte er so beschränkt sein können? Fünfzig Jahre im Kopf seines Bruders zu leben und er hatte nicht mitbekommen, dass der sich wie ein Freak fühlte. *Scheißidiot.*

Theo zuckte mit den Schultern. Es wäre einfach nur nett zu wissen, ob ich mal sterben werde oder ob ich ewig lebe. Weißt du? Und so, wie die Dinge stehen, bekomme ich langsam das Gefühl, dass irgendjemand da oben nicht will, dass ich sterbe."

„Naja, ich sehe einen Haufen mehr Bartstoppeln an dir", sagte Lou. „Und ein paar mehr graue Haare. Also würde ich mir nicht allzu viele Sorgen darüber machen, ewig zu leben. Du wirst ziemlich schnell so aussehen wie ich." Er strich mit auslandender Geste über seinen Pferdeschwanz, der ihm gerade bis auf die Schultern reichte.

„Na, hast du dass da schon geknackt?", fragte Theo und zeigte auf den Computer. „Du hattest den ganzen Nachmittag."

Lou schnaubte. „Nein. Blizeks Sicherheit ist zum Kakao schreien. Was immer er über sie in der Hand hatte, muss er tiefer vergraben haben, als man bis China gräbt. Aber hast du diese Prototypen und Screencaps da drin für Jolliahs Castle gesehen? Das Spiel war sicher abgefahren."

„Ich weiß. Ich frage mich, ob wir rauskriegen können, wie man es aufbaut", sagte Theo und holte sich einen extra Stuhl. „Es vielleicht sogar verbessert."

„Etwas von Unizek verbessern? Das ist Gotteslästerung!"

Theo stieß ein Lachen wie ein Grunzen aus. „Hast du irgendwas von Sage oder Elliott gehört?"

Lou wurde wieder ernst. „Noch nicht. Sie versucht's. Aber ich glaube nicht, dass die Chancen gut stehen, ihn in innerhalb einer Woche herzukriegen, selbst wenn sie ihn erreicht. Jade weiß, wie man sich in das Netzwerk einloggt, aber ich bin nicht sicher, wo sie und Elliott sind."

„Ich glaube nicht, dass er so lange durchhält", erwiderte Theo, der schon auf die Tastatur einhämmerte. Sein Gesicht war finster und Lou erkannte Sorge und Trauer in seinem Gesichtsausdruck. „Ich habe Neuigkeiten." Theo unterbrach seine Arbeit, um Lou anzuschauen, „Bin heute Nachmittag 'nen paar alten Freunden über den Weg gelaufen. In Yellow Mountain – der Siedlung da drüben."

„Wem denn?"

„Der Typ, der versucht hat mich zu töten, als ich mit Fence und Quent unterwegs war – Kopfgeldjäger namens Seattle. Und rate mal, wer bei ihm war?"

„Ian Marck."

„Und die Frau namens Remington Truth."

Da machte Lou in der Tat große Augen. Remington Truth war gerade mal ein paar Stunden in Envy gewesen, bevor sie sich aus dem Staub gemacht hatte. Sie hatte doch tatsächlich eine Schlange nach Wyatt geworfen – eine Tatsache, über die Lou sich immer noch königlich amüsierte. Niemand verstand, warum genau sie immer weglief und was sie zu verbergen hatte – aber da war offensichtlich was, denn andauernd schlüpfte sie ihnen durch die Finger. „Sie waren alle beieinander? Was haben sie gemacht?"

Die Zwillinge hatten sich automatisch nebeneinander hingesetzt, jeder von ihnen arbeitete an einer anderen Tischecke, an einem anderen Computer und Theo erklärte, was er in Yellow Mountain beobachtet hatte.

„Hmm", sagte Lou. „Und du sagst, es wurde niemand verletzt?"

„Interessanterweise nein. Aber da waren ein paar Jungs, die aussahen, als würden sie versuchen ein Auto nachzubauen. Die Snoopies haben es zerstört." Theo seufzte und lehnte sich auf seinem Stuhl zurück. „Verdammt, Lou, ich will mir diese Schweinehunde schnappen und sie töten, Scheiße nochmal. Oder so etwas. Ganz besonders Seattle. Und die Tatsache, dass Remington Truth irgendwo mit den Kopfgeldjägern herumhängt, verheißt nichts Gutes."

„Warum folgen wir ihnen nicht einfach? Sie können nicht weit sein. Wir könnten vielleicht etwas rausfinden. Es ist die erste Chance, die wir bekommen haben, so etwas zu tun." Er hatte einen der drei Humvees der Widerstandsbewegung mitgenommen, als er Envy verlassen hatte. Dummerweise, war er keine fünfzehn Meilen von hier in einem Graben gelandet und alleine hatte er ihn nicht rausholen können – weswegen er dann zu Fuß unterwegs gewesen war, als die Zombies angegriffen hatten. Aber für sie beide wäre es ein Leichtes, dem abzuhelfen.

Theo nickte. „Ich wäre schon jetzt zur Tür raus, wenn da nicht Selena wäre und was sie gerade durchmacht. Ich will sie jetzt gerade nicht allen lassen."

„Dann ist sie also diejenige, welche", sagte Lou. „Die Eine?" *Gott sei Dank.*

„Ja. Das ist sie."

Dann herrschte für ein Weilchen Schweigen, außer dem Klackern der Tastaturen und einem wüsten Fluch ab und an. Und dann auf einmal begann Theo leise in sich rein zu lachen.

Lou schaute rüber. „Was?"

„Ich weiß nicht warum, aber ich habe mich gerade an Waldi vom Hintern erinnert."

Lou lächelte und konnte dann nicht umhin kurz loszuprusten.

„Und Faule Eier." Er konnte sich nicht mehr beherrschen, als er an die Streiche in der High School dachte. Sie hatten sich in das Mail-System der Schule eingehackt und die Namen auf den Emails vom Schulleiter und von einem seiner Stellvertreter verändert. Wenn Walter van Winter also eine Email verschickte, erschien es in der Empfänger-Mailbox als eine Mail von Waldi vom Hintern. Und Paul Meiers Name wurde zu Faule Eier gemacht.

„Und man hat uns nie erwischt", gluckste Theo. „Wir waren scheißgut. Erinnerst du dich noch daran, wie wir die Kassenzettel bei Wal-Mart abgeändert haben?"

Lou lachte noch lauter. Es war ein Ferienjob für sie beide gewesen, jeder in einer anderen Abteilung. Aber an ihrem letzten Tag, als Abschiedsscherz, war es ihnen gelungen, sich in das Betriebssystem einzuloggen und sie hatten die Grußformel unten auf den Kassenzetteln verändert, von „Have a nice Day" zu „Shit happens". Stundenlang war jeder Kassenzettel von jedem Einkauf in dem Laden aus der Kasse geratert mit „Shit happens" – mit einem großen Wal-Mart Smiley dahinter. Bis es einem der Verkäufer auffiel und der den Manager darauf aufmerksam machte.

„Wenn wir so gut sind, warum zum Teufel schaffen wir es dann nicht, die Geheimnisse von Mr. Blizek zu knacken?", fragte Lou.

„Ich weiß es nicht, aber manche von diesen Spieleprototypen sind echt abgefahren und es sieht auch aus, als ob unser Junge Brad vielleicht schwul war, wenn man ein paar recht eindeutige Emails an einen gewissen Tony Filletti betrachtet. Und hier sind noch ein paar Dinge – hmm, ich wusste nicht, das er an etwas mit Geocaching arbeitete. Es sieht so aus, als wollte er es in ein anderes Spiel einarbeiteten; es zu einer Art Online-Schatzsuche in der echten Welt zu machen. Das wäre ja abgefahren gewesen."

„Tony könnte auch ein Mädchenname sein", merkte Lou an, der gerade versuchte eine weitere Firewall zu durchbrechen. „Leck mich, war dieser Typ paranoid."

„Nun, wenn ich im Kult von Atlantis mit drin wäre und doppeltes Spiel mit denen treiben würde, wäre ich auch paranoid", entgegnete Theo trocken.

Und dann kam es ihm auf einmal. Lou hielt inne, seine Hände ruhten auf der Tastatur. „Geocaching". Er sprach es laut aus. „Das könnte es sein. Das muss es sein!"

„Was? Bist du drin?" Theo rollte auf seinem Stuhl rüber, um auf den Computerbildschirm zu schauen. „Was?"

Aber Lou hatte schon begonnen in seinem Beutel nach der Liste von Aberhunderten von Zahlenreihen zu graben, die er schon seit Wochen zu dekodieren versuchte. „Ich bin so blöd. Ich bin ein totaler Idiot. Es sind Dezimalzahlen. Koordinaten auf einer Landkarte."

„Meinst du diese Zahlen da von den Fremden? Von Remington Truths alten Notizen?"

Lou zog die handgeschriebenen Informationen hervor. „Ja. Als du Geocaching gesagt hast – das hat mich drauf gebracht. Ich wette diese Zahlen stehen für Orte von–irgendwas. Irgendwas Wichtigem für die Fremden. Ich habe keine Ahnung was, aber wenn ich raten müsste, würde ich sagen entweder Festungen oder Lagerorte von Vorräten oder etwas in der Art."

Theo nickte schon wieder, seine Augen leuchteten aufgeregt. „Ja. Das würde absolut Sinn machen. Ja. Das einzige Problem ist", sagte er, „da jetzt alles im Arsch und die Erdachse sich verändert hat, wie zum *Teufel* werden wir die richtig lesen?"

⚰

Selena war sich nicht sicher, ob es ein Segen war oder nicht, als Sams Wolke blau wurde.

Selbst in dieser kurzen Zeit hatte der Schmerz tiefe Linien in sein Gesicht gezeichnet und sein Atem ging nur noch rasselnd und schwer. Mehr als einmal hatte er die Augen aufgeschlagen und ganz klar und wach mit ihr geredet. Der Besuch von Jennifer war ein Himmelsgeschenk gewesen, hatte den Kummer, der da noch angedauert hatte, aufgehoben. Und Selena fühlte Dankbarkeit für Theo tief drinnen in sich hochsteigen. Was auch immer es nun gebracht hatte, Sammy würde von der Frau, die er liebte, im Sterben das bekommen haben, was er brauchte.

Aber nun – vierundzwanzig Stunden nach dem Angriff der Zombies – erlosch das Licht in seinen Augen allmählich.

Selena war ihm nicht von der Seite gewichen, seit Vonnie sie zurückgerufen hatte. Und in diesen letzten paar Stunden voller Kraft – durchaus üblich bei Sterbenden – hatten sie und Sam doch tatsächlich ein paar Mal miteinander gelacht, als sie sich an Geschichten erinnerten, wo er noch klein war.

„Sie sind bereit und warten auf mich, Mom", sagte er schließlich. „Sie warten. Es sind deine ... Mom und dein Dad ... weißt du."

Sie nickte und kämpfte gegen die Tränen in ihren Augen an. Mit Sammy nicht mehr hier, da würde ihr Leben so leer sein. Sie würde niemanden mehr ganz für sich haben. „Ich bin froh, dass du bei ihnen sein wirst."

„Ich werde dich nicht verlassen ... Mom", sagte er. Er lächelte und einen Augenblick lang, sah sie das Baby, dann das Kleinkind und die Jahre des kleinen Jungen durch sein Gesicht huschen. „Nicht ... wirklich. Werde..." Er holte noch einmal ganz schwer Atem. „... immer ... bei ... dir ... sein."

„Es ist ok, Sammy. Du kannst jetzt gehen", sagte sie, weil sie wusste, wie wichtig es für ihn war, diese Worte zu hören. „Ich liebe dich. Ich weiß, dass du mich liebst. Da ist nichts zu verzeihen. Finde Frieden."

„Liebe ... dich...", sagte er. Und er schloss die Augen.

Selens ließ die Tränen jetzt fließen, ihre Wangen runter, um unten Tropfen für Tropfen auf ihre Hand zu fallen, die immer noch die seine hielt. Es war so anders, so schrecklich hier zu sitzen und das durchzustehen, mit jemandem, den sie liebte. Jemand der aus ihr hervorgekommen war.

Es war ihr, als würden ihr die Eingeweide rausgerissen würden.

Seine Begleiter kamen aus der Ecke hervor, wo sie Wache gehalten hatten, und die blaue Wolke funkelte und blitzte und drehte sich zu einer sanften Spirale.

Er atmete, ein ... und aus ... ein ... und aus ... ein ... und aus...

Und dann, nichts.

Nichts.

Nichts.

14

Theo kam einen Augenblick zu spät … oder vielleicht war es trotz allem der richtige Moment, damit sie einen Augenblick für sich hatte.

Selena zog gerade das Laken über Sams Gesicht und alles war still. Es war niemand anderes mehr da. Es war die dunkelste Stunde der Nacht und irgendwie waren – gnadenvollerweise – keine anderen Patienten auf der Station, die ihre Aufmerksamkeit forderten.

„Er ist gestorben", sagte sie und drehte sich um, als Theo sich näherte.

„Es tut mir Leid", sagte er und stand da, seine Hände an seinen Hüften bereit, abwartend, um zu sehen, ob sie von ihm in den Arm genommen oder lieber alleine gelassen werden wollte. „Er war ein großartiger Junge."

Sie lief seinen Armen entgegen und er legte die Arme um sie, so dass sie mit lautlosen Schluchzern zittern konnte, ihm das Hemd nass machte, als sie das Gesicht an seine Schulter anschmiegte.

„Er sagte, er würde immer bei mir sein", sagte sie viel später, nachdem sie ihr tränenverschmiertes, angeschwollenes Gesicht von ihm wegzog. „Und ich habe meine Eltern gesehen. Sie sind mit ihm weggegangen."

Er nickte. „Das muss dir ein Trost gewesen sein, zu wissen, dass er nicht alleine sein würde."

Sie nickte da. „Und es war seltsam", sagte sie, ihre Stimme erstaunlich gelassen, „als er ging, habe ich gar nichts gespürt ... wie ich es sonst tue, wenn jemand geht. Normalerweise spüre ich wie einen Schlag und ... es ist seltsam, aber ich sehe ihre Erinnerungen durch meinen Kopf hindurch schießen. Mit ihm war es anders."

„Vielleicht ist das ein Segen", sagte er. „Auf gewisse Weise."

Ihr Kopf bewegte sich an ihm wie zur Zustimmung. „Das denke ich auch."

„Ich wünschte, ich hätte ihn besser gekannt", sagte Theo.

„Er wollte das mit den Computern lernen", erzählte ihm Selena. „Ich habe es ihm nicht erlaubt, aber er wollte, dass du es ihm beibringst."

„Das hätte ich."

„Ich weiß."

Er hielt sie so lange im Arm, wie sie ihn brauchte und dann, als sie sich löste, widerstand er dem Bedürfnis sie zu küssen, er spürte, jetzt war nicht der richtige Moment. Stattdessen ließ er sie aus seiner Umarmung schlüpfen und an das Bett ihres Sohnes zurückkehren.

Als er sie fragte, ob sie irgendetwas brauchen würde, schüttelte sie den Kopf und sagte er solle etwas Schlaf nachholen.

Sie würde noch ein bisschen mit Sam hier sitzen.

„Remington Truth ist tot".

Remy erstarrte, aber fuhr dann mit der Bewegung des Löffels voller Eintopf zu ihrem Mund fort. Sie schaute Seattle an, der offensichtlich derjenige gewesen war, der diese Nachricht verkündet hatte. Weiter zu löffeln war eine naheliegende Handlung und die anderen Begleiter von ihnen taten genau das Gleiche. Aber der Mund war ihr auf einmal ganz trocken geworden, ihr Magen hatte kein Interesse mehr an Nahrung.

Verdammt. Es hatte sie schon lange gejuckt, dass sie und Ian endlich von dieser Gruppe Männer wegkamen, jetzt wo sie mit den jährlichen Raubzügen nach Yellow Mountain und ein paar anderen Siedlungen fertig waren, wo sie die Ernte einsammelten und nachschauten, was dort vor sich ging. Sie bespitzelten. In Gegenwart von Seattle fühlte sie sich nicht wohl, mit seinem schweren Blick und der Art, wie dieser ihr stets zu folgen schien. Aber Ian schien es nicht eilig zu haben, sich wieder abzuseilen, jetzt wo er mit diesen Begleitern mal zusammengekommen war, trotz der Tatsache, dass seine Verachtung für sie oft deutlich zu Tage trat.

„Der alte Mann, meine ich. Der, den wir seit all diesen Jahren suchen", fuhr Seattle fort, während er an einem Stück Brot kaute.

„Woher weißt du das denn?", fragte einer der anderen Kopfgeldjäger, ein Typ namens Jonny Juan.

„Ich habe meine Quellen", erwiderte Seattle. „Und die erzählen mir auch, dass auch wenn der alte Mann tot ist, ist seine Tochter oder Enkelin am Leben."

„Sieht so aus, als sollten wir also nach einer jungen Frau suchen, statt nach einem alten Mann", sagte Ian. Er stellte seinen Teller beiseite, das Besteck klapperte. Er setzte eine Flasche Bier an die Lippen und trank, lang und entspannt.

Da war eine Frau, die Ehefrau von einem anderen Kopfgeldjäger, die aufstand und das Geschirr zum Spülen mitnahm. Ian würdigte sie keines Blickes, als er die Flasche wieder absetzte und seinen kalten, blauen Blick auf Seattle richtete.

„Wenn man den Gerüchten glaubt", antwortete Seattle. „Hey, Lisa, hier auch", sagte er und zeigte auf sein Geschirr. Joses Frau kam zurück und nahm alles ohne eine Bemerkung mit.

Remy hatte sich nicht von der Stelle gerührt und jetzt erinnerte sie sich wieder dran zu kauen. Woher zum Teufel wussten sie das alles? Oder war es nur, wie Seattle sagte, ein Gerücht? Es bedeutete nichts.

Niemand konnte sie mit Remington Truth in Verbindung bringen ... außer jene Männer aus Envy. Aber das eine, was sie sicher über die Männer aus Envy wusste, war, dass sie der Elite oder ihren Kopfgeldjägern nicht den kleinen Finger reichten.

Trotzdem. Sie vertraute ihnen ebenso wenig wie allen anderen, darin eingeschlossen ihren sogenannten Partner. Sie spürte Ians

Blick auf sich und schluckte den Bissen Wildeintopf runter und schob sich den nächsten auf ihren Löffel. Es war höchste Zeit, von hier zu verschwinden.

Nicht nur die nachdenklichen Blicke von Seattle, da war auch die Tatsache, dass, wenn Ian wusste, wer sie war – oder wenn er es herausfand – er sie dann über kurz oder lang den Fremden aushändigen würde, im Austausch gegen was auch immer für eine Belohnung er kriegen würde.

Während sie sich zwang weiter zu essen, dem Gespräch zuzuhören, über die Raubzüge in Yellow Mountain und wie sie dort wieder hingehen würden, um die Sache „zu einem Ende zu bringen" – was auch immer das nun bedeutete –, blickte Remy zum Waldrand dort. Die Sonne ging gerade unter und bald würden sie alle in den zweiten Stock des alten Hauses gehen, wo sie gut geschützt vor den Zombies schlafen konnten. Dantès war dort irgendwo in den Schatten, außerhalb des Kreises aus vier Fahrzeugen, die in einer kleinen Lichtung geparkt waren.

Er wäre bereit aufzubrechen, wann immer sie es war, wenn er nicht gerade in Sachen Hasen- oder Fuchsjagd unterwegs war.

Wenn sie nur wüsste, wie man einen dieser Trucks fuhr, wäre alles in Butter. Aber Remy wusste es nicht und jetzt wagte sie nicht, es zu versuchen. Sie hätte Ian dabei genauer beobachten sollen, ihn vielleicht sogar fragen sollen, ob er es ihr beibrachte.

Denn schließlich war sie seine Partnerin. Ihre Lippen kräuselten sich zu einem trockenen Lächeln.

Anstatt darauf zu warten, dass Lisa ihren Teller holen kam, wie sie es für die anderen getan hatte, stand Remy auf und brachte ihn der Frau.

Dann ergriff sie die Gelegenheit ein wenig abseits von den anderen spazieren zu gehen, abseits auch von deren Vorhaben für Yellow Mountain und die beiden jungen Männern, die man mit „gefährlicher" Ausrüstung erwischt hatte.

Sie musste von ihnen wegkommen, wenn auch nur für einen kurzen Augenblick. Die Bösartigkeit und die Hässlichkeit der Gruppe gab ihr das Gefühl schmutzig zu sein. Ja, sie hatte an den Raubzügen teilgenommen, weil ihr keine andere Wahl blieb, aber diese Zerstörung mit anzusehen, den Gesichtsausdruck der Dorfbewohner zu sehen, das bereitete ihr Übelkeit.

Ian war der Schlimmste von allen. Allein der Anblick seiner eisblauen Augen und finsteren Gesichtszüge reichte oft schon, dass selbst die Mutigsten einen Schritt zurück traten. Und als er an einem Haus das Fenster zerschlug, weil die Bewohner nicht schnell genug herauskamen, lag in seiner Brutalität eine solch unterschwellige Heftigkeit, dass es Remy schauderte und sie ein wenig abrückte.

Seattle hatte diese Zerstörung genossen; es lag ein überhebliches Lächeln auf seinem Gesicht, als er einen Computermonitor zertrümmerte oder etwas in Brand steckte. Er war bei solchen Arbeiten mit Leib und Seele dabei und weidete sich an der Angst, die er erzeugte. Macht zu haben, machte ihn nur gierig auf mehr davon.

Iah hingegen tat alles mit solch kalter, emotionsloser Intensität, dass seine Handlungen viel beunruhigender waren.

Ein Geräusch hinter ihr ließ Remy am Rand des bewaldeten Gebiets anhalten. Es prickelte ihr unangenehm im Nacken und sie drehte sich um, um Seattle da stehen zu sehen. Seine langen, blonden Dreadlocks hingen heute offen runter und auch wenn sein Gesicht nicht ausgesprochen unattraktiv war, war es der Ausdruck in seinen Augen, der machte, dass sich ihr der Magen umdrehte.

„Es wird schon dunkel", sagte er. Seine Stimme war glatt, als ob er sich ihrer Abneigung, was ihn anbetraf, bewusst war und versuchte, sie zu beruhigen. „Ich hoffe, du gehst nicht allein in den Wald."

Remy tröstete sich mit dem Gewicht ihrer Pistole, die ihr hinten in der Jeans steckte. Selbst Ian wusste nicht, dass sie sie immer noch mit sich herumtrug – obwohl er vielleicht einen Verdacht hatte, weil es die Pistole war, die ihn überzeugt hatte ihr bei der Flucht vor diesen Menschen zu helfen, die sie in Redlo aufgespürt hatten. Als sie ihm den Lauf in seinen Rücken gebohrt hatte und ihn gezwungen hatte, sie von dort weg zu fahren.

„Danke, dass du dir Sorgen um mich machst", erwiderte sie kühl.

„Wenn dir der Sinn nach Gesellschaft steht–"

„Das tut er nicht."

Seattles Augen wurden schmal. „Du weißt, dass Ian Marck beim Inneren Kreis nicht gerade beliebt ist. Wenn du an die Art von Informationen rankommen und den Respekt haben willst, wie ich sie von der Elite bekomme, tust du gut dran, einen Bogen um ihn zu machen. Er wird dir die Erfahrung etwas vermiesen."

„Ich habe meine eigenen Methoden, um vom Inneren Kreis Respekt zu bekommen", entgegnete Remy.

„Ich frage mich, was Lacey sagen würde, wenn sie wüsste, dass du gerade versuchst meinen neuen Partner zu manipulieren?" Ians Stimme durchschnitt die Nacht wie ein Messer. „Ich glaube nicht, dass sie sonderlich erfreut wäre."

Seattle schien nicht überrascht, über das Auftauchen seines Rivalen. „Lacey kann sich mal ficken. Oder dich, und ich weiß, dass das öfter vorkommt." Seine Stimme war von kumpelhaft zu kalt gewechselt.

„Ein wunder Punkt für dich, hmm, Seattle?" Ian hatte keinen Blick für Remy übrig, noch machte er Anstalten ihr nahe zu kommen. Er stand einfach da, beobachtete sie beide.

„Fick dich", gab der andere Mann zur Antwort.

„Ich vermute mal, dass dir das Spaß machen würde", sagte Ian. „Halt dich Teufel nochmal aus meinen Angelegenheiten raus."

Remy begann sich langsam abzusondern, weil sie keine Lust hatte zwei Alpha-Terriern beim Balgen zuzuschauen, aber Ians Hand kam vorgeschossen und packte sie am Arm.

Nach einem kurzen Augenblick machte Seattle kehrt und stapfte davon, drosch auf dem Weg zurück zu den andern auf die Büsche ein.

Remy versuchte sich wegzuziehen, aber Ian ließ sie nicht gehen. „Du hast dir einen Feind gemacht", merkte sie trocken an.

„Ach? Noch einen? Wie schrecklich." Seine Antwort troff nur so vor Sarkasmus. Er zog sie herum, so dass sie vor ihm stand, und sie bewegte langsam die Hand ins Richtung von der Pistole on ihrem Hosenbund. Wo war Dantès?

„Gib dir keine Mühe", sagte er und mit einer geschmeidigen Bewegung griff er sich rasch ihre Pistole, bevor sie diese mit einem heimlichen Manöver zu fassen bekam. Er schob sie sich in den eigenen Hosenbund. „Die wirst du nicht brauchen."

Das Herz schlug ihr schon im Hals, aber Remy hielt ihr Gesicht ausdruckslos. „Ich gehe gleich wieder zurück. Gib sie mir", und streckte die Hand nach der Pistole aus.

„Gleich." Er kam nicht weiter auf sie zu, aber ließ dann auch nicht ihren Arm los. „Seattle hat den Eindruck, dass wir Liebhaber sind.

„Klingt, als wolle er Lacey das auch wissen lassen."

Er sprach genau im gleichen Moment. „Es ist Zeit, dass wir Fakten schaffen."

Remy stürzte da der Magen ab und sie schaute zu Ian hoch. Er hatte sich immer noch nicht bewegt, aber sie las da Hitze, gemischt mit Verachtung, in seinen Augen.

„Es ist der beste Weg ihn davon abzuhalten, dir nachzustellen", sprach Ian zu ihr. Immer noch unbeweglich.

Die Hände zitterten ihr und ihr Magen war irgendwo ganz unten, aber schon allein der Gedanke machte, dass andere Teile ihres Körpers warm wurden. Sie traute ihm nicht, mochte ihn nicht, hatte vielleicht auch ein wenig Angst vor ihm ... aber da war etwas an Ian, das machte, dass sie ihre Hände über seinen schlanken, langen Körper gleiten lassen und ihm mit ihrem zu Willen sein wollte.

Er bewegte sich auf sie zu, jetzt, nahm ihr Kinn fest in die Hand und bedeckte ihren Mund mit seinem. Es war ein wilder Kuss, der nicht weh tun, sondern die Arbeit erledigen wollte. Genau wie seinerzeit bei dem Kuss, war sein Mund unglaublich, passte sich an ihre Lippen mit genau der richtigen Beweglichkeit an, nicht nass, nicht trocken. Remys Augen schlossen sich, als sie hätte versuchen sollen, sie offen zu halten, und sie spürte einen Ansturm von Lust durch sich hindurchfahren, während die Rinde eines Baumes hinter ihr sich in ihren Rücken grub.

Eine Hand wanderte runter, um eine ihrer Brüste zu bedecken, während seine Finger glitten, um ihren Kiefer etwas stabiler zu halten, ihn anhoben und da festhielten. Der Baum stellte sich noch fester hinter ihr auf und Remy stellte sich so hin, dass ihre Schulterblätter daran stießen, und ihre Hüften glitten nach vorne, um seinen entgegenzugehen. Er war groß, aber sie war das auch, und sie passten gut zueinander. Sie legte ihre Hände genau auf seine Brust, berührte endlich den Oberkörper, den sie seit Wochen beobachtete.

Ian hatte den Kuss unterbrochen und während er sie mit diesen wütenden Augen beobachtete, stellte er sie jetzt gegen die Rinde auf, während beide Hände unter ihrem Hemd hochkrochen, um ihre Brüste zu umfassen, ihre harten Brustwarzen fanden und dann ihr Hemd zur Seite zerrten, so dass er sie sehen konnte, während er sie anhob und streichelte. Sie schaute seinen schattenhaften Händen auf ihrer helleren Haut zu, das ruhige Atmen fiel ihr schwerer und Lust strömte ihr nur so durch den Magen und auch jenseits davon.

Er riss so heftig an ihrer Jeans, dass sie zusammenzuckte, öffnete sie, so dass der kühle Atem der Nachtluft die Haut an ihrem Bauch unten kühlte. Ohne abzuwarten, schob er ihre Hose grob runter, auch ihr Höschen, und fand die Stelle zwischen ihren Beinen. Zu ihrer Überraschung und auch ein wenig zu ihrer Scham, war sie angeschwollen und nass, und sie musste sich auf die Lippen beißen, um ruhig zu bleiben, als er sie berührte.

Ian hielt sie in Position, während er seine eigene Hose aufmachte, mit der gleichen Art von Effizienz und Absenz jedweder Emotion. Aber seine Augen waren dunkler und undurchdringlich geworden, und sein Atem hatte jetzt eine rauere Gangart eingeschlagen.

Während er sie hochhob und sie die Beine um ihn legte, zerrte Remy ihn für einen weiteren Kuss an sich. Als er reinglitt, fühlte sie, wie er sich anspannte und erschauerte. Er hielt inne, ließ seine Stirn an der Rinde neben ihrer Schläfe ruhen, atmete. Dann richtete er sich auf und begann sich zu bewegen, die Augen geschlossen, das Gesicht versteinert.

Sie beobachtete ihn, bis die Lust zu groß wurde, das letzte bisschen Tageslicht erhellte die scharfe Linie seiner Nase und die spitzen, hohen Wangenknochen und die Stirn ... und fühlte ihren Körper um ihn herum heißer werden und anschwellen.

Seine Hände verlagerten sich, um sie noch fester gegen den Baum zu pressen, ignorierten die scharfen Kanten der Rinde an ihrer nackten Haut. Remy ließ den Kopf nach hinten fallen und schloss die Augen, als ihre Welt enger und enger wurde, und dann – als er schneller und härter reinstieß – spreizte sie die Beine noch weiter, bewegte sich und hob ihre Hüften hoch, ihm mit der gleichen drängenden Effizienz entgegen, bis sie bekam, was sie brauchte.

Ein leises, kleines *Oh* war alles, was sie sich gestattete, als heiße Nässe durch sie brauste und dann explodierte. Sie sank in seinen Armen etwas zusammen, kleine, kratzige Stückchen Rinde rieben an ihr und rieselten auf sie nieder, als er ein allerletztes Mal zustieß, sich dann rasch rauszerrte.

Er lehnte an ihr, schwer atmend, seine Hände an ihren Hüften zitterten, als er es mit einem tiefen Stöhnen zu Ende brachte.

Remy begriff da, was er getan hatte, und Scham sowie Dankbarkeit überkamen sie glühend heiß. Das letzte verdammte Ding, was sie brauchte, war jetzt schwanger zu werden – ganz besonders nicht von Ian Marck. *Was zum Teufel habe ich mir nur dabei gedacht?*

Er ließ sie mit mehr Zärtlichkeit los, als er bislang an den Tag gelegt hatte, hielt sie fest, bis sie ihr Gleichgewicht wiederfand. Die Knie wackelten ihr und sie wollte nur dort stehen und genießen ... aber so würde das hier nicht ablaufen.

„Warum", sagte sie außer Atem, als er seine Jeans rasch wieder hochzog, „siehst du immer so wütend aus, wenn du mich küsst?"

Ian blickte kurz zu ihr, sein Mund schmal, seine Augen heiß und finster, und zuckte kurz mit den Achseln. „Es gibt jemanden, die ich lieber küssen würde", sagte er, „wenn ich die Wahl hätte."

Remy fand ihren Atem wieder. „Tja, das ist wohl das erste Mal, dass du mir die Wahrheit gesagt hast", schaffte sie noch zu sagen. *Mistkerl.*

Er lächelte nicht, als sein Gürtel sich mit einem leisen Klink wieder schloss. „Wahrscheinlich."

„Lacey?", konnte sie sich nicht verkneifen.

„Gott. Shit, nein."

Er trat weg von ihr und griff sich in die Hosentasche. Dann gab er ihr die Pistole zurück. „Denk ja nicht dran, dich heute Nacht fortzuschleichen. Du schläfst neben mir. Heute Nacht und auch in der nächsten Zeit. Bis auf Weiteres."

Sie starrte ihn wütend an. *Als ob du mich hierbehalten könntest.*

Er schaute sie an, „du glaubst doch nicht etwa, dass ich vorhabe Remington Truths Enkelin einfach davonspazieren zu lassen, oder?"

∽

„Ich habe etwas, worüber ich gerne mit dir reden möchte", sagte Theo zu Selena. Es war mehr als zwei Wochen her, seit Sam gestorben war, und er hatte viel weniger von Selena gesehen, als ihm lieb war. Sehr viel weniger.

Denn beide hatten sie zwar im selben Haus gewohnt, aber es war erstaunlich, wie sie nie bei den gleichen Mahlzeiten dabei war wie er und dass sich ihre Wege nicht sehr oft kreuzten. Er hatte allmählich – mit einem sehr unguten Gefühl tief in ihm drin – den Verdacht, dass sie ihm absichtlich aus dem Weg ging. Er verstand, dass sie Zeit brauchte, um mit ihrem Verlust zurecht zu kommen, aber da blieb dennoch ein großer Teil von ihm, der sich fragte, warum er nicht ein Teil davon war. Warum sie es nicht mit ihm teilte.

Vielleicht weil Sam „ihrs" gewesen war und nicht seins. Vielleicht glaubte sie nicht, dass er um den Jungen trauerte. Aber das tat er.

Nicht dass er und Selena nicht mit anderen Dingen beschäftigt wären. Am Tag, nachdem Sam gestorben war, kamen drei Patienten für Selena an. Theo war darüber wütend gewesen, wütend auf die Welt oder das Universum oder Wen auch immer, dass sie Selenas Trauer unterbrachen, aber sie hatte es mit Fassung ertragen und widerspruchslos hingenommen und sich mit der gleichen Anteilnahme um die Sterbenden gekümmert, wie er sie zuvor an ihr beobachtet hatte.

Vielleicht war auch das ein Segen – die Ablenkung und eine Rückkehr in die Normalität.

Und Theo war auch beschäftigt gewesen. Er und Lou hatten Tag und Nacht an der Blizek Sicherheit gearbeitet (es war eine Witz für ihn, dass er es vor so vielen Wochen so schnell und so einfach durch die erste Sicherheitsbarriere geschafft hatte), ebenso an den Zahlenreihen, die – so ging die Theorie von Lou – geographische Koordinaten anzuzeigen schienen. Aber sie mussten herausfinden, wie man die neu berechnen konnte, jetzt wo die Erdachse sich verändert hatte. Und Theo hatte auch darüber nachgedacht, was er mit den Flipperautomaten und Spielkonsolen anstellen könnte, und mit ihren blinkenden, aufblitzenden Lichtern.

Abgesehen davon hatte Frank – jetzt wo Sammy nicht mehr da war – die Zwillinge dazu verdonnert, ihm bei einer Reihe von Aufgaben zur Hand zu gehen – was sie gerne taten, auch wenn Lou über die Schnelligkeit und die Kraft des dreiundneunzig Jahre alten Mannes grummelte.

„Vergiss deine Sache. Ich halte *den da* für den verdammten Superhelden", sagte er einmal, nachdem sie drei Stunden lang Steine herumgeschleppt hatten, um einen Teil der Mauer wieder aufgebaut hatten, wo Frank nur einmal fünf Minuten Pause gemacht hatte.

Aber jetzt hatte Theo es doch geschafft, Selena zu erwischen und einen Spaziergang nach dem Abendessen vorzuschlagen. Die Sonne war ein strahlender, orangener Ball, der zum Horizont niedersank und damit auch die Nacht mit sich brachte. Merkwürdigerweise verspürte er nicht mehr die gleiche Art böser Vorahnungen wie in der Vergangenheit, dass sie da rausgehen würde.

Seit Sammy angegriffen worden war, war sie nicht rausgegangen. Er hatte sie beobachtet.

Vielleicht hatte sie es aufgegeben, hatte begriffen, dass ihr Leben hier, wo sie den Sterbenden diente, wichtiger war, als das da draußen, wo sie fast umgebracht worden wäre. Vielleicht hatte Sams Tod ihr die Augen für die Gefahren geöffnet. Und für die wahre Natur der mordlustigen Zombies.

Oder vielleicht war sie einfach noch nicht so weit, dass sie ihnen wieder begegnen könnte.

Selena schaute ihn an. „Was ist?"

Ihm blieb einen Moment lang die Luft weg, als er die gelassene Heiterkeit in ihrem schönen Gesicht sah, die Art, wie die untergehende Sonne einen noch tieferen goldenen Schimmer über ihre Haut und ihre Haare warf. Trotz der Ringe unter ihren Augen und der tieferen Gräben, die sich von ihrem Mund und ihren Augen aus ausbreiteten, war sie wunderschön. Er wollte sie küssen; er würde ihre Gesellschaft vermissen, ihre Wärme, ihren verschrobenen Sinn für Humor, der in den merkwürdigsten Augenblicken zutage trat ... aber er sagte nichts.

Er hatte vorgehabt mit ihr über Lou zu reden und über die Tatsache, dass sie Zwillinge waren, aber letzten Endes schien das hier dann doch nicht der richtige Moment dafür zu sein. Vielleicht war es die Trauer, die sie immer noch umgab – es war auch erst zwei Wochen her. Vielleicht war er noch nicht bereit, das Risiko einzugehen, dass auch sie ihn für etwas Unnatürliches halten könnte. Vielleicht machte er sich Sorgen, dass sie Lou für das, was Sam passiert war, die Verantwortung gab, und dass sie nie akzeptieren würde, dass sie Zwillinge waren.

„Ich habe es vermisst, Zeit mit dir zu verbringen", sagte er und ergriff ihre Hand. Vielleicht sollte er ihr sagen, wie er sich fühlte.

Sie lächelte und dieses Lächeln schien ein wenig verloren. Sie drückte seine Finger kurz. „Ich habe gerade eine Menge Dinge, die ich für mich selbst klären muss."

Er schaute auf sie herunter, streckte die Hand aus, um ihr das schwere, dunkle Haar von der Schulter zu streifen. „Das verstehe ich. Ich will nur, dass du weißt, dass ich dich vermisst habe. Und ich vermisse das hier." Er konnte nicht anders. Er beugte sich vor, seine Hand streichelte ihr sanft unten am Kiefer entlang und passte seine Lippen genau auf die ihren.

Seine Augen schlossen sich vor Lust bei dem vertrauten, tröstlichen Gefühl und dem altbekannten Begehren, das nur allein dieses leichte Streicheln von Mund auf Mund mit sich brachte. Er verlagerte das Gewicht, spürte, wie ihr Mund sich unter seinem bewegte, ihre Lippen sich leicht öffneten und er seine Zunge an jener kleinen Öffnung entlanggleiten ließ. Weich, warm, feucht ... Begehren und Verlangen begannen in ihm langsam hochzusteigen.

Und dann drehte sie sich weg, ihre Hand bewegte sich und legte sich auf seine Brust. „Ich ... ah, Theo, ich glaube nicht, dass ich das hier tun kann. Im Moment."

Ein schwarzes Loch tat sich plötzlich gähnend ganz zuoberst in seinen Gedanken auf – leer und geheimnisvoll. Das Herz hämmerte ihm, der Verdacht, den er unterdrückt hatte, erblühte jetzt voll und ganz zu etwas sehr Unangenehmen, und Theo versuchte ihren nach unten gerichteten Blick zu erhaschen. „Zu bald?"

„Ja." Sie holte einmal tief Luft und schaute ihn an. „Ich habe eine Menge Dinge, die ich für mich klären muss. Ich bin durcheinander und wütend – so wütend – und ... oh, Gott, ich will, dass es ok ist, aber jedes Mal, wenn ich daran denke, ist alles, was ich sehen kann, dich ... du, in jener Nacht. Wie du geradezu in sie hinein geflogen bist, diese Zombies zerlegt hast, wie eine Art rasender Krieger. Ich kann die Bilder nicht loswerden, das Gemetzel, die Brutalität. Ich träume davon. Ich habe deswegen Alpträume."

Betäubt trat Theo einen Schritt zurück. Was nur ein kleines Nagen von Sorge gewesen war, war nun zum schrillen, durchdringenden Gebrüll von Gefahr geworden. Seine Hände fühlten sich auf einmal eiskalt an. „Selena. Ich hatte nicht vor tatenlos zuzuschauen, wie sie dich – ich dachte zuerst, dass *du* das da mitten drin warst – in Stücke reißen. Oder *irgendjemand* anderen. Es war überhaupt keine Frage, dass ich sie davon abhalten würde. Wenn ich nochmal die Gelegenheit hätte, würde ich es wieder tun. Ich muss dir sagen, dass ich deine Versuche, sie zu ruhiger werden zu lassen, respektiere, aber ich werde nicht zulassen, dass sie irgendjemanden töten, wenn ich was dagegen unternehmen kann. Ganz besonders nicht in deinem Fall."

Eine Träne floss über, aus einem Auge und hinterließ einen leuchtenden Bach ihre Wange runter. „Das weiß ich, Theo. Ich verstehe das. Ich bin das Problem. Ich sehe, wie du das tust. Ich sehe, wie du sie zerstörst, und ich bin so voller Hass und Wut – dass ich es tun möchte. *Ich* will sie töten. Ich will sie allesamt zerstören, diese verdammten Monster – für das, was sie mir weggenommen haben." In ihrer Stimme lag ein Ton irgendwo zwischen Wahnsinn und Verzweiflung. „Ich *will* das tun. Ich *will* sie Scheiße nochmal vernichten, auf so schreckliche und brutale Weise, wie mir nur möglich ist. Alle von ihnen. Aber ... ich kann nicht. Und ich kann auch nicht da rausgehen und sie retten. Schon bei dem Gedanken wird mir übel. Ich kann *gar nichts* tun."

Mittlerweile strömten ihr die Tränen nur so aus den Augen und ihr einmal friedliches Gesicht war jetzt wütend und hart. Da lag eine Hässlichkeit auf ihren Gesichtszügen, die er noch nie gesehen hatte. „Und daher denke ich, dass es das Beste ist, wenn ich ein bisschen Zeit habe, um zu versuchen, all das irgendwie zu lösen. Alleine."

Die Botschaft kam bei Theo an. Laut und deutlich. Er schaffte es, das bittere Lachen einer neuen Erkenntnis zu unterdrücken, dass das hier das zweite Mal war, wo er sich schwer in eine Frau verliebt hatte, und auch das zweite Mal, wo er aus einem unerklärlichen Grund, der nichts mit ihm zu tun hatte, beiseite geschoben wurde.

Sein Mund bewegte sich schon, ehe er realisierte, was er sagte, aber sein Gehirn holte schnell wieder auf. „Das ist gut, denn das war auch, worüber ich mit dir sprechen wollte. Lou und ich werden bald aufbrechen. Wahrscheinlich morgen. Wie müssen ein paar Dinge überprüfen. Ich bin nicht sicher, wann wir zurück sein werden. Ich wollte dir das nur sagen."

Sie schaute ihm jetzt direkt in die Augen und ihm ging auf, dass er Angst bekam, als darin *nichts* war. „Danke, dass du mir Bescheid gegeben hast." Sie drehte sich schon weg, um zum

Haus zurück zu gehen, aber sie hielt noch einmal inne. „Du wirst zurück kommen?"

Er widerstand der Versuchung, verächtlich zu schnauben. Der Schmerz nahm jetzt gerade überhand, war stärker als die Betäubung. „Ja, ich bin sicher wir legen hier wieder einen Stopp ein. Aber ich bin nicht sicher wann." Er gab sein Bestes, um seine Stimme neutral und lässig klingen zu lassen.

Sie erstarrte, als wäre sie überrascht, nickte dann. „Pass auf dich auf, Theo."

15

„Tja, Lou, dein Wunsch ist in Erfüllung gegangen", sagte Theo, als er in die Arkaden reinstürmte. „Wir gehen auf die Jagd nach ein paar Kopfgeldjägern."

Es kam zu seiner Überraschung keine Antwort. „Lou?", sagte er und ging durch den Raum, den sie beide sich jetzt ganz zu eigen gemacht hatten. Die Computer waren noch an, wie immer, aber die Bildschirmschoner auch. Lou hatte sie so eingestellt, dass sie nach zwanzig Minuten ansprangen, also war er schon eine ganze Weile weg.

Wo zum Teufel konnte er stecken? Es war nach neun und alte Kerle wie Lou brauchten ihren Schönheitsschlaf. Oder zumindest sollten sie an dem Hacker-Projekt hier arbeiten, wenn sie nicht schliefen. Mehr als total angepisst und schon weit gekommen auf dem Weg zu fuchsteufelswild, setzte Theo sich an den nächstbesten Computer und weckte den Bildschirm auf, um zu sehen, woran Lou gearbeitet hatte.

Nichts. Der Idiot hatte mit Brad Blizeks neuem Schatzsuche-Videospiel herumgespielt, was aussah, als wolle er es mit Geocaching kombinieren. Keine schlechte Idee, zumindest nicht damals im Jahre 2010.

Verärgert, wütend, durcheinander, begann er sich ein paar Dateien mit Screencaps und Dummy-Versionen des Spiels anzuschauen. Eine davon poppte auf und er schaute sich die

Screenshots vom Prototypen etwas genauer an und erstarrte. *Ja leck mich.*

Da war es.

Das Symbol für den Kult von Atlantis – mit der Swastika, der Pyramide und den rollenden Wellen – war genau vor ihm, in dem Screenshot für das Spiel. *Heilige Scheiße, verdammt und zugenäht.*

Theos Finger waren auf einmal nicht mehr ganz so flink, als er versuchte sich durch andere Details des Spiels durchzuklicken. Vielleicht war alles, was sie brauchten hier, genau hier in diesem Spiel namens Wackler.

Shit nochmal. Genau das hat er gesagt. „Die Erde wird wackeln."

Es war alles hier. Genau hier.

Nach ein paar Minuten fütterte er – einer spontanen Eingebung folgend – das Programm mit ein paar von den Zahlenreihen, von denen sie mal vage angenommen hatten, dass es Dezimalkoordinaten sein könnten und Bingo! Es kam zurück als eine Eintragung für die „Echtwelt" Geocache-Liste, die man in das Spiel eingebaut hatte.

Jetzt schaufelte Theo sich aufgeregt noch tiefer hinein, unter all die Schichten von Dateien, Notizen, Dummys zu dem Spiel. Es waren in Wackler nur fünfzehn „Echtwelt" Geocache-Orte aufgelistet, aber zwanzig Zahlen in den Informationen, die Lou und Theo von den Fremden hatte.

In der echten Welt, damals 2010, als Geocaching als alles Mögliche betrachtet wurde, angefangen vom Familienspaß bis hin zum Extremsport, wurden geographische Koordinaten auf Webseiten gepostet, für eine Art öffentliche Schatzsuche, wo die Jäger GPS benutzten, um den Ort für einen Geocache zu finden. Diese GPS-Schnitzeljagd war bis auf ein paar Meter genau. Wenn man es gefunden hatte, konnten die Caches – die wetterfeste, gegen Tiere resistente Behälter waren, wie beispielsweise Munitionsbehälter – alles Mögliche enthalten. Etwas Geld, kleine Spielzeuge oder Schmuckstücke, oder auch nur ein Logbuch. Aber in diesem Spiel waren die Geocache-Locations weit mehr als das.

Sie waren Zentren der Energie, tief unter der Erde, und Sinn des Spiels war es, jeden einzelnen davon außer Gefecht zu setzen, wie wenn man eine Bombe entschärfen würde, bevor eine Kettenreaktion die Zentren in Gang setzte und die Welt zum ... *wackeln* ... brachte.

Heilige wackelnde Erdachsen. Als Theo sich die Notizen zu dem Spiel anschaute, die Dateien untersuchte, reichten seine Emotionen von Faszination zu Schaudern zu lähmender Übelkeit, als ihm aufging, was es alles bedeutete. Waren diese Geocaches irgendwie die Stellen, mit denen der Kult von Atlantis die Erde zum Explodieren gebracht hatte? Und damit den Wechsel hervorgerufen hatte?

Er stellte sich zeitgleiche, unterirdische Explosionen von grauenerregendem Ausmaß vor, die tektonische Platten dazu brachten sich zu bewegen und unter einander zu verschieben, zu implodieren oder auf andere Wiese hervorzubrechen ... und damit die Kettenreaktion in Gang setzten, die all jene verheerenden Erdbeben, Tsunamis, Feuer ausgelöst hatte ... und alles andere, was zusammen genommen die Erde zerstört hatte.

Das war also, wie sie vorgegangen waren.

Und Brad Blizek hatte ein Videospiel entworfen, das in Wirklichkeit eine Abbildung ihrer Pläne war.

Theo starrte immer noch auf den Computer und versuchte die Wahrheit von dem, was seiner Welt und seiner Rasse vor fünfzig Jahren angetan worden war, noch zu begreifen, als Lou eintraf.

„Oh, du bist hier", sagte er und klang überrascht. „Ich dachte, du würdest länger weg sein. Vielleicht sogar die ganze Nacht." Er stieß ein nervöses, kleines Glucksen aus. „Ich habe dich und Selena nach dem Abendessen rausgehen sehen."

„Hm. Tja, das läuft gerade nicht so gut", gab Theo etwas steif zurück. „Lou, du musst dir das hier mal angucken. Es ist alles da – wie sie es getan haben. Und übrigens, wir brechen morgen auf."

∼⚹∼

Theo und Lou fingen in Yellow Mountain an, unauffällige Fragen nach den Snoopies zu stellen, und versuchten genug Informationen zusammen zu bekommen, um zu entscheiden, in welche Richtung sie ihnen folgen müssten.

Während sie dort waren, bekam Theo auch ein paar beunruhigende Nachrichten.

„Wayne und Buddy sind verschwunden", erzählte ihm Patrick Delicki, der Mann, der in der Nacht von Vonnies Geschichtenabend die Suchaktion organisiert hatte. „So vor etwa drei Tagen."

„Zombieangriff?", fragte Lou, aber Theo schüttelte den Kopf. Er hatte sie während seiner Hochsitzüberwachung im Baum bei dem Snoopie-Besuch gesehen. Sie waren diejenigen, die den alten Computermonitor und den Fahrzeugmotor gehabt hatten, die beide von Seattle und seinen Männern konfisziert und zerstört worden waren.

„Nein. Keine Leichen, auch keine Anzeichen oder Spuren für einen Angriff von Tieren. Einfach weg. Waynes Mom ist ziemlich fertig. Und Buddys Frau – die kriegt in ein paar Monaten ein Kind." Patrick schüttelte mit dem Kopf, seine Lippen wurden zum Strich. „Sie sind da in etwas reingeraten, wo sie nichts zu suchen hatten. Gefährliche Dinge."

„Und es ist kein Zufall, dass die Snoopies vor zwei Wochen auf Besuch kamen, und jetzt sind sie weg?", fragte Theo Patrick.

Das Gesicht von dem Mann machte dicht und er schaute weg, suchte was am Horizont. „Schwer zu sagen."

Aber er brauchte es nicht auszusprechen.

„Sie haben sie also mitgenommen", sagte Lou zu Theo, als sie Yellow Mountain dann verlassen hatten. „Die Kopfgeldjäger."

„Das würde ich mal vermuten. Zumindest wissen wir, dass sie vor drei Tagen in der Gegend waren. Das macht es vielleicht leichter der Spur zu folgen, wenn wir sie finden."

„Erzählst du mir noch, was mit Selena da ablief?", fragte Lou, während sie durch die Wälder wanderten, dorthin, wo er den Humvee in dem Graben versenkt hatte.

„Erzählst du mir noch, wo du letzte Nacht warst?"

Keiner der beiden antwortete.

Selena starrte zum Fenster hinaus, ein hässliches, schmerzhaftes Etwas nagte ihr an den Eingeweiden.

Es war jetzt Nacht, wie stets. Trotz Selenas vergeblichem Wunsch, dass diese ausgeblieben wäre. Denn mit der Nacht kamen auch Fragen und Schuldgefühle und Verwirrung.

Und – immer noch – dieser tiefe, lodernde Hass.

Sie hatte aufgehört ihren Kristall zu tragen und hatte ihn nun in seiner Holzschachtel weggeschlossen, damit sie nicht mehr spüren würde, wie er warm wurde. Die Zombies herbeirief. Sie spürten es; das wusste sie. Sie kamen, versammelten sich, sie stöhnten, sie schrien – alles jenseits der sicheren Mauern.

Sie sah ihre Augen glühen, weit weg. Sie hörte ihr Stöhnen.

Sie hasste sie. Und dennoch rührten sie diese erbarmungswürdigen Schreie. Schreie, die nur sie allein verstehen konnte.

Dennoch, sie tat nichts.

Sammy. Sammy. Ich hoffe, du hast Frieden gefunden. Es tut mir so Leid.

Oh, Gott, sie vermisste ihn. Das Haus war so still. Es war, als ob ein Teil ihres Herzens rausgeschnitten worden wäre. Ein Teil ihres Lebens ... weg.

Sechzehn Jahre alt. Er war nie zum Mann geworden, hatte nie das Versprechen einlösen können, das sie in ihm gesehen hatte: die Güte, das Gefühl von Ehrfurcht für die Welt und für alle Lebewesen darin. Er wäre ein wundervoller Vater gewesen. Die schmerzende Lücke in ihr drin wollte und wollte nicht weichen. Es nagte und kratzte an ihr.

Selena schaute aus dem Fenster Richtung Westen, während sie sich über die Augen wischte, und fragte sich, wo Theo war. Ob er in Sicherheit war. Was er und dieser alte Mann Lou gerade taten und ob sie je zurückkommen würden.

Er hatte sich ganz allmählich in den Haushalt hier eingefügt, in ihr Leben, und sie vermisste ihn.

Warum habe ich ihn wieder fortgeschickt?

Und dennoch, wenn sie die Auge schloss, sah sie sein finsteres Gesicht, ganz angespannt vor Wut und Mordlust, seine Augen blitzten brutal. Sie sah die Fontänen von Fleisch und Blut, spürte, wie die Luft sich bewegte, als er herumwirbelte und zuschlug und die Monster bekämpfte.

Wie könnte sie je darüber hinwegsehen, wenn genau die gleiche Gewalt sich in ihr selbst rührte?

Selena wandte sich vom Fenster und den glühenden, orangenen Augen jenseits der Mauer ab. Sie ignorierte ihr Bett, um stattdessen die Treppe runterzugehen und nach einem ihrer Patienten zu sehen.

Schlaf war jetzt etwas Seltenes und stets unruhig.

Der Atem von Reggie Blanchard war leise und kam schwer, und sie saß ein Weilchen bei ihm, schaute zu, wie der graue Nebel über ihm sanft waberte und sich drehte. Auch nachts noch war das silbrige Schimmern zu erkennen, das jeden auch noch so kleinen Lichtstrahl einfing. Er war ein alter Mann, vielleicht so alt wie Vonnie, und er war dabei, Stück für Stück zu erlöschen, vom Leben in den Tod hinüberzugleiten. Seit dem Tod seiner Frau – auch hier in der Obhut von Selena – vor zwei Jahren, hatte er in Yellow Mountain gelebt, als Metallschmid gearbeitet. Jetzt warteten sie und ihre Schwester auf ihn, schwebten mit dem blauen Schimmer des nächsten Lebens, die in der Ecke, wie die Begleiter es oft taten. Warteten.

Selena starrte vor sich hin, völlig eingehüllt in Taubheit und Apathie, während sie seine große, knorrige Hand hielt. Durch die Nacht fädelte sich fernab das Geräusch des Stöhnens. *Ruuu-uuuthhhhh.*

Mom.

Zuerst dachte sie, sie träume, dass sie endlich in den Schlaf gesunken war. Das Geräusch wäre in ihrem Kopf, vergraben in ihrem Gehirn, und dennoch schaute sie hoch, suchte. Und da war er. Sammy.

In der Ecke, schwebte wie Reggies Frau und seine Schwester. Die beiden Frauen lächelten Selena zu, aber sie bemerkte es kaum.

Ich habe dir gesagt, ich würde dich nicht verlassen.

„Hi, Sammy. Ich vermisse dich." Tränen brannten ihr in den Augen und sie schaute ihn an, kaum in der Lage Einzelheiten zu erkennen, auch wenn sie sich anstrengte. Bis auf seine Augen. Nichtsdestotrotz wusste sie, er war es.

Ich vermisse dich auch. Und ich mache mir Sorgen um dich.

„Es wird mir bald besser gehen. Es braucht seine Zeit."

Reggie wird bald gehen. Wir sind hier, um ihm zu helfen, Mrs. Blanchard und ich. Er war immer nett zu mir, wenn ich ihn in der Stadt gesehen habe.

„Das ist jetzt dein neuer Job? Dabei mitzuhelfen, Leute auf die andere Seite zu bringen?" Sie spürte, wie ein kleines Lächeln sich zaghaft an ihren Mundwinkeln ausbreitete.

Wie die Mutter, so der Sohn. Ich werde ab und zu hier sein, um zu helfen. Wie eine Art Leitungskanal.

„Geht es dir gut?"

Ja. Du kannst dir gar nicht vorstellen, wie es hier ist.

„Dann ist das alles, was ich fragen kann, hm?"

Mom. Versuch wieder zu leben.

Sie runzelte die Stirn, versuchte das Brennen der Tränen zurückzudrängen. „Ich weiß nicht, ob ich weiß wie."

Sie sagen mir, dass du das selbst rausfinden musst.

Leichter gesagt als getan, dachte sie.

Ich muss jetzt gehen. Ich komme nachher wieder her, um mit Mr. Blanchard zu helfen.

„Ok. Ich liebe dich."

Ich liebe dich auch.

❦

Als Selena die Augen wieder öffnete, war es immer noch dunkel. Und die Zombies stöhnten immer noch jenseits der Mauern. Ihr Kristall glühte noch, oben im Zimmer in seiner Schachtel.

Sie starrte die Ecke an, wo Sammy gewesen war und das Herz wurde ihr ganz eng.

Versuch wieder zu leben, Mom.

Vor ihrem inneren Auge sah sie sich aufstehen, ihren Kristall holen, ihn sich um den Hals legen und das Gelände verlassen. Sie schloss die Augen und spürte, wie die Zombies auf sie zu rannten; sie konnte fast ihren fauligen Geruch riechen, und das verzweifelte Krallen ihrer Hände spüren, die nach ihr grabschten.

Und dann sah sie, wie sie zu einem hinterhältigen Wirbelwind explodierte, zerstörte und zerschlug und sie zerschmetterte, wieder und wieder und wieder, bis sie alle nur noch blutige Haufen aus Knochen und Fleisch waren.

Sie sah das hoffnungsvolle Leuchten in ihren Augen ersterben, das orangene Glühen verschwinden, als sie ihr zu den Füßen zusammenbrachen.

Ihr Magen drehte sich und rebellierte und sie kämpfte sich mühsam auf die Beine, benutzte Reggies Bett als Stütze und rannte zur Toilette. Als sie das Gesicht anhob, sich gerade den Mund abwischte, waren ihre Wangen nass vor Tränen. Tränen der Verwirrung, Wut und Angst.

Und auch Vonnie stand da, schaute auf sie herunter, voller Kummer und Trauer.

„Selena", sagte sie. „Geht es dir gut?"

Ich weiß nicht, ob es mir jemals wieder gut gehen wird. „Danke. Alles in Ordnung. Fühle mich ... nur nicht so gut."

„Möchtest du darüber reden?", fragte da die einzige Mutter, die sie je gekannt hatte.

Selena schüttelte den Kopf, und in dem Augenblick wurde ihr klar, dass die einzige Person, mit der sie reden wollte, Theo war.

Und er war nicht mehr da.

16

Eine Woche, nachdem sie Yellow Mountain verlassen hatten, und in dem Humvee weiterfuhren, den sie aus dem Straßengraben wieder rausgekriegt hatten und der jetzt mit Solarenergie betrieben wieder funktionierte, hatten Theo und Lou endlich Glück. Sie hatten die letzten paar Tage damit zugebracht, in immer größeren, konzentrischen Kreisen um die Siedlung herum zu fahren, auf der Suche nach irgendwelchen Anzeichen von relativ neuen Humvee-Reifenspuren oder sonstigen Anzeichen für die Kopfgeldjäger.

Es war mühselig. Was Theo dazu veranlasste, es mit dem langen, öden Teil in einem Buch zu vergleichen, das 2007 mit großem Tamtam veröffentlicht worden war.

„Es ist, wie einen Horkrux in einem Wald zu suchen", sagte er, als Lou gerade den Humvee auf einer nicht existenten Straße lang manövrierte.

Es gab einen Grund, weswegen nach dem Wechsel der allgemeine Gebrauch von motorbetriebenen Fahrzeugen den Weg alles Irdischen wie iTunes, Shopping Malls und Highways gegangen war: sie waren nicht länger erforderlich und es war schwierig, sie instand zu halten. Nicht nur waren die Straßen nicht mehr befahrbar, aufgeplatzt und voller Schlaglöcher, wie sie nun mal waren, weitab von einer vertrauten Siedlung fühlte sich auch niemand mehr sicher. Und schon zehn Jahre nach dem Wechsel waren die Autos, die nicht von Erbeben, Stürmen und Wetter zerstört worden waren, nicht mehr fahrtauglich. Die

Zapfsäulen an den Tankstellen hatten keinen Strom mehr, um sie zu betreiben, und die Leute waren eher mit Fragen wie Essen und sicheren Unterkünften beschäftigt, sowie mit den einfachsten Dingen des Überlebens, anstatt sich darum zu kümmern, so was zu reparieren.

Binnen dreißig Jahren war es unmöglich geworden, Fahrzeuge zu finden oder mit Treibstoff zu versorgen. Und dann gab es noch weitere Hindernisse.

Daher waren heutzutage die einzigen Menschen, die Zugang zu Trucks und Autos hatten, die Fremden oder ihre Kopfgeldjäger. Und die Widerstandsbewegung, der es gelungen war, drei Humvees in Besitz zu nehmen, und die sich darum kümmerte, dass sie gut in Schuss blieben, setzte die Fahrzeuge nur besonnen ein.

Deswegen kündigte das Geräusch oder der Anblick eines motorisierten Fahrzeugs im Allgemeinen die Anwesenheit eines Kopfgeldjägers oder der Elite an. Als sie also in der achten Nacht, nachdem sie die Siedlung hinter sich gelassen hatten und sich etwa dreißig Meilen nördlich von Yellow Mountain befanden, in der Ferne ein paar auf und ab springende Vorderlichter sahen, wussten Theo und Lou, dass das hier endlich der Durchbruch für sie war.

Keiner von den beiden war je zuvor so weit nördlich von Envy gewesen – gut und gern hundertfünfzig Meilen oder mehr – und sie waren mit dem Terrain und der Geographie nicht vertraut. Aber das hielt sie nicht davon ab, ihr eigenes Fahrzeug anzuwerfen und in Richtung von dem anderen Truck zu fahren.

Sie klappten die Vorderlichter so um, dass die fast senkrecht nach unten zeigten, was – auch wenn es dabei half, ihre Position und ihre Anwesenheit vor allen übrigen zu verbergen – es etwas erschwerte, durch die wild überwucherte Umgebung hier zu fahren. Von alten Autos über riesige Schlaglöcher und unerwartete Erhebungen im Boden, und dann noch Bäume oder Büsche, konnte auf der primitiven Straße vor ihnen alles Mögliche urplötzlich auftauchen.

Daher war es eine echte Herausforderung zu versuchen, Geschwindigkeit, Sicherheit und leises Anschleichen miteinander unter einen Hut zu bringen, und es fiel recht oft der eine oder andere Fluch sowie gelegentliche Richtungswechsel – meistens ungewollt. Sie mussten auch oft anhalten, damit Theo auf das Dach von dem Truck klettern konnte, oder sogar auf einen Baum oder einen höheren Aussichtspunkt, um zu sehen, in welche Richtung sie fahren mussten. Eine Zeitlang fuhr er oben auf dem Dach mit, hielt sich so à la James Bond fest (jedoch bei deutlich niedrigeren Geschwindigkeiten) und gab von oben Fahranweisungen.

Trotz der Gefahr und der hier erforderlichen Heimlichkeit, kamen sie gut voran und verringerten den Abstand zum anderen Fahrzeug, hielten aber immer noch genug Abstand, so dass man sie nicht bemerkte. Es diente es ihrer Sache dann zusätzlich, als ihre Beute Rast für die Nacht einlegte, was ihnen die Gelegenheit bot, noch näher ranzufahren.

„Wir suchen uns besser einen Platz, wo wir das hier verstecken können", sagte Lou, als sie so nah dran waren, dass man sie hätte entdecken können. Theo war zwischenzeitlich wieder in den Truck geklettert.

Sie fanden eine Stelle, wo sie es verstecken konnten und jeder von ihnen streckte sich auf seinem Sitz lang aus, um schlafen zu gehen.

Während Theo da so lag und versuchte sich zu entspannen, war sein Kopf außerstande, nicht an Selena zu denken. Die letzte Woche mit all dieser Sucherei und dem Herumfahren, dem Herumhacken auf Lou und dem Diskutieren von Theorien zu Wackler und was Brad Blizeks Mitarbeit am Kult von Atlantis betraf, hatten ihm reichlich zu tun gegeben. Nicht, dass er nicht ab und zu an sie gedacht hätte – das hatte er wohl.

Oh, das hatte er in der Tat. Andauernd.

Lou hatte Frank beigebracht, wie man die Computer in den Arkaden benutzte, um per Message in Kontakt zu bleiben –schließlich hatte er sich gut mit Email und Google ausgekannt, bevor der Wechsel kam, und es war nicht so schwierig ihn fünfzig

Jahre später wieder einzuarbeiten. Theo schätzte das sehr, denn so kam er an die wichtigsten Neuigkeiten, was Selena betraf.

Er wusste, dass sie zumindest nicht getötet oder verletzt worden war, weil sie mal wieder Zombies retten ging.

Er wusste, dass sie nicht viel schlief. Dass sie mit Patienten beschäftigt war. Dass die Härte und die Trauer immer noch tiefe Falten in ihrem Gesicht hinterließen. Dass sie vor etwa einer Woche krank gewesen war, aber es ihr jetzt besser zu gehen schien. Zumindest rein körperlich.

In der Dunkelheit da runzelte er die Stirn. Das war eine ganze Menge Information mit viel Details, für eine Nachricht von Frank. Vielleicht war der Kerl gesprächiger, wenn er eine Tastatur vor sich hatte.

„Wenn wir diese Frau Remington Truth finden", sagte Lou, der Theos Gedankengänge unterbrach. „Was werden wir denn dann tun?"

„Versuchen mit ihr zu reden. Irgendein Geheimnis muss sie hüten. Etwas, was mit all diesem Durcheinander hier zu tun hat. Warum würde sie sich denn sonst immerzu verstecken oder andauernd wegrennen?"

Aber sie ist jetzt mit den Kopfgeldjägern zusammen unterwegs. Wenn sie sich mit denen verbündet hat und sie das bei sich hat, was die schon über fünfzig Jahre suchen – was auch immer das ist … dann ist das nicht gut für uns."

„Ich weiß", sagte Theo. „Aber wenn sie sich wirklich mit ihnen verbünden wollte, warum hat sie es dann nicht schon vor Jahren gemacht? Mir scheint da etwas faul dran zu sein." Er starrte an die Decke des Humvee und stellte fest, dass da bei den Fenstern die Deckenbespannung sich allmählich löste, runterhing wie Spanisches Moos. „Ich sag dir aber eins. Wenn wir Seattle finden, bringe ich den Schweinehund um."

„Und was ist mit Ian Marck?", fragte Lou von da, wo er auf dem Rücksitz lag. Er hatte mit dem Argument seines fortgeschrittenen Alters die bequemere Bank für sich belegt.

„Ich weiß nicht, was ich von ihm halten soll. Er hat Jade entführt, und Elliott und mich mit einer Meute Zombies in der

Mall eingesperrt, aber er hat keinen von uns beiden getötet, als er uns dabei erwischte, wie wir Jade gerettet haben. Und er hätte es tun können – zumindest mich."

Lou drehte sich, klang jetzt etwas schläfrig. „Er hat die medizinischen Talente von Elliott gebraucht, aber du hast Recht. Du hättest tot sein können, auch wenn Elliott um dein Leben verhandelt hat. Ich traue ihm nicht über den Weg. Simon übrigens auch nicht."

„Simon hätte ihn töten sollen, als sich ihm die Gelegenheit bot", sagte Theo da nur knapp.

„Himmel nochmal, seit wann bist du denn so blutrünstig?", murmelte Lou. „Geh schlafen."

Theo verdrehte die Augen. „Du warst derjenige welche, der mit dem Reden angefangen hat."

Aber Lous Worte bleiben bei ihm hängen, selbst wenn sie nur als Scherz gemeint gewesen waren. *Seit wann bist du denn so blutrünstig?*

War es das, was Selena sah? Ein Mann, der von der Gewalt lebte und der nur töten wollte?

Ironischerweise war das einzige Mal, dass Theo je einen Mann getötet hatte, während eines Zwischenfalls kurz nach dem Wechsel gewesen, als es Plünderer gab und Leute halb wahnsinnig vor posttraumatischem Stress. Ein Mann hatte eine Gruppe von Leuten angegriffen – keiner wusste eigentlich warum; er war verrückt – und Theo hatte ihn erschossen.

Abgesehen davon und trotz der Tatsache, dass der Lauf der Welt jetzt eher dem Motto „Jeder für sich alleine" entsprach, hatte er nie ein anderes Leben ausgelöscht. Außer man zählte diese Zombies mit.

Aber er konnte sich immer noch nicht vorstellen, diese wilden, primitiven Kreaturen nicht zu erschlagen. Sie waren Missgeburten, die für sich selbst nicht denken konnten und nur darauf versessen waren, ihre zwei Ziele zu erfüllen – zu fressen und Remington Truth zu finden.

Wenn man sie ungehindert laufen ließ, hätte die Menschheit keine Überlebenschance.

Ah, Selena.
Er vermisste sie.

Am nächsten Morgen wachte Theo auf, kurz bevor die Sonne anfing aufzugehen und schlüpfte aus dem Humvee, um zu sehen, wie nah er an ihre Jagdbeute gelangen konnte.

Nicht dass er geschlafen hätte, aber er hatte wenigstens die Augen für ein kleines Weilchen geschlossen. Dankenswerterweise gab es keinen Laut oder Anzeichen für Ganga, so war die Ruhezeit zumindest auch wirklich erholsam. Er marschierte durch die Wälder und in die Richtung, wo sie das andere Fahrzeug zuletzt gesehen hatten. Lautlos und schnell. Der Geruch von etwas Köstlichem am Kochen führte ihn zu dem Gebäude, wo das andere Fahrzeug abgestellt worden war, und er kam nahe genug ran, um die zwei Leute zu sehen, die in dem alten Laden für Partyzubehör herumliefen.

Als er näher kroch, benutzte er, was auch immer noch von der heller werdenden Dunkelheit übrig war und ein paar alte, rostige Autos als Deckung. Theo und Lou hatten schon längst das Essen verputzt, das Vonnie ihnen mitgegeben hatte, und ernährten sich jetzt von Wildbeeren und Karotten ebenso wie von etwas getrocknetem Wild und vor zwei Tagen ein paar Fischen.

Er überlegte sich kurz, ein Ablenkungsmanöver zu starten, so dass sie rausgerannt kämen und er sich ihr Frühstück schnappen könnte, entschied am Ende dann aber, dass unentdeckt zu bleiben eine bessere Wahl als ein gutes Frühstück war. Dennoch, das Wasser lief ihm im Mund zusammen und je näher er zu dem Gebäude kam, desto stärker knurrte sein Magen.

Nachdem er um einen zerquetschten Müllcontainer und einen Haufen Schutt herumgegangen war, kroch Theo zur Hinterseite des Gebäudes und schließlich konnte er auch Stimmen hören. Er nahm sich Zeit, während er noch näher heranging und nutzte die zerbrochenen Fensterscheiben zu seinem eigenen Vorteil aus.

„Wir liefern die beiden hier ab und treffen uns dann mit Seattle. Wir sollten gegen Mittag bei Ballard sein und dann wieder hier, um Seattle ein paar Stunden später zu treffen." Es war ein Mann und die Stimme war ihm nicht unbekannt.

„Er will Ian Marck loswerden?", sagte eine andere, diesmal weibliche, Stimme, die er aber kannte. „Das wird Lacey nicht gefallen."

Theo kroch langsam näher ran und fragte sich, ob diese Stimme die von Remington Truth war. Er hob den Kopf hoch, um reinzuspähen, wobei er eine fette, vor dem Fenster hängende Ranke als Deckung nutzte. Nein. Diese Frau hatte viel hellere Haare.

Der Typ, dessen Gesicht besser erleuchtet war, war einer der Kopfgeldjäger, die nach Yellow Mountain gekommen waren. Und je mehr Theo da zuschaute, desto mehr dachte er, dass die Frau vielleicht auch dabei gewesen war.

„So lautet der Plan – er killt Marck. Wenn irgendjemand das kann, dann Seattle. Er ist ein scheiß-durchgeknallter Psycho", erwiderte der Mann. „Und weißt du, Lacey ist zum Teil der Grund, warum er Marck loswerden will."

„Was ist mit dem Mädchen, die bei Marck ist? Die sagt ja nicht viel. Was will er denn mit der machen?"

„Ich weiß nicht, Lisa. Was glaubst du denn? Hast du nicht gesehen, wie er sie anschaut?" Den Sarkasmus in seiner Stimme hätte man schneiden können. „Alles was ich weiß, ist, dass Seattle denjenigen oder alle diejenigen finden möchte, die noch von der Familie von Remington Truth übrig sind. Und er will der Erste sein. Marck loszuwerden, ist Teil des Plans. Ihm sitzt die Angst an den Scheiß-Eiern, dass Marck die Truth-Person zuerst findet und vor ihm kristalliert wird."

Nun, das war interessant. Wenn der weibliche Remington Truth bei den Kopfgeldjägern war, warum wussten die beiden hier nichts davon? War es möglich, dass sie nicht wussten, wer sie war?

„Was werdet ihr mit uns machen?", kam eine dritte Stimme, die dünn und ängstlich klang.

Der Mann antwortete, „oh, macht Euch keine Sorgen. Wir werden euch nicht töten." Er lachte und selbst von da, wo er war, spürte Theo einen kalten Schauer.

„Ich bin hungrig. Können wir nicht was zu essen bekommen?", sagte die verängstigte Stimme wieder, diesmal etwas kräftiger.

Der Mann lachte wieder. „Ihr braucht nichts zu essen. In ein paar Stunden ist alles geregelt. Ballard wird sich gut um euch kümmern. Gottverdammt, Lisa, warum dauert das denn so lang? Wir wollen jetzt endlich los, ok?"

Und das – so ging Theo auf – war das Zeichen für ihn, seinen Arsch in Bewegung zu setzen.

Aber er wartete noch eine Minute. Er wollte sehen, wer die dritte Person war, denn er hatte den Verdacht, dass es einer der beiden war, die in Yellow Mountain vermisst wurden. Er wollte auch den Humvee absuchen und nachschauen, ob da etwas Interessantes drin war. Waffen, zum Beispiel.

Er traf eine rasche Entscheidung und ging den gleichen Weg wieder zurück, dorthin, wo der Truck abgestellt war. Mit den Ohren ständig gespitzt, ob jemand sich näherte, öffnete er die dem Haus abgewandte Tür und blickte rein. Und lächelte.

Genau was er wollte. Im Nu hielt er das Automatikgewehr in den Händen, zusammen mit einem Beutel Munition. Die Geräusche von näherkommenden Stimmen, machten, dass sich ihm die Härchen im Nacken aufstellten, aber er nahm sich noch einen Augenblick Zeit sich umzuschauen und nachzusehen, ob da noch irgendetwas anderes lohnte, mitgenommen zu werden.

Und dann, als das Risiko zu heiß wurde, schloss er vorsichtig die Tür und schoss wie der Blitz in den Wald rein, gerade in dem Moment, als sie aus dem Laden rauskamen. Zwanzig Meter weiter hielt er an und hängte sich das Gewehr über die Schulter. Dann kletterte er einen Baum hoch, von wo er den männlichen Kopfgeldjäger und seine Begleiterin Lisa sehen konnte, wie sie zwei Leute hinter sich herschleppten.

Ja, das war definitiv Wayne aus Yellow Mountain. Das rote Haar sagte alles. *Wahrscheinlich werden sie die beiden als Sklaven weiterverkaufen. Wir müssen dem mal ein Ende setzen.*

Theo nahm das Gewehr von der Schulter und versuchte die beiden genau vor die Flinte zu kriegen, aber sie waren zu weit weg und da waren zu viele Bäume für einen sicheren Schuss.

Das ist ok. Wir werden den Mistkerlen folgen.

Er kletterte den Baum runter und zog wieder retour Richtung Leo los.

„Lass uns losfahren", sagte er, als er in den Truck sprang. „Sie haben Wayne und Buddy. Sie fahren sie irgendwo ein paar Stunden von hier entfernt hin." Und er brachte seinen Bruder auch über das Restliche auf Stand.

In gewisser Weise war es schwerer, den Truck bei Tage zu beschatten, und auf andere Weise war es einfacher. Aber indem sie die gleiche Methode anwendeten wie die Nacht zuvor, gelang es ihnen Lisa und ihrem Compagnon zu ihrem Ziel zu folgen.

Sie wussten, sie waren am Ziel angekommen, als sie durch die Bäume hindurch einen Blick auf einen übermannshohen, dicken Metallzaun erhaschten. Theo sprang rasch aus dem Truck und kletterte den nächstbesten, höchsten Baum hoch, um zu sehen, was er da entdecken konnte.

Shit und nochmal Shit.

„Es sieht aus, wie das Schwarze Tor zu Mordor ausgesehen hätte, wenn die Strom und unsere Technik gehabt hätten", sagte Theo zu seinem Bruder, als er wieder unten auf dem Boden angelangt war.

„Statt Magie, willst du sagen?", erwiderte Lou nur trocken.

Theo überhörte das. „Bei Tageslicht können wir nichts machen, aber ich wette, es ist Pillepalle für zwei Scheißcomputergenies wie wir, ihr Sicherheitssystem auseinanderzunehmen, was auch immer die haben. Ich habe Kameras und Stromkabel übers Dach gelegt gesehen, aber ich bezweifle, ob viel mehr dran ist. Warum würden die das nötig haben? Ich habe seit drei Tagen keinerlei Anzeichen von irgendwelchen Siedlungen oder Menschen gesehen. Hier in der Gegend ist niemand."

„Konntest du noch was anderes jenseits der Mauer erkennen?"

„Es ist alles aus glattem Metall; ich kann da nicht durchsehen. Es gibt einen Haupteingang, wo der Truck reingefahren ist und einen kleineren auf einer Seite davon. Ich wette, das ist der, den wir wollen."

„Ok. Also dann, lass uns in der Zwischenzeit mal drangehen, ein paar von den Kameras außer Gefecht zu setzen." Lou legte das Gewehr an, das Theo für sie erworben hatte.

Kurze Zeit später fuhr der Truck wieder durch das Tor hinaus. Lou und Theo blickten einander an. „Ich könnte hier bleiben und du könntest ihnen folgen", schlug Theo vor. „Man würde doch gerne wissen, wo sie Seattle treffen? Und sehen, was mit Ian Marck geschieht?

Lou nickte. Er sah aus wie schwer in Versuchung. „Konntest du erkennen, ob Wayne und Buddy in dem Truck sind?"

Theo schüttelte den Kopf. „Getönte Scheiben. Nichts zu erkennen. Aber ich würde tippen, nein. Sie sagten, sie wollten sie abliefern."

„Dann lass uns hier bleiben und auf Anbruch der Dunkelheit warten. Es interessiert mich einen Scheißdreck, was mit Marck passiert. Ich will die beiden Jungs da zurück nach Hause bringen", sagte Lou. „Und in der Zwischenzeit werde ich eine provisorische NEZS einrichten und uns im Netzwerk zuschalten – wir sind ziemlich sicher in Reichweite, hier – und eine Nachricht zurück an, uhm, Sage schicken und sie wissen lassen, was los ist."

Sie schauten einander an und nickten beide.

Remy öffnete die Augen. Eine Augenblick lang rührte sie sich nicht.

Etwas war nicht in Ordnung.

Da hinter ihr war Ian, seinen Arm fest um ihre Taille geschlungen, der an ihr Löffelchen schlief. So hatten sie jede Nacht geschlafen, seit er ihr gesagt hatte, dass er wusste, wie sie hieß. Sie schliefen voll bekleidet und heute Nacht lagen sie auf dem Dach des Trucks, weil es in der Nähe schlicht keine sicheren Häuser gegeben hatte.

„Entweder das hier", hatte er ihr die erste Nacht ins Ohr gemurmelt, „oder ich habe auch ein paar Handschellen. Du entscheidest. Aber", sagte er, als er seine Hüften näher an sie ran schob, „ich habe das Gefühl, dass du das hier vorziehst." Seine Hand war nach vorne gekommen, um ihre Brust zu umfassen und sein Mund wanderte an ihrem Hals, langsam und sinnlich an dieser empfindsamen Linie von Haut und Sehnen entlang.

Manchmal schliefen sie erst miteinander – nicht dass sie da irgendwo Liebe drin gesehen hätte. Es war Sex. Reiner, absoluter, funktionaler, aber scheißunglaublicher, höllenheißer Sex. Und jedes Mal schien er mit sich selbst im Streit zu liegen, selbst dann noch, als er ihren Körper gerade aufs Herrlichste erweckte.

Und jedes Mal stellte er sicher, dass er es nicht in ihr zu Ende brachte.

„Das Letzte, was ich will, ist, dass du schwanger wirst", sagte er einmal, obwohl sie nicht danach gefragt hatte.

Dantès hatte die Veränderung in ihrer Beziehung mit unerwarteter Gelassenheit hingenommen. Vielleicht, weil Remy alle Geräusche von Lust oder Höhepunkt unterdrückte – einzig und allein, um Ian zu ärgern, der selbst kaum außer Atem zu kommen schien. Sie wollte ihn nicht wissen lassen, wie sehr sie es genoss.

Aber sie wusste, dass er es tat. Es stand in seinen Augen. Da, zwischen dem Selbsthass und der momentan gezügelten Brutalität.

Außer der Tatsache, dass er wusste, wer sie war, hatte er Remy nichts zu ihrem Großvater erzählt. Noch hatte er es jemand anderem erzählt. Er wollte es wohl, so nahm sie an, als Geheimnis bewahren, bis zu dem Zeitpunkt, wo er dann handeln würde – wie auch immer das dann ablief. Sie weiterverkaufte. Sie für etwas Wertvolles eintauschte. Sie der Elite übergab.

Wenn sie ihm vorher nicht entkam.

Und wenn ihm der in Silber eingefasste Kristall, den sie am Nabel trug, aufgefallen war, schien er dessen Bedeutung nicht zu begreifen. Er hatte ihn nie berührt, geschweige denn eine Bemerkung dazu fallen lassen.

Aber jetzt, wie sie so dalag, kaum dass sie auf der dicken Decke auf dem Metalldach des Trucks eingeschlafen war, merkte sie, dass etwas in der gerade angebrochenen Nacht sie aufgeweckt hatte.

Ian hatte sich nicht gerührt. Sein schlanker, starker Körper lag von ihrem Scheitelpunkt oben bis zu ihren Zehen unten der Länge nach an ihr, wärmte sie von hinten. Sein Atem hatte sich nicht verändert. Nicht einer seiner schlaksigen Muskeln hatte gezuckt.

Remy versuchte sich zu entspannen. Wenn etwas nicht in Ordnung war, dann würde er reagieren, bevor sie es auch nur bemerkte. Er hatte einen sechsten Sinn für so was, fast wie bei Tieren; sie sollte es am Besten wissen, dann in der letzten Woche hatte er sie schon zweimal daran gehindert, in die Freiheit zu entschlüpfen.

Ihre Augen schlossen sich gerade langsam wieder und ihr Atem wurde wieder regelmäßiger, als eine Explosion die Nacht zersplitterte.

Ian war auf den Beinen und rollte augenblicklich vom Dach des Trucks, wobei er leise fluchte. Er zerrte sie mit sich herunter und hielt – noch bevor sie überhaupt runterglitt – eine Pistole in den Händen. Sie landete mit einem heftigen Ruck auf dem Boden. „Komm schon", sagte er, während er sie hinter sich her zog. Auf die Explosion zu.

Falls Remy gedacht hatte, das hier wäre ihre Gelegenheit zu fliehen, wurde sie enttäuscht. Sein Hände umklammerten sie wie ein Schraubstock, als er sie durch das Unterholz zerrte, ohne Rücksicht auf ihr geringeres Gewicht und ihre kürzeren Beine. Sie rief nach Dantès und Ian wirbelte herum und sagte ihr, sie sollte den Mund halten, bevor er sie weiterzerrte.

Der Wald mit seinen Bäumen und den plötzlich aus dem Boden auftauchenden Überresten von Grundmauern von längst verlorenen Häusern gestalteten diesen Marsch mühsam und schmerzhaft. Ihre Beine schlugen gegen Baumstämme und Beton, und Zweige schnellten ihr rückwärts ins Gesicht und auf die Arme.

Er war vor ihr und das war auch, warum – als vier Schatten aus der Dunkelheit hervor sprangen – er das meiste davon abbekam. Als Nächstes entriss man sie schon seiner Umklammerung, als drei der Schatten ihn wegzerrten und ihn zu Boden zwangen.

Ihr blieb keine Zeit zu reagieren, bevor Seattle, der vierte Schatten, auf sie zusprang und sie am Oberkörper zu fassen bekam. Kämpfend und um sich schlagend versuchte sie sich zu befreien, während das Geräusch von Fäusten, die auf einen Körper eindroschen und das schmerzhafte Grunzen aus dem Gewühl zu ihr drang.

„Kommt schon", rief Seattle. „Werft ihn runter! Es geht über fünfzehn Meter runter." Er begann Remy wegzuschleppen, wobei er ihr brutal eine Hand auf den Mund legte, als sie versuchte nach Dantès zu pfeifen – der seit der Explosion nicht mehr aufgetaucht war. Sie drehte sich um und sah, wie die drei anderen eine schlaffe Gestalt hochhoben und dann – vor ihren Augen – noch höher hoben, hochhievten, und ihn raus ins absolute Nichts warfen.

„Na also", sagte Seattle, das Gesicht ganz nah an ihrem. Er lächelte und seine kurzen Zähne leuchteten im Mondlicht. „Jetzt müssen wir uns auch keine Sorgen mehr um Unordnung machen, nicht wahr? Wie wär's, wenn du mir zeigst, wo ihr eure Lager aufgeschlagen habt. Ich bin sicher, Marck hat zumindest etwas Nützliches hinterlassen. Außer dir natürlich."

Es war alles so schnell geschehen, dass Remy kaum glauben konnte, dass Ian weg war. Tot oder auf dem besten Weg dahin.

Dantès war verschwunden; das verursachte ihrem Herzen so große Schmerzen, dass sie lieber nicht weiter drüber nachdachte.

Und jetzt war sie in den Besitz von Seattle übergegangen.

Vom Regen in die Sintflut.

Das einzig Gute war, dass es deutlich einfacher sein würde, dieser Sintflut zu entkommen, als dem Regen zuvor.

17

〜

Selena ging gerade von Franks Garten zurück zum Haus, als sie es hörte: das brummende Geräusch, das ihr ganzes Leben lang noch niemals etwas Gutes verheißen hatte.

Der Magen verdrehte sich ihr und sie packte den Korb grüner Bohnen und Tomaten an ihrer Hüfte fester und eilte mit wild pochendem Herzen zum Haus.

Sie waren schon lange nicht mehr hier gewesen. Die Snoopies. Nicht seit sie den Tod von einem der Kumpels von Seattle vorhergesagt hatte. Hatte das ihr ein falsches Gefühl der Sicherheit gegeben?

Ja, natürlich.

Sie schaute zum Tor und jenseits davon und sah, wie ein einzelnes, schwarzes Fahrzeug auf die Mauer zu holperte. Sie hatte von Wayne und Buddy gehört, die aus Yellow Mountain verschwunden waren, und sie dachte an die Arkaden oben, mit all den geheimnisvollen Computern und Spielen, die in letzter Zeit wieder viel zum Einsatz gekommen waren. *Töricht! Töricht!*

Das Fahrzeug war jetzt in der Nähe des Tors und Frank war aus dem Nichts aufgetaucht, hielt sich in der Sonne eine Hand über die Augen, und sah ebenso wie sie schweigend zu.

Keiner von beiden machte Anstalten, das Tor zu öffnen.

Der Truck hielt an und zwei Türen öffneten sich. Zwei Männer stiegen jeder auf einer der beiden Seiten aus, beide groß gewachsen und dunkel und zu weit weg, als dass sie ihren Gesichtsausdruck eindeutig hätte erkennen können.

Frank rubbelte sich mit einer Hand über die kurzen Borsten seines Haars und schlurfte zum Tor hin, er ging etwa viermal so langsam, wie er üblicherweise ging. Er führte eine recht lange Unterhaltung mit einem der Männer, der jetzt nahe genug herangekommen war, so dass Selena sein Gesicht besser erkennen konnte. Er sah so gut aus, dass sie gerne zweimal hinschaute, etwa um die dreißig, und sie erkannte in ihm keinen der Kopfgeldjäger wieder, die sie kannte. Er schien nicht bedrohlich, obwohl er sich selbstbewusst und absolut sicher bewegte.

Frank nickte und öffnete das Tor und wenige Augenblicke später rollte der Truck da durch.

Die zwei Männer stiegen wieder aus und sie lief jetzt vorwärts, wobei sie sich den zweiten Mann anschaute. Sie vermutete, dass er ein bisschen älter war, vielleicht so um die vierzig. Eher wild als gut aussehend, vermittelte er das Gefühl von ... etwas ... kaum Gezügeltem an ihm. Und eine Aura von Macht und Sicherheit umgab ihn.

Selena kam näher, teilweise um Frank zu unterstützen, teilweise aus Neugier.

„Ich bin Elliott", sagte der erste Mann, der direkt auf Selena zuging. „Ein Freund von Theo. Und Lou." Seine blauen Augen waren sanft und besorgt. Sie fühlte sich bei ihm augenblicklich wohl. „Es tut mir so Leid die Nachricht von Deinem Sohn zu hören, mein Beileid. Ich hatte gehofft, rechtzeitig hier zu sein."

Selena schluckte den großen Klumpen, der ihr plötzlich im Hals steckte, und schaffte es, ihre Augen trocken zu halten. „Danke. Ich glaube nicht, dass man irgendwas hätte tun können. Aber ich danke dir. Kommt ihr von weit her?"

„Wir kamen von Envy her", sagte der andere Mann. Sie wandte sich ihm zu und erkannte sofort einen tief vergrabenen Schmerz in seinen harten Augen und in diesem Gesicht wie aus Stein. „Wir sind schon seit über zehn Tagen unterwegs, auf der Suche nach euch. Und ich heiße Wyatt."

In dem Moment kam ein lautes, bellendes Geräusch aus dem Truck, was Wyatt dazu veranlasste, sich umzudrehen. Sein Gesicht wurde etwas sanfter und er ging rüber zu dem Fahrzeug, wo er eine Tür öffnete, um einem riesigen, wild aussehenden Hund zu ermöglichen auszusteigen. Er landete auf dem Boden und stolperte wegen einem offensichtlich angegriffenen Bein, was Wyatt dazu brachte, neben ihm niederzuknien, das Tier einmal fest zu umarmen und dann ausgiebig zu streicheln.

„Das ist Dantès", sagte Wyatt und der harte Gesichtsausdruck legte sich wieder auf seine Züge, als er aufstand. „Wir haben ihn neulich nicht weit von hier im Keller von einem alten Haus gefunden. Er...", er zögerte. „Er gehört jemandem, den wir kennen. Ist sie hier?"

Selena schüttelte den Kopf. „Nur wenn ihr Name Gloria ist und sie gerade an Krebs stirbt."

„Nein, ihr Name ist Remy. Sie hat schwarze Haare und Augen von dem unglaublichsten Blau, das man je gesehen hat", antwortete Elliott. „Vielleicht Anfang dreißig? Sehr auffallend."

Selena hielt inne und schaute ihn an. Sie hatte mal jemanden namens Remy gekannt. Ein Mädchen, schon eine lange, lange Zeit her – vielleicht schon an die zwanzig Jahre. Ihr Großvater lag im Sterben und Selena war ihnen nur per Zufall begegnet, in einem kleinen Haus, weitab von jeder anderen Siedlung. Sie hatte diesen Zwischenfall nie vergessen.

Der Mann war von der Erscheinung her gealtert, und auch den Jahren nach. Er schien so ausgemergelt und trocken wie ein alter Zweig, der jederzeit von einer Brise davongeweht werden konnte, vor Kummer in sich selbst zusammengeschrumpelt. Seine blauen Augen waren stumpf und voll von Trauer, und er sprach sehr wenig, aber meistens gar nicht. Seine Haare waren weiß, mit nur ein paar Fäden Grau darin. Seine Hand hielt etwas umklammert und ließ es nicht los, selbst als der Schmerz machte, dass er die Augen bis weit nach hinten verdrehte und sein Körper unter den Beschwerden erzitterte.

Er war furchteinflößend und doch erbarmungswürdig in seiner Verzweiflung. Selena spürte in dem Mann eine große

Müdigkeit und Angst, und in jedem seiner Atemzüge schwang eine große, abgrundtiefe Furcht mit. Es war, als ob er an weit mehr als körperlicher Pein litt.

Er war einer, der den Tod bekämpfte, der sich so lange fernhielt, wie er konnte – gegen das Unabänderliche ankämpfte, kämpfte, schrie und stöhnte. Er hatte panische Angst vor dem, was kommen würde. Aber er hatte auch, wurde ihr klar, panische Angst vor dem Leben.

Zwei Tage verbrachte sie mit ihm, versuchte ihm den Weg einfacher zu machen. Kein Begleiter kam, um ihm zu helfen. Niemand versammelte sich in der Ecke, um ihm nach drüben rüber zu helfen. Schließlich öffnete er die umwölkten Augen und fragte nach dem Mädchen. Die silbrige Wolke war blau geworden.

Das Mädchen, ein Teenager, kam und setzte sich zu ihm, hielt die Hand des betagten Mannes.

„Es ist Zeit für mich zu gehen", flüsterte er.

„Ich weiß, Großvater. Ich liebe dich."

„Ich liebe ... dich auch." Er schien seine Kraft zusammenzunehmen und seine Stimme wurde kräftiger. „Nimm das", sagte er, als er seine Hand über der ihren öffnete und etwas dort hinein drückte. „Bewahre es sicher auf. Beschütze es mit deinem Leben."

„Was ist das?"

Er schloss die Augen. „Das ist der Schlüssel. Du wirst wissen, was du damit tun musst, wenn ... die Zeit gekommen ist."

Das Mädchen öffnete die Hand, aber Selena konnte nicht erkennen, was sie darin hielt. „Ein Schlüssel? Ich verstehe nicht."

„Denk an alles, was ich dir gesagt habe", sagte er. Ein großes Zittern versetzte seinen Körper in höchste Pein. Es dauerte lang, bis er wieder sprach. „Ich habe ein so großes Unrecht begangen. So viele Leben..." Eine Träne rann ihm über die Wange und er verschluckte sich fast beim Versuch Atem zu holen.

Selens eilte an seine Seite, als die Wolke sich schneller drehte. Sie bedeckte seine Hand mit der ihren und fühlte die Kälte unter seiner Haut. Es war Zeit.

Aber er schaute das Mädchen an und sie, mit den strahlendsten blauen Augen, die Selena je gesehen hatte, schaute auch ihn an.

„Du bist ... die einzige Hoffnung ... es zu verändern", flüsterte er. „Versteck dich, Remy. Lass sie dich nicht finden. Lass ... sie dich ... nicht ... finden."

Selena spürte seinen letzten, schaudernden Atemzug, als das Leben aus dem Körper entwich – abrupt, rau, jäh schleuderte es finstere, qualvolle Erinnerungen durch ihren Kopf hindurch. Als sie wieder zu dem Mädchen schaute, brannten Entschlossenheit und Trauer in dessen Augen.

„Hast du sie gesehen?", fragte der Mann namens Wyatt und riss damit Selena wieder in die Gegenwart zurück. Er fragte nach Remy.

Sie schüttelte den Kopf. „Nein."

„Wo ist Theo? Und Lou?", sagte Elliott.

Ein leeres Gefühl wühlte sie da innerlich auf. *Ich wünschte, ich wüsste es.* „Sie sind vor ein paar Tagen zu einer Tour aufgebrochen. Ich bin nicht sicher, wann sie wieder zurückkommen. Aber Vonnie würde euch wahrscheinlich liebend gerne mit etwas füttern. Ihr könnt hier gerne etwas bleiben."

„Genau", grunzte Frank, der sich zum ersten Mal wieder ins Gespräch einmischte. „Ich habe ein paar Löcher in dem gottverdammten Dach, die repariert werden müssen. Besser, ihr beide klettert da rauf als ein verdammter alter Mann wie ich."

„Ich geh da jetzt rein", sagte Theo zu Lou. „Du bleibst hier und warnst mich, falls irgendjemand kommt."

Die Sonne war untergegangen und das letzte bisschen Licht hielt sich noch in dem überwucherten Stück Land da hinter ihnen. Die Kopfgeldjäger waren schon vor Stunden weggefahren und die Zwillinge hatten die letzten paar Stunden damit zugebracht, systematisch das Sicherheitssystem auseinanderzunehmen: Lampen zu zertrümmern, Kameras zu verdrehen, herauszufinden, wie das Schließsystem funktionierte.

„Scheiß drauf", gab Lou zur Antwort. Und marschierte durch die Tür, die sie in dem Schwarzen Tor von Mordor geöffnet hatten, Post-Wechsel-Style.

Da er keine andere Wahl hatte, folgte Theo ihm hinein ins Innere.

Sein erster Eindruck war, dass das Innere ihn an ein Hochsicherheitsgefängnis erinnerte. Die Mauer umschloss ein großes Areal, ohne jeden Baumwuchs oder Sträucher, oder all das Gestrüpp, das man anderswo sonst überall antraf. In der Mitte war eine merkwürdige Konstruktion, die aussah wie ein riesiger Swimmingpool mit Glaswänden. Eine Art Aquariums-Dingsda mit durchsichtigen Seiten, die sich zehn Meter hoch erstreckten und ein schweres Dach darauf hatten.

Davor war ein Gebäude, schlicht und fensterlos, etwa so groß wie eine Garage mit drei Stellplätzen. Ein einziger Humvee war davor geparkt und es gab außen daran nur wenig Lichter. Der Ort machte einen verlassenen Eindruck.

„Was zum Teufel ist das?", murmelte Lou, während er hoch zu dem Riesenaquarium schaute, als Theo sich ihm von hinten näherte.

Es gab nicht viel Licht, aber sie konnten das leise Schwappen von Wasser oben fast am Rand des geschlossenen Tanks hören. Und als sie näher herankamen, erkannte Theo Schatten, die in dem Wasser schwebten. Dutzende, vielleicht Hunderte von großen Schatten, dort in der Schwebe, unbeweglich, zusammengepfercht in dem Pool.

Sie hatten sich in das Sicherheitssystem eingehackt, indem sie einen Draht an der Außenseite aufgeschnitten hatten und ihren Computer an das Netzwerk zugeschaltet hatten. Danach hatten sie die Innenkameras neu eingestellt, so dass sie alte Aufnahmen vom Gelände zeigten und dieses Video lief im Dauerloop – was ihnen die Möglichkeit eröffnete, sich draußen frei zu bewegen. Das fensterlose Gebäude erhöhte ihre Kühnheit nur noch, ebenso wie die Tatsache, dass da nur ein einziger Humvee stand. Da konnten nicht so viele Leute drin sein, und aufgrund der simplen

Struktur von dem Sicherheitssystem, hatte Theo keine große Angst vor anderen Barrieren.

„Lass uns das mal anschauen ", sagte Theo und ging näher an den Tank ran, seine Augen auf den Wänden, die sich über ihm auftürmten.

Aber in dem Moment hörten sie ein Geräusch und verdrückten sich in die Schatten – den einzigen Schatten, nämlich den von dem Tank selbst. Während sie alles beobachteten, öffnete sich eine Tür hinten an dem Garage-ähnlichen Gebäude und ein Mann kam raus.

„Ich nehme mal an, das ist Ballard", flüsterte Theo. „Aber beschwören würde ich es nicht."

Sie sahen zu, wie er sich dem Tank näherte und zum ersten Mal fiel Theo da die Tür im Boden auf. Nein, das war keine Tür. Es war ein Aufzug.

Ballard stieg in den Aufzug und er glitt an der Seite des Tanks entlang, bis ganz nach oben. Er stieg aus und stand auf einer Plattform in der Nähe des Daches und kniete nieder, um runter ins Wasser zu schauen. Er benutzte eine lange Stange, um die Schatten, die so groß waren wie er selbst, aufzumischen. Und dafür starrte er eine ganze Weile runter in den Tank.

„Sollen wir reingehen?", flüsterte Lou und zeigte zu dem Gebäude, das zu diesem Zeitpunkt durchaus ganz leer sein konnte.

Theo nickte, aber er beobachtete immer noch Ballard, der aufgestanden war und sich jetzt auf die Wand da an seinem Steg zubewegte. Dort blieb er stehen und schaute über den ganzen Tank. Ein leises, schnarrendes Geräusch unterbrach die Stille und während Theo zusah, erschien ein Arm, so in etwa wie ein Kran, oben über dem Tank.

In ihm begann sich etwas sehr unbehaglich zu fühlen, wie er den Arm schnell ins Wasser hineingleiten sah, während Ballard, der den Arm da vom Rand aus zu dirigieren schein, nun abwartete. Der Kran glitt in den Tank, diesen alten Kralle-Spielen von vor fünfzig Jahren gar nicht unähnlich, wo man versuchte ein Stofftier herauszuholen und dann in einen Rohrschacht fallen zu lassen.

Und das war genau das, was passierte. Der mechanische Arm tauchte, packte eine der schattenhaften Gestalten und zog sie aus dieser Substanz hoch, die nicht Wasser war, denn es war glitschig und fiel mit einem Plopp in fetten Brocken runter. Theo wurde es eiskalt, als er endlich sah, was der Arm umklammert hielt. Dann ließ der Kran seine Last in ein Loch am Rand von dem Tank fallen. Ein Rohrschacht.

„Heilige Scheiße und Bockmist", sagte Lou, bevor Theo wieder zu Atem kam und verarbeiten konnte, was er gesehen hatte. „War das ein *Körper*?"

„Ja", flüsterte Theo und starrte auf den Tank. „Mein Gott, das sind alles Leute da drinnen!"

„Das könnten Tausend Körper da drin sein. Sind sie tot?"

„Das kann ich nicht erkennen", antwortete Theo, der gerade versuchte, sein Gehirn aus dem Gefrierschock rauszuholen. Ganz tief drinnen hatte er eine schreckliches Gefühl, dass er wusste, was hier vor sich ging. Sein Magen war nur noch ein einziger, grauenerfüllter Knoten. *Ich hoffe, sie sind tot.* Aber er hatte das abgehackte Winken von einer Armbewegung gesehen, als der Körper bewegte wurde, und er befürchtete, dass seine Hoffnung vergebens war.

Der Kran bewegte sich jetzt wieder und als sie in schockiertem Schweigen zuschauten, griff er sich einen weiteren Körper aus dem durchsichtig schimmernden Schleim raus ließ in das Rohr fallen. Und noch einen. Und noch einen.

„Das macht zehn", sagte Lou unnötigerweise, als der Kran endlich in seine ursprüngliche Position zurückfuhr.

„Lass uns gehen", sagte Theo, Er ergriff den schmalen Arm seines Bruders und zerrte ihn zu dem Gebäude rüber. „Bevor er da wieder runterkommt."

Sie umrundeten den unteren Teil des Tanks und bewegten sich lautlos auf der anderen Seite zu der Rückseite des Gebäudes. Theo beobachtete den oberen Teil des Aufzugs, um zu sehen, wann Ballard seine Rückreise antrat. Als der Aufzug sich nach unten in Bewegung setzte, rannte er zur Tür des Gebäudes, da er wusste, dass der Winkel von Ballards Abfahrt ihre Flucht hier verbergen würde.

Die Tür öffnete sich ohne Weiteres und er rannte hinein, mit Lou auf den Fersen.

Sie befanden sich nun in einem großen, steril gehaltenen Raum, erhellt von großen, weißen Leuchten. Eine einzige Tür war da noch, auf der anderen Seite des Zimmers, aber abgesehen davon lag der spärlich eingerichtete Raum offen da. Kein günstiges Versteck, war das Erste, was Theo durch den Kopf schoss, als er die Tür schloss.

OP-Tische mit offenen Gurten waren ringsum aufgestellt und Theo fühlte, wie das lähmende Gefühl ihn immer stärker beschlich. Kleinere Tische, genauso kalt und metallisch standen gleich in der Nähe an der Wand. Drauf lagen dicht aneinandergereiht Injektionsnadeln und eine Schale enthielt eine Substanz, die wie durchsichtiger Wackelpudding aussah. Daneben war ein Tablett, auf dem – weich gebettet – winzige, orangene Edelsteine lagen.

Sie waren kaum größer als grob gemahlenes Salz – winzige Kristalle, die in dem hellen Licht hier glitzerten.

„Theo", flüsterte Lou über den Raum hinweg und er schaute zu ihm.

Er ging dann zu ihm hinüber und sah, was dieses Entsetzten in der Stimme seines Bruders verursacht hatte. Eine langer, gut ein Meter breiter Kanal verlief auf jener Seite des Zimmers an der Wand entlang und durch die Wand durch. Darin schwebten menschliche Körper.

„Grundgütiger", sagte er.

Lou war gerade dabei in die gelatineartige Substanz hineinzugreifen, als Theo seine Arm zurückriss.

„Wir wissen nicht, was das ist. Wir fassen den Scheiß besser nicht an", sagte Theo zu ihm, während er auf die Körper runter starrte.

Sie trugen, wie es schien, ganz normale Kleider. Das Haar umfloss sie wie Seetang, die Röcke hoben sich, senkten sich. Von dem, was Theo da erkennen konnte, war die Haut der Opfer bleich, nicht unbedingt grau. Nur eine von den dreien, die durch die Öffnung in der Wand gekommen war, schwamm mit dem Gesicht nach oben, und sie – es war ganz eindeutig eine Frau – hatte die Augen offen.

Als Theo auf sie herabschaute, blinzelte sie und ihr Mund bewegte sich.

„Du lieber Gott", flüsterte er, als ihm aufging, dass sie *ihn* anschaute. „Sie lebt noch."

Gerade da gab ihnen ein metallisches Geräusch eine Vorwarnung, dass Ballard zurückkam. Mit ein und demselben Gedanken sprinteten Theo und Lou quer durch das Zimmer zu der anderen Tür hin. Wie die erste öffnete auch die hier sich ohne Weiteres – war man einmal innerhalb der Sicherheitsmauern, schien es keinen Anlass für zusätzliche Sicherheit zu geben – und Theo schlüpfte hindurch und zerrte den langsameren Lou mit sich.

Ihnen blieb gerade mal die Zeit sich in dem neuen Raum umzuschauen und festzustellen, dass keine Gefahr drohte, dann die Tür zu schließen, bevor die gegenüberliegende Tür schon aufging.

Jetzt waren sie in einem kurzen Gang, von dem drei Türen abgingen – eine gegenüber und zwei zu jeder Seite. Es musste kein Wort gewechselt werden; jeder erriet die Gedanken des anderen und jeder näherte sich jeweils einer der seitlichen Türen in dem Gang, lauschten zuerst und öffneten sie dann einen Spalt breit, um dann ein Versteck parat zu haben, falls Ballard durch die zweite Tür rein kam.

„Zum Teufel, Theo, komm mal hier rüber", zischte Lou, gerade als Theo vorsichtig durch die Tür spähte, die er ausgesucht hatte. Es schien ein Schlafzimmer mit einer kleinen Küchenzeile zu sein: offensichtlich wohnte Ballard hier.

Da er sich der Geräusche, die aus dem OP-Raum zu ihnen drangen, sehr bewusst war, schloss Theo die Schlafzimmertür wieder und ging zu Lou auf der anderen Seite des Flurs. Sein Bruder schob ihn durch die Tür und folgte ihm dann.

„Grundgütige Scheiße", hauchte Theo, als er auf die mannsgroßen Röhren starrte, die an der Wand hingen. Es gab ein

Dutzend davon und sie sahen aus wie riesige Teströhren. In drei von ihnen befanden sich Körper, die in einer bläulich gefärbten Flüssigkeit schwebten.

Zwei von ihnen erkannte er wieder: Wayne und Buddy.

„Was zum Teufel sollen wir jetzt nur tun?", fragte Lou, der sich einer der Röhren näherte.

„Sind sie noch am Leben?", fragte Theo, der jetzt auf die Röhre zuging, in der Wayne steckte, und sah, dass sich oben an der Röhre eine kleine Leitung befand, die in die Röhre rein reichte.

Waynes Augen waren offen und sein Gesicht und die Hände bewegten sich schwerfällig, als er Theo anscheinend bemerkte. Panische Angst brannte in seinen Augen und in dem beengten Raum da zuckte er einmal heftig, wie ein Fisch, der im Netz zappelt. „Mein Gott, sie leben noch."

„Was denkst du ist das da in der Röhre? Sie scheinen noch atmen zu können, was auch immer es ist", sagte Lou gerade. Jetzt stellte er sich einen Stuhl hin, um hochzuklettern und in den Container rein zu schauen.

„Ich weiß es nicht. Wie sollen wir sie da raus kriegen?"

Lou schüttelte den Kopf. „Wir könnten die Röhren zerbrechen, aber mit was – und was auch immer das Zeug da ist, es könnte toxisch oder gefährlich sein, wenn es sich über den ganzen Boden ergießt."

„Wir müssen doch–"

Blitzschnell legte Theo ihm eine Hand über den Mund und sie waren mucksmäuschenstill. Ein weiteres Geräusch hatte sie hellhörig gemacht, das sich jetzt näherte. Das Zuschlagen einer Tür. Schritte auf dem Boden, die näher kamen.

Und wieder hatten sie den absolut gleichen Gedanken, jeder von ihnen schoss blitzschnell hinter eine der leeren Röhren in der dunkelsten Ecke. Eingeklemmt zwischen der Röhre und der Wand schaute Theo rüber zu seinem Bruder. Dafür, dass er achtundsiebzig Jahre alt war, bewegte sich der Kerl genauso gut wie er. Aber das hieß nicht, dass er es auch weiterhin durchhalten würde.

Und deswegen würde Theo auch nichts Gefährliches hier anstellen. Lous Sicherheit war hier das Allerwichtigste. Sie mussten hier rauskommen, ohne gesehen zu werden.

Als Ballard also den Raum betrat, beobachtete er lediglich alles durch die Röhre hindurch, wobei seine Sicht durch die blaue Flüssigkeit etwas verzerrt wurde. Das hier war das erste Mal, dass er den Mann nahe genug hatte, um die Einzelheiten seiner Gesichtszüge zu beobachten. Der Mann trug einen weißen Laborkittel – was so in etwa den schlimmsten Klischees entsprach – und er hatte dunkles Haar, mit ein paar weißen Streifen darin. Etwa fünfzig Jahre alt, kam er Theo vage bekannt vor. Ballard lief zu Waynes Flasche hin und schaute rein, klopfte ans Glas, als wolle er die Reaktion des Mannes messen.

„Wie schön für Sie", sagte er, als er zu ihm sprach und sich dann weiterbegab zu Buddy, dessen Bewegungen ein bisschen lethargischer waren als die von seinem rothaarigen Freund. „Sie sehen ein bisschen erschrocken aus, mein Herr, aber dem werden wir bald abhelfen", sagte Ballard mit einem kleinen Kichern. Und dann ging er zu der dritten und letzten Röhre. „Ausgezeichnet", sagte er zu sich selbst – oder zum Raum hin –, als er sich abwandte.

Theo hielt den Atem an und hoffte, dass Ballard sich die anderen Röhren nicht so genau anschauen würde, von denen er ja wusste, dass sie leer waren, um ihn und Lou da zu entdecken. Der Mann ging rüber zu der Wand, wo er an einem niedrigen Instrumentenbrett mit vielen Knöpfen inne hielt. Klick, Klick, klick ... drückte er drei davon.

Und dann, als Blasen in den drei besetzten Röhren aufzusteigen begannen, drehte er sich um und ging aus dem Zimmer – und pfiff den *Jeopardy* Song vor sich hin.

Theo wartete, bis sich die Tür hinter ihm schloss, bevor er aus seinem Versteck hervorkam und dann rannte er gleich rüber zu Wayne. Die Blasen stiegen jetzt dicht und schnell auf, und Waynes Augen waren weit aufgerissen, sein Mund ein stummer Schrei.

Die Flüssigkeit in den Röhren strudelte und wirbelte böse und Theo rannte rüber zu dem Instrumentenbrett ... aber bevor er herausfinden konnte, welche Knöpfe er drücken müsste, erfüllte ein lautes *Woosch!*, ein Rauschen – wie das Geräusch einer Klospülung – den Raum.

Er wirbelte gerade noch rechtzeitig herum, um Wayne in einem Strudel von Blasen verschwinden zu sehen, und dann ein weiteres *Woosch!* Und dann ein Drittes.

„Scheiße", stöhnte er und rannte zu den Röhren, als Buddy und die andere Person nach unten durch fielen und in das Nichts rausgesaugt wurden.

„Was wettest du, dass die auf dem Weg zu dem großen Tank sind", sagte Lou, der jetzt neben ihm stand.

„Shit", stöhnte Theo leise und schlug niedergeschlagen mit der Hand gegen die Röhre. Er versuchte nach unten durch zu schauen, aber da war nichts zu sehen.

„Wir müssen gegen Ballard irgendwas unternehmen", sagte Lou, der seinen Bruder wegzog. „Ich weiß nicht, was er dort in dem OP-Zimmer tun wird, aber wir müssen ihn stoppen."

„Er produziert scheiß Ganga", sagte Theo und fasste nun in Worte, was er von Anfang an vermutet hatte, als er die Körper in dem Tank herumschweben gesehen hatte. „Der Kerl ist ein Zombie Frankenstein."

„Hast du ihn wiedererkannt?", fragte Lou, als sie auf die Tür zugingen.

Theo hielt an. „Was? Meinst du Ballard?"

Lou nickte. „Jep. Du hast ihn nicht wiedererkannt?"

„Nein."

„Lester Ballard", sagte Lou, mit der Hand schon am Türknauf.

„Auch du dicke Scheiße noch einmal", sagte er zum etwa zehnten Mal an dem Tag. „Doktor Lester Ballard?"

„Jep. Er muss da unter diesem weißen Laborkittel einen Kristall tragen, denn er sieht genau so aus wie vor fünfzig Jahren. Ich habe ihn von dem Bild auf dem TIME Magazin wiedererkannt."

„Der Typ, der Stammzellen benutzt hat, um MS in zehn verschiedenen Menschen zu kurieren? Scheißbockmistdreckskerl." Noch ein Mitglied von dem Kult von Atlantis. Was hieß, dass es schweißschwer sein würde, den Arsch hier umzubringen, denn der einzige Weg das zu tun, war, ihm den Unsterblichkeits-Kristall aus der Schulter oder sonst wo rauszuschneiden, der ihn sonst ewig leben lassen würde.

„Lass uns gehen", sagte Theo grimmig, als ihm aufging, dass das Gewehr, das Lou bei sich trug, einen Dreck ausrichten würde bei Ballard. „Lass uns hier verschwinden und uns überlegen, was wir machen."

Lou schüttelte den Kopf und schaute ihn durch die Gläser seiner neuen Brille an. „Auf gar keinen Fall, Theo. Ich weiß, was du gerade denkst – du wirst kein Risiko eingehen mit dem alten Opa hier. Nun, das ist Bockmist. Je länger wir zögern, desto mehr Schaden wird der Quacksalber anrichten."

„Sei nicht blöd", fing Theo an, aber Lous Arm schoss nach vorne und prallte ihm mitten gegen die Brust, was ihn nach hinten gegen die Wand krachen ließ, bevor er überhaupt wusste, was gerade vor sich ging.

„Wenn du dir nicht jetzt auf der Stelle zusammen mit mir einen Plan ausdenkst, gehe ich geradewegs da raus und spaziere mit meinem Arsch vor aller Welt dort in den Raum und tue, was getan werden muss. Ich habe es satt zu den Computern und dem Fluchtraum abkommandiert zu werden. Wenn hier schon jemand sein Leben riskiert, dann sollte ich das sein – ich bin ja schon fast im Grab."

„Herrgott nochmal, Lou", fing Theo an, als er die Hand von seinem Bruder wegschob.

„Ich gehe jetzt." Lou öffnete jetzt die Tür.

„Was ich vorhin eigentlich sagen wollte", fing Theo wieder an und hielt die Tür fest, aber widerstand der Versuchung sie zuzudonnern zu lassen, „das wäre gar keine so schlechte Idee, so sehr ich sie auch hasse. Du spazierst da rein. Ganz ehrlich: er wird dich nicht als große Bedrohung wahrnehmen. Vielleicht kannst du ihn ablenken und ich komme dann durch die andere Tür nach außen rein, also hinter ihm. Ich nehme mal an, ich komme durch diese Tür dorthin." Er zeigte auf die Tür am anderen Ende des Flurs.

Lous Gesicht entspannte sich wieder. „Gefällt mir. Ich werde mein Bestes tun, um ihm am Reden zu halten und davon abzulenken, nach der Tür zu schauen. Du kommst von hinten und an dem Punkt sehen wir dann weiter."

„Aber du musst etwas tun, was ihn glauben lässt, dass du allein bist. Ansonsten–"

„Himmel Herrgott, Theo. Denkst du denn ich habe mein Hirn zusammen mit dem Sixpack am Bauch verloren? Ich kann das", sagte Lou. „Geh schon. Gib mir zehn Minuten."

Theo zögerte und nickte dann. „In Ordnung. Das ist deine Sache, Bruderherz", sagte er gespielt lässig, auch wenn sein Magen kreuz und quer in Knoten lag. „Zehn Minuten und ich komme rein. Und ganz nebenbei", fügte er hinzu, als er schon auf die Tür zuging, „welcher Sixpack?"

Adrenalin pumpte in riesigen Schüben durch Lou, als er sich der Tür zum OP-Raum näherte. Er trug das Gewehr, das Lou den Kopfgeldjägern abgenommen hatte über der Schulter, hatte aber sonst nur wenig, womit er sich schützen könnte – außer seinem Grips.

Er entschied sich für den Angriff von vorn. Und nachdem er Theo ein paar Minuten Zeit gegeben hatte, um nach draußen zu gelangen, marschierte er rein.

Zuerst schien Ballard ihn gar nicht zu bemerken, denn er benutzte gerade einen Flaschenzug mit Schlinge, um die Frau aus dem Kanal aus dem Schleim zu holen. Einen Moment lang hing sie nur da, ihre Arme und Beine bewegten sich zuerst schwerfällig, aber dann schneller vor Aufregung, als die schmierige Masse von ihrer Haut abglitt und runterploppte.

„Ganz ruhig", sagte Ballard zu ihr. „Es wird alles wieder gut. Entspannen Sie sich, meine Liebe. Ganz ruhig." Er bewegte den Flaschenzug und manövrierte die Frau zu einem der Tische. Als er sie darauf fallen gelassen hatte, ging er rasch zu ihr hin und fesselte sie an einem Bein mit Gurten an den Tisch, bevor er ihren Körper aus der Schlinge nahm.

„Erzählen Sie mir", fuhr er im Plauderton fort, „würden Sie gerne wissen, wie lange Sie in der Schwebe gehalten wurden? Dieser Zustand ... na, so wie eine Art Limbo."

Sie schien nicht genügend Kraft haben, um gegen ihn anzukämpfen, und Lou schaute mit fasziniertem Horror zu, als Ballard ihr anderes Bein und ihren Oberkörper an dem langen Tisch festmachte.

„Wie lange war ich...", sagte sie.

„Laut meinen Unterlagen", entgegnete Ballard, mit dem Rücken immer noch zu Lou, hat man Sie in der Schwebe gehalten – meine Wortschöpfung, müssen Sie wissen – seit dem 15. Juni 2010. Das sind über fünfzig Jahre. Kann man gar nicht glauben, nicht wahr? Und nicht ein graues Haar." Er lachte einmal leise. „Wenn Sie nur nicht in dem schrecklichen Gel hätten schwimmen müssen."

„Was?", keuchte die Frau entsetzt auf. „Wovon reden Sie da?" Sie fing an zu husten, heftig, und Ballard schaute hoch, von da, wo er gerade ihr Handgelenk festzurrte. Sorge auf seinem Gesicht.

„Oh je, jetzt schon?" Er gab ein spöttisches Schnalzen von sich. „Das ging aber schnell. Nun, dann machen wir am Besten rasch weiter. Ich möchte heute Nacht nur ungern noch einen von Ihren Gefährten herausfischen müssen."

Es gelang der Frau ihre Hustenattacke in den Griff zu bekommen und sie fragte, „was machen Sie–" Ihre Stimme endete abrupt und sie fing wieder an zu husten, krümmte sich und bog sich in ihrem gefesselten Zustand durch, während sie versuchte, wieder Luft zu kriegen.

„Meine Liebe", sagte Ballard, der jetzt verärgert klang. „So wird das nicht funktionieren. Sie werden damit aufhören müssen, wenn Sie wollen, dass ich fortfahre. Wenn Sie sich vielleicht ein wenig beruhigen. Wir könnten plaudern und Sie könnten mir erzählen, was Sie früher gemacht haben ... und dann könnten wir–"

„Mit Ihrer Stammzellenforschung hat das hier nur noch wenig zu tun, oder? Ballard?", sagte Lou, außerstande noch länger abzuwarten.

Der Arzt wirbelte herum und hielt inne, als er den alten Mann da stehen sah. „Wer zum Teufel sind sie?" Bevor Lou auch nur einmal blinzeln konnte, hatte er schon eine Pistole in der Hand.

„Ich erinnere mich an Ihr Foto, als es das Titelbild von TIME schmückte", sagte Lou wie nebenbei. „Aber ich hätte nie gedacht, dass ich Sie mal wirklich treffen würde. Ich hatte angenommen, dass Sie mit allen anderen während dieser Hölle von 2010 gestorben wären."

„Wer sind Sie?", fragte Ballard noch einmal und er spannte den Hahn der Pistole.

„Das ist unwichtig. Aber ich bin sehr neugierig, was Sie hier machen. Es sieht nicht so aus, als würden Sie den hippokratischen Eid sehr ernst nehmen, Lester."

„Stellen Sie Ihr Gewehr dort drüben ab und gehen Sie langsam und vorsichtig zu der Wand da drüben." Ballard schein an einem Gespräch nicht sonderlich interessiert – zumindest nicht mit Lou. „Sie unterbrechen gerade einen sehr wichtigen Prozess und ich habe keine Zeit zu verlieren."

Lou ging langsam dorthin, wohin die Pistole zeigte, erleichtert, dass die Position, die Ballard ihm zugewiesen hatte sich an der Mauer gegenüber der Tür befand, durch die Theo kommen würde. Wenn er ihn weiter ablenken könnte, würde Theo die Chance haben, hinter ihm ins Zimmer zu schlüpfen.

Pistole. Er dachte die Nachricht kurz und hart an seinen Bruder rüber, als er seinen Platz an der Wand einnahm. Die Pistole immer noch mit einer ruhigen Hand auf ihn gerichtet, näherte Ballard sich und legte Lou rasch Handschellen an. In der Zwischenzeit hatte die Frau weitergehustet und so heftig, dass sie fast erstickte, was Ballard veranlasste, immer wieder zu ihr rüber zu blicken.

„Um Sie kümmere ich mich gleich", sagte er zu Lou und eilte zurück zu der Frau. „Es läuft nicht gut."

„Was tun Sie denn da? Wollen Sie sie wiederbeleben?"

Ballard war zu dem Tisch mit den Instrumenten rüber gegangen und legte seine Pistole da ab, genau auf der anderen Seite und somit unerreichbar für Lou. „In gewisser Weise, ja.

Sie reagieren normalerweise nicht so heftig, nachdem man sie rausgeholt hat. Sie muss etwas schwächlich veranlagt sein. Aber..." Seine Stimme wurde leiser, als er sich nun völlig darauf konzentrierte, eine riesige Kanüle aus der Reihe auf dem Tisch zu nehmen, ganz nah bei Lou.

Theo. Beeil Dich!

„Aber jetzt, meine Liebe", sagte Ballard und richtete seine Stimme zur Frau hin. „Wenn Sie sich nur ein bisschen entspannen würden – vielleicht noch ein paar Fragen beantworten –, dann hätten Sie jetzt nicht solche Beschwerden. Können Sie sich noch daran erinnern, was Sie gemacht haben, bevor all das hier passiert ist?"

Lou schaute zu, wie der Arzt all seine Schritte mit absoluter Effizienz erledigte: Er prüfte die Nadel, füllte sie mit der Flüssigkeit in der kleinen Schale und suchte dann mit großer Sorgfalt einen der orangenen Kristalle aus und steckte den dann in die Kanüle der Spritze, wo er dann in der Flüssigkeit herumschwamm. *Oh, das kann nicht gut sein.*

Der Kristall leuchtete und der Arzt wandte sich wieder seiner Patientin zu, die dem Anschein nach verschrumpelte und faltiger wurde, je mehr Zeit verstrich. Der ganze Vorgang erinnerte Lou an eine Meereskreatur, die man aus dem Ozean heraus geholt hatte und die dann zusammenschrumpfte und austrocknete ... während sie immer noch zu atmen versuchte, nach Luft schnappte.

„Was tun Sie denn da?", fragte er erneut, zur gleichen Zeit dachte er *Theo!*

Die Tatsache, dass keiner von beiden ihm antwortete, verursachte Lou ein ganz, ganz schlechtes Gefühl.

Die Frau schien versucht zu haben, auf die letzte Frage des Arztes zu antworten, aber ihre Antwort kam eher wie ein Keuchen oder ein Seufzen raus als alles andere.

„Wie war das nochmal?", der Arzt beugte sich weiter zu ihr, um verstehen zu können. „Eine Lehrerin? Ist das–nein? Eine Beamtin? Oh, eine *Polizei*beamtin. Jetzt verstehe ich." Er ging zum Kopf der Frau und tastete sie oben am Schädel ab, während sie noch versuchte sich zu bewegen und gegen die Gurte anzukommen. „Das ist wirklich schade", murmelte er und hielt die Spritze hoch und betrachtete sie. Dann schob er – während Lou in schweigendem Horror zusah – mit einer wohlüberlegten Bewegung die zehn Zentimeter lange Nadel in den Schädel der Frau und drückte den Kolben runter.

Sie schrie auf und wand sich, hustete und keuchte, ihre Augen weit aufgerissen unter dieser Folter. Lou schnellte hoch, kämpfte gegen seine eigenen Fesseln, versuchte sich der Handschellen um seine Handgelenke zu entledigen.

„Mein Gott, was tun Sie ihr da an?", fragte er wütend, als Ballard die Nadel entfernte und beifällig lächelte.

„Sehen Sie hin", antwortete der Arzt.

Als ob Lou da nicht hinsehen würde.

Genau da öffnete sich die Tür hinter Ballard einen Spalt breit. Gott sei Dank. *Wo zum Teufel hast du so lange gesteckt?*

Du hast gesagt, zehn Minuten.

Das waren die längsten scheißzehn Minuten, die ich je durchstehen musste. Lou hielt die Augen von der Tür abgewandt.

Theo schlüpfte leise wie eine Katze durch die Öffnung und Lou sah, wie er dann zu der Frau auf dem Tisch hinsah. Er setzte sich absichtlich auf und schepperte mit seinen Handschellen, so dass sein Bruder sehen würde, dass er – was Aktionsradius und Beweglichkeit anbetraf – eingeschränkt war. Aber ... seine Augen fielen da auf den Tisch neben sich. Er könnte vielleicht eine oder zwei der Nadeln da erwischen.

Sie mussten keine Blicke austauschen: die mentale Verbindung war da. Lou wusste, wann Theo bereit war loszuschlagen, und er hielt sich bereit.

Sie schlugen beide im gleichen Augenblick zu: Theo sprang von hinten los, mit etwas Langem und Flexiblem in der Hand, und Lou stieß mit seinem Bein gegen den Tisch. Er hakte den Fuß ein und zog ihn rasch zu sich, während Theo auf den Arzt lossprang, und ihm von hinten die Schlinge um den Hals legte.

Da er gerade in die Betrachtung seiner Patientin vertieft war, wurde er vollkommen überrascht von alledem. Und Ballard ließ die Nadel fallen und hob die Hände nach oben, um an den

Schlauch zu fassen, der sich ihm in den Hals grub. Lou streckte sich verzweifelt, versuchte etwas auf dem wackelnden Tisch zu packen zu bekommen, während Spritzen und Kristalle überall auf den Boden fielen.

Ballard kreischte jetzt, lautlos und vergeblich, und Theo gab sein Bestes, um ihm am Hals herumzuschwenken und ihn aus dem Gleichgewicht zu bringen. Die Elite waren zusätzlich zu ihrer Unsterblichkeit auch übermenschlich stark und Lou wusste, dass sein Bruder sich auf das Überraschungsmoment und die eigene Beweglichkeit verlassen musste, um den hier zu überwältigen.

Er schaffte es, zwei Spritzen zu fassen zu bekommen, hob sie hoch. *Mein Gott, die sind scheißgroß.* Es war, als würde man jemandem einen Strohhalm ins Hirn schieben. Lou schaute zu dem Opfer auf dem Tisch hin und sah, dass ihre Haut angefangen hatte, sich grau zu verfärben ... und sie schien sich zu verändern. Dehnte sich, wuchs, wurde länger.

Gott im Himmel.

Theo schaute zu Lou und schwang den Arzt weit zur Seite, dessen Kopf krachte dabei gegen die Wand und benutzte dann seinen Schwung, um herumzuwirbeln und das Gleiche nochmal zu veranstalten. Sie waren allmählich dabei, zu Lou herzukommen und er wusste, was er tun musste.

Skalpell. Er schaute sich all die Instrumente an, überall auf dem Fußboden und erblickte eines der Chirurgenmesser. Es war ... gerade ... noch ... in ... Reichweite.

Er kniete sich hin, war sich der schlagenden, strauchelnden Beine seines Bruders bewusst, sowie der von dem Mann, den er gerade zu erledigen versuchte, schaffte es zu vermeiden, dass ihm ein Schuh ins Gesicht flog, aber bekam einen am Arm ab und packte das Skalpell.

„Öchste Zeit", grunzte Theo und schob den Mann Richtung Lou. Mit seiner freien Hand, packte Lou den Laborkittel, versuchte herauszufinden, auf welcher Seite der Kristall war.

Ballard war langsamer geworden, sein Widerstand wurde schwächer, sein Atem pfeifend. Wie schade, dass Erwürgen ihn nicht töten würde... Ein Bein schoss hervor und erwischte Lou, der das Messer fast hätte fallen lassen.

„Fuck", murmelte Theo zwischen zusammengebissenen Zähnen hindurch, „beeil dich, Scheiße nochmal!"

Lou packte das Skalpell und riss noch einmal an dem Laborkittel, als Theo den Kerl erneut herumschwang. Das Aufblitzen eines Leuchtens flackerte da auf und er wusste, wo er zuschlagen musste.

Mit einem Schrei der Wut und Verzweiflung, hackte er mit dem Skalpell da rein, zerrte es durch Stoff und Haut.

Theo spürte, wie Ballard zusammenzuckte, als Lous Messer sich endlich in ihn bohrte. Er hielt an dem Stück Schlauch fest, und versuchte sich von der Frau auf dem Tisch nicht ablenken zu lassen, die sich zu krümmen und mit irgendeiner Art von Dämon zu kämpfen schien.

Er schleuderte den Arzt weitere drei Male zu Lou hin, der in jeder Runde einmal zustach. Seine Arme schrien bei der Anstrengung schon vor Schmerzen, in diesem Kampf gegen den Starken, sehr behänden Mann. Schließlich gaben die Knie des Arztes nach und er fiel zu Boden. Theo setzte ihm nach, riss den zerschnittenen Kittel und das Hemd beiseite und fand den Kristall an seiner Haut, genau unter dem Schlüsselbein.

Er hing nur noch an einem Faden, wie ein scheißwackeliger Zahn, und er riss ihn da raus.

Ballard schrie, als der Schlauch um seinen Hals sich löste und der Kristall von dort ausgerissen wurde, wo er sich in Haut, Muskeln und noch weiter eingegraben hatte. Lange Tentakeln kamen mit dem blassblauen Stein raus und Theo stolperte nach hinten weg, hielt ihn in der Hand und brach dann erschöpft auf dem Boden zusammen.

Seine Arme zitterten, schmerzten davon, dass er den Mistkerl so lange hatte festhalten müssen. Der Kristall fühlte sich warm an und er war nass vor Blut und Gewebeschleim, lange Fäden, die aussahen wie hauchdünne Fiberoptikfaser, hingen schlaff daran.

Ballard stieß noch einmal keuchend die Luft aus und seine Augen wurden stumpf. Und während Lou und Theo dann zuschauten, begann er in sich selbst zusammen zu schrumpeln, so wie eine Traube in der Sonne zu einer Rosine. Schon bald war nichts mehr übrig außer Haut und Knochen. Trocken, spröde, braun und alt.

Theo kämpfte sich wieder hoch auf die Beine, weil er auf einmal wieder die Frau vor Augen hatte, und wandte sich jetzt ihr zum ersten Mal richtig zu.

Er starrte auf diese Kreatur herab – nicht länger eine Frau – die an den Tisch gefesselt war. Ihre Augen glühten orange, ihr Mund war offen, voller verfaulter Zähne, und das Fleisch sackte ihr überall ab, als wäre ihr Körper angeschwollen und gewachsen, hätte sich gedehnt und ihre Haut zum Platzen gebracht.

„Gott", murmelte er und streckte – zum ersten Mal – die Hand aus, um eine Ganga direkt zu berühren. *Das ist nicht Mordor. Das hier ist Isengard, wo die Monster erschaffen werden.*

Das Monster – nein, sie war eine Frau – zuckte zusammen und bog sich nach hinten durch und begann zu stöhnen und zu seufzen. Und während Theo da runterblickte, trafen sich ihre Blicke. Ein Zucken des Wiedererkennens durchfuhr ihn da, denn tief unten drinnen in beiden Augen, jenseits des orangenen Glühens, sah er sie. Er sah die Frau, er sah Erkenntnis. Er sah Furcht und Verwirrung und Verzweiflung.

Er sah Leben.

Und auf einmal fühlten sich seine Knie ganz schwach an und sowohl Dunkelheit als auch Licht durchschwärmten ihn. Begreifen und Erkenntnis erwachten.

Jetzt verstehe ich.

Er schaute rüber zu Lou, der immer noch das blutige Skalpell in Händen hielt, und die Frau mit dem gleichen betroffenen Gesichtsausdruck anstarrte, von dem Theo wusste, das er auch ihm anzusehen war.

Ah, Selena. Theo schloss die Augen. *Ich brauche dich.*

18

Selena schloss Gloria gerade die Augen, nachdem die letzten Spuren von bläulich-grauer Wolke verschwunden waren, als sie von der Küche her Stimmen hörte.

Eine Stimme ganz besonders.

Ihr Herz machte einen Hüpfer und sie selbst zwang sich, nicht auch hochzuspringen, nicht herumzuwirbeln, für den Fall, dass sie sich irrte. Aber innerlich war ihr Bauch voller flatternder Flügel und jetzt hämmerte das Herz ihr wild, wie bei einem jungen Mädchen, wenn sie die Stimme ihres ersten Freundes hört.

Theo.

Sie beschäftigte sich irgendwie, tat, was für Gloria getan werden musste: sie mit einem der einfachen Leintücher zu bedecken, nachdem sie ihre Hände richtig hingelegt hatte, ein kurzes Gebet über ihrem Leichnam zu sprechen und dann aufzustehen, um die Vorhänge um sie herum zuzuziehen.

Und nur dann gestattete sie sich zu gehen, langsam, langsam, zurück in die Küche.

Da waren sie alle und nahmen den Raum nur mit der Präsenz ihrer kraftvollen Körper ein: Wyatt, Elliott, Lou und Theo. Drei Köpfe in unterschiedlich dunklen Tönen und ein silberfarbener. Vonnie auch, natürlich, die geschäftig herumeilte, als ob man ihr gerade das größte Geschenk aller Zeiten gemacht hätte. Ihre Bäckchen waren rosa und ihre Augen leuchteten.

Aber Selena sah nur Theo.

Er sah so gut aus. So gut. Jung – ganz besonders in der Gesellschaft der anderen Männer – aber wirklich gut. Das Wasser wollte ihr im Mund zusammenzulaufen, aber der war zu trocken vor lauter Nervosität. Aber der Glanz auf seinem nachtschwarzen Haar, wie immer ein wilder, wirrer Busch, und die Wölbung seines geschmeidigen Bizeps unter dem hochgerollten Ärmel seines Hemds ließ den Rest von ihr aus der Ferne genau so warm werden und prickeln wie zuvor ganz aus der Nähe.

Seine Augen begegneten den ihren, als sie auftauchte, und es war wie ein Bewusstseinsschock, der durch sie raste. *Oh Gott, habe ich dich vermisst.*

Aber sie behielt einen gleichgültigen Gesichtsausdruck bei, ganz besonders in Anbetracht der ernsten Mienen bei all den Männern, die redeten, während sie herumstanden und aßen. „Hi", sagte sie und fühlte sich unbeholfen, wie sie da in ihre eigene Küche lief. „Du bist wieder da." *Super, was für eine Bemerkung.* Sie spürte, wie sie rot wurde.

Wie ging das nur, dass er es vermochte, sie so leicht dazu zu bringen, sich selbst zu vergessen?

„Selena", sagte Theo, seine dunklen, undurchdringlichen Augen streiften forschend über ihr Gesicht. „Ich–wir–brauchen deine Hilfe." Sein Gesichtsausdruck ... da lag etwas versteckt darin, lauerte dort in seinen Augen. Etwas Leeres, etwas, das zögerte.

Als wäre etwas Schreckliches geschehen.

„Worum geht es?", fragte sie, innerlich jetzt ganz angespannt. *Starb jemand?*

„Wir brauchen deinen Kristall. Wirst du mitkommen?"

„Ja", sagte sie und das kleine Prickeln an ihren Schultern verriet ihr, dass dies nicht nur eine simple Zustimmung war. Ihr ging auf, dass sie nicht wusste, wo oder was oder warum, aber dass sie nicht zögerte mit ihm zu gehen. Selbst wenn es bedeutete, ihren Kristall mitzunehmen und erneut den Zombies gegenüberzutreten.

Sie war nur so froh, dass er wieder hier war. Und dass er gefragt hatte.

Vielleicht jetzt.

„Danke", sagte er. Dann schaute er die anderen an. „Je eher, desto besser."

„Aber ihr seid doch gerade erst eingetroffen", entgegnete Vonnie und ließ ihren Blick über alle schweifen, als wäre sie in Todesangst ihre Gäste zum Abendessen so schnell wieder zu verlieren, nachdem ein glücklicher Wind sie hier herein geweht hatte.

„Ich könnte hier bleiben", erbot sich Lou. „Ich habe gestern Theos Leben schon einmal gerettet. Ich denke, jetzt ist Wyatt mal an der Reihe."

Theo schnaubte und ein Lächeln zuckte ihm kurz die Mundwinkel. „Was war es noch, was du zu dem Sixpack am Bauch sagtest, Bruderherz?"

„Um die unsterblichen Worte von Buffy zu zitieren: Du kannst mich mal ... lecken. Alles, was ich sage, ist, dass es die längsten zehn Minuten waren, die ich je durchlebt habe", schoss Lou zurück, während er sich gegen den großen Tisch lehnte und seine Brille zurechtrückte. „Meiner Meinung nach ging deine Uhr zu langsam und es waren eher zwanzig."

„Das wäre also geklärt", sagte Wyatt plötzlich, richtete sich dabei kerzengerade auf und übernahm hier ganz klar die Führung. „Lou bleibt – tut mir Leid Vonnie – und wir machen uns wieder auf nach–wie hast du es noch genannt?"

„Isengard. Hast du nie *Herr der Ringe* gesehen?", sagte Theo. „Isengard ist da, wo sie die Orks auf die Welt brachten – haben sie direkt aus den schlammigen Eingeweiden der Erde hervorgezogen. Genau das ist das auch. Dort machen sie die Zombies."

Selena erstarrte und blickte Theo direkt an, hinter Wyatts Schulter. Deswegen brauchten sie ihren Kristall. Eine kleine Furcht packte sie tief drinnen. Was wollten sie, dass sie dort tat?

Würde sie in der Lage sein, es zu tun?

Sie wusste es nicht. Sie *wusste* es nicht.

„Kannst du in fünf Minuten bereit sein?", fragte Wyatt.

„Fünf Minuten?" Selena schluckte. „Ja, ich denke schon." Sie drehte sich um, um aus dem Zimmer zu rennen, weil ihr da auch klar wurde, dass sie gar nicht wusste, wie lange sie weg sein würde.

Seit Sam gestorben war, hatte Selena den Kristall nicht aus seiner Schachtel herausgenommen und jetzt erwischte sie sich dabei, dass sie durch das Haus rannte, um ihn zu holen. Sie kam durch die Krankenstation, wo nur noch ein Patient verblieben war, und sie fragte sich, ob sie hier das Richtige tat. Sie könnte für eine Woche fort sein, oder noch länger ... wer würde dann für Sally da sein?

„Ich werde mich um sie kümmern", sagte Vonnie von hinter ihr. „Du musst jetzt Theo begleiten."

Selena drehte sich um und erkannte die Sorge in Vonnies Augen. „Mir wird nichts passieren. Er wird auf mich aufpassen."

„Komm wieder heil zurück. Ihr alle. Alle von euch", murmelte sie und zog Selena in ihre Arme und drückte sie. Ihr ging da auf, dass sie noch nie länger als ein oder zwei Tage von Vonnie getrennt gewesen war. Noch ... nie.

„Geh schon. Mir geht es gleich wieder besser, wir werden uns um Sally kümmern, Frank und ich. Und dieser Lou Typ. Theo braucht deine Hilfe und ich glaube ... du brauchst ihn auch."

Selena nickte. *Das glaube ich auch.*

⌘

Im Nachhinein gesehen war Theo nicht sicher, ob es die beste Idee gewesen war, dass sie alle vier, plus Dantès in dem gleichen Humvee fuhren – aber es machte mehr Sinn einen bei Lou zurückzulassen, für den Fall, dass er irgendwo schnell hin musste.

Zumindest hätten er und Selena, wenn sie alleine gefahren wären, miteinander reden können.

Nicht dass er wüsste, was er sagen würde.

Er hätte drauf bestehen können zu fahren, anstatt Wyatt, der dieses Privileg einfach nur deswegen für sich in Anspruch nahm, weil er im Irak US-Marine gewesen war und auch immer ein Feuerwehrauto gefahren hatte – zumindest hatte er es vor dem Wechsel getan.

Theo blickte zu Selena, während sie auf dem Rücksitz durchgeschüttelt wurden, bemerkte ihre vorwitzige Nase und den vollen Schwung ihrer Lippen und die goldene Länge ihres Arms. Ganz zu schweigen von den Rundungen dieses hübsch proportionierten, Schlaflosigkeit erzeugenden Körpers.

Sah sie immer noch einen rasenden Krieger, einen blutrünstigen Killer, einen Mann, der von Gewalt lebte, wenn sie ihn ansah? War das der Grund, warum sie immer – auch wenn sie seine Blicke erwiderte – etwas reserviert schien?

Nichts an ihrem Gesichtsausdruck oder ihrem Verhalten verriet, dass sie ihren Ekel vor ihm und vor seinen Taten vergessen hatte, und die mal stärker mal weniger stark angespannte Atmosphäre zwischen ihnen blieb weiter wechselhaft, ebenso unberechenbar wie das Terrain vor ihnen.

Wenn er gerade nicht Wyatt Anweisungen zur Fahrtrichtung gab, versuchte er mit ihr ins Gespräch zu kommen – und es gelang ihm. Er erfuhr, dass sie nur noch eine Patientin hatte und dass Franks Kakaopflanzen zu gedeihen schienen. Die Sprödigkeit, die ihm aufgefallen war, bevor er und Lou aufgebrochen waren, schien etwas nachgelassen zu haben.

Aber sie lächelte nicht mehr so oft wie früher. Und dieser Frieden an ihr und die Heiterkeit, die ihn anfangs so angezogen hatten, schienen stumpf und verwässert, soweit er sich noch erinnerte.

Sie hatte sich verändert.

Oder vielleicht hatte er sich verändert.

Ja, er hatte sich ganz eindeutig verändert

Als sie sich dann endlich mit dem Truck den bedrohlichen Mauern näherten, überkamen ihn böse Vorahnungen, wie eine dunkle Welle. Er blickte zu einer ernst dreinschauenden Selena und hoffte, dass alles wieder in Ordnung kommen würde. Wenn all das hier vorüber wäre.

Selena blickte auf die zappelnde Figur herab, die in einem sehr hell erleuchteten Zimmer an einen langen Tisch gefesselt war.

Die graue Haut der Kreatur wurde zusehends faltiger und platzte auf, und ihre orangenen Augen glühten vor Verzweiflung und Hunger. Das Gesicht war lang, wie aus Gummi und leer, mit Haut, die unter ihren Augen tiefe Höhlen bildete und auch an Kinn und um den Kiefer locker saß. Löcher und Falten in der übelriechenden Haut ließen das Weiß von Knochen erkennen, und auch schwarze Muskeln und Sehnen darunter. Was einmal vielleicht mal dichtes, geschmeidiges Haar gewesen war, war jetzt dünn und spröde und grau. Lippen gab es gar keine mehr. Kleider hingen in Fetzen von einem Körper herab, in den sich die Gurte an Handgelenken und Füßen tief eingruben, die sie – es war eine Frau – an den Tisch fesselten.

Oh mein Gott, war alles, was Selena denken konnte. Trotz all ihrer Erfahrungen mit dem Zombies, hatte sie noch nie zuvor einen so gesehen: aus der Nähe und bei Licht, wo man alle Einzelheiten erkennen konnte. Sie musste blinzeln, um die Tränen zurückzuhalten. *Wie kann so etwas passieren?*

„Wir wussten nicht, was wir tun sollten – mit ihr", sagte Theo, der neben ihr stand. „Ich dachte, du könntest helfen."

In dem Augenblick dachte Selena nicht an die grauenerregenden Kreaturen der Nacht. Die, die ihren Sohn in Stücke gerissen hatten. Jene Monster waren meilenweit entfernt von dieser erbarmungswürdigen Kreatur, gefesselt und gefangen. Und verzweifelt.

Ihr Kristall glühte heiß an ihrer Haut und sie zog ihn von unter ihrem Hemd hervor, das Herz raste ihr. Das hier war einfach, ganze simpel. Es gab keine Bedrohung für sie, keine Gefahr. Keine Nacht.

„Binde sie an den Händen los", sagte Selena zu Theo und ging näher ran. Sie griff nach der verrottenden Hand der Frau, sobald er das Handgelenk befreit hatte und der unförmige Körper sich bewegte, schwankte, als er versuchte sich in eine Position wie aufrechtes Sitzen zu bringen.

Er weigerte sich, die Beine der Kreatur loszubinden, aber es war auch so genug. Selena berührte die Hand der Frau und spürte die körnige, schuppige Haut an ihrer eigenen und sie umschloss den Kristall mit den Fingern ihrer anderen Hand. Als sie der Frau in die Augen schaute, auf der Suche nach jenem letzten Quäntchen Menschlichkeit, jenseits der gutturalen, stöhnenden Laute, die nach nichts klangen, da entstand auf einmal eine Verbindung zwischen ihnen beiden. Sie blickte tief hinein in das brennende Orange, in die Angst und die Furcht, die darin vergraben war.

Dann durchstieß sie eine Schockwelle von Energie und Selena nahm die Erinnerungen der Frau in sich auf, als der letzte Rest von Kraft aus jenen orangenen Augen entwich. Die schreckliche Kreatur sackte in sich zusammen und fiel dann wieder mit einem dumpfen Schlag rückwärts auf den Tisch.

Selena drehte sich zu Theo. „Sie ist weg."

Er nickte und ergriff ihre Hand. „Danke."

Und da durchfuhr es sie wie ein Blitz: dass er auf sie gewartet hatte, um der Kreatur zu helfen. Anstatt sie selbst zu töten. Anstatt die gleiche Art blinder, brutaler, gewalttätiger Hinrichtung zu verüben, die sie bereits gesehen hatte.

Sie zitterte ein wenig, als sie den Raum ringsum betrachtete. Wyatt und Elliott hatten nichts getan, außer von da drüben aus in entsetztem Schweigen zuzuschauen.

„Theo", sagte Wyatt jetzt und zeigte auf einen langen Kanal hinter sich. „Was ist das?"

Theo blickte kurz Selena an und brachte sie dann dort rüber. Sie keuchte auf, als sie zwei Leute in etwas Flüssigkeit treiben sah, die aussah, wie dickflüssiges, trübes Wasser.

„Ballard nahm sie", und er zeigte auf den toten Zombie, „hier raus. Sie war genau wie die beiden hier, bis er sie rausnahm und ihr etwas ins Gehirn gespritzt hat. Einen Kristall und etwas von einer anderen Flüssigkeit – da drüben, Elliott." Er zeigte mit einer zitternden Hand zu einem Tisch. „Und dann ist sie zu dem da geworden. Direkt vor unseren Augen."

Drei offene Münder, die Gesichter nur noch Ekel und Entsetzen. „Einfach so?", fragte Selena.

Theo nickte. „Das Schrecklichste an dem Ganzen war, dass er die ganze Zeit über mit ihr geredet hat, nachdem er sie da aus–dem Zeug da–rausgenommen hatte. Sie war immer noch am Leben, sich immer noch bewusst, was gerade passiert. Sie hat sogar Fragen von ihm beantwortet – oder es zumindest versucht. Und von dem, was er sagte", Theo schluckte jetzt hörbar, sein gutaussehendes Gesicht verzerrte sich jetzt zu etwas Altem und Ausgezehrtem, „hat man sie die ganze Zeit über so gehalten, in diesem Zeug. Über fünfzig Jahre."

Selena schlug sich die Hand vor den Mund, als sie auf die beiden Gestalten runterblickte, aber sie war nicht imstande zu verhindern, dass ihr Magen sich zusammenzog und leerte. Sie fand gerade noch einen Eimer, bevor sie ihren Mageninhalt von sich gab. Als sie wieder hochschaute, sah sie, dass die anderen ebenso entsetzt waren. „Mein Gott", flüsterte sie.

„Ich weiß", sagte Theo und hielt ihren Blick fest. „Es hat die Art und Weise, wie ich über die Zombies denke, komplett verändert."

„Warum hast du sie da drin gelassen?", fragte Elliott, ein etwas angespannter und auch anklagender Unterton in der Stimme, als er auf die Gestalten in dem Kanal zeigte.

Theo schüttelte den Kopf, seine Lippen zusammengepresst. „Wir haben einen von ihnen rausgenommen. Sie können nicht atmen, können sich nicht bewegen. Sie fangen einfach nur an zu keuchen und zu husten, wie ein Fisch auf dem Trockenen. Lou und ich haben versucht sie zu retten, aber wir wussten nicht, was tun. Also haben wir ihn wieder reingetan, bis ... bis wir herausfinden, was wir tun müssen."

Dann richtete sich Theo noch auf und holte einmal tief Luft. „Und das ist noch nicht alles. Dieser große Tank da draußen – ihr habt den gesehen, als wir reinkamen – , er ist voll ... *voll*", hier brach ihm die Stimme, „mit mehr von denen. Und darunter auch,", erschaute Selena an, „Wayne und Buddy."

„Himmel Herrgott", sagte Wyatt, die Worte knapp und leise. Sein hartes Gesicht war noch härter geworden und er wandte sich ab.

„Diese armen Menschen. Was zum Teufel werden wir denn jetzt mit ihnen anstellen?", fragte Elliott, als er auf den Kanal runterstarrte.

Theo schaute Selena an, sein Gesicht erschöpft, die unausgesprochene Frage in seinen Augen.

Sie nickte, ihr Mund trocken. „Ich werde tun, was ich kann."

19

Remy öffnete langsam die Augen.

Eines davon war halb zugeschwollen, aber das andere funktionierte prima. Der Rest von ihr tat *weh*. Überall.

Unter ihr war der Boden kalt und feucht, und das einzige Licht kam von dem runtergebrannten Feuer dort drüben. Sie befand sich unter dem Fahrzeug, wohin Seattle ihren schmerzenden, schlaffen Körper gerollt hatte, nachdem er mit ihr durch war.

Remy schob die Erinnerung an seine Hände an ihr beiseite, die ihr die Kleider vom Leib rissen, ihre Beine auseinanderschoben, sich selbst reinschob. Das Wenige, was ihr vorher noch im Magen geblieben war, hatte sie ausgespien, was ihn anekelte, und alles was sie jetzt noch übrig hatte, war ein hässliches, leeres Kratzen.

Und der feste Entschluss, von ihm so schnell wie möglich fortzukommen.

Sie hatte nicht viel Bewegungsspielraum, denn eine Hand war mit einer Handschelle an etwas Metallischem festgemacht. Die Ganga kamen nicht an sie ran, solange sie unter dem Truck blieb, also hielt sie sich da in der Mitte, außerhalb ihrer Reichweite. Sie waren nicht clever genug, so nahm sie an, um zu versuchen den Truck von der Stelle zu schieben.

Sie hoffte nur, dass Seattle beabsichtigte, die Handschellen zu lösen, bevor er morgen Früh losfuhr. Noch einmal verprügelt oder vergewaltigt zu werden, könnte sie überleben, aber nicht unter diesen riesigen Rädern mit fortgeschleift zu werden.

Die Dinge waren zu Anfang nicht so schlimm gelaufen, nachdem er Ian getötet hatte und sie vor einer Woche mit ihm in dem Truck mitgenommen hatte. Das war auch, wie sie Dantès verloren hatte, denn einem Truck konnte er nicht folgen und er war nicht aufzufinden, als sie abfuhren. Remy versuchte sich nicht allzu viele Sorgen zu machen, dann Dantès fand sie *immer*. Egal was.

Und zuerst war Seattle das gewesen, was bei ihm wahrscheinlich unter charmant und freundlich lief. Remy hatte ihre Flucht von Anfang an geplant, hatte darauf geachtet, ihre Pistole in ihrem kleinen Reisebeutel versteckt zu halten, oder hinten in ihrer Jeans. Sie hätte früher verschwinden sollen, aber sie waren mit anderen Kopfgeldjägern zusammen und sie wollte keinen Verdacht erregen. Und dann brauchte sie auch noch Zeit für die Planung.

Aber nachdem sie drei Nächte seinen körperlichen Annäherungsversuchen widerstanden hatte, hatte Seattle offensichtlich die Schnauze voll. Er war zu ihr rüber geschlüpft, während sie da schlief, in dem gleichen Raum wie die anderen Kopfgeldjäger, und sie war aufgewacht mit seiner Hand über ihrem Mund und seinem Bein, das sich zwischen ihre schob. Sein langes, geringeltes Haar streifte ihr Gesicht.

„Zu Marck hast du nicht nein gesagt und zu mir sagst du's auch nicht", knurrte er ihr ins Gesicht, als ihre Augen sich erschrocken öffneten.

Aber Remy schlief nie ohne ihre Pistole und als sie in einem vorgetäuschten Räkeln nach hinten unter ihren Kopf reichte, um die zu packen zu kriegen, erlebte Seattle die unangenehme Überraschung von einem Pistolenlauf, der sich fest an seine Schläfe drückte.

„Lass mich los", fauchte sie, als er erstarrte und sie schob seine Hand weg. „Und fass mich nie wieder an."

Seattle rollte runter, aber nicht ohne sie zuvor nicht mit einem Block voll angewidertem Hass anzustarren, den sie sogar in dem trüben, nächtlichen Licht klar erkannte. Da wusste sie, dass sie sich einen Feind gemacht hatte, also war sie dann noch entschlossener, was die Flucht anbetraf.

Aber am nächsten Tag, als sie in den Trucks weiterfuhren, machte Seattle einen Umweg, während die anderen zurück nach Yellow Mountain fuhren. Und er nahm sie mit sich, benutzte Handschellen, um sie im Truck zu halten und dann auch später mit ihm zusammen.

Das war das erste Mal, dass er sie vergewaltigt hatte.

Am nächsten Tag versuchte sie zu entfliehen, indem sie ihm mit einem Stein gegen den Schädel schlug, als er gerade in der Nähe eines Flusses pinkeln ging – ihr Handgelenk immer noch an seins gefesselt.

Er hielt ihr das Gesicht so lange unter das Wasser, dass die Dunkelheit kam und sie mitnahm. Als sie wieder zu Bewusstsein kam, schlug er sie ins Gesicht und zerrte ihr dann wieder grob die Hosen runter.

Heute Nacht war es am allerschlimmsten gewesen, weswegen sie auch unter den Truck verbannt worden war – für eine unbequeme Nacht – voller Furcht da herausgezerrt und von Zombies gefressen zu werden. Sie zog es vor, die anderen Einzelheiten, die hierhergeführt hatten, nicht noch einmal zu durchleben. Stattdessen versuchte sie nicht zu weinen, versuchte nicht der Furcht und der Angst und den Schmerzen nachzugeben.

Ich muss einen Weg hier raus finden. Ich werde *einen Weg hier raus finden.*

Die Stimme ihres Großvaters kam ihr da wieder. *Du bist die Eine. Du bist die Einzige, die es verändern kann.*

Sie hatte nie erfahren, was er meinte, aber sie hatte sich seine Warnung zu Herzen genommen: *Versteck dich. Lass sie dich nicht finden.* Sie hatte ihr ganzes Leben nach dieser Mantra gelebt und niemals verstanden warum.

Die Ironie an ihrer misslichen Lage war, dass sie sie nicht gefunden hatten – wer auch immer „sie" waren. Seattle hatte keine Ahnung, wer sie war. Und falls doch...

Oh, Gott.

Was, wenn sie es ihm sagte? Was, wenn er realisierte, dass sie diejenige war, nach der sie gesucht hatten?

Würde das ihr das Leben retten?

Tief in ihr drin regte sich etwas Optimismus. Es könnte ihr vielleicht sogar weitere Misshandlungen ersparen.

Aber wenn sie es ihm erzählte, dann wäre ihr Geheimnis entdeckt. Sie würden alle davon erfahren und sie würden niemals aufhören nach ihr zu jagen.

Außer sie tötete ihn vorher.

Nicht dass sie das nicht schon die letzten drei Tage versucht hatte.

Ein kleines Schluchzen versuchte sich seinen Weg aus ihren Lungen nach oben zu bahnen, aber nicht einmal dafür hatte sie die Kraft. Die Rippen schmerzten ihr, wo Seattle nach ihr getreten hatte.

Sie bewegte ihr angekettetes Handgelenk so weit wie möglich, in dem Versuch es sich etwas bequemer zu machen. Es war dunkel und überall waren Schatten, aber ein Stückchen Mondlicht, das dort auf dem Boden leuchtete spendete ein wenig Licht. Gab es irgendetwas hier unten, was sie als Waffe einsetzen konnte? Alles war aus Metall, manches davon rostig...

Mit neuer Hoffnung begann sie unter dem Truck alles abzutasten und fragte sich, ob sie ein spitzes Stück Metall abbrechen konnte.

Ich werde ihn auf gar keinen Scheiß Fall gewinnen lassen.

✦

„Du machst jetzt Schluss", sagte Theo. „Selena. Du muss jetzt aufhören."

Die Erschöpfung und Verzweiflung, die ihr Gesicht zeichneten, erschreckten ihn. Er hatte sie all dem hier ausgesetzt und jetzt musste er zuschauen, wie sie allmählich erlosch, konnte wenig außer körperlicher Unterstützung leisten. So war das wohl, wenn man Monster erschuf...

„Einen noch", sagte sie, die Stimme dünn, die Augen leere, dunkle Höhlen. „Ich kann jetzt nicht aufhören." Sie wandte sich dem Kanal zu, wo schon wieder ein Körper darauf wartete, wiederbelebt und erlöst zu werden.

Wyatt und Elliott waren im Aufzug auf das Dach von dem Tank gefahren und hatten herausgefunden, wie man die Maschinerie betrieb, mit der man die Körper in die Röhre runter gleiten ließ – denn es schien keinen anderen, keinen menschlicheren Weg zu geben, um sie da raus zu fischen. Theo war bei Selena geblieben, als sie Person um Person um Person in deren betäubtem Zustand berührte und erlöste, aus ihrer Hölle am buchstäblich *lebendigen* Leib erlöste.

Mehr als fünfzig in den letzten paar Stunden und er konnte sehen, welchen Tribut sie dafür zahlen musste.

Sorge und Wut bekamen die Oberhand und er packte Selena bei den Schultern, drehte sie zu sich um, damit sie ihn anschauen musste. „Es tut mir Leid, dass ich dich gebeten habe, das hier zu tun", sagte er. „Es ist zu viel, Selena. Ich will nicht, dass dir etwas passiert."

„Nichts wird mir passieren", sagte sie fest entschlossen, ihre Augen blitzten sogar kurz auf, trotz der Blässe auf ihrem Gesicht, der tiefen Falten um ihren Mund. „Ich bin die Einzige, die das hier tun kann. Die Einzige."

Er nickte. „Ich weiß. Aber du brauchst eine Pause."

„Nein", sagte sie. „Ich muss–"

„Selena. Du brauchst eine Pause. Es ist zu viel." Er hatte ihren Körper zittern und zusammenzucken sehen, mit jeder Person, die sie berührte, immer wenn sie dann ihren Schmerz oder ihr Leben auf sich nahm, oder was auch immer es war, was sie da tat. Und er wusste ganz eindeutig, wenn sie diesen Ort nicht verlassen würden, dass sie dann darauf bestehen würde, ohne Unterbrechung weiterzuarbeiten, bis es fertig war.

Bis alle Leute gerettet waren.

Seine Selena war einfach so.

„Wir gehen zu Vonnie und Lou zurück", sagte er. Sie öffnete ihren Mund, um zu protestieren, aber er ließ sie nicht zu Wort kommen. „Selena ... diese Menschen sind schon eine ganze Weile hier, manche von ihnen schon seit Jahrzehnten ... eine Woche mehr oder weniger wird für sie keinen Unterschied machen. Aber wenn du so weiter machst, könnte dir dabei etwas zustoßen.

Bitte. Wir kommen zurück und machen es Stück für Stück." Er
drückte sie an den Schultern, wollte sie eigentlich in den Arm
nehmen, aber war noch nicht ganz so weit, um das zu riskieren.
„Außerdem, glaubst du nicht auch, dass wir Vonnie und Lou
voreinander retten sollten?"

Wie er und Lou es zuvor auch getan hatten, hinterließ Theo
das Sicherheitssystem angeschlossen und so präpariert, dass es
vor jedem anderem Besucher sicher war. Niemand würde durch
die – zwei Meter dicken und oben mit Elektrozaun versehenen
– riesigen Metallmauern hindurch dort hinein gelangen können,
ohne den Code auszuschalten.

„Und da ich ein Computer-Gott bin", rief er Elliott bescheiden
ins Gedächtnis, „wird niemand in der Lage sein, sich durch die
Änderungen durchzuhacken, die ich vorgenommen habe."

Wyatt verdrehte die Augen und befahl Dantès zurück ins
Fahrzeug zu springen, wo sie ihn während ihrer Arbeit innerhalb
der Mauer gelassen hatten. Dann kletterte er auf den Fahrersitz
und Theo kroch mit Selena nach hinten rein, die mit fast weißem
Gesicht bei all dem geschwiegen hatte. Als sie in dem Humvee
davonfuhren, konnte Theo sich des leise nagenden Schuldgefühls
nicht erwehren. Aber er wusste, es war das Beste, was er tun
konnte. Selena hatte schlicht nicht die Kraft sich ohne Pause
durch die Hunderte von Körpern durchzuarbeiten.

Er würde nicht zulassen, dass sie es auch nur versuchte. Er
blickte zu ihr und legte ihr die Finger sanft um ihre eiskalte Hand.
„Vonnie wird froh sein uns zu sehen", sagte er und versuchte
Selena aus ihrem Schweigen hervorzulocken.

„Wenn sie und Lou sich mittlerweile nicht erschlagen haben."
Ihre Lippen formten die Worte leise und er konnte sehen, wie sie
versuchte sich etwas wachzurütteln.

Anstatt also zu versuchen sie zum Reden zu bringen, glitt
er weiter in die Mitte und legte den Arm um sie, zog sie zärtlich
an sich. Sie folgte seiner Einladung ohne Weiteres und er ließ sie

an seine Brust sinken, und der köstliche, tröstliche Geruch ihrer Haare stieg ihm in die Nase. Einen Augenblick lang schloss er die Augen, atmete tief ein und aus, versucht das plötzliche Feuer in seinen Adern zu beruhigen.

Als er sie wieder öffnete, begegnete er im Rückspiegel kurz Wyatts Augen. Sie waren kühl und verrieten keinerlei Emotion, und dann glitten sie weg, als Wyatt seine Aufmerksamkeit wieder auf das Fahren konzentrierte.

Sie fuhren eine Weile. Die Sonne war allmählich am herabsinken und die Nacht brach herein – einzig und allein erleuchtet von den etwas angeschlagenen, abgedrehten Vorderlichtern. Auf einmal stieß Wyatt einen Fluch aus und riss das Lenkrad herum. Der Truck ruckte und machte einen Hüpfer hinein in etwas, was sich wie ein höllenmäßiger Krater anfühlte, und dann nichts. Dantès winselte und schnupperte.

„Fuck", sagte Wyatt, der schon ausgestiegen war, bevor jemand anderes sich auch nur vom Schock erholt hatte. „ Scheiße, Scheiße, Scheiße", ertönte seine Stimme von draußen. „Reifen ist hin."

Theo löste sich von Selena, die aufgewacht war und sich den Schlaf aus den Augen rieb, und er kletterte hinaus, um die Lage abzuchecken.

„Ich werde den Reifen wechseln", sagte Wyatt grimmig. „Wir könnten auch was essen. Ich könnte eins von den Sandwichs da gut vertragen. Ich denke wir haben noch mindestens zwanzig Meilen vor uns, vielleicht noch mehr."

„Ich helfe dir dabei, Earp", sagte Elliott und warf Theo einen bedeutungsvollen Blick zu, der sagte, *Tu, was du tun musst.*

„Musst du ... uhm ... ein bisschen in den Wald gehen?", fragte Theo Selena, als ihm auffiel, dass sie sich umschaute, während sie aus einem Krug trank, den Vonnie ihnen eingepackt hatte.

Sie lächelte da ein wenig – das erste Mal, seit er zurückgekehrt war. „Ja, bitte."

Dieses Lächeln, so schwach es auch war, trug nicht unerheblich dazu bei, dass er die Dinge in einem etwas optimistischerem Licht zu sehen begann.

„Ich begleite dich." Er griff sich einen langen Stock und zündete das eine Ende davon an, als eine Art Licht für sie. „Ich kann einen Bach oder einen Fluss in der Richtung da hören. Ich weiß nicht, wie es dir geht, aber ich könnte auch eine Katzenwäsche vertragen."

Er folgte ihr in den Wald hinein und wusch sich flussabwärts, während sie tat, was sie tun musste. Er hörte sie im Bach planschen und als sie wieder auf ihn zu kam, sah er, dass ihr Gesicht nass war und glänzte.

Und schön war. So schön und heiter.

Sie stolperte über eine Wurzel oder etwas anderes, und streifte ihn und er fing sie am Arm auf. Er würde nie erfahren, ob sie es absichtlich getan hatte, aber ihm reichte es als Vorwand. Das war das erste Mal, dass sie endlich mal alleine waren. *Danke, Elliott.*

„Selena", sagte er und wandte sich ihr zu. Er hielt immer noch die Fackel in der Hand und er holte diese näher ran, so dass sie ihn besser sehen konnte. „Es tut mit Leid."

„Was tut dir Leid?" Sie machte keine Anstalten, sich von ihm zu lösen und zum Camp zurückzugehen, und dafür war er dankbar.

„Einfach so aufzutauchen und zu erwarten, dass du mitkommst und ... tust, was du getan hast. Ganz besonders, weil ich deine Gefühle, was mich betrifft, kenne." Er versuchte ihren Blick in dem flackernden Licht der Fackel zu erhaschen, aber wegen der Schatten war es schwierig. Er schluckte und spürte einen schweren Schmerz tief unten in seinem Magen.

„Oh, Theo ... ich war so durcheinander. Es ist mir in den letzten Wochen nicht gelungen, mir über vieles klar zu werden. Über nichts eigentlich. Was ich tun soll, was meine Berufung nun ist . und warum, *warum*, all das passieren musste." Ihre Worte kamen holpriger, aber sie fuhr entschlossen fort. „Aber als ich deine Stimme hörte ... aus der Küche ... war ich *so glücklich*, dass du wieder da warst. Es fühlte sich an, als ob alles in mir sich wieder in Gang setzte. Aber gleichzeitig hatte ich Angst, dass du nur wiedergekommen wärst ... um deine Sachen zu holen und fortzugehen."

Wärme und Erleichterung schossen da hoch. Das erklärte den etwas distanzierten Ausdruck von ihr. „Ich habe dich vermisst. *So sehr.*" Endlich streckte er die Hand aus, um ihre Wange zu berühren, verzehrte sich danach, das Gewicht von diesen langen, schweren Haaren zu spüren. „Und es ist nur etwas mehr als eine Woche her." Er schaffte es dann, in dem flackernden Licht ihren Blick einzufangen und hielt ihn auch fest. „Ich will nicht noch einmal fortgehen. Nie wieder."

„Ich will das auch nicht."

Gott sei Dank. „Ich hatte Angst, dass du mich nie wieder in deine Nähe lässt, nach dem ... was mit den Zombies passiert ist. Dass ich dich anwidere."

Er schüttelte den Kopf und ließ seine Hand dann runterfallen. „Selena ... du hattest Recht. Du *hast* Recht", sagte er. „Sie leben noch. Und es tut mir Leid, dass ich erst diese schreckliche Erfahrung in Ballards Labor machen musste, um dir zu glauben. Um zu akzeptieren, was du mir zu erklären versucht hast."

Eine kleine, glänzende Spur bahnte sich ihren Weg an ihrer Wange runter und sie hakte einen Finger in eine seiner Gürtelschlaufen ein, rieb mit dem Daumen an seinem Bauch. „Auch ich musste erst die Erfahrung von heute machen, um es wahrhaft zu verstehen, um es auch mit meinem Herzen zu begreifen." Sie schloss kurz die Augen. „Ich hatte daran gezweifelt, auch wenn ich schon so lange daran geglaubt habe. Und nach dem, was sie Sammy angetan haben..."

Theo nickte. „Selena. Jede Mutter würde das Gleiche fühlen."

„Aber sie wussten nicht, was sie tun, und ich *wusste* das. Aber ich konnte von meinem Ärger nicht ablassen. Ich musste ihn aufrecht erhalten und mich darin baden, und mich ganz in ihn hineinversenken. Und fast hätte es dich vertrieben."

„Du hättest schon deutlich mehr anstellen müssen, um mich wirklich zu vertreiben. Selena, ich bin verliebt in dich, wenn du das nicht bereits weißt. Ich werde dich niemals verlassen."

Ihr Gesicht erhellte sich zu einem strahlenden Lächeln. „Theo..."

Er wollte sie an sich hoch ziehen und sich die Sinne mit ihr restlos füllen, aber es mussten noch andere Dinge ausgesprochen werden. Er schaute sich um nach einem Platz, wo er die Fackel abstellen konnte, und rammte dann das Ende in den Boden, damit er beide Hände frei hatte.

Aber bevor er etwas sagen konnte, schaute sie ihn an, schaute ihn mit ihrem Blick ganz direkt an. „Wirst du mich denn jetzt endlich küssen?"

Naja, vielleicht konnten die anderen Dinge etwas warten. „Wenn ich darf." Er spürte, wie seine Lippen sich zu einem schiefen Lächeln verzogen.

„Nur zu, Junge." Sie schenkte ihm ein noch breiteres Lächeln und er legte los.

Es war wie die Hitze des Sommers nach einem langen, kalten Winter, sie in seine Arme zu nehmen, ihre Lippen mit seinen zu bedecken. Warm und vertraut, die Süße von Vonnies Tee zu schmecken und die von Selena selbst. Theo konnte ein freudiges Seufzen nicht unterdrücken. *Mein.*

Die Dinge fingen gerade an interessant zu werden – seine Hände fanden die Schwellungen von glatter, warmer Haut und seine Jeans waren wieder mal recht eng um die Leistengegend – als sie ein Rufen hörten, gefolgt von einem Schrei, voller Entsetzen und verzweifelt. Ganz eindeutig von einem Menschen.

Sie sprangen auseinander und Theo rannte los, wobei er Selena hinter sich her zerrte, dem Schrei entgegen, der gut und gern eine Meile entfernt sein konnte. Er rannte durch die Nacht, hielt auf das Camp zu, ihre Hand fest von seiner gepackt.

Der Schrei wurde gedämpft, erstickt, und auf einmal hörte Theo das Geräusch eines bellenden Hundes. Es war ein winselndes, irgendwie entsetztes Bellen und dann war da dieses irrsinnige Brechen von Zweigen und allem Möglichem im Unterholz, durch die Ruinen und den Wald hindurch, als der Hund – vermutlich Dantès – in die Nacht davonsauste.

Der Hund rannte Theo und Selena quer über ihren Weg und wenige Augenblicke später tauchten auch Wyatt und Elliott auf, die bei dem Versuch mit ihm Schritt zu halten durch die Dunkelheit rasten.

Theo setzte ihnen auf der Stelle nach, Selena kam stolpernd hinterher. Er hörte das Geräusch von einem motorisierten Fahrzeug und das frenetische Bellen von Dantès. Rufen und ein Schrei und auf einmal waren sie am Schauplatz angelangt.

Er vergeudete keine Zeit damit, *Was zum Teufel?* zu sagen oder auch nur zu denken – mit einem Blick überschaute er alles und rannte rüber, um zu helfen. Bis er dort anlangte, riss Wyatt gerade einen Mann vom Vordersitz des Humvee und Dantès bellte und winselte und grub unablässig an etwas darunter.

Remy dachte, sie würde träumen, als sie das Bellen von Dantès hörte.

Der Truck über ihr erwachte mit lautem Heulen zum Leben und sie versuchte – panisch und geschwächt – etwas zum Festhalten zu packen zu kriegen, um sich vom Boden hochzuheben.

Seattle war wiedergekehrt, von wo auch immer er gewesen war, und als er versuchte, sie von unten hervor zu zerren, hatte sie ihn mit der scharfen, rostigen Kante eines Metallsplitters begrüßt. Von unter dem Truck raus stach sie nach ihm, war nicht willens seine Hände noch einmal an sich zu ertragen – oder da draußen völlig ungeschützt den Zombies ausgesetzt zu sein – und hatte ihn vertrieben.

Es war ihm gelungen, ihr ein paar heftige Fußtritte zu versetzen, und sie hatte ihn mit dem Metall am Arm erwischt oder vielleicht sogar im Gesicht ... aber das war dann auch alles. Er stolperte nach hinten weg und kletterte in den Truck über ihr, als genau in dem Moment etwas aus der Dunkelheit hervorgeschossen kam.

Der Motor heulte gerade auf, als der Hund – es war Dantès – zum Sprung ansetzte und sich gegen den Truck schleuderte. Sie spürte, wie das Fahrzeug unter der Wucht des Aufpralls ins Wackeln geriet, als der Hund mit seinem ganzen Körper gegen die Tür rammte. Geschwächt und außer sich vor Angst sah

Remy nicht ganz genau, was da vor sich ging, aber auf einmal kamen Schritte eilig herbeigerannt. Der Motor heulte auf und sie wappnete sich, als es schlingernd vorwärts ging, sie über mehrere Meter von Boden schleifte. Entsetzliche Pein kratzte ihr hinten am Rücken und an den Schenkeln, nackt wegen zu weiter, sich verheddernder Kleider, scharf und spitz von Steinen und Schotter unter ihr. Ihr geprügelter Körper schrie und schmerzte, während sie darum kämpfte, den riesigen, rollenden Rädern zu entweichen, die sich entsetzlich nah an ihr drehten.

Es gab einen Schrei und es tat einen dumpfen Schlag, und sie war sich nicht sicher, was als Nächstes geschah, aber der Truck hielt unvermittelt an. Die Tür öffnete sich, Füße standen neben ihr und da gab es ein Grunzen und einen erstickten Schrei. Als Nächstes fiel neben ihr Seattle auch schon zu Boden, weit weg vom Truck.

Dantès war auf ihm, noch bevor der Mann aufgehört hatte über die Erde da zu rollen, und Seattles kreischender, angsterfüllter Schrei wurde abgeschnitten, als der Hund nach seiner Kehle schnappte. Und dann machte sich ein hässliches Schweigen breit, wo nur noch das Knirschen von Knochen und Gurgel zwischen Dantès' Zähnen zu hören war.

Remy versuchte zu rufen – Konnte irgendjemand sie hier drunter sehen? –, aber ihre Stimme war verbraucht und schwach und es kam nur ein kleines, wackeliges Etwas raus. Sie konnte sich kaum rühren.

Auf einmal kniete eine dunkle Gestalt neben ihren Beinen, die angewinkelt teilweise unter dem Truck hervorlugten.

„*Shit*", sagte er und begann sanft ihre Knöcheln von darunter raus zu ziehen.

Verschwommen war Remy sich noch anderer Gestalten bewusst, die da auftauchten, aber mehr als Beinpaare und Füße konnte sie nicht erkennen. Der Mann, der ihr geholfen hatte, musste sich herunterbeugen, unter den Truck, um an das Metallding heranzukommen, an das sie gekettet war, und sein rasches, abruptes Einsaugen der Luft verriet allzu deutlich seinen Ekel und seine Wut angesichts ihrer Lage.

Endlich löste sich die Handschelle, obwohl sie ihr immer noch am Handgelenk hing und er half ihr auf die Beine. Remys Knie versagten ihr den Dienst und sie sackte zusammen, der Kopf schwamm ihr und sie zitterte, als er sie herauszog und ihr half zu stehen. Es wurde ihr dunkel vor den Augen und schwindlig, und sie konnte nichts klar erkennen. Sie fühlte an Stellen, wo es eigentlich nicht sein sollte, die kühle Nachtluft, sowie Nässe und Schmerz. Überall.

„Herr im Himmel", sagte er, seine Stimme angespannt und dringlich. „Elliott!"

Remy versuchte zu stehen, aber sie erwischte sich dabei, wie sie sich an ihren Retter klammerte und an die Metallkante der Tür vom Truck, als eine weitere Gestalt sich aus den wabernden Schatten löste und sich schnell näherte. Ihr Rücken schmerzte, nicht nur weil man sie dieses kleine Stück über den Boden gezerrt hatte, sondern auch aufgeschürft und zerschrammt und übel zugerichtet von den anderen Misshandlungen davor. Ihre Jeans hingen runter, da wo Seattle sie offen gelassen hatte, und ließen ihre Hüften nackt und wund zurück. Ihr Magen rebellierte und sie packte einen warmen Arm, als sie nichts außer Gallensaft ausspuckte, sich schmerzhaft krümmte unter den Magenkrämpfen von tief unten.

Als sie ihre Augen öffnete und den Kopf anhob, sah sie auf einmal in ein bekanntes Gesicht. Der Mann, nach dem sie eine Schlange geworfen hatte, um ihm zu entfliehen. „*Du*", keuchte sie auf, ihre Knie auf einmal wieder weg. „Hans..." Sie versuchte einen klaren Gedanken zu fassen, aber alles entwich, bis auf den Mann mit dem versteinerten Gesicht, der sie davor rettete, hinzufallen.

„Grundgütiger. *Du* bist das", sagte er, die Lippen schmal und sein Gesicht ausdruckslos, während er sich ihr Gesicht genauer betrachtete. „Himmel, Elliott", sagte er, „schau sie dir an." Mal war sie bei Bewusstsein, mal nicht, während sie sich immer noch an den starken Arm von dem Mann klammerte, den sie Hans Wurst genannt hatte.

Die Nacht drehte sich und sie war kaum imstande den Mund zu bewegen, ihre Lippen waren aufgeplatzt und gesprungen, und sie konnte spüren, wie Feuchtigkeit von irgendwo an ihrem Rücken langsam aussickerte. Sanfte Hände berührten sie und sie versuchte nicht zusammenzuzucken, versuchte sich zu entspannen, als diese sie auf einen weicheren Untergrund im Truck drinnen betteten.

Sie hörte Dinge wie „Schock" und „Übergriff" und ihr ging auf, dass das sich auf sie selbst bezog. Da waren eine Menge kurze, wüst ausgestoßene Flüche zu hören, und starke, sichere Hände, wie sie ihren Körper untersuchten, ohne ihr das Gefühl zu geben, angegriffen oder eingeschüchtert zu werden.

„Dan...tès", flüsterte sie.

„Er ist hier", sagte Dick, der neben ihrem Kopf saß, ein riesenhafter, schwarzer Umriss im beengten Truck. „Er hat sich um Seattle gekümmert."

Seattle. Sie verkrampfte sich, Übelkeit stieg übermächtig in ihr hoch, als die Erinnerungen wie Faustschläge wiederkamen. Sie merkte da, dass sie zitterte und bebte, und dann beugte sich jemand – sein Name war Elliott? – über sie, um ihr in die Augen zu schauen.

„Hör mir zu. Hör zu. Seattle ist tot. Er kann dir nicht mehr weh tun. Er ist tot", sagte er.

Remy versuchte zu lächeln, versuchte ihm zu glauben. Sie rührte sich, versuchte mit dem Kopf zu nicken, aber die Welt kam ins Wanken und als Nächstes glitt sie schon hinein eine wabernde Dunkelheit.

～∾～

Bis Selena die übrigen ihrer Begleiter eingeholt hatte, war alles schon vorbei. Theo ging ihr entgegen, als sie sich näherte und sagte, „schau da nicht rüber."

Natürlich versuchte sie es und er drehte sie entschlossen beiseite. „Hörst du denn nie auf andere? Da drüben liegt ein toter Mann und es ist nicht hübsch anzuschauen."

„Zombies?", fragte sie und versuchte immer noch hinzuschauen.

Theo schüttelte den Kopf, die Lippen schmal. „Nein, Hund. Es ist–war–Seattle. Dantès hat ihn erwischt. Wie sich herausgestellt hat, hat er es ihm übel genommen, dass er sein Frauchen fast zu Tode geprügelt hat."

Auf einmal klickte etwas bei ihr. „Wo ist sie?" Aber sie wusste es bereits und ging jetzt auf den Truck zu, wo Elliott stand.

Trotz ihres verdreckten, übel zugerichteten Gesichts und der Tatsache, dass sie fast zwanzig Jahre älter war, war Selena sich sicher, dass die Frau hier das gleiche Mädchen war, an das sie sich erinnerte. Ein Aufblitzen von etwas peitschte da durch ihre Gedanken und sie hielt inne, um es zu erwischen ... aber sie vermochte es nicht.

Sie wusste nur, dass es hässlich und finster war und dass es mit dem Großvater des Mädchens zu tun hatte. Und vielleicht wollte sie sich auch gar nicht erinnern.

„Wird sie wieder gesund?", fragte sie und sah dabei Elliott an.

Er nickte ernst. „Ja. Aber sie wird etwas Zeit brauchen, um die Wunden auszuheilen."

„Wir werden sie jetzt zu Vonnie und Lou zurückfahren", sagte Wyatt. „Wir können den anderen Truck später reparieren." Er blickte zu dem blutigen Haufen aus Knochen und Haut, der – anscheinend – Seattle war. „Wo zum Teufel ist ein Zombie, wenn man einen scheißgut gebrauchen könnte?"

20

~~~

„So", sagte Theo, als er Selena half in das Riesenrad einzusteigen. „Ich muss mit dir über was reden. Es geht um Lou."

Sie waren letzte Nacht spät mit der Frau namens Remington Truth zurückgekehrt und ein großer Teil des heutigen Tages war darauf verwendet worden, sich um ihr Wohl zu kümmern und Lou über die Ereignisse des Tages zu informieren. Theo war in den Arkaden gewesen, wo er an seiner Idee mit den Flipperautomaten gearbeitet hatte und seinem Bruder geholfen hatte, Sage per elektronische Nachrichten auf Stand zu bringen. Theo hatte seit der Rückkehr keine Gelegenheit bekommen, alleine mit Selena zu reden – oder sonst was zu tun.

Aber nach dem Abendessen hatte Selena einen Spaziergang vorgeschlagen. Der Abend heute war perfekt für einen Ausflug zum Vergnügungspark: Der Mond ließ ein fettes Stück von sich sehen, die Sterne funkelten hell und zahlreich – wie sie es jetzt immer taten, fünfzig Jahre nachdem man Fabriken pulverisiert hatte und es Auspuffgase nicht mehr gab.

Aber trotz der romantischen Stimmung und den glutäugigen Blicken, die Selena ihm während dem Abendessen zugeworfen hatte, fragte sich Theo, wie dieses Gespräch laufen würde – auf mehreren Ebenen. Denn schließlich: Wenn Lou sich nicht auf die Suche nach Theo gemacht hätte und nicht von den Zombies überrascht worden wäre, wäre Sam dann nicht in Sicherheit gewesen? Es würde ihn nicht verwundern, wenn allein die bloße

Gegenwart von Lou für Selena nichts weiter als eine dunkle, schreckliche Zeit bedeutete.

„Er scheint ein echt netter Kerl zu sein. Ich glaube nicht, dass Vonnie ihn besonders mag", sagte sie mit einem kleinen Lachen, aber klopfte gleichzeitig einladend mit der Hand auf den Sitz neben ihr. „Aber ich mag ihn."

Das gab Theo ein etwas besseres Gefühl und er glitt neben ihr rein.

„Ich bin nicht sicher, was zwischen den beiden vorgefallen ist", sagte er. „Aus heiterem Himmel nennt er sie auf einmal ‚dieses Vonnie Weib' und sie fängt an ihm die Teller buchstäblich vor die Nase zu knallen."

„Ich vermute mal, das hängt damit zusammen, dass ihre Rolle als Matriarchin angekratzt wird", sagte Selena. „Sie war von jeher der mütterliche Typ und alle lassen sie gewähren. Sogar Frank – selbst der lässt sich von ihr bemuttern, danach macht er dann genau das, was er sowieso vorhatte. Aber Lou lässt sie nicht um sich rumschwirren und ihn betun. Ich habe vor kurzem tatsächlich gehört, wie er ihr erzählte, wie sie etwas kochen sollte, bevor du weggangen bist. Sie hat das reichlich ungnädig aufgenommen."

Theo schmunzelte. „Nein. Die Küche ist ihr Reich. Irgendwie können die beiden einander nicht riechen." Er reichte rüber und erwischte Selenas Hand, streichelte mit seinem Daumen über die Knöchel, als er das Rad in Gang setzte. Wie würde er das hier nur gut erklären?

„Wie hast du Lou denn kennengelernt? Und wie hat er dich denn hier gefunden?"

Theo spürte ein kleines Anheben, als das Rad sich in Bewegung setzte. „Tja, nun, das ist das, was ich dir erzählen muss. Ich habe dir doch die ganze Zeit über schon gesagt, dass ich älter bin, als ich aussehe, nicht wahr? Und ich habe dir von dem kleinen Metall-Schaltkreis erzählt, der mir in die Haut eingewachsen ist und mich verändert hat. Nun, die Sache ist die", sagte er und machte dann eine Pause, versuchte sich daran zu erinnern, wann oder ob er irgendetwas von all dem hier schon erzählt hatte.

Er glaubte nicht, dass er es getan hatte, in den ganzen fünfzig Jahren nicht.

„Die Sache ist die, dass diese unterirdische Explosion während dem Wechsel passiert ist." Die letzten Worte kamen sehr schnell raus.

Er wartete eine Sekunde, wartete darauf, dass es bei ihr dämmerte. „Also...", begann sie unsicher.

„Also, die Sache ist die ... Lou ist mein Bruder. Mein *Zwillings*bruder."

Ihr Gesicht durchlief eine ganze Serie von Gefühlen: Ungläubigkeit, Schock, Verwirrung und dann alles wieder von vorne. „Du willst damit also sagen..." Sie schüttelte den Kopf.

„Ich bin 1984 geboren. Ich bin eigentlich achtundsiebzig Jahre alt. Und irgendwas ist passiert, was meinen Alterungsprozess deutlich verlangsamt hat – so dass er faktisch ein paar Jahrzehnte lang komplett aussetzte." Er wartete.

Sie nickte, langsam, sehr langsam. „Das ist verrückt."

„Was du nicht sagst."

„Aber das würde eine ganze Menge Dinge erklären", sagte sie.

„Das hatte ich gehofft."

„Dann habe ich die ganze Zeit mit einem Mann geschlafen, der dreißig Jahre *älter* ist als ich?"

Theo nickte.

Sie starrte ihn mit offenem Mund an. „Du willst also sagen, dass die ganze Zeit über, als ich dachte, du knutschst nur aus Mitleid mit mir, weil dir die alte Dame Leid tut, war *ich* es, die hier barmherzige Werke vollbrachte? Einem alten Mann das Gefühl gab, wieder jung zu sein?"

„Uhm, jaaa. So könnte man das auch sehen." Er war sich nicht sicher, ob sie jetzt todernst war oder ob ihr ein kleines bisschen Humor in die Stimme gekrochen war. Er war sich ziemlich sicher, dass Letzteres der Fall war... „Aber ich muss schon sagen, diese Küsse der Barmherzigkeit von dir ... das waren so die besten Küsse, die ich je bekommen habe. Du bist da ziemlich gut drin, für ein junges Ding."

Sie beäugte ihn aus ihrer Ecke des Riesenradgondel heraus, die sanfte Brise der Abfahrt hob zarte Strähnen ihres Haars hoch und kitzelte ihn innen im Bauch. „Du hast mich die ganze Zeit darüber grübeln lassen und mir kein Sterbenswörtchen gesagt?"

Er hob ihren Fuß hoch und legte ihn sich in den Schoß, glitt mit seinen Händen über die glatte, so glatte, weiche Haut. „Ich habe dir gesagt, ich bin älter als ich aussehe. Mehrmals."

Sie ließ ihren Kopf nach hinten sinken, als er anfing mit dem Ballen seines Daumens feste Kreise unten an ihrem Fuß zu beschreiben. Das kleine, leise Stöhnen von Lust ließ alle möglichen Arten von Interesse in ihm erwachen, aber er hielt seine Hände weiterhin auf der seidigen Haut da oben, massierte und streichelte sanft.

„Ich wusste, etwas an dir war anders", sagte sie, als sie ihren Kopf wieder anhob, so dass sie ihn ansehen konnte. „Aber, wow."

Er würde ihr auch von der Widerstandsbewegung erzählen müssen und der Rolle, die er und Lou darin spielten, mit den Plänen ein Netzwerk aufzubauen – sowohl ein elektronisches als auch eins von Menschen –, um sich gegen die Elite zu erheben ... aber dafür wäre auch später noch Zeit. Jetzt in diesem Augenblick ging ihm anderes durch den Kopf.

Und von der Art, wie sie ihn anschaute, ging es ihr genauso. „Ich denke, ich kriege das bessere Ende vom Deal", sagte sie nachdenklich, während sie ihren Fuß aus seinem Griff runtergleiten ließ und damit an den Haaren seines nackten Beines langstreifte, um ihn dann auf dem Boden abzusetzen. „Du hast einen Giga Body und ein Durchhaltevermögen, als wärst du dreißig, aber du hast die Erfahrung und die Geduld von einem siebzigjährigen Mann. Das kann nur gut für mich sein." Ihr Lächeln war unartig und durchtrieben.

Er ging näher ran, seine Hände fanden sofort den Weg unter ihr Hemd. „Es meine volle Absicht, dass das so bleibt." Er bedeckte ihren Mund mit einem Kuss, lang und feucht und hungrig. Endlich.

„Ich liebe dich", sagte Selena, wenige Augenblicke später. Als vier Füße auf dem Boden des Riesenrads und dem Stapel von

Kleidern dort zu stehen kamen. „Du passt so ganz wundervoll zu mir, Theo."

Die erneut aufkommende Brise der Nacht streifte an seiner nackten Haut entlang und er nahm sich einen Augenblick Zeit, zu bewundern wie das Stück Mond da ihren goldenen Körper in Silber tauchte, die frechen, sehr harten Brustwarzen umriss und vollkommene Brüste von der Form köstlicher Birnen. Kühn stand sie da vor ihm in der kleinen Gondel und er glitt mit seinen Händen von Brüsten zu Taille zur Hüfte entlang, dann zerrte er sie vorwärts und runter.

Er positionierte sie auf seinem Schoß, dass ihre Beine zu beiden Seiten von ihm runterhingen, und Theo führte sie sanft hinab, um sie mit sich zu vereinen. Die Gondel schwankte etwas, wiegte sich und erhöhte noch die Lust, als er sie hoch und runter führte, mit diesen langen, geduldigen Stößen, die sie so sehr zu genießen schien. Um sie herum wackelte auch die Gondel zusehends, ein Echo vom Rhythmus ihrer beider Bewegungen.

„Hmm", sagte sie ein bisschen später, als ihre warmen, feuchten Körper sich voneinander lösten und das rhythmische Schaukeln aufgehört hatte. Die Fahrt verlangsamte sich wieder zu dem langsamen, schlichten Schwanken eines Aufstiegs und eines Abstiegs, und sie fuhr fort, „das ist nun eine der Sachen, bei der ich nicht nach einem *Warum* fragen werde. Du und wie es kam, das du hierher kamst, und wie du genau zu dem geworden bist, der du bist ... und warum ich so ein verdammter Glückspilz bin."

Er zuckte mit den Schultern und strich das Haar, das ihr an der Stirn klebte, nach hinten. „Ich könnte mir die gleiche Frage stellen. Ich habe fast achtzig Jahre gebraucht, um eine Frau zu finden, die versteht, dass die Dinge nicht immer das sind, was sie zu sein scheinen. Dass das Leben und seine Teile nicht immer einfach und klar sind." Die Brise streifte ihnen über die nackte Haut und er umschloss mit der Hand sanft ihre nackte Brust, einfach nur, weil er es konnte.

Genau hier, auf einem verdammten Riesenrad. Im Mondlicht.

„Ich denke", sagte sie und kam wieder näher an seinen Mund, „es gibt nie eine Antwort auf die Frage *Warum?*, egal wie oft oder wie verzweifelt du sie stellst, es gibt keine Antwort. Es gibt nur das, was du daraus machst." Und sie glitt mit der Hand zwischen sie beide, um sie um die bereits wieder anschwellende Erektion zu legen, und lächelte an seinen Lippen. „Und ich weiß genau., was ich hiermit machen werde."

EPILOG

~ᴥ~

Ich denke, wir sollten heute Nacht unsere Idee ausprobieren, sagte Lou, der gerade an dem großen Tisch in der Küche Platz nahm. Es war der Morgen nach ihrer Riesenradfahrt, als Theo Serena über ihre Verwandtschaftsbeziehungen aufgeklärt hatte.

Sie ertappte sich dabei, wie sie nach Ähnlichkeiten im unglaublich unterschiedlichen Aussehen der Zwillingsbrüder suchte, die mehrere Jahrzehnte des Alterns voneinander trennte. Nichtsdestotrotz, es war dennoch eindeutig vorhanden: in den undurchdringlichen, asiatischen Augen und ihren Gesten, und sogar in der Art, wie sie den Kopf schief legten, wann immer sie nachdachten. Ganz zu schweigen von der Art und Weise, wie sie ihre Gedanken lesen konnten.

Selena zuckte zusammen, als Vonnie krachend einen Teller vor Lou abstellte, mit etwas mehr Energie als nötig. Rühreier sprangen auf die Tischplatte runter. Sie fing Theos Blick ein und hob die Augenbrauen, dann kehrte sie zu der Unterhaltung zurück. „Welche Idee meinst du?"

„Verdammt, sieht das gut aus", sagte Wyatt gierig, als er den Teller voller Rühreier und Tomaten in Scheiben anschaute, den Vonnie sanft vor ihm abstellte.

„Da fehlt Salz", verkündete Lou.

Selena sprang auf, um das Glas Meersalz zu holen, bevor Vonnie es nach ihm werfen konnte. *Was zum Teufel war mit den beiden nur los?*

„Wir haben dran gearbeitet, ein paar von den Flipperautomaten und Videospielen so umzuprogrammieren, dass die Lichter die Zombies hypnotisieren ... sie also irgendwie langsamer machen und verwirren, damit wir besser mit ihnen fertig werden", sagte Theo, auch in einem Versuch den Frieden zu sichern. „Es für dich einfacher machen. Wir werden sie heute Nacht in eine abgelegene Ecke auf dem Gelände dirigieren, um es mal auszuprobieren."

„Ich will wissen, wer Zöe denn sagt, dass sie keine Zombies mehr jagen darf", sagte Elliott, während er sich ein Toastbrot butterte. „Oder zumindest nicht so, wie sie es bisher gemacht hat."

Lou kicherte. „Quent wird ihr da schon den March blasen damit aufzuhören, sobald er rauskriegt, dass sie schwanger ist."

Da machte der Arzt große Augen. „Tja, das dürfte interessant werden."

Selena verstand nicht, warum alle lachten, aber sie nahm an, Theo würde ihr nachher alles erklären. Bis dahin fragte sie also erst mal nur, „und wie geht es Remy?"

„Sie wird wieder gesund werden. Der Mistkerl–", Elliott schüttelte den Kopf, seine Stimme leise und bedrohlich. „Wenn Dantès sich nicht um ihn gekümmert hätte, hätte ich das liebend gerne für ihn erledigt."

„Wenn man ihr glauben kann, ist Ian Marck ebenfalls tot", fügte Wyatt hinzu.

„Warum würdest du ihr denn nicht glauben?", fragte Selena, während sie sich ein Stück Ananas runterschnitt.

„Nachdem ein Mädel auf dich geschossen hat, neigst du dazu, nicht alles, was sie sagt, für bare Münze zu nehmen", antwortete Wyatt recht knapp.

„Ganz zu schweigen von der Schlange, mit der sie nach dir geworfen hat", warf Theo ein.

„Jep, das obendrein. Herrgott, Elliott, verärgere die ja nicht, was immer du sonst mit ihr anstellst. Wer weiß, was sie als Nächstes tut."

Selena schaute sie alle an, während sie interessiert der Unterhaltung da lauschte. Eine faszinierende Truppe, um das Mindeste zu sagen.

Die Hintertür schlug mit lautem Knall zu und Frank kam reingestapft. „Gottverdammt, warum zum Teufel dauert das denn so lang? Ich bin schon seit Stunden auf den Beinen und warte darauf, dass ihr eure Ärsche da raus bewegt. Das Dach muss ausgebessert werden und es ist besser, wenn eure verdammten Ärsche da oben sind als mein alter weißer. Die Regenzeit kommt bald und wir wollen diese verdammten Computer von Euch nicht nass werden lassen."

Er grummelte und stampfte mit den Füssen auf, und Wyatt, der in der Gegenwart des alten Mannes etwas aufgetaut zu sein schien, stand auf und trank den letzten Rest von seinem Tee aus. „Lasst uns gehen", sagte er zu Elliott und Theo. „Je eher wir das hier erledigen, desto schneller können Elliott und ich nach Envy zurück."

„Ich bringe Remy ein bisschen Frühstück", sagte Selena und griff nach einem Stück Käse. „Und dann werde ich für ein Weilchen bei Gloria sitzen. Es geht ihr nicht so gut."

„Ich werde in den Arkaden arbeiten", sagte Lou. Dann schaute er rüber zu Vonnie und – viel zu beiläufig – sagte er, „sagtest du was von einem Buchregal, das umgestellt werden muss?"